穿堂风

东　紫

济南出版社

W 文学新势力
WENXUEXINSHILI

学术筹划：中国作家协会鲁迅文学院

北京师范大学国际写作中心

顾　　问：莫　言　铁　凝

编委会

主　　任：吉狄马加

主　　编：张清华　邱华栋

编　　委：（以姓氏笔画为序）

过常宝　西　川　苏　童　邱华栋　余　华　张　柠

张清华　欧阳江河　徐　可　康　震

"文学新势力"文丛·序

张清华　　邱华栋

2012 年 10 月，莫言荣膺诺贝尔文学奖，再度激发了国人的文学激情，也唤醒了各界在文学教育方面的旧梦。这其中就包括北师大。因为一段至关重要的学缘，莫言曾于 1991 年获得了北师大授予的文学硕士学位，而此刻，作为母校的师大自然倍感荣耀，遂立刻决定成立北京师范大学国际写作中心，并邀请莫言前来担任主任。中心成立之初，其核心职能便被提到了议事日程，这就是文学教育和创作人才的培养。

需要稍加追溯前缘，才能说明这套文丛的来历。1988 年，由当时在研究生院任职的童庆炳教授牵头，由北京师范大学提供学制条件，牵手中国作家协会所属的鲁迅文学院，共同招收了首届作家研究生班。那时的学位制度还相对处于比较早期的阶段，各种规章还没有现在这样严苛和完善，所以运作相对容易，招生考试环节也相对宽松。因此，一批在当时的文坛已崭露头角的青年作家，便被不拘一格，悉数收罗。之前，他们中的很多人并未受过太正规的教育，刘震云几乎是唯一一个，他是北京大学中文系 77 级的本科毕业生，系出正宗名门。余华便只是在浙江海盐上过中学；莫言之前虽有在解放军艺术学院文学系学习两年的经历，但更早先却是连中学教育也不完整；严歌苓、迟子建等差不多都只是受过中等专业教育；其他人我们未做过严格的统计，但可以肯定，其中多数未曾上过大学。然而不容置疑的是，这些人是那时中国最具希望的一批，是青年作家中的翘楚，未来文坛的半壁江山。从这里出发，二十年过后，他们的确未负众望，为中国文学争得了至高荣誉，也几乎成为一代作家的代言人。

很显然，这一传统成为北师大和鲁迅文学院共同的一个记忆，一笔不可多得的财富，无论从哪个角度看，这都是两所学校引以为豪的历史。在这样一个背景下，再续昔日文学教育的前缘，找回这一无双的荣耀，也就是很自然的事情了。

因了以上的缘由，2016年，北师大校方经过认真研究，参考过去的合作模式，从全校不多的单招单考的硕士名额中拿出了20个，交由文学院和国际写作中心，来寻求与鲁迅文学院合作，并于2017年秋季正式招收了"非全日制"学术型文学创作硕士研究生。为了省却过于烦琐的制度性限制，我们特地在中国现当代文学专业二级学科下，设立了"文学创作方向"，并采用了学术导师加创作导师相结合的培养模式，以给学员创造更为合适和充分的学习条件。鲁迅文学院则为他们提供居住和学习的物质条件，提供尽可能好的一切形式的支持，并拟在培养方案中结合鲁院的讲座制培养模式，两相结合，尽显特色互补的优势。

同时还必须指出，有几位至关重要的人物支持了这项事业。时任北师大党委书记的刘川生教授、校长董奇教授，他们在推助写作中心的文学教育工作方面给予了大力支持，在制定相关体制机制方面也给予了诸多方便；晚年在病中的童庆炳教授，多次勉励我们传承好过去的经验，大胆探索，争取把工作尽早落到实处。中国作协这一方面，作协党组、特别是铁凝主席也同样给予了积极支持和热诚关怀；分管鲁迅文学院工作的吉狄马加书记，则在工作中给予了非常具体的关心和指导。

参与该项工作，制定合作规划、培养方案、课程体系，以及日常服务管理等诸项事务的，便是本文的两位作者，时任鲁迅文学院常务副院长的邱华栋，和北师大文学院负责研究生教育的副院长兼国际写作中心执行主任张清华。整个过程中，要想实现两个职能完全不同的单位之间的密切合作，在所有培养工作的环节上都无缝对接，是一个至为琐细的工作，难以尽述。好在这不是一个"工作汇报"，我们在此也就从略了。主要想说明的是，两校之间目前的合作进行得非常顺利，一切都在愿景之中。

迄今为止，该方向的研究生已经招收了三届，共56人。从总体情况看，达到了预期的要求。在学员中，有鲁迅文学奖获得者乔叶、鲁敏，有多位全国少数民族文学奖获得者，有"70后""80后"广有影响的青年作家，像东紫、杨遥、朱山坡、林森、马笑泉、高满航、闫文盛、曹谁、曾剑、王小王，等等，他们在文学创作上都已经有了相当出众的成绩，或是十分丰富的经验，然而他们共同的诉求，又是都有"充电"的渴望，有成大家的梦想，所以因了冥冥中某种命运的感召，汇聚到了一起。

关于文学教育，历来也是分歧明显众说不一的，有人坚称"大学不培养作家"。这话一定程度上是对的，大学的使命很多，成败胜负的确不在乎是否出产了一两个作家。但这话的"潜台词"值得商榷——其意思是有轻蔑的，是说"你培养不了作家"，"作家不是谁培养出来的"。这当然也对，没有哪个大学敢说自己"培养"了几个作家，而只能说，那儿"走出了"哪些个作家和诗人。但这么说是否意味着文学教育是无必要的呢？似乎也不能。因为照某些人的逻辑，我们就可以反问，大学不能培养作家，难道就可以"培养"经济学家、政治家、科学家和法学家吗？谁又敢于说，他们"培养"了那些伟大和杰出的人物呢？很显然，各行各业的杰出人才都是很难通过"定制"来培养的。但从另一方面说，大学又必须要提供人才成长和受教育的条件，从这个角度看，宣称大学不培养作家又是不负责任的。回顾当代文学的历史，文学的变革和作家的成长与大学教育的恢复和发展密切相关。"文革"及"文革"前大学教育的草创和荒芜时期，也出现过许多作家，但他们要么是从战争年代的洗礼中锻炼出来的，要么是在长期的自学中成长起来的，因为没有条件受到良好的教育，他们的文学道路多有延宕，艺术成长和成就也都受到了限制，这是人所共知的常识。正是"文革"后教育的全面恢复与发展，才让文学事业出现了人才辈出蓬勃兴旺的局面。

所以，正确的理解应该是，作家是无法培养的，但文学教育是必需的。当然，文学教育对于高校而言，其目标确乎主要不是"培养作家"，而是为所有学生提供一个素质养成的环境条件，这才是成立"国际写作中心"、引进著名作家执教的核心意义所在。换句话说，能不能出产一两个作家或许不是最重要的，其培养的人才是否具备写作的能力，成为文学的内行才是重要的。传统的文学教育虽然有各种各样的问题，但是所培养的读书人大都是既能够研究，又可以写作的双料人才。新文学的早期，大学的教授也有许许多多是学者和作家集于一身者，之后才逐渐文脉不彰，大师不存，大学教育渐趋沦为工具化和技术化的知识教育，名实不符的学术教育。

但无论如何，北师大与鲁院联办的这一培养模式，其目标还是直接而干脆的，就是"培养作家"。当然，这培养不是从根上栽植开始的，而是"选苗"和"移栽"的过程，甚至有的就属于"摘果子"。即便是后者也不是无意义的，当年莫言、余华、刘震云、迟子建、严歌苓等这批人，在进来之前早就是声名鹊起的青年作家了，录取他们无疑也是"摘果子"，但系统的阅读与学习，大学综合环境下的熏陶成长，谁敢说对于他们后来的写作没有助益？所以，我们坚信这一工作是有意义的。

最后再来说说这批作为"文学新势力"的新人。显然，他们都属于"70后"或"80后"的一代，较之他们的前辈，这批新人的主要差异在于代际经验。前代作家的成长期大都经历过历史的大波大澜，童年也大都有原初和完整的乡村生活经验，所以某种程度上还是受到"总体性经验"支配和支持的一代作家。莫言笔下的"高密东北乡"，可以说寄寓了他对于农业社会生存的全部感受和想象，也寄寓了他对近现代中国历史巨变的全部记忆与理解，读之如读一部血火相生、正邪相伴、生死轮替、魔道互换的史诗。这种具有总体性和原生性的经验与美学，在下一代作家这里早已变得不可能，他们都命定地处在某种"晚生"和"后辈"的自我想象之中，不得不在碎片化、个体化的历史经验与记忆中探索前行。

这些都并非新鲜的话题，我们也只是重复了前人既成的说法。但这也是所谓"新势力"的根基与合法条件，"新"在哪里，又何以成为"势力"，这是需要我们想清楚的。在我们看来，所谓"新势力"其实就是指：一是有新的文化特质的，他们在文化上所拥有的"新人"特色或许很难用一两句话说清，但一定是更具有个性、自主性和独立思考的一代，是拥有新知和新的经验方式的一代，是用新的思维与视角看取人生与世界的一代，是在网络信息时代生存和写作的一代；二是有新的美学属性的，这些属性自然更难以总体性的概括来描述，但毫无疑问他们是具有陌生感的一族，是难以用传统范型所涵盖和统摄的一族，是游走和不确定的一族，是空间化和个体性得以充分彰显的一族，当然，也是相对琐屑和相对真实，相对平和和相对日常性的一族。有时我们觉得是这样的不满足，但有时我们又会觉得，他们离着理想的文学，离所谓普世性的"世界文学"的距离越来越近了。

旁观者说一千句，不及读者自己去观照、去体味其中的丰富和微妙，"总体性"之不存，我们的概括也自然显得苍白无力，不如读者们自己去一一打量和细细辨识。

看，这就是"文学新势力"，他们来了。

2019 年 7 月，北京西山暑热中

目　录

天涯近

　　我又在酸腐的气味里醒过来。一天又一天。没有什么区别。我在脖子下面塞进去一个丝绸的抱枕。这个淡紫色的上面开满了白色小花的圆柱形枕头，是这个家里唯一不让我讨厌的东西。它的柔软光滑和在冷空气的吹拂下特有的凉爽，总会减轻我每天早晨醒来的厌倦。我懒得去开窗子，我知道窗子外面的空气即使没在太阳里晒出汗酸味，也会在闷热的夜晚里捂出臊馊来。

　　我的床头上有一个按钮，只要轻轻地按一下，那个被我父亲从他的工厂里挑选出来的女孩子，就会走进来，问这问那，然后按照我的嗯啊哼噢给我端来漱口水和饭菜抑或饮料什么的，总之，她就是我需要的一切。我歪头看着那个蓝色按钮，它圆圆的，在夜里，会散发出蓝色的光，像只被驯服的野兽眼。我懒得去按它，尽管我的肚子已经在叫了。我讨厌看见那个女孩子。我的继母马丽也不喜欢她。有的时候，为了表示和继母的意见不一致，我会偶尔喜欢一下她。这样的时候，她就会不停地叫我少爷，很肉麻，也很无聊。她叫我少爷，我的父亲很高兴，所以，她一直叫我少爷。我不喜欢她的腔调，她这样叫我的时候，我总感觉自己好像被塞进了一间有着鸦片香味的屋子，面前站着个低眉顺眼的丫鬟似的，我就觉得自己呼吸困难，形象丑陋，甚至某个脚指头已经开始腐烂。

　　淡紫色的面上开满了白色小花的抱枕，在我脖子底下变得热乎乎的，我把它抽出来，它上面有一个我脖子的印记。最近，我老是出汗，尤其是我的脖子和后脑勺，这让我感到厌烦。我把抱枕扔到沙发上。起身打开门，把头伸到走廊里，走廊里的酸腐气味更浓，还夹杂着昨晚的饭菜和酒的气息。我把头缩回来，重新回到床上。这时，我听见我的继母开始了她每天上午必做的一件事情——咒骂我的父亲。她每天咒骂我父亲的时间大都在我起床的时候，就好像我的房门是她嘴角的开关一样。她穿着从意大利买回来的昂贵皮拖鞋在各个房间里穿行，咒骂着我的父亲，偶尔夹杂着几句对保姆的呵斥和命令。有的时候，我并不讨厌继母马丽的咒骂，因为我也不喜欢我父亲，我恨他，并不止一次在心里咒骂他，也曾热切地盼望他死掉，像我家楼下死掉的那只野猫一样，躺在肮脏的垃圾堆里。有的时候，我喜欢继母马丽的咒骂，她咒骂着的时候，就是她痛苦着的时候。我希望看见她痛苦。看见她被痛苦咬噬得支离破碎，看见她狐狸精一样的容颜在痛苦里一点一点地被撕碎，破碎成母夜叉。我的父亲早就开始叫她母夜叉了，这是我父亲近十年来说的最让我欢喜的一句话。

今天早晨，我却对继母马丽的咒骂感到厌恶。对我的淡紫色的柔软光滑凉爽的抱枕也感到厌恶。人活着真是没意思。我嘟囔着这句话。突然，我感觉这句话在我的喉咙里生了根，它纵横交错的浓密根须在我的喉咙里像章鱼的爪子一样挥舞，伸展。伸进我的脑子里。在脑子里面挥舞。把我的脑子搅拌成地摊上民工饭碗里的豆腐脑。为了赶走它，我按下那个蓝色按钮。那个女孩子，我的父亲和我的继母马丽都叫她玉儿，马丽心情不好的时候就把这个音发成驴儿。我只叫她"哎"。光鲜得跟我家花园里的花一样的玉儿跑进来，满脸笑容地问："少爷起床了，你需要什么？"我也不知道我需要什么，饭我是不想吃的，水也不想喝。我只是想有人说话，把我脑子里的章鱼赶走。可是，看见玉儿虚假的讨好的笑容，我又懒得说话了。我用死鱼一样的眼睛看着她。我的眼睛在我不想说话的时候真的很像死鱼。我整个人都像条死鱼。我对自己说，我只要听到一句真话，我的心情就会好起来。于是，我问："哎，你看我的眼睛像什么？"玉儿看着我的眼睛说："少爷的眼睛好漂亮，像又大又亮的宝石哦。"

　　我挥挥手，赶走玉儿。她乖觉地往外走去。走到门口又回过头来说："少爷，心情不好的时候，应该出去走走。"我懒得理她，用我死鱼一样的眼睛盯着她红润的嘴唇。她的嘴唇没有口红，天生有种鲜嫩的红，像是刚刚切开的西瓜。我替她惋惜起来，这样鲜嫩的嘴唇却总用来说些虚假的话。我也知道，用不了多久，她就会被一个男人肮脏的黏附着烟酒气味的嘴唇包裹起来吮吸，而她，为了金钱会拼命地挤出讨好的享受的笑容，正像我的继母马丽一样。

我坚信我的继母马丽当初就是这样讨好我父亲的。当初，她也有玉儿这样鲜嫩红润的嘴唇，可惜的是，她最终选择用她的嘴唇来讨好我的父亲，杀死我的母亲。我母亲就是被马丽还有很多像她一样的红唇杀死了。

　　玉儿的脸红了一下，她可能看出我眼睛里的轻蔑和敌意。她重复说："我说的是真的，出去走走，心情会好的，老憋在家里会憋出毛病来的。"

　　"哼。"我用鼻子回答了她，我知道她希望家里的人都出去，她好有机会讨好我的父亲，好把她鲜嫩红润的唇凑到我父亲脸上。我敢肯定，她绝对巴望着这样的时刻。这个城市里的很多女人都巴望着这样的时刻。这正是让马丽发疯的原因。

　　玉儿的嘴唇消失在酸腐的空气里。我决定起床，出去逛逛。尽管我知道外面的太阳已经把一切都晒得跟炉子上的一锅大杂烩一样，空气要比这里难闻上十倍。既然，哪里都没有意思，在床上和在外面也没有什么大的不同。我这样说服着自己，走出去。

　　我的继母马丽坐在客厅的沙发上用一双熬夜的眼睛盯着我，她自言自语地说："那个狗娘养的又一整晚没回来，又不知道死在哪个不要脸的狐狸精床上呢。"我懒得理她，我把脊梁柱挺得直直的钻进我的黄色宝马里。我发动了车，漫无目的地走出去。大街小巷。我坐在车里看着外面挂满了灰尘的树叶，和树叶子一样肮脏的建筑、街道。看着街道上过往的人，挂满灰尘的疲惫而厌倦的脸。

　　活着真是没意思。这只在我脑子里搅动了很长时间的章鱼又挥舞起它的爪子。我慢慢悠悠地开着车，我对自己说，如果我今天看见一张真正高兴的脸我就不再想这个问题。

没有。全都一样的疲惫，厌倦，懈怠。所有的人都冒着汗珠子，都冒着令人窒息的酸腐气味。整个世界像是被毒辣的太阳施了魔法，慢慢地腐烂，却不能自拔。我厌恶地按着喇叭，让它像个受伤的人一样喊叫着。过往的人用敌意的仇恨的目光看着我和我的车。我用死鱼一样的眼睛盯着他们。我说："来啊，打一架啊，讨厌我就揍我一顿呀。"

没有。没有人来揍我。我知道他们不是不想揍我，是不敢揍坐在宝马车里的我。他们也都像我的继母马丽一样虚假，和她一样热爱着金钱。我的腰累了，我打算回去，重新躺回我的床上，尽管我也不喜欢躺在床上。

我讨厌这辆车，它是我父亲送给我的十八岁生日礼物。它最初是我喜欢的银色。我父亲兴高采烈地对我说："儿子，爸爸送你一件会让你尖叫的礼物。"我父亲一直记得我小时候得到礼物时快乐的尖叫，那时，我会抱着我父亲的脖子尖叫，亲吻，蹦跳。我已经忘记了快乐的感觉，从我母亲死去的那天起。银色，一种让人禁不住向往太空的颜色。宝马跑车，我曾经最渴望驾驭的汽车。它是那么飘逸而健美。美得无可挑剔。我几乎要尖叫了，可是我看见了我父亲期待的表情。我的兴奋消失了，我用死鱼一样的眼睛看着我父亲说："我讨厌它的颜色，我喜欢黄色，亮黄色。"我父亲脸上的期待没有了，他皱着眉头说："你不是最喜欢银色么？"我冷冷地说："早改了。"所以，我就有了一辆讨厌的汽车。我讨厌它的颜色，就像讨厌我继母马丽的脸一样。

一无所获。我的心情丝毫没有好转。我把车开回来，在最后一个拐弯的街口，杂乱的地摊使我不得不走走停停。就在这时，一张红彤彤的黑乎乎的快乐的脸出现了。那无法控制的快乐，像包裹在纱布里的水一样从那人的皮肤上、眼睛里、嘴唇上、牙齿上渗出来。我认得。因为我在寻找，所以我认得。我的心怦怦地跳动起来。他快乐地蹬着自行车，因为是上坡，他的胸口几乎趴在自行车把上。那黑乎乎的红彤彤的无法掩饰的快乐让我的眼睛疼痛起来。我知道他的心里肯定有尖叫，他肯定会抱着给他快乐的人尖叫，亲吻，蹦跳。

他在我的车前灵活地晃了一下车把，就拐到五十米外一个卖羊肉串的地摊上。他的快乐像磁铁一样吸引着我。我打开车门走下来。在我的脚踩到热乎乎的地上时，我意识到自己已经很久没有这么主动地使用过我的双腿了。我看着他猛地刹住车子，身子前后晃了晃，咧着无法合拢的嘴跟摊主说了句什么，然后，他高高地扬起他的后腿，下车，接着用他的右脚把车撑砰的一声踹上。他在踹车撑的时候，他的快乐的脸对着车撑，好像面对的是一个使他快乐的人。他并没有在低矮的油乎乎的小桌子前坐下，而是走到电话机前，拨起电话来。我赶紧跟过去。我想知道他因为什么会这么快乐。

他对着电话说："你今晚能来么？我有特别重大的好消息告诉你！"

没有说出来，我有点失望。

他放下电话，走到最边角的一张小桌子前坐下。我跟过去在另一张桌子前坐下。手上沾着羊血的男孩放下手里正在往铁丝上穿的羊肉，用脏兮兮的白围裙擦着手走过来问他："要什么？"

"扎啤一杯多少钱？"

"两块钱。"

"这么贵？"

"现在都这个价。"

他略一迟疑说："好吧，来一杯扎啤，十串羊肉。"

"才十串呀。"男孩子有些不高兴。他嘿嘿一笑说："吃完了再要。"

男孩子说："一个人最起码也能吃五十串。"他没再接话，而是问我："你也一个人？"我说："是的。"

"那过来吧，说说话，也给人家腾地方。"

我爽快地答应了他的邀请。我等待着在他的言语里找到他快乐的原因，如同一个间谍期待着获取情报。

我也学着他的样子，要了一杯扎啤，十串羊肉。

他说："半个月前还一块五一杯呢，今天就贵了。"

"可能是天太热了。"我说。

他看看我说："我叫丰雨顺，就住在前面山上那座楼里。"我顺着他的手指看去，是我家正南方的山包上那座孤零零的破旧楼房。那曾经是一个机械厂，后来变成物资局的一个饲料加工厂，再后来，饲料加工厂倒闭了，就变成了无人问津的破楼。在不久的将来，它将成为我父亲的领地。春天的时候，我散步去过那座楼，它周围的院墙全都倒塌了，只剩些残砖断瓦，楼房的玻璃几乎全碎了，四处挂着蜘蛛网，看起来阴森森的。我在那里转了一圈就走开了。

　　"我不知道里面还有人住。"我顺嘴就说出了这句话。丰雨顺说："单位倒闭后，里面就剩三两个单身，今年就剩我自己了，我一个人住一座楼，感觉自己像帝王一样。"他哈哈大笑，喝了一小口啤酒，两三个米粒大小的啤酒泡泡沾在他干裂的嘴唇上，他伸出舌头舔了舔嘴唇。我也端起杯子喝了一口。啤酒的味道非常糟糕，在我的舌头碰到它的时候，我记起了母亲曾经说过的话，啤酒跟马尿一样。我想把嘴里马尿一样的液体吐出来，又怕影响了丰雨顺的情绪，只得勉强咽下去。

　　丰雨顺看着我笑笑说："喝习惯了就觉得好喝了。"说完又啜了一小口。看他的样子，是打算慢慢地享用一个晚上。我迫不及待地问道："你看起来很高兴，好像遇到什么好事情了？"丰雨顺的快乐一下子出现在他的浓眉上，压得眉梢弯下去，他转了下脑袋，咧嘴笑着说："我的诗歌发表了。"他干裂的嘴唇出血了，玫瑰一样的颜色。

　　"是吗？"我有些失望，原来就这么点事呀。一点和这个时代八竿子拨拉不着的事。我的心跳逐渐变得缓慢，轻飘，无力。我打算离去，我把手从扎啤杯的把手上拿开，打算站起来。

　　丰雨顺好像看透了我的心思，他说："你可能觉得这不算什么喜事，在我可是最大的快乐了，我从十六岁开始写诗，一直写到现在，终于发表了，而且是发在《人民文学》上。"他又啜了一小口啤酒，接着说："《人民文学》那可是最高级别最有权威的刊物，这意味着什么，你知道这意味着什么？"

"还能意味什么？"我已经无精打采了。

丰雨顺停下他的嘴唇看着我，眼睛里的快乐僵住了。我挑衅地看着他。我的心里有一个声音说，来吧，揍我呀。丰雨顺转了下眼珠子，端起酒杯碰了一下我的酒杯说："你说得对，还能意味着什么？我怎么取得一点成绩就轻飘起来了，这仅仅是开始才对。"他的眼睛为自己的轻飘表现出了懊恼。我的心又突突地加快了速度，我为自己破坏了他的快乐觉得有点过意不去，我说："瞎说的，我不懂，我不写作，你别往心里去，人能快乐就好，就怕找不到快乐。"我站起身，丰雨顺扬着头问我："还没喝就走么？"我说："有点急事。"

我的家里已经摆好了精美的碗筷。玉儿站在门口迎着我，热切地看着我说："少爷的心情好些了么？"我"嗯"了一声。我父亲也热切地看着我说："出去走了走呀？"我"嗯"了一声。我的继母马丽上午破碎了的容颜又拼凑了起来，只是再也没有了勾引我父亲时的光鲜和妖媚。她化了浓妆，嘴唇像是刚刚喝过鸡血。我坐下来。马丽讨好地说："出去这么大半天，我和你爸爸都担心了，好了，回来就好，我让张妈做了你最爱吃的。"我用我死鱼一样的眼睛厌恶地看着她说："你什么时候才能说一句真心话呢？你只有在咒骂我父亲的时候才说真话。"

马丽的脸瞬间变得和她的嘴唇一个颜色，她的好不容易拼凑起来的面容重新破碎了。

我继续用我死鱼一样的眼睛盯着她。

我父亲的眼睛也变得和死鱼一样。

我父亲重重地摔掉筷子，对着马丽吼道："看你给孩子造成了什么样的影响！"筷子从桌子上蹦起来，在空中做了前滚翻，落到马丽的饭碗旁。我父亲晃动着他肥硕的身躯愤怒地走出去。马丽捂住她破碎的衰老而凶恶的面孔一扭一扭地跑上楼去。

我吃掉了一大碗饭。这是最近半年来我吃得最多的一次。我边吃边回味着我父亲和马丽的表情，回想着丰雨顺那张黑乎乎的红彤彤的快乐的脸。我突然有了一个想法，我一定请丰雨顺喝一次真正的德国啤酒。玉儿看着我的空碗说："少爷今天心情很好呀。"我用我死鱼一样的眼睛盯着她虚伪的嘴唇说："哪里好？"玉儿说："少爷有精神招惹别人了。"

我父亲又开始了新的爱情，很少回家了。马丽对他的咒骂从上午我父亲上班后的专场演出逐渐变为整天不间断地轮番播放。很多时候，我在半夜里被她的咒骂和哭泣惊醒。醒之前，总是有模糊不清的噩梦，我浑身不停地出汗，大汗淋漓，直到我的头开始疼痛，汗才会止住。开始的几次，我禁不住按了蓝色的按钮，把玉儿叫进来陪我。后来，慢慢地，我自己习惯了。我把那个淡紫色的上面开满了白色小花的抱枕塞到脖子后面，让我的汗珠子把它浸透。

屋子里的空气随着马丽的嘴巴不停地开合而变得更加酸腐。我断定马丽肚子里的某一个零件已经开始腐烂了。我把我的想法在一天深夜告诉了玉儿。玉儿快乐地告诉我："她的心腐烂了，她是蛇蝎的心。"玉儿接着说："她待少爷和老板的好都是假的，要不是蛇蝎的心，哪有那么诅咒人的，我一眼就看出来了，只有老板蒙在鼓里。要不是我告诉老板，老板就永远被她蒙骗着。"

我用死鱼一样的眼睛看着玉儿鲜嫩的红唇说："马丽在成为我继母之前有着和你一样的嘴唇，她的嘴唇被我父亲亲吻之后就变成蛇蝎的嘴唇了，你的嘴唇总有一天也会变成马丽那样的。"玉儿笑笑说："我才不会呢。"我说："你出卖了马丽。"玉儿说："我这怎么叫出卖呢？我干的就是这样的活。"我的心又突突突地跳了起来，它有了一点快乐——原来我的父亲已经有好几年不爱我的继母马丽了，原来马丽已经被我父亲欺骗了好几年。

　　我决定搬出去住。我已经厌倦了在半夜里咀嚼马丽的痛苦。我知道她已经没救了。她的全部的希望就是等待我父亲回来与她重新和好如初。她在咒骂的时候，永远是支棱着她的耳朵的，她的心在愤怒，在愤恨，在咒骂，她的耳朵却时刻在聆听我父亲的脚步，期待着他回来，重新把她揽进怀里，重新给她爱情和金钱。让马丽慢慢地没有观众地孤苦地被痛苦咬碎吧。她曾经制造了比这强烈数十倍的痛苦给我母亲，我可怜的母亲被击倒了，用了一根曾经给我父亲拉地排车的绳子结束了她短暂而操劳的生命。我的母亲给我留下了终生的疼痛和绝望。

　　我搬出去住的愿望一天比一天强烈。我早已想好了去哪里。我已经去过丰雨顺的那座废楼了。那里，的确只有丰雨顺一个人。那里的空气没有酸腐的味道。我对玉儿说："哎，你的任务包括监视我么？"玉儿虚假地说："我只有伺候你，我哪敢监视你哦。"我说："那就好，你帮我准备一顶蚊帐和铺盖，帮我搬到我要去的地方，不准和任何人说，也不准和那里的人说关于我的任何情况。"玉儿乖巧地应承着，帮我收拾好了丰雨顺对门的一间屋子。在这间屋子里，我能够看见我的家。玉儿很能干，找了纸壳子把窗子上的破玻璃堵上。她还为我带来了我的抱枕——那个家里我最喜欢的东西。

我开始成为丰雨顺的邻居，丰雨顺帝王府里的不速之客。丰雨顺对我的到来表现出了出乎我预料的欢迎。他买了扎啤和盐煮花生米给我接风。扎啤用两个塑料袋盛着，分别放在两个掉了瓷的搪瓷缸里。很多次，我都把塑料袋吸进了嘴里，再拽出来时，啤酒又跟着塑料袋流回搪瓷缸里。丰雨顺只有一双筷子和一个勺子，丰雨顺把勺子放在碗里倒上开水烫了一会，递给我说，消过毒了。

我对丰雨顺说："我是从别的地方来找工作的，玉儿是我表姐，在银行工作。"我这么说是为玉儿往这送好吃的做铺垫。丰雨顺深信不疑。丰雨顺说："有朋自远方来不亦乐乎。"我说："我算你的朋友么？"他说："当然，朋友不在于交往了多少年，有的人交往了二三十年才发现原来不是朋友，有的人只见一面就知道是朋友。"我说："你怎么知道我是朋友的？"丰雨顺笑笑说："你不虚假，上次我就知道你不虚假，这样的人就是朋友。"

我躺在丰雨顺的对门，躺在虽然经过玉儿精心铺垫但仍硬邦邦的床铺上。看着昏暗的灯光里，大大小小的飞蛾虫子和蚊子翩翩起舞，看着蚊帐上均匀排列的圆形小孔，看着两只蚊子在那里努力地想钻进来喝我的血。我想起小时候的夏天我也是睡在蚊帐里的。我的父亲发了财以后，我们住上了别墅，住上了带空调的房间，有了足够的钱买灭苍蝇蚊子的药以后，就不再使用蚊帐了。

小时候，我最喜欢我母亲抱着我把我放进蚊帐里的时刻，我母亲用蒲扇仔细地扇着蚊帐的边边角角，在确信把所有的蚊子赶出去之后母亲才会放下蚊帐。我总是很乖巧地静静地躺着，看着我母亲挥舞晒爆了皮的胳膊。风，扇在我脸上的时候，我就使劲地喘气，把凉风全吸进肚子里，这样我睡起觉来就觉得凉快一些。

这个夜晚，我在梦里闻到了野花的香味。玉儿上午来看我的时候，我还没有醒，玉儿说，我睡得跟条死狗一样。我很高兴玉儿这么说，我知道人睡熟了的时候就跟死狗一样。

丰雨顺总是很早就出门，他告诉我他在一个私人的糕点厂工作，当一名小会计。那个糕点厂是他朋友开的，十天有八天加班，而不加工资。他笑着说："那是一个很好的朋友，却不是一个很好的老板。"我问他："很好的老板是什么样子？"我想从别人的观点里对照我的父亲。他说："我认为好的老板就是金钱和良心和责任感一起生长的人。"我笑了笑，我知道他也不会认为我的父亲是个好老板，这让我感到高兴。

我曾经很迷茫过，因为很多人都在赞美我的父亲，包括政府机关、新闻媒体，我的父亲经常出现在电视上，接受漂亮的女主持人的采访。我父亲的名字常常和失业、上岗之类的词联系在一起，也常常和救灾捐款联系在一起，但我知道他的真实想法，他不是为那些不幸的人们伤心，他只是拿出一点点钱给他们，然后利用这个拿钱的行为当作他企业的宣传。他曾经说过，这是最有效最划算的宣传方式。

丰雨顺有一个市图书馆的年卡，他不加班的时候就闷在图书馆里，他说，不用就浪费了。我经常要在晚上十点左右才看见他。看见他之前，我就静静地躺在我的蚊帐里，或者坐在楼外面的瓦砾堆上听那些小虫子的叫声，听风吹在破玻璃上、吹在空荡荡的廊道里的声音。

丰雨顺回家的时候，总是吹着口哨，他的口哨吹得非常好，跟笛子差不多。他斜挎着他的脏乎乎的黑帆布包，手里提着个塑料袋，人还没到楼门口就喊我，大——宝——

大宝是我妈妈对我的称呼，丰雨顺问我名字的时候，我告诉他叫我大宝就行。

看见我的时候，他就嘿嘿地笑两声说："吃了吗？再吃点吧。"边说边把他的晚饭拿出来，经常是一包廉价的方便面和两个馒头，他把方便面塞进搪瓷缸里，把塑料袋罩在缸子上面当盖子，等方便面变软以后，他就把馒头撕碎塞进去，三两口就把满满的一缸子东西扒拉进嘴里。吃完饭，他的汗就顺着他的面颊流到脖子里，他就把衣服脱得只剩条小裤头，到水管下稀里哗啦的一阵冲洗，再回来的时候，整个人浑身湿漉漉地散发着肥皂味。这时的丰雨顺就把自己往他的破床上一摞，拿本破杂志扇着风，和我聊天。大多数时间都是他在说，我在听。丰雨顺很健谈，我很愿意听。丰雨顺说得最多的是他读的书，有很深奥的道理，也有有趣的故事。

我常常问他为什么这么快乐。他经常反问我："为什么要不快乐呢？"

他为什么会这么快乐？丰雨顺不能给我一个明确的回答。我只得自己照着他的样子找答案。我让玉儿给我找来他读过的书，我甚至不再吃玉儿给我送来的饭菜，而像他一样用一个红色的或者绿色的白色的塑料袋子提着方便面，像他一样把方便面塞进他掉了瓷的搪瓷缸，像他一样吞咽，然后像他一样站在水管子下或者用脸盆盛了水往身上浇，用他的破杂志扇风。常常看得玉儿目瞪口呆。玉儿说："你何苦这么作践自己？放着好好的日子不过找罪受。"的确是找罪受，那廉价的方便面，泡囊了的馒头简直令人难以下咽。破杂志扇出的风丝毫不能跟电风扇相比，更别说空调了。那彻骨的凉水浇在身上，片刻的凉爽之时也是带着激灵的，很不舒服，然后就会更加闷热。至于那些书么，我总是看不了三行就开始迷迷糊糊。但我感到了一种离快乐很远也离厌烦很远的东西。

　　我让玉儿给我拿双倍的饭菜水果来，邀请丰雨顺一起吃。开始的头两次他很痛快地答应了，边吃边开玩笑说："想不到你过得跟地主一样啊。"第三次，丰雨顺看出是我故意准备好等他吃的，他便说什么也不肯了，他说："你还没找到工作，怎么能老请我呢。"我告诉他是我表姐玉儿送给我的，她工资很高，用她一点吃她一点都没什么。

　　丰雨顺盯着我窗子上的纸壳子看了几秒钟说："大宝，我说你几句你别不高兴，我发觉你缺乏上进心，还缺点自尊心，你一个大小伙子怎么好意思靠表姐供养着，还不知道感恩呢？你应该奋发图强，给自己制定下目标，然后努力朝着这个目标奔进！你这么年轻，总是无所事事是非常有害的，你要是把我当朋友，就从明天起不要再让你表姐送饭了，我给你联系了，我朋友答应让你过去，你慢慢地从学徒工干起，说不定会成为一名优秀的糕点师，就是将来自己开个蛋糕店什么的，还能当个小老板呢，自力更生，多好。"他边说边站起身来走到窗子前边，看着我的家说："你知道么，在咱们的对面，就住着这个城市里最有钱的人，听人家说这个城市三分之一的财富在他的手里，有十分之一的人口在他的工厂里，你明白这个数字的分量么？就是说这个城市里每十个人当中就有一个人靠他生存，听说二十年前他仅仅是个拉着地排车走街串巷收废品的人，这个人真了不起。"

我的心在一点点下沉。我说："这么说，你很羡慕他，羡慕他的财富？"

"对。"丰雨顺说，"是的，在这个世界上，能实现自己价值的同时，能帮助别人，是很值得羡慕的。"

"有钱人并不快乐，更不见得高尚。"我哼下鼻子说。

"不对。"丰雨顺扭头看着我说，"你说的不对，那些有钱而不快乐的人是因为他们成了金钱的奴隶，所以他们才不快乐。"

我对他笑了笑说："如果你有很多钱，你会做什么？"

丰雨顺不假思索地说："先把我们村的路修好，然后把这里重新建起来，建成一个很好的工厂，让我原来的同事都回来上班。"

我说："你办不到的。"

丰雨顺看着我说："是，我的确办不到，这只是我的梦想。"

我和丰雨顺关于金钱的讨论到此结束。

几天后的一个夜晚，我被丰雨顺的笑声惊醒了。这在我真是个新鲜的体验。我长这么大还是第一次在别人的笑声里醒来。小的时候，我母亲常常说我把她笑醒了，总问我梦见了什么，那么高兴。母亲说这话的时候，她的脸上荡漾着甜蜜的笑容，以至于我总认为是母亲笑着把我弄醒了。我的心突突地狂跳着，我赤着脚悄悄地走进他的房间，靠近他的蚊帐，看见他拽着身子底下脏兮兮的床单，嘴巴咧得大大的，笑着说："我终于抓住你了，你再也跑不掉了。"

我想起外婆曾说，把说梦话人的鞋子翻扣在他的枕头边，问他什么他就说什么。我拿起他臭烘烘的凉鞋，放到他床头上。我问："丰雨顺你为什么快乐？你抓住谁了？"

丰雨顺猛地睁开眼睛坐起来，惊得我差点坐地上。

丰雨顺从蚊帐里钻出来说："你半夜三更的不睡觉站在这里吓我，我撒尿去。"他低头找鞋，发现鞋子在枕头边上，就嘿嘿地笑起来。我不由自主地跟在他背后。丰雨顺撒完尿，又站在水管子下一阵猛冲，然后把头摇得跟个拨浪鼓似的，水珠从他的发梢上飞射出来，落我的身上，凉飕飕的，像旱天里突然而至的雨滴。

丰雨顺趿拉着凉鞋走回屋，把他的破蚊帐扔到帐顶上，盘腿坐下说："我先问你一个问题，你有女朋友么？"我摇摇头。他又问："谈过恋爱么？"我摇摇头。丰雨顺见我总是摇头，前倾了身子对着我小声说："你都二十岁了，该谈恋爱了，恋爱可是人世间最让人荡气回肠心情愉快的事情。"他突然伸手指着我说："噢，我知道你为什么不快乐了，你缺乏恋爱，你这叫什么来，叫青春期综合征，恋恋爱就好了。"

我记起那个我曾经喜欢的女孩子，就在我打算亲吻她时，我的眼前却出现了我父亲亲吻马丽的镜头，我的耳朵里再次回响起母亲绝望痛苦愤怒到疯狂的哭喊声，用头撞墙声。那声音，震耳欲聋。我的嘴唇僵死在距离女孩嘴唇五厘米的空中。

丰雨顺说他的爱情真正开始在我第一次看见他的那个夜晚。他的那个电话就是打给他女朋友的。在这之前，女孩子对他一直是若即若离的态度，不说行，也不说不行，就是五六十度的温度。这很让人着急难受。丰雨顺说着，伸开胳膊，像大鸟晾翅一样颤颤，说："姑娘啊，你要热就热血沸腾，要冷就冷若冰霜！"然后把胳膊抱在胸前哈哈大笑，笑完告诉我后两句诗是郭沫若说的——"你看了么，大文豪也和我一样的感受。"

丰雨顺继续回忆说："那天晚上，你那杯啤酒不是没喝么，我觉得扔了怪可惜的，我就把它喝了，有点高了，勇气也就上来了。女孩子来的时候，我就把我发作品的事告诉了她，还把我将成为中国著名诗人的前景做了一番描画。然后，我借着酒胆就说，姑娘啊，你要热就热血沸腾，要冷就冷若冰霜！如果不打算嫁给我，就马上走掉，别再拽得我的心整日里乱悠荡。她说，她再考虑一下，和她家里商量一下。这么多天，我一直在等啊，等得我都快没信心了！大宝，你知道么，今天，她终于说，家里同意了，她随时都可以成为我的新娘！"丰雨顺朝屋顶伸出他的胳膊，晃起脑袋。

我的继母马丽终于找到了遏制我父亲在别的女人床上过夜的办法。她不停地约见律师，打算和我的父亲离婚。我父亲回家了。玉儿告诉我说："你必须回家了，要不老板该怪罪我了。"

我是该回去了。丰雨顺的快乐是他自己的，我没法模仿，也学不来，那里的床铺让我的腰疼。闷热的空气里虽然时常会夹杂着野花的香气，但它的高温常常让我虚脱。再说，我需要观看我父亲和马丽的演出，他们的痛苦早已成为我的鸦片。

我对丰雨顺说："我父母让我回老家一趟。"我走的时候，故意在枕头底下留下了两千块钱，我想看看丰雨顺怎么对待它。我一直想做一个实验，就是把丰雨顺放到我父亲的位置上，看他是不是能够做到让他的良心和社会责任心一起生长。我对丰雨顺说，我很可能不回来住了，我的东西都归他了，也没有什么值钱的，我也没法带着锅碗瓢盆上车。

丰雨顺恋恋不舍地说："你在，我每天都特愿意回来，总觉得家里有个亲人在等着自己一样，你这一走，我还真空落落的。"

我说："你不是快结婚了么？"丰雨顺笑笑说："那是爱情，和友谊还不太一样，人是需要这两样东西掺和着的。"我说："你应该有很多朋友的，你的同事同学什么的。"丰雨顺说："原来有很多，后来发生了一件事情，就没剩几个了。"

"发生了什么事情？"我问。

丰雨顺说："一句两句的说不完，等下次见面再说吧。"他的眼睛突然也变得和死鱼一样了。我看见了他的烦恼甚至是痛苦。

我的面颊红润了很多。家里所有的人都发现了。我的很久未谋面的父亲看着我说："这些天你都干什么？"我说："玩，睡觉。"我父亲看着我，像看他手里的一份需要研究的新项目报告一样，看了良久说："气色不错，人也有精神了，是不是谈恋爱了？你的恋爱可不能像你那些同学一样随便谈，你要和爸爸说，爸爸帮你把关，你应该找一个和咱们家身份差不多的，一是可以强强联合，有利于你将来的发展，二是只有地位相当的人产生的爱情才是可信的。"我用死鱼一样的眼睛盯着我父亲的嘴巴，我在心里说，收起你那套破理论吧!

我又重新浸泡在酸腐的空气里。我那睡得像死狗一样的睡姿也留在了丰雨顺风雨飘摇的破楼里。我的继母马丽又开始在她的嘴上涂上鲜艳的口红,开始大包小包地往家里提东西,然后在镜子前照来照去,尖声呼喊玉儿一趟趟地上楼给她评判哪一件好看。喊完了玉儿喊张妈,喊了张妈喊做饭的老路。她开始穿着崭新的衣服整天坐在客厅里。我的父亲尽管回来了,但很少到她的房间里去,客厅是这座楼里最佳的观察点,抬起头可以看见三层楼的任何一个房间。她坐在那里,拿捏着她的声带,把话说得跟港台片里的小姑娘一样。

玉儿悄声对我说:"你继母马丽跟换了个人似的,温柔多了,和善多了。"我笑着哦了一声:"可怜虫。"玉儿睁大眼看着我问:"你说她可怜?"我说:"是的,你可不要把自己变成她。"玉儿说:"我才不会呢,我又不是傻子。"我说:"奴隶比傻子还可怜。"玉儿莫名其妙地看着我。我看着远处的破楼。我想告诉她丰雨顺现在就不是奴隶。可已经三天了,丰雨顺对我枕头下的两千元钱没有半点回应。

我盼望着丰雨顺能够给玉儿打来电话,盼望着。很久以来,我的脑海里第一次有了盼望这个概念。我对自己说,他不是那种人,他会来电话的。

一天又一天。十天过去了。我渐渐地懊恼起来,恨自己为什么非要想法子去破坏丰雨顺的形象。我不停地问自己,为什么?难道是我根本就不相信他的快乐?不相信他的品质在金钱里的硬度?我被这个问题折磨得无法安眠。虽然家里面没有了父亲的吼叫,没有了继母马丽的咒骂，我依然无法睡得像条死狗。

这天我正和玉儿说话的时候，我的继母马丽敲响了我的门，她一手扶着门把手一手指着玉儿说："驴儿，电话，客厅。"玉儿看了我一眼，不相信地说："我的电话？"马丽把她鸡血红的嘴唇撇了一下说："男的。"我的心突突地跳起来，我想到了丰雨顺。

玉儿出去接电话。马丽侧了侧身让过玉儿，她花花绿绿的躯体依旧站在门口，把眼睛在我的床上和沙发上扫来扫去。我知道她醒醒的眼睛在寻找不利于我和玉儿的证据。我用死鱼一样的眼睛盯着她说："马丽你老了，老得都变形了，变得跟母夜叉一样。"马丽用手摸了摸自己的脸颊，气急败坏地说："我知道你恨我，你也不用这么挖苦我，我老不老跟你没关系，你再这么没有礼貌看我不告诉你父亲，打断你的腿。"马丽说完，砰的一声把我的门摔上。

这是我成年后第一次正面顶撞我的继母。看着她伪装起来的风平浪静的脸重新破碎，我蹬了蹬她幻想着要打断的腿。

不一会儿，玉儿进来，掩好门低声说："是你那个破楼里的朋友，嗓门那么大，还问是不是银行，你怎么把家里电话留给他了？老板从不允许我们把家里电话告诉外人的。当然了，你不一样，你是少爷。"

我不耐烦地说："又来了，告诉我他说什么。"玉儿的脸红了一下说："我是为你好，当然也是为我自己，还不知道你继母马丽会怎么编排我呢，你听她那口气，驴儿，电话，客厅，男的。"玉儿看我用死鱼一样的眼睛盯着她，知道我不耐烦了，赶紧打住说："他说你有两千块钱忘在枕头底下了，昨天晚上下雨，他怕雨打湿你的床才发现的，问我要你的地址，我说具体地址我也说不清楚，我明天过去拿。"

我的心怦怦怦地跳跃起来。我对着玉儿笑起来。

玉儿莫名其妙地看着我说："你笑什么？"我认真地说："你应该离开这里，不要再当保姆，找份正当的工作，找个像丰雨顺那样的人。"玉儿撇撇嘴说："他那样的，给我我也不要，跟着他会穷得连裤子也穿不上。"

自从我成为丰雨顺的邻居，因为和玉儿有了一个共同的秘密，我把玉儿几乎当成了可以说话的朋友，我以为玉儿是有救的。听了这话，我挥挥手，赶走玉儿。

这一夜，我只醒来过一次，我把那个淡紫色的面上开满了白色小花的圆柱形枕头塞在脖子底下，不多一会儿就又睡过去。

第二天，我父亲突然告诉我说，已经为我办好了去澳大利亚留学的手续，一个月以后动身。还说，我走以后，就把玉儿辞掉，我不在家里就用不着她了。我看着我父亲试探的眼神说，辞掉好，早该辞掉了。我父亲眯了下眼睛，我知道他在研究我的心思。见我冷冷地盯着他，我父亲犹豫了一下说："不要怪爸爸，爸爸是为你好，她配不上你，她只是一个打工的。人倒是比较机灵，长得也还可以，可她配不上你，配不上我们家。我从不反对你有性生活，但恋爱娶妻生子就要慎重了。"

我用死鱼一样的眼睛盯着我父亲，狠狠地盯着。

我父亲说："你不说话是对爸爸有成见？"

我哼了一声，说："你辞掉她是对她的拯救，她人还不太坏，不过再在咱们家待下去就会保不准了。"我父亲说:"你这孩子怎么最近净说些乱七八糟的话。"

一个月转眼就会过去,想一想就要离开的城市,除了丰雨顺,我竟然找不出任何一个别的理由来留恋。尽管在这个城市里我还有三个姨妈,两个舅舅,一个叔叔,一个大爷,三个姑姑,一大堆堂兄弟表姊妹。

我又回到了那座破楼。丰雨顺正和几个人往楼上抬一张双人床。丰雨顺看见我,在裤腰上擦了擦手,然后使劲攥着我的手摇晃着:"这么巧,我还琢磨着再给你表姐打电话呢,我星期天结婚,你一定来!"

我说:"好,一定来,你告诉我在哪家酒店,到时我直接去。"

丰雨顺嘿嘿一笑说:"我已经说服你嫂子不搞那些花花样子,就在这里,几个朋友乐呵乐呵就行了,跟家里就说在城里结了,跟她家里就说,回我们家结了。"

我由衷地说:"嫂子真好。"

丰雨顺笑着舔了下干裂的嘴唇,笑眯眯地说:"不好我怎么会追求她。"说完,再笑着舔舔,好像那唇上沾了蜂蜜一样。

星期天,一大早我就叫上玉儿去帮丰雨顺迎接新娘,我从父亲的公司里要了辆白色的皇冠,还定做了一个大花篮。丰雨顺围着那个巨大的花篮转了好几圈,然后紧紧地拥抱我说:"大宝,有你的这个礼物,我和你嫂子的婚礼就完美无缺了,你嫂子做梦也不会想到会有九百九十九朵玫瑰把她迎娶进门。"

我说:"这不算什么,只要你快乐就行,我表姐还开来了车,白色的，代表白头到老。"

丰雨顺跟我到楼下看着玉儿开来的车说："车就算了，朋友们已经接她去了，不远，就在山后面她宿舍里。"我和玉儿顺着丰雨顺的手指看去，只见七八个人走上坡来。其中一个人，做了个暂停的姿势，一行人便站住了。那个人又朝着丰雨顺做了个手势。丰雨顺急忙回身招呼在楼上的两个人。那两个人扛着两根竹竿，竹竿上面缠满了鞭炮。他们一起跑去。我和玉儿也跟着跑起来。到了坡上，丰雨顺跑到他的新娘面前。那个朋友说："不着急，不着急，站好了。"丰雨顺乖乖地往回退了一步，站好。那表情特别像我们小时候上台给领导献红领巾。

朋友说："丰雨顺，安文文，天地作证，你们愿意和对方终生相守，彼此疼爱，相依为命么？"

丰雨顺说："愿意。"

安文文说："愿意。"

朋友说："声音太小了，天和地没有听见。再说一遍，愿意么？"

丰雨顺和安文文大声说："愿意！"丰雨顺先抬头看了看天，又低下头看着他的新娘，他的算不得漂亮的新娘。丰雨顺再抬起头的时候，眼睛里满是眼泪。

朋友说："鞭炮齐鸣，锣鼓合唱！"他话音一落，鞭炮响起，那几个朋友也敲敲打打地弄出动静来。

丰雨顺背起安文文向破楼走去。

我默默地落在队伍后面，看着用自己的脊背迎娶新娘的丰雨顺，看着趴在丈夫脊背上的安文文，我的眼里突然湿润了。玉儿见我落在后面，停下来等我。我对玉儿说："看见了么，这才是爱情，多感人，你应该找一个丰雨顺这样的。"

玉儿把目光望向破楼说："贫穷就像一只耗子，它会把爱情咬碎的，把生活咬碎，谁知道他们的爱情在贫穷里能存活多久？"

我愤怒地用死鱼一样的眼睛盯着玉儿的乌鸦嘴。玉儿见我生气了，忙说："我没有半点诅咒的意思，贫穷真的很可怕。"

我的眼珠子感到了秋的凉意，泪干了。

马丽和我父亲面对面坐在客厅里。这是个看起来好像很温馨的场面。马丽对着我露出了虚伪的笑容。恶毒，得意。

昨天玉儿告诉我，她曾听见马丽在电话里对人说："我才不管他呢，他愿意怎样就怎样，他反正也从来没把我当母亲看，我也用不着尽那个义务，我喜欢看他慢慢地颓废下去，变成一个废物。"玉儿说："你出国以后一定要好好学习，给你继母马丽看看。"

我父亲说："马上就要出国了，该找些资料看看，了解了解，就你这个样子，我真担心你到了澳大利亚连饭也吃不到嘴里。"我继母马丽说："叫我说干吗又费钱又找罪受，孩子就是在家里最好。"

我用死鱼一样的眼睛盯着她，我父亲也用死鱼一样的眼睛盯着她。我父亲说："你回房去，我要和孩子说几句话。"马丽夸张地晃动着屁股上楼去了。我父亲说："干什么去了？"我说："帮一个朋友结婚了。"我父亲的眼睛里突然有了光泽说："噢？你哪一个朋友，我认识么？"我用讽刺的口吻说："你不认识，他是一个穷人，和你的地位差得太远，是用自己的背把老婆娶回家的人。"

我父亲站起身来转了一圈又坐下说："我和你母亲当年也和他

们差不多，那时候，你大舅用推车推着你母亲，你母亲穿着花棉袄坐在棉被上，车子的另一边放了一块大石头称着，唉，转眼你都二十岁了。"我父亲拍着沙发扶手，目光落在很远的地方。

我看着我的父亲，我的心在鄙视他，我在心里说：你还有脸提我母亲，你背叛了她！你害死了她！

我父亲收回目光看着我说："我知道你一直在为你母亲的事恨我，我知道这给你造成了伤害，所以我一直在努力补偿。"我的眼睛里又有了泪水，我忍住眼泪，突然决定告诉他他把我变成了什么样子。我用死鱼一样的眼睛盯着他说："你知道么，我每天都生活在厌倦之中，你不是总担心我恋爱么？我告诉你吧，我永远不会爱上别人，我的脑子里永远存在着你和马丽那一幕，我痛恨这样的事情！我是个废人，你和马丽把我变成了废人！"

我第一次看见我父亲发抖。他骄傲的总被虚荣的女人们惦记着的嘴唇抖动着，眼睛绝望而惊讶地看着我，胸膛剧烈地起伏。一条骄傲的濒死的鱼。他半天才回过神来说："怎么可能，怎么可能，你那时只有七岁，怎么会是这个样子？"他抱住自己的脑袋，他肥胖的十个指头在染过的稀稀拉拉的头发中痉挛着。

就要走了。我的心飘飘忽忽的。人也飘飘忽忽的。总觉得像在梦里一样。我决定再到母亲的坟墓和丰雨顺的破楼去看看。我先去看了看我母亲。我从母亲的坟上抓了一把土装在小瓶子里。我去找丰雨顺，丰雨顺和安文文都不在，我从门缝里看见他洁白的床单，床上方的墙壁上挂满了成束的干玫瑰。

我父亲在我离开家门的时候说："大宝，你相信爸爸是爱你的，爸爸会满足你所有的要求，到了国外经常给我电话，有什么要求就说。"

我指着丰雨顺的破楼说："不许改变它。"

"为什么？"我父亲莫名其妙地看着我。

"它是我朋友的家，你不能赶走他。"

我父亲皱了下眉毛，艰涩地蠕动了一下包裹在肥肉里的喉结，像一个扁桃体脓肿的人咽一口唾沫。做完这些动作，我父亲说："好，爸爸答应你，爸爸不惜破坏一个大的发展计划。"

我继母马丽用嫉妒的眼睛看着我。这一刻，我感觉她的眼珠子上长满了锋利的铁钉，让每一个从上面经过的人都血肉模糊。

在澳大利亚，最初的新奇过去之后，我的生活重新陷入令我厌倦的灰色轨道。我的英语考试一而再再而三地过不了关。我和另外两个同学一起租住在一栋私人别墅里。别墅的主人去周游世界了。我们常常整天埋头大睡，晚上到酒吧和夜总会打发时光。学校成为我们的一个远房亲戚，偶尔的过去探望一下。这样的日子过久了，我开始感觉到绝望，感觉到头疼。和我不同，我的两个伙伴，他们寻觅到了令他们沉迷的游戏。每天夜晚，他们都会带着女孩子回来，金发的，黑发的，红发的，他们在房间里搞出惊天动地的动静。有的时候，他们四个人甚至更多人一起。我的头疼就是从他们带回女人开始的。听着他们身体撞击的声音，我的头开始疼痛，出汗。

我以为永远扔在了万里之外的妖魔从此又缠上了我。

这时，我才发现我忘记带淡紫色的面上开满了白色小花的圆柱形枕头，我半夜醒来的时候，被同伴做爱的声音弄醒的时候，我的脖子底下空落落的不舒服，我曾经把衣服枕头书包被子塞在下面，但这只能让我焦躁不安，让我的头更加疼痛。

我开始怀念我的淡紫色的面上开满了白色小花的圆柱形枕头，怀念它的柔软光滑。开始怀念住在丰雨顺的破楼里的那段日子，那令人难熬的闷热，那带着野花香气的空气。在那座破楼前面有一大片土地，长满了各种野花，丰雨顺说那里曾经是饲料厂的晾晒场。我想念丰雨顺脸上黑乎乎红彤彤的快乐，那快乐像包裹在纱布里的水一样从人的皮肤上、眼睛里、嘴唇上、牙齿上渗出来。我知道丰雨顺也一定会和安文文做爱，他也会赤裸着身体和安文文纠缠在一起，可是，每当我想到这个问题时，我的眼前就会快速地跳跃出丰雨顺含着热泪拥抱着安文文，仰头对着天空说："天地作证，我不能给你富贵，却能给你一生一世的爱。"这曾经让我热泪盈眶的爱情是否顺利，是否完整？是不是真的像玉儿说的，已经被耗子咬碎了？我只有想到丰雨顺，想到那座破楼时，我的头痛才会减轻，有时甚至会停止。我开始不停地想念丰雨顺的脸，丰雨顺的快乐，丰雨顺的婚礼，丰雨顺的家，丰雨顺那张被安文文洗得洁白的床单，那些成束的挂在墙上的玫瑰。

澳大利亚人很爱整洁，也很爱管闲事。我们的花园里乱草丛生。我对此感到奇怪。同样是荒芜的土地，丰雨顺的破楼前却开满了令我欢喜的野花，让我在睡梦中闻到花的气息。澳大利亚荒芜的地上却是杂草丛生，草甚至于达到了我的胸口。我们谁也懒得去管理花园，尽管主人的割草机就在杂物间里放着。爱整洁的澳大利亚人生气了，他们的气生得很温和，没有咆哮，没有咒骂，没有批评，他们组织了几个年迈的老头老太太到我们的花园里除草。他们说："我们不是为中国人除草，我们是为我们的环境除草。"我躲在屋子里不敢看他们，我的脸有那么一刻钟的时候红了，我想那颜色一定很像我继母马丽的嘴唇，鸡血的颜色。

我曾经想到过除草，可是，我的腿已经变得无法主宰，它们不愿意挪动，哪怕半步。我想我的脑子被疼痛折磨坏了，已经不管用了，管不了我的四肢，什么都管不了了。

我有一个丰雨顺办公室里的电话。在我走之前，丰雨顺给我的。丰雨顺没有手机。他的电话就写在我的护照封皮里。我曾有好几次，拨下了那个号码，在我头痛的时候，在我想念他的时候。每次，都在电话拨通之前挂断，我不知道自己该对他说什么，我更怕听到丰雨顺说，他的爱情被贫穷的耗子咬碎了，他的快乐消失了。

我知道那条可怕的章鱼，会重新挥舞着它可怕的爪子寄宿在我的脑子里。

我父亲平均每周来一次电话。都是些令我厌倦的话语。每次接他电话的时候，我的眼睛就会变得跟死鱼一样，我用我死鱼一样的眼睛看着我的脚尖，隔上一两分钟回应给他一个字，嗯或者噢。慢慢的，我父亲变得着急起来，他已经听说很多留学生得了性病回国。他怕我得了艾滋病，那样他就没有儿子了，就没有接班人了，在他老了的时候，他的财产就会被别人拿走，那等于是拿刀子一点点地割他的肉。他会经受世界上最残酷的刑罚——凌迟而死。我父亲不相信我没有爱的能力，他认为我到了国外就会有了。他甚至在电话里和我试探着谈中国男人驾驭不了外国女人的话题。他说：

"大洋马很厉害的。"我知道,他到国外的时候,肯定驾驭过外国女人。然而,不管他说什么,我都用我死鱼一样的眼睛盯着我的脚尖,隔一两分钟给他一个字,嗯或者噢。

一年半以后,我父亲突然出现在我面前。他看着我惨白的脸色,我瘦弱的肢体,惊讶得说不出话来。他决定带我回国。他说:"看来马丽说的有道理,真是又花钱又受罪。"说到马丽,他突然停下了,过了好一会儿,他说:"马丽死了。"

"什么?马丽死了?"我的心突地跳了一下,像一块被脚尖踢起的石子,往上跃了一下就落下了。我用死鱼一样的眼睛看着他。我父亲说:"肝癌,很快,发现没多久,就死了。"

我说:"家里该安静了。"

我父亲说:"是的。"他突然抱住我说:"孩子,跟爸爸回去,我们重新开始。"

我跟随我父亲上了回家的飞机。我不知道没有了继母马丽,我和我父亲之间是不是能够重新开始。我跟他回家,是因为我意识到用不了多久,那条可怕的章鱼就会苏醒过来,会把我的脑子搅得一塌糊涂,把我的脑子搅碎,让我的脑汁流在澳大利亚肥沃的土地上,滋润着那些可怕的荒草,疯长。

破楼依旧。

四周被厚厚的积雪覆盖着。只有两种脚印通向丰雨顺的宫殿。完整的宽厚的,丰雨顺的。分为两截的,安文文的高跟鞋。我的心咚咚地跳起来。欢快有力。我知道,我的心只要跳起来,我的腿就会活泼起来,我的四肢就会听话,那可怕的章鱼就永远不会钻进我的脑子里。

安文文抱着她的儿子，一个组合了父母五官优点的漂亮孩子。丰雨顺弯着腰在炒菜。看见我很是惊讶地揉了一下眼睛，说："我没看花眼吧，大宝兄弟？！"他把菜铲子啪地一下撂在锅里，手在裤子上擦了一把，双手握住我的手说："真是想不到，真是想不到，回来了？！"他把我按在床沿上，转着圈地找烟找打火机。

我不抽烟，他就自己点上了。转头对安文文说："你还认识吗，我大宝兄弟，就是送咱们玫瑰的。"

安文文的脸一下热情起来，说："你看我们保存得多好，前几天丰雨顺还和我说，等儿子长大结婚的时候，我们当礼物送给他呢。"我抬头看见那九百九十九朵玫瑰，在丰雨顺和安文文的墙壁上，被分成束用塑料纸罩着，整齐地倒挂着，排列着。

丰雨顺看着我苍白的脸说："瘦了，比走的时候更瘦了。"我说："生活不习惯。"丰雨顺说："我现在的厨艺练得很可以了，你在这里待一段时间，我给你调养调养。"安文文笑着说："你看他把我们娘俩都调养得跟难民似的，你可千万别信他，你尝尝就知道他的手艺了。"丰雨顺说："你不是经常夸我来着。"安文文撇嘴笑着说："你是顺毛驴，表扬你让你多干活。"

我们三个人都笑起来。丰雨顺笑得最响，他粗犷有力的笑在安文文的清脆我的虚弱里如同架子鼓的震颤。只有丰雨顺的儿子冷冷地看着我们，不言不语。

"他多大了？"我问。安文文说："十个月了。"

丰雨顺说："儿子，叫叔叔。"他的儿子依旧冷冷地看着我们。

"他怎么不喜欢笑？"我怜悯地问。安文文说："全家的笑都让他爸爸笑完了，这孩子可不听话呢，特拧，闹起来怎么也哄不好，还偏食，只吃饼干。"

丰雨顺笑笑说："我儿子很深沉，长大了可能会成为诗人。"

我问："还写诗么？"

丰雨顺说："写，少了，有孩子后，时间太少。"安文文笑着说："他不写我可不答应，我还指望着他成为大作家呢。"丰雨顺说："你嫂子特支持我。"

家里重新装修过，沙发家具以及墙上的挂画都换了。马丽的房间改成了杂物间。以至于张妈经常唠叨，拿点东西太费劲了，楼上楼下地跑。只有我的房间保持着原样，父亲的房间从楼上搬下来和我的挨在一起。我在进门的一瞬间，想到父亲在澳大利亚拥抱着我说的那句话，我的心脏疼痛起来，以至于我的眼泪差点掉了出来。可是，当我坐在客厅的新沙发上，我发现马丽的身影依然在我眼前晃来晃去，她被痛苦咬碎了的面容，她钉板一样的眼珠子，她的消瘦扁平的屁股，她昂贵的从意大利买来的皮拖鞋依然在我的脑海里扭来扭去。

我回到房间，回到我离开了一年半的床上，我绝望地发现自己坐在床上的姿势丝毫没有改变，我抱着我淡紫色的面上开满了白色小花的圆柱形枕头又开始了和出国前没有区别的睡眠。我的眼前老是晃动着马丽痛苦、虚荣、贪婪的面容，鸡血颜色的嘴唇，甚至我会常常把张妈的声音听成她的。这样的时候，我就浑身出汗，大汗淋漓。这让我厌倦。

我想到我的父亲重新装修的根本目的在于使自己快速地忘掉马丽。可怜的死鬼马丽。想到这些，我心里的疼痛消失了。我看我父亲的眼睛又开始变得和死鱼一样。

玉儿来看我。她告诉我自己在一家超市里当收银员。她说："工资低得可怜，还没有在你的三分之一呢。"我问她嫁人了么，玉儿说："我才不相信贫穷的爱情能长久呢，我的工资几乎全花在穿戴上了，我现在真正感觉到自己就像超市里的商品一样，等待着被人家选中，买走。"

我说："咱们去看丰雨顺吧，他和安文文过得挺好的。"玉儿说："你要真把我当朋友就帮我介绍份好的工作，去看你给自己画的大太阳就免了吧。"

我刻薄地说："你说的那种好工作我上哪去找了给你，马丽死了，你当我继母好了。"玉儿赌气地说："我可受不了你天天用死鱼眼看我！"我笑起来说："玉儿，你离开我家之后变得可爱了。"玉儿瞪了眼问我："讽刺我的吧？"我说："不是，你开始说真话了，不再叫我少爷了。"玉儿抿嘴笑笑说："我知道你原来特讨厌我，从没叫过我的名字，张口就哎，哎。"

我们和丰雨顺一起坐在酒店里。丰雨顺有些忐忑不安地张望着说："这么高档的地方，肯定很贵的，咱们还是换个地方吧。"玉儿说："丰大哥你今天就拣了贵的点，他有钱，有的是钱，我们不宰他宰谁？"

"他怎会有钱？还没工作呢，就是有钱也不能乱花，对吧，大宝兄弟？毛主席也就吃个四菜一汤呢。"

玉儿说:"他家要是在毛主席那时候,就是大大的地主老财,他爸陆海富就……"

丰雨顺吃惊地问:"你说什么,他爸是陆海富?"我想阻止玉儿,但已经晚了。我一时不知道该怎么解释,我的脸红红的,我说:"丰大哥,我,我,我不是有意骗你的。"

丰雨顺笑笑说:"这有什么?谁都有不想说的事情,你上次去我们家,坚持不让我送,我还担心得不得了,怕你回你表姐家路上再有什么事情,原来你就住在我后面……以后,你去我那里就是玩到半夜我和你嫂子也不用担心了。"丰雨顺话音未落,一个五十岁左右的女人突然冲着我们奔过来,对着丰雨顺就是一口唾沫:"啊呸,你这个害人精还人模狗样地活着,我以为你早死了呢,你这个不得好死的东西!"

我们三个人全愣住了。丰雨顺摸着脸上的唾沫说:"你怎么胡乱骂人,你认错人了吧?!"

"呸,认错人了?丰雨顺,你就是化成骨灰我王友爱也认得你!你这个没良心的东西倒认不出我了!"叫王友爱的女人嘴里骂着,双手已经挥舞着朝丰雨顺的脸上抓来。

几个服务生跑过来拉住女人拖了出去。玉儿喘着粗气说:"真是泼妇。"

看着酒店外面被人群簇拥着离去的女人,玉儿说:"丰大哥,你怎么能受这种侮辱?"丰雨顺用餐巾纸擦着脸说:"不提了,不提了,也没什么,她心里有气,让她出出气吧。"玉儿开起玩笑来:"丰大哥,你这么宽容,她不会是你的旧情人吧?"丰雨顺嘿嘿干

034

笑两声，摇了摇头。

我的脑海里突然出现了一幅肮脏的画面，丰雨顺和那个女人纠缠在一起，赤身裸体，安文文抱着她的儿子在破楼里等待着，瑟缩着。我的心突突突地往下沉去。一块掉入湖中的小石子，没有下落的快感，最后陷在湖底的淤泥里，厌恶而窒息。

玉儿坚持要丰雨顺讲讲他和女人的过节儿。丰雨顺说："行，换个地方再说，说说我心里也痛快些。"我觉得丰雨顺可能是在找时间编故事。我说："已经来了，就这里了。"丰雨顺说："那好，就在这里。其实也没什么，刚才那人是我原来厂长的老婆，这么说该有四五年了，那时饲料厂——就我住的那地儿，效益很好，电视上也经常有我们厂的饲料广告，那时我们每个人不仅能发全工资，每个月还会有一千多元的奖金。但是，有一次我的一个亲戚说，你们厂生产的饲料，猪吃了猪胖，人吃了人胖，不几个月就溜圆溜溜的，天天呼呼大睡。我仔细问他，怎么还人吃了人胖呢？他说，他们村里一个孤寡老太太，偷他们村里饲料代销点的猪饲料吃，一开始，大家都不知道，就只觉得那老太太天天在墙根睡大觉，呼呼地打呼噜，叫都叫不醒，不多日子，老太太就白胖白胖的，大家都说老太太吃仙丹了，返老还童了。后来，老太太开始哭天嚎地地说腿疼，疼得黄豆大的汗珠子流得哗哗的。到医院里，医生说，股骨头坏死了，问老太太最近吃啥了，老太太说吃代销点的猪饲料了。那老太太从此再也站不起来了，整天在地上爬，满屋子都是屎尿。我一听就傻眼了。从听说这事，我的眼前就老是晃动着一个老人在地上爬的情景。我就找我一个在医院工作的同学问，人吃猪饲料怎么

035

会吃出腿疼来，会吃得股骨头坏死？不问不知道，听内行人一说，我真是觉得毛骨悚然。我同学说那是因为饲料中添加了大量的激素安眠药什么的，不管是动物还是人吃了都会睡大觉会肥胖，激素容易使骨头里的钙丢失，就是缺钙，骨头松了，股骨头就坏死了。你们想想啊，这不是害人么？他们还在饲料里添加很多抗生素，为了使动物不生病，但人要是长期吃这种饲料喂养的动物，就会对抗生素产生耐药性，生病的时候打抗生素不管用了。我同学说，这非常可怕，在美国买抗生素比买枪支都难，因为美国人已经认识到枪支不能使一个民族灭亡，而乱用抗生素就会使一个民族灭亡的！真来了大的灾难，没有有效的药品，全民族就没救了！"丰雨顺咽口唾沫继续说："我觉得自己有责任站出来说话，我先把我们厂的饲料拿出去化验，证实里面的确含有大量的激素安眠药和抗生素，然后去找我们厂长，找党委书记。没有任何作用，厂长书记谁都装聋作哑。最后，我就把他们告了，技术监督局来查封了，检察院的也来了，查出厂长贪污五十多万，判了十年。那女人就是厂长他老婆，不光她恨我，还有很多人恨我。"

玉儿说："你后悔了？"

丰雨顺说："不后悔，就是老觉得应该把厂子再建起来，让那些下岗的同事们再回来上班，我每见到他们，听到他们过得很困难，我的心里就难受，总觉得自己亏欠着人家。"

玉儿说："丰大哥你真高尚。"

丰雨顺说："高尚谈不上，只能说还算有点良心和社会责任感。"

我虚弱地看着丰雨顺，不知道该对他说什么。我只是想把丰雨顺请到我们家里，让他给我父亲讲讲这个故事。我想，我一定要想办法帮助丰雨顺。这个想法令我激动不安。我想最可行的就是让我父亲买下饲料厂后建一个新的工厂，把丰雨顺原来的同事都请回来。

　　我期待着我父亲有好心情。这是很多年来的第一次。这种渴望那么强烈。可是，我的父亲脸上一直阴云密布。张妈说我父亲心情不好，前几天有人上门来闹了，好像是工厂里死了人。

　　我不敢去破楼看丰雨顺和安文文。我开始心绪不宁地等待父亲回家。我坐在客厅的沙发上，像我的继母马丽一样望眼欲穿，然后，看着我父亲的眉眼，猜测他心情的阴晴指数。等待着一个可以去破楼看丰雨顺的理由。等待着看见丰雨顺在我面前重新出现他那像水一样荡漾的快乐。

　　夜里我听见了父亲的呼噜声。我母亲说我父亲心情好的时候就会打很响的呼噜。母亲说只有那样的时候，才能跟爸爸要零花钱。我起了个大早，坐在客厅的沙发上等待父亲。

　　张妈看见我，笑着说："今天是惊蛰。"我说："是吗？"张妈慈爱地说："对呀，你整天都在睡觉，就跟冬天里的蛇差不多，春天了，惊蛰到了，小蛇就该出洞了。"我笑笑说："你说话的口气很像我外婆。"张妈说："你要是我外孙，我就拿笤帚疙瘩打你屁股，把你打到太阳底下去。"张妈停下手里的抹布看着我说："看来外国的水土不养人，你看看你现在的脸色和精神好多了。"我笑着想起澳大利亚那美丽如画的城市。

　　我给我父亲盛好饭。把筷子递给他。我父亲惊讶地看着我笑了起来："嗨，嗨，嗨，张妈，你看我儿子知道给我盛饭了。"张妈笑着说："小蛇睡醒了，今天是惊蛰。"我问父亲："工人的事了结了么？"父亲的眼睛放起光来："嗨，小子，还知道关心工厂了，好好好，这样爸爸就更有干劲了。了了，无非就是想多要点钱。"

我说："人家儿子死了，很难过的，给补偿也是应该的。如果我死了，你不也会跟人家多要钱的么。"

我父亲说："不许胡说八道，善良是好的，但是不能用到做生意上，会误事的，以后跟着爸爸多学点。"

我说："前面那座楼你买下来了么？"父亲说："买了，连它前面的那片地，我打算把它开发成别墅区，用不了多久东面就会修沿湖大道，到时候这一片的地皮就会疯涨，爸爸的眼光总比别人看得深远。"

我说："我觉得不如把它建成工厂，建别墅效益是一次性的，工厂的效益是源源不断的，再把它原来下岗的职工请回来，很多人就会赞美你。"我父亲看着我频频点头："有一定的道理，可以考虑。"

我的心飞翔起来。

星期天，丰雨顺一定在家里写诗。我往破楼跑去，大声呼喊丰雨顺。安文文抱着孩子从窗子里伸出头来说："丰雨顺去汽车站了，他父亲病危。"我跑回家，发动了我的宝马，我厌恶的亮黄色宝马。我往车站跑去，希望能赶上丰雨顺。我在车站转了好几圈也没看见丰雨顺。就在我打算离开的时候，丰雨顺抱着他黑乎乎的帆布包跑来了。我说："赶紧上车，我送你。"丰雨顺坐上车不停地说："谢谢，谢谢，这真是太好了，我去银行取钱了，还真怕路上被人抢了呢。"我把车开得飞快。丰雨顺说："你这车真不赖，开这么快还觉不出飘来。"我高兴地拍了拍方向盘，像拍一匹听话的马儿。第一次有了喜欢它的感觉。我说："我父亲答应我把你住的地方建成工厂，把你原来的同事都请回来。"丰雨顺说："哦，那真是太好了！太好了！"

车在离丰雨顺家很远的地方就不得不停下了。这时我才明白丰雨顺说要给家乡修路的话。一条崎岖而上的羊肠小道像根风筝线一样牵着半山腰里的村落。丰雨顺说："我就不请你到家里坐了，你的车进不去，没人看着可不行，你在这里等着，我去背我爹。"丰雨顺朝着他的家跑去。他廉价的面包服在风里如同他疾飞的翅膀。一个小时后，丰雨顺背着他枯瘦如柴的父亲来了，后面跟着他花白头发的母亲和几个乡亲。丰雨顺的母亲隔老远就对我说："亏着这好孩子了，连口水也没喝。"丰雨顺的父亲趴在丰雨顺的脊背上大口喘气，比丰雨顺气喘得还急。他费力地说："我说不去就不去，我都这样了，还折腾钱干什么，白浪费。"但他已经没有力气挣扎了。丰雨顺虎着脸说："爹，钱重要还是命重要？这回你得听我的。"他娘说："顺子，别怨你爹，他心疼你，好几个月了，不让告诉你，要不是昨天吐血了，还……"丰雨顺把他爹放到后排座上，说："都怪我，春节加的什么班，要不也不至于这样。"

丰雨顺的爹是胃癌晚期，大面积转移。丰雨顺趴在厕所的水管上，浑身颤抖。我知道他的心碎了。我说："丰大哥，你不要太难过了，这里治不了就转院，我帮你筹钱，一定把大爷的病治好。"

丰雨顺擦干眼泪说："谢谢你了，大宝兄弟，我爹花不了我多少钱，他就是为了不花我的钱才一直拖着不看病的，大夫刚才告诉我了，我爹没几天了，让给他点好吃的，尽尽孝心。我要回家一趟，带安文文和儿子过来，让我爹再看看他孙子。"我和丰雨顺一起从他们县医院往回走。丰雨顺故意坐在后排座上。一路上默默无语。

第二天一大早，我就带着丰雨顺一家三口往他们县医院赶去。丰雨顺给他爹买了茅台酒和阿胶浆还有一些水果。丰雨顺他爹躺在病床上，脸如黄纸。丰雨顺的母亲趴在床沿上紧紧地握着他父亲的手。看见我们进来，他母亲伏下身告诉他父亲说："顺子来了，媳妇也来了，孙子也来了。"他父亲抬下手指，把目光聚拢到他孙子脸上。他费力地说："我的宝贝大孙子，让爷爷抱抱。"丰雨顺的儿子尖声哭喊起来。安文文只得抱他出去。丰雨顺坐下来握住他父亲的另一只手。他说："爹，我给你买了茅台酒，我说过的，等有了钱让你尝尝最好的酒。你还想吃什么？"他爹的眼睛突然亮了，说："茅台酒哦。"说完后，眼睛里的光又暗了下去。丰雨顺吓得大声呼喊他爹。他爹眼睛里的光又亮了起来，说："顺子，别乱花钱，挣分钱不容易。"丰雨顺说："没乱花，我有钱，不缺。"他爹停了停说："顺子你要是有钱你就帮帮那孩子，才二十岁，没钱，打不上针，那血从眼睛里，鼻子里，耳朵里往外流，流了一夜，滴滴答答的，怪可怜的。你听话，去帮帮他。"丰雨顺说："好，好，我一定听话。"

那张床已经空了。

丰雨顺他娘说："听说是血癌，大夫说，一袋子止血的东西要一千五呢，没钱，大夫也没办法。昨天夜里，那血滴滴答答地流了一夜啊，天没亮就推出去了。顺子，你去看看推哪个屋了，帮帮他。”

丰雨顺说："我就去，我就去。"丰雨顺站起身来出去了。他爹问："顺子去了吗？"他娘说："去了，你闭上眼歇一会吧。"丰雨顺一会儿就回来了，低声告诉我说："三个小时以前就推太平间了。"这话好像被他爹听见了似的，他爹张开眼盯着我们，重重地叹了口气，有力而短促。叹完气，还不转眼珠地盯着我们。

丰雨顺他爹用一声叹息为他操劳贫穷的一生画上了句号。丰雨顺和他娘握着他爹的手哭喊起来。我想起我的母亲，十三年前，我也这样哭喊过我母亲。我的心剧烈地疼起来。我的头剧烈地疼起来。

从太平间出来，丰雨顺和我默默地坐在急诊室的门口。他的母亲在里面输液。我劝他想开。一切都会过去的，一切都会好起来的。我的声音飘忽无力。我知道丧失亲人的疼痛永远也不会过去，缺失了爱的日子永远也不会好起来。

正对着急诊室的花园里，安文文背对着我们在哭泣。我和丰雨顺走过去。丰雨顺搂住他妻子的肩膀。孩子已经在安文文的怀里睡着了。我说："嫂子别哭了。"丰雨顺的眼泪又流出来，他把他妻子的头拉到自己的怀里。安文文突然放声哭起来，哭着说："顺子哥，大夫说咱们儿子有问题，长大了很可能是傻子。我不相信，我不相信老天那么不长眼，你去问问大夫，你去问问啊。"

"什么？你说什么？不可能！我们儿子哪里不好？不就是爱哭

么。"丰雨顺从安文文怀里抱过儿子，他儿子瘪下眼，瘪嘴要哭，他赶紧站起来又拍又哄。安文文说："我抱着孩子在小儿科门口，他哭个不停，那里面的大夫叫我进去，给他看了看，又问了很多儿子平时的表现。大夫说，儿子是自闭症，很典型的自闭症，长大了十有八九会成为傻子。"丰雨顺惊讶地瞅眼安文文，抱着儿子往小儿科跑。他儿子睁大眼，漠然地看着眼前的世界，看着他撕心裂肺哭泣的母亲，看着他被双重的灾难勒住脖子的父亲。

我的父亲要结婚了。和银行行长的千金。一个刚刚离婚的女人。我的父亲容光焕发，趾高气扬，动不动就放声狂笑。一头兴奋的发情的狮子。我父亲在征求我的意见时说："这会有利于我事业的发展，这很重要，这不会影响我们的关系，那是一个很善良很大度的女人，这次你没什么可担心的。"我用我死鱼一样的眼睛盯着他。我的心在下沉。往淤泥里沉。我知道我的父亲会把某一个女人领回家来，我一直在做这样的准备，我知道他有特别强的爱女人的能力。我的却被他谋杀了。在他害死我母亲的同时也谋杀了我爱的能力。

我的呼吸变得短促起来，心跳却跑得老远，隐隐约约似有似无地动着，蠕动着。我醒着的时候总是觉得房间里有酸腐的气味。张妈说："不会呀，还没到夏天，不会呀。"我却被酸腐的气味熏得快窒息了。我开始神思恍惚，总梦见我的继母马丽坐在客厅的沙发上，用她母夜叉的眼睛盯着我。我夜晚不敢睡觉，只有白天在客厅的沙发上打盹，我还让张妈和老路也坐在沙发上打盹。张妈和老路说："那哪是我们坐的地方，是你和老板坐的地方。"我把他们按在上面，让他们久久地坐着。我下决心用别人的形象彻底代替马丽的。我不止一次地幻想着，把丰雨顺和安文文请到家里来，让他们坐在客厅的沙发上，录下像来，每天进行轮番播放。

我父亲的婚礼终于开始了。我父亲命令我必须参加。必须去看他的演出。这个城市里最富有的新郎。秃顶的新郎。一头放声狂笑的发情的狮子。婚礼蔚为壮观。我父亲不停地和周围的人打招呼，动不动就离开他的新娘去跟市长、部长握手致意。他的新娘也跟上去和市长、部长握手致意。好像握手才是他们今天的主题。我想起丰雨顺的脊背，丰雨顺脊背上热泪盈眶的新娘。

玉儿不知什么时候挤到我跟前，说她今天专门请假来看婚礼的。她想看一看全市最富有的新娘到底有多漂亮。新娘的婚纱和玫瑰铺就的路让玉儿热泪盈眶，玉儿说："太美了，太美了，这是所有女人的梦想。"

我悄悄地离开我父亲的演出场地，往破楼走去。不知回家安葬父亲的丰雨顺是否已经回来。

丰雨顺的家里没有人，我透过门缝看见他洁白的床单和九十九束干玫瑰。我靠着他家的门坐下。我没有地方可去。到处是我父亲的客人。我睡着了。我看见我父亲和他新娘的玫瑰路，那些可怜的玫瑰，被众多的脚踩碎，碎成血一样的泥浆。马丽那昂贵的意大利皮拖鞋在上面疯狂地揉踩，带着血一样的泥巴朝我扑来。我的腿被她施了魔法，一下也动不了，就在我即将被抓住的时候，我的母亲朝我跑来，她喊着我的名字："大——宝，大——宝。"

"大宝，大宝你醒醒。"丰雨顺摇晃着我。他开了门，翻箱倒柜地找红糖冲水给我驱寒。他说:"春寒料峭的季节最容易受凉。"我抱着掉了瓷的搪瓷缸,大口喝着红糖水。

我说:"我父亲结婚了。"

丰雨顺低头看着自己的手指头。

我说:"你父亲的事办完了?"

丰雨顺点点头。

"你母亲还好吧?"

"还好。"

"你儿子怎么样了?"

"省城里的医院也去过了,就是自闭症。"

"你今天才回来?"

"不,回来三天了。"

"可你这床好像还是那天的样子。"

"我就坐在椅子上睡,我不敢躺到床上,我怕我一躺下就再也醒不过来了。"

"为什么?嫂子呢?"

丰雨顺皴裂的手捂住了眼睛,久久不语。

"出什么事了?"我试探着问。

"我打了安文文,她因为安葬费和我姐吵起来,我动手打了她,她走了。"

"走了,去了哪里?"

"我也不知道,留下纸条说,她走了,不让找她,她对不住我,给我生了个傻儿子。我这三天里贴了四千多份寻人启事,她没带钱，她吃什么？喝什么？她住哪里？人们会帮助她么？会不会上坏人的当？"丰雨顺哽咽着，整个人抖得如同风雨中的草。

丰雨顺的快乐碎了。

丰雨顺的爱情碎了。

丰雨顺的生活碎了。

被贫穷的耗子咬碎了。

我默默地离开丰雨顺。回到家，我的父亲已经搂着他的新娘睡去。我躺倒在我的床上。那条可怕的章鱼彻底醒过来了，它的爪子疯狂地搅动我的脑子，它狂喊着，去死吧！去死吧！人活着真是没意思！没意思！我抱着我的头。疼得即将裂开的头。没有办法。没有任何办法。慢慢地，那声音控制了我。

当刀子切开我的手腕时，我的心里有了一种轻松，一种投降的轻松。我把自己平放在床上。在我的脖子底下塞上淡紫色的上面开满了白色小花的圆柱形枕头。我把我的手腕搁在床沿上。我的鲜红的血，滴，滴，答，答。丰雨顺的父亲说，那个可怜的孩子，血从眼睛鼻子耳朵里流出来，滴，滴，答，答，一整夜。我不知道我的血是不是能够流一整夜。我这么想着，睡去。像条死狗。

我的父亲抱着我哭泣。我新继母的眼睛厌恶地盯着我。银行行长的女儿。刚刚离婚又结婚的女人。我的血管已经被医生接上。别人的血在里面缓慢地流淌着。我的父亲说："我已经让张妈去叫你的朋友了，你最好的那个朋友。"

丰雨顺坐在我的床边说："你哭一场吧，哭出来就好了。""我早已经不会哭了。"我说，"你别装了，人活着没什么意思，看看你吧，你父亲死了，妻子跑了，儿子傻了，你活着还有什么意思？"

丰雨顺定定地看着病房的窗户说："谁都会遇到灾难和挫折，不放弃的人才能挺过去，我相信安文文还会回来的，等她的心静下来，等她认识到我们的儿子虽然把自己封闭在孤独中，可他仍然需要母亲的呵护……等她原谅了我，她会回来的，回来和我一起，一起带着儿子去治病，哪怕希望小得跟头发丝一样。"

我说："哦，那你还好，没有人需要我，除了我妈妈没有人真正爱我，我活着没有意思。"

丰雨顺沉思了一会儿说："不，你是个很善良的人，善良就是这个社会最需要的品质。你不是已经说服你父亲建工厂，让我那些失业的同事重新上岗么？这等于帮助很多家庭很多孩子，这些人都会感激你……你还帮助了我，没有你，我和我爹就见不了最后一面，那样就会有遗憾在我心里，令我难受一辈子。我坚信你是那种良心和社会责任心一起生长的人，一定会有非常多的人爱你，到那时，你的快乐就会多得装不下！起来，我们去看看太阳，苏格拉底说太阳每天都是新的。"

初升的太阳，橘红色的光芒温暖地围绕着我们。丰雨顺痴痴地看着。他说："有人说太阳是从天堂里来的，是天堂的使者。"我说："你相信有天堂么？"丰雨顺说："相信，我觉得天堂就是美好的灵魂最终栖息的地方。"我说："那我母亲一定在天堂喽。"丰雨顺说："太阳就带着你母亲对你的希望，她希望你快乐！"

看着太阳。

我的眼泪流下来。

乐 乐

一

　　秦城在独眼之前有一双堪称完美的眼睛，眼珠圆且大，白眼球上没有明显的血丝攀爬，眼睛显得非常干净。人的眼，一干净就显清纯，清纯的眼传达起风情来往往顺风顺水，避免了沟沟坎坎的阻碍。同样的情欲在别的男人眼里混混沌沌，遮遮掩掩，躲躲闪闪，在秦城的眼珠子上则格外明晰，一览透底，多情而无辜，尤其招女人怜爱。哪怕仅仅是素昧平生地对看，他忽忽闪闪的几眼就能把女人的心弦拧上两个麻花。

　　秦城女人缘好，不仅在卫生局里好，在全县各医院的女护士女大夫中间，都好。每年他下去检查工作，所到之处无不引起骚动。那骚动是女人的，却搅扰着男人。男人们根据周围女人对自身的装扮就知道卫生局的检查团是谁带队。女人们精装的时候肯定是秦副局长，简装或者没有改变的时候就是别的领导。秦城或嘘寒问暖，或翻翻病例，或到犄角旮旯走走，所到之处，被检查的男女都屏住呼吸，恭恭敬敬地垂首站立，但每个人的眼角都忙着扫描，女人扫描秦城，男人扫描女人。秦城走了，女人们就成了开联欢会的喜鹊，呱呱呱，嘎嘎嘎。有感叹秦城褂子的，有感叹秦城领带的，有感叹秦城鞋子的，有感叹秦城那样的眼睛长在男人身上浪费的，最后总有直率的脸皮厚的相互打趣着说秦城看了谁几眼，那眼神分明那个那个这个这个。那个来这个去，两三个女人就真真假假地揪扯在一起，小狐狸精小骚货地叫，把平日里用来骂人最狠的词亲亲热热地推过去送回来。男人们大多妒忌地嘴角上叼着烟卷，在弯弯曲曲的烟雾后，眯眼瞅着平日里被生活搞得灰头土脸的女人们短暂的迷狂和绚丽。男人对秦城的嫉妒并不锐利，不但因为那些迷狂的女人不是自己的老婆，更因为秦城对他们好，对每个人都和和气气，偶尔有机会在一张桌子上喝酒的时候，秦城还会和他们称兄道弟。和自己称兄道弟，却招惹别人家的女人，这种人没有别的说法，只一种——有本事。男人们在烟雾后面看着很有本事的秦城和他成群的喜鹊。有时候，男人们也利用这一点，选几个颇有姿色的，尤其是被秦城的目光抚摸过的，陪酒。男人和男人喝酒，总免不了丁是丁卯是卯，想讨好领导的时候还要表忠心。酒桌上的忠心，就是干得痛快彻底，领导喝一个你喝仨——想让领导糊里糊涂地把请示的事答应了，或者把不满淡化了，是不太容易的。有了女人，尤其是领导喜欢的女人，能言善道会嗲会娇的女人，事情就好办得很。

秦城吃这一套，陶醉于这一套。

他认为这正是人生的乐趣所在。人生是舞台，但并不是每个人都能时刻活跃在台上。活跃在台上也不都是有掌声的。没有掌声的舞台即使舞蹈着翻滚着又有啥意思？最重要的是掌声。最令人陶醉和真实的掌声都来自异性。同性是用来搭班子配戏的，偶尔给你呱唧两下，也没太大意思。

美目的秦城，春风得意万人着迷的秦城，享受着人生快乐的时候，他的妻子黄芬芳如丝的芬芳被"喜鹊"们抽剥尽了。她被各种传言折磨着。丈夫的手机一响，她的手脚就断电，只有耳朵和眼睛运转着，分辨着声音的雌雄，观察着秦城表情的变化。丈夫任何的风吹草动，在她的心里都是轩然大波。她极力压制着那波涛不冲出堤坝。她不允许自己给秦城一个甩掉她的理由。她知道自己和别的女人有的一拼的就是沉默。沉默着当好贤内助。沉默着忍受猜忌对自己的凌迟。沉默着忍受沉默。

不是在沉默中死亡就是在沉默中爆发！

最终，黄芬芳爆发了。三年前的五一节，一家三口去爬马蹄山的路上，她积压了多年的波涛成了龙卷风，掀走了她的理智。起因是一个电话，一个听起来无关紧要的电话，一个说要给秦城接风的电话。可那声音是怎样的骚味十足啊。那不是邀请入席的声音，那是翘起尾巴的母狐狸发出的骚！那声音那么大，大得如同响在你耳边。

"有必要这么大声么？""有！故意让你听的！示威的！挑战的！"

"不去！我们不去！"黄芬芳紧紧地攥着方向盘，鼻孔被快速通过的气流撑得大大的。

"没有理由不去，人家好心好意准备了酒席接待，咋能不去？我都答应人家了。"

"不去，就是不去！谁也别想去！"黄芬芳像只黄蜂一样抖起来。

"神经病！"秦城说，"你不去，我去，停车！"坐在副驾驶座上的他打开了车门，身子已调整了方向。

如果秦城把"神经病"三个字说得气愤或者嘻哈，黄芬芳的手是不会离开方向盘的，不幸的是秦城把三个字说得既不气愤也不嘻哈，而是介于两者之间。介于两者之间的"神经病"称谓充满了蔑视与侮辱。黄芬芳心胸里的屈辱和愤怒拔地而起。她猛踩油门，上半身弹起来，胳膊挥舞出去。

在女儿雪贝的尖利哭喊中，黄芬芳落到座上，掌控住险些撞向山沟的汽车。

雪贝趴在后窗上看着外面哭："妈妈，爸爸摔下去了，妈妈，快回去救他啊。"

"死不了他，死了我倒清心了！"

"妈妈，妈妈，求求你，停车吧，爸爸一直趴在地上不动呢！"

黄芬芳停下车，从反光镜里看着趴在远处的秦城，哆嗦着嘴唇对女儿说："去看看。"

二

牟琴唯一的侄女晓敏在电话里用命令的口吻对她说："你去我

大伯嫂家帮段时间的忙，穿串儿，我大伯哥两口子快忙疯了，别和人家要工钱。"牟琴在心里嘀咕，又拿你姑当牛使唤啊！晓敏听牟琴粗粗地喘着气，知道她是不乐意去的，晓敏心里就有了愤怒，暗暗责怪姑妈愚笨，看不透她的苦心。但她也懒得明说，八字没一撇的事，她是不喜欢许愿的，又怕姑妈真是不肯去帮忙，就放慢了语速说："虽然帮的是我大嫂，实际上等于帮我二嫂家，这年头，现上轿现扎耳朵眼是不管用的！"晓敏的鼻腔里发出了噗的声音。

这一噗，近似明示也接近警告了。

牟琴粗短的喘息变成井绳一样潮湿而悠长的叹气。两年前，牟琴的女儿武蕾报高考志愿的时候曾咨询过晓敏，晓敏的一句话决定了武蕾人生的方向——"现在的大学生就业太难了，学医吧，我二大伯哥和嫂子都是咱市卫生界的红人，将来分配肯定能帮上忙。"晓敏自己就是依靠二大伯哥秦城的关系从乡镇医院调入县中医院的。

牟琴说："那你可得和你大伯嫂说好了，我家里有事就得回来，你也知道我那个复印社不能没人。"牟琴所说的复印社就是在客厅里放了台电脑和复印机，在窗子上贴了四个红字——打字复印，遇到来复印的，牟琴就能应付，需要打字的就等到丈夫武立国和儿子武强晚上回来侍弄。晓敏说："随你，我就是想让他们知道咱在关键时候是帮忙的，上凑的。"

"你奶奶个腿儿！"牟琴放下电话高声骂了两句，觉得胸膛里敞亮了一点。牟琴不高兴的时候或特别高兴的时候都喜欢骂人，只一句——你奶奶个腿儿。"你奶奶个腿儿的，指挥起你亲姑来了！"再骂两句，牟琴就愧疚地笑了。想到晓敏奶奶的腿正是自己老母亲的腿，且那腿早已火炼成白灰埋在地下了。想起母亲，牟琴心里酸酸的，她自言自语说："人到八十也是有娘好啊，娘没了，最疼你的那个人就没了，要是娘活着，知道她孙女让她小闺女大热天的去摆弄那些腥膻的羊肉，而且还没有工钱，不骂死晓敏这个小崽子才怪呢。"

晓敏的大伯哥秦池在县城最繁华的路段摆摊卖烤羊肉串，大伯嫂张梅在家里穿串，把提前切好的羊肉片、羊的睾丸、鸡的心脏、牛的心血管穿到细铁条上。

穿串是件没有难度的活，牟琴看张梅穿了一串就动起手来，两三片薄薄的羊肉之间点缀上豆腐皮和肥肉块。两个女人坐在马扎上，弯着后背碌。一个要表现得感激和热情，一个要表现得快乐和情愿，两个人的话就都多起来，家长里短倒也谈得甚欢。个把小时过去了，两个人都忙出一身汗。张梅客套地说："歇会儿，歇会儿，喝口水。"牟琴说："这又累不到哪里去。"说着头稍稍地抬高了一点，眼睛的余光里看见有东西向她爬来。牟琴问："你家还养着狗呀？"张梅说："忙得人都养不过来，还养狗呢。"牟琴抬起眼皮向那个爬行的东西看过去。

一个狗一样的孩子。赤身裸体的手腕上拴着绳子的孩子。

孩子用又圆又亮的眼睛讨好地盯着牟琴，眼珠透底的黑，衬着白得发蓝的边，上面漾满了欢天喜地。牟琴的手僵在盆沿上。张梅抬起头先是自语说："嘿，睡醒了。"接着对孩子呵斥："往后，铁条子戳着你！"

小狗一样的孩子用狗的姿势后退一步，停顿一下，又朝牟琴爬了两步，嘴里发出大声的么么么。牟琴撩了手里的肉片和铁条，对孩子说："让我抱啊？"孩子发出清脆的啊。牟琴站起身，张梅伸手拽住她说："不用管她，不能给她养成抱的习惯，谁有工夫抱她啊。"张梅的手劲很大，传达给牟琴的意图就很坚决，牟琴只得坐下。

孩子趴在地上，隔着半盆血乎淋啦的羊肉仰脸看着牟琴，眼睛里的欢喜一下子没了，喉管里发出类似小狗受伤后的悲鸣。牟琴心里一揪，手摸索着拿起铁条和肉片对孩子说："一会儿抱啊，过一会儿就抱啊。"孩子的小嘴巴闭起来，眼珠子的颜色一下子模糊起来。

张梅厉声说："不准哭！"孩子拉成直线的嘴唇拐着弯颤动，那泪却像一层玻璃罩罩在眼珠上，不肯碎成珠子。张梅转身从一个方凳上拿了几片饼干放进桌子下面的碗里。

孩子朝着碗爬过去，嘴里的声音又变得清脆起来，呀呀啊啊。几乎是欢快的了。

牟琴说："你们干生意的，忙成这样，养个孩子真不容易。"张梅叹口气说："一提这孩子我就一肚子气，要不是因为这孩子我哪能累成这样。"牟琴说："都怪你太忙了，咱们这个年龄我觉得正是馋孩子的时候，看谁家的孩子都想抱抱呢。"牟琴说着，忍不住抬眼去看孩子手腕上的绳子。

张梅说："不是生孩子的气，是生秦城两口子的气。"牟琴问："孩子不是你的？"张梅说："都是亲戚，也没必要瞒你，就是不能让外人知道。黄芬芳捡的，捡了又没胆量养，扔我这里，一个月四百块钱，四百块够干啥的？我反正不能买卖不做了吧，一再叮嘱不让外人来帮忙，怕传出去。从扔给我到现在好几个月了，两口子人影都没来一个。"

"哎呀，这当爹娘的真狠心，这么好的孩子咋舍得扔啊？孩子咋能离开亲娘呢？"

张梅低了声音说："你真以为是捡的？黄芬芳不是医院的妇产科主任吗，听说有个大围女去堕胎，她给人家留下来了。"张梅说完又把身后的奶瓶滚给孩子，孩子正低着头深情地对着被她啃得七零八碎的饼干咿咿呀呀，奶瓶碰到她的脚丫，她立马松了手里的饼干，两手抱着奶瓶喝起来。黑亮亮的眼珠却跑到眼角，像打算出洞的小耗子观察着牟琴的动静。

晚饭的时候，武立国看牟琴的筷子无精打采地在饭菜上面做蜻蜓点水状，问："咋了？不舒服？"牟琴放了手里的筷子说："没啥，就是没胃口。"武强闷声说："我知道我妈为啥没胃口，天天都是这两样菜，我早都没胃口了。"

"两样菜咋了？看把你烧得，我当年读高中的时候干煎饼都啃不上呢。"武立国瞪眼看着儿子。

武强不甘示弱地同样瞪了眼，四只眼在四个镜片后弯弓搭箭。武立国用筷子猛地敲了下桌子："瞪什么瞪？天天供你吃供你穿，不努力学习倒挑起饭菜来了，想吃好的自己挣！"武强嚯地一下站起身，像饿急了的豹子伸了脖子，一米八五的大块头把整个桌子遮住了。

牟琴紧张地扯住他的胳膊："强强，你想干什么？好好的孩子今儿个发啥疯？"

武立国冷笑着对牟琴说："看看，看看，欠揍吧？"

牟琴抬起巴掌，爱怜地拍在儿子大腿硬邦邦的肌肉上，说："看看这身肉，还嫌吃得不好。"

武立国盯着牟琴的巴掌说："你就惯吧，看你把他惯成啥了？"

武强在母亲的拍打下突然软了脖子，低头耷拉角地坐回椅子上，委屈地说："我同学哪个都比我穿得好吃得好，我攀比了吗？人家一双鞋都几百，我的就几十，我不也没说啥吗，还不让人说话了呢。"

武立国看儿子坐下去，把原本打算用来敲在儿子头上的筷子，插进盘子里夹了菜塞到嘴里，薄皮松肉的腮帮子很有气势地挺拔起来。他用耸起的腮帮子命令挑食的儿子："像我一样吃！"

武强斜他一眼，站起身说："我学习去。"

牟琴看着儿子门板一样宽的后背说："等离了爹娘就知道在爹娘跟前的福了。"说着，想起秦池家绑桌子腿上那个没有爹娘的孩子，鼻子一酸，泪就直挂到了嘴角边。

"好好个孩子拴在桌子腿上，跟养狗似的，那小手腕都让绳子磨出茧子了。"牟琴在张梅面前努力加固的堤坝哗一下散了架，"那孩子就这么看着我，哀求抱抱，不会说，可一看就知道她在跟我说，抱抱我吧，抱抱我吧。"

武立国正在下咽的饭团子哽在半路上，他拍打着胸膛对牟琴说："啥？这年头还有拴着养的孩子？"

牟琴把从张梅那里听来的跟武立国说了一遍。"你不知道那孩子那可怜样，忙完了，我给她解开绳子，把她抱起来，她一下就贴到我身上，两只小手抓着我领子，小嘴巴在我脖子上又吸又咂，么么么地叫个不停，张梅想抱过去，比揭膏药还难。"牟琴哭成了泪人。

武立国薄薄的嘴唇活动起来，下嘴唇像个小手掌伸出来，底座一样托着上唇和更高处的鼻子眼睛。牟琴知道武立国动了感情就这样忍着。她赶紧擦擦眼泪说："孩子还是很胖乎的。"武立国松了嘴唇叹着气说："领而不养，这可是跟养而不教是一样的罪过啊。"

牟琴皱皱眉说："大道理我不懂，我就是让那孩子弄得心疼，我去翻翻箱子底，找找蕾蕾和强强小时候的衣服，那孩子光着身子，浑身被蚊子咬得没滑溜地方。"武立国说："叫我说你别再去了，眼不见心不烦。"

牟琴说："不去哪行，晓敏说得对，咱实际上是给秦城家帮忙，蕾蕾将来就业还指望人家呢。再说，晓敏就张嘴求过我一回。"

武立国眯了眼问："晓敏还会求人？"

牟琴生怕实话实说弄僵了亲戚关系。牟琴一直认为亲戚就是在血缘的枝枝权权上相互依存的人，你有事我帮忙，我有事你帮忙，帮不上的时候也在人堆里占个自己人的百分数。可以远可以近，就是不能僵了，僵了就容易断。那种断裂是可怕的，因为它从来不是单一的，连带着就断成一片，甚至会断到根上。断到根上，就连一个娘生的亲兄弟亲姊妹都不亲了。

牟琴说："我每天早晨把中午饭做好再走，你回来热热就行，衣服等我晚上回来洗，什么都不用你管啊，上好你的班就行。"武立国往前探探嘴唇，又缩回去。前年，他得了肾炎，左侧肾积水，肿得跟个小橄榄球似的。当时大夫要他立即手术，但那时武蕾正读高三，单位里也开始减员，他硬撑着没做。他是家里唯一的经济来源，死也不敢切断这个家唯一的给养。他坚持不吃盐，自学气功，直到积水的"橄榄球"无趣地缩小起来，缩成一个土豆大的招惹不得的"废旧零件"。不劳累的时候啥事没有，稍一累，尿就发红。

二十多年前，武立国从农村考学出来，分配到县城工作，原来的目标也是要找个城市姑娘结婚，彻底脱离农村。但因为人长得黑瘦矮小，岁数就在高不成低不就的挑拣寻觅中叠加起来。后来有人介绍了农村姑娘牟琴，高高大大白白净净，浓眉大眼银盘大脸，一看就是中和他黑瘦矮小的好帮手。武立国决定撤退一步，组建个半城市半农村的家。半城市半农村的唯一好处就是当年的政策允许牟琴生两个孩子。这样，武立国在单位里也就有了唯一强于他人的地方——孩子多，而且有男有女。武立国的两个孩子不是中和出来的，完全是牟琴的一脉传承，高高大大，白白净净，浓眉大眼，银盘大脸。武立国两口子勒紧裤腰带，节省着把日子过下来，加上双方父母赞助的粮食，一双儿女竟然转眼间就茁壮参天地成人了。新千年开始的时候，武立国单位里最后一批福利分房，两口子扒拉出存折，在儿子废弃的作业本上加减了几遍，确信了数字的准确性后，欢天喜地地递交了申请。从此后开始了和纯城市家庭貌似一样的生活。

三

秦城那美丽的不安分的很容易就忽闪出闲言碎语的眼珠子，碎了。像一个半熟的剥了皮的鸡蛋被一根折断的小树枝洞穿了，糟蹋了。在他的头接触地面的瞬间，他清楚地听到自己的身体同时发出了两个声音。一个来自体内，一个来自体外。一个尖利，一个喑哑。二声合一。体内的声音是很简单的两个字，却有着手术刀锋的锐利——完了。锐利而绝望。绝望得让人只想痛快地死的绝望。那个喑哑的声音则如同阴险之人阴谋得逞时，喉管里的一声窃笑。是那棵被人类折断的树枝在人体上意外获得的快感。噗。毫不费力的快感。噗。戳碎半熟鸡蛋柔软的快感。

噗。在雪贝哭喊着试图将父亲拽起的努力中，这声音又低低地重复了几次。当雪贝终于把昏死的父亲拽成脸朝天时，可怜的孩子被父亲脸上那坨破烂的红白黑相间的东西吓晕了。

黄芬芳在女儿倒地的时候才意识到出事了。她跑到丈夫和女儿身边时，和人体打了二十年交道的她脑子里也被两个字满满地占据了。完了！完了！完了！

秦城的眼完了。还有一些东西跟着完了。什么东西完了，她已经没有多余的意识去想了。那是她在以后的煎熬里才能体会到的。

黄芬芳小心翼翼地服侍着没有了右眼和右侧鼻泪管的秦城。他的鼻泪管连同眼珠子的一部分留在了那截小树枝上，被一只野狗美美地舔食了。大夫在他撕裂缺失的地方，打了个小小的补丁。一块从他胳膊内侧取下的皮肤，倒三角形，比原配的嫩一点也亮一些，像把军用铁锹，日夜不息地铲着因为没有了暗道而不得不见人的水。

住院期间的秦城在白纱布层层叠叠的隐瞒下，他的心里残存着一个愿望——现代医术能够安装活动度很好的义眼台，那是个隐藏的底座，能够转动假眼珠子，能够让两只眼珠子步调一致。能够以假乱真。那样，他的风光就会依旧，他的日子就会依旧，他的掌声就会依旧。他的丑陋和疼痛就仅仅是台下的、幕后的。他一遍遍说服自己不去照镜子，他知道要从镜子里看到原来的自己就必须忍耐所有的治疗和义眼安装的过程。他静默地配合着大夫的指示和黄芬芳的服侍，生怕因为一丝大意引起感染。

半年后，在遍访了省内名医，得到这已是最好结果的答案后，他第一次在镜子里看见了自己。看见了永远无法以假乱真的右眼！它像个流浪的孩子蜷缩在破被窝里，那被子破而小，很勉强地揪结在一起，吃力地捂盖着。下眼睑萎缩了，那把铲着泪水的军用铁锹卷边了，眼睑红红的内里翻了出来。

美目的秦城彻底死了。没有了半点复活的可能。快乐风光受人爱慕的秦城死了。

独眼的秦城，丑陋的秦城，打碎了一切能够碎的东西之后安静下来。他还留着一样能够碎的东西没有砸——黄芬芳的脑袋。那是他动用了所有的理性和意志保留下来的。是女儿雪贝跪着抱着他的腿，狼崽一样嚎叫的时候，他留下来的。那一刻，他想到敲碎了黄芬芳的脑袋就把自己敲进了深牢大狱，就把女儿敲成了孤儿。那个深夜，在他当着黄芬芳的面抠出自己的假眼珠子浸泡在生理盐水里的时候，他看见了黄芬芳的战栗。那是一根烧红的铁棍插进她体内的战栗。是一团狗屎抹进她嘴里的战栗。是被上膛的手枪顶住眉心的战栗。秦城在她瞬间的战栗中体味了一丝快乐。台下的。幕后的。报复的。要挟的。

四

夜里沥沥拉拉的雨，如同先进的滴灌技术淋洒在夏天刚刚成型的闷热里，半个夜晚凉风细雨的调和，就把回锅的臭豆腐变成了冰淇淋。清凉里，武立国和武强睡得酣畅淋漓。牟琴在武立国的呼噜里醒来，到儿子的房间把武强抱在怀里的毛巾被慢慢拽出来，搭在他身上。看着儿子，她又想起那个拴在桌子腿上的孩子——会不会光着小身子？这么凉的夜，别着了凉啊。心里有牵挂，后半夜的觉就睡得似是而非，好不容易挨到天放亮，起身把女儿小时候的衣服塞进手提包里。

秦池和张梅正在吃饭，看牟琴进来，都热情地站起来寒暄，邀请她一起吃早饭。牟琴坐到板凳上说："吃过了，早上凉快干活快，就早过来一会儿。"牟琴边说边用余光寻找孩子。张梅领会她的眼神，咬口油条说："还睡着呢。"牟琴的眼睛往东墙根的床上看去。蚊帐是用四根固定在床脚上的竹竿架起来的，此刻已经撩了上去，孩子像只大青蛙趴在被汗浸泡成棕色的草席上。牟琴走过去在床边坐下，看孩子手腕上依然拴着绳子，鼻子酸胀起来。发现秦池不时地翻了眼皮看她，只得装作淡漠地和他聊他的羊肉串。

孩子醒了，睁眼看见牟琴在身边，先是清脆地啊啊两声，紧接着小屁股一撅，两腿一蹬，圆滚滚的小身子就做好了奔向牟琴的准备。牟琴侧脸看她，她的要求和快乐就么么么地伴随着哈喇子跑了出来。

牟琴伸了手说："来，我抱抱你。"

张梅两三步来到床前，按了牟琴的胳膊说："别，孩子就跟狗一样，养成个啥习惯就是个啥，可不能给她养成抱的习惯，谁有那个闲工夫啊。"

牟琴只得缩回已经触到孩子皮肤的手。张梅把孩子用右胳膊一夹，左手解了靠墙的床沿上的绳子说："怕她掉下来晚上也得拴着，我们两口子干一天活累得睡起来跟死了差不多。"

牟琴说："爷爷奶奶不能帮着看吗？"

"爷爷奶奶？她有吗？"张梅用不满而冷漠的口气反问。牟琴知道张梅的不满不是对她的，打开包说："我找了几件蕾蕾小时候的衣服，你看看合适吧。"

张梅说："又拉又尿的，哪有工夫给她洗呀。"她用胳膊夹着孩子回到桌边，把绳子拴到桌子腿上。

孩子已经闻见了油条的香，伸长了脖子，小嘴里发着啧啧的声响。张梅揪了一块拇指长的油条塞给她。孩子把油条塞进嘴里，用她粉嫩的还没有长牙的牙床磨蹭起来。

牟琴讪讪地把手里的衣服放到孩子刚刚趴着睡觉的地方，心里嘀咕着这么凉的天该给孩子穿上件衣服，哪怕就一个小背心呢，这时就看见孩子把整段油条塞进了嘴里，牟琴赶紧提醒张梅："都塞进去了，别噎着。"

张梅撂了自己正喝豆浆的碗，伸手从孩子嘴里把油条抠出来。

孩子突然丢了美味，哇的一声哭起来，整个脸蛋红成一片，竟然还知道挥舞两只小手来抢。张梅笑着说："长能耐了啊。"孩子依然号啕不休，张梅拿过饼干往她手里塞，孩子摆动着小手打掉了饼干，眼巴巴地盯着张梅手指间那曾属于她的油条。张梅顺着孩子的目光看看捏在手里的油条，然后一挥手扔到纱门前说："嘿，你还会挑食了啊！"

孩子朝着她的油条爬去，膝盖在水泥地上发出急促的沙沙声。绳子使得她和她的油条近在眼前却远在天边。挣扎着，努力着。突然孩子的哭声低下来，又变成了昨天牟琴听过的类似小狗受伤后的悲鸣。

秦池闷闷地喝着豆浆，眼皮不再活泼地抬起。

牟琴的心脏针扎般疼起来。她走到桌边拿起一截油条对张梅说："我帮你喂吧，掐得小小的，泡软了就噎不着了。"张梅另拿了一个碗，把自己碗里的豆浆倒了一些进去。牟琴把油条撕得碎碎的泡进豆浆里，蹲下身对孩子说："我喂喂你好吧？"

孩子的脸顿时雨后天晴，绽出欢喜的笑，那笑在泪的衬托下，散着让人心酸的鲜亮。

秦池起身去摆摊了，张梅喝干了碗里的豆浆，静静地看着牟琴和孩子。牟琴手里的勺子一脱离碗沿，孩子的小嘴就笑着张开了，两眼放光地盯着牟琴的手。孩子吃的时候总有白白的豆汁从嘴角出来，牟琴用勺子轻轻从下往上刮一下，拦截了，再进行第二勺。不一会儿，孩子吃饱了。

牟琴说："饱了吗？拍拍小肚肚。"牟琴拍拍自己的肚子示意她。

孩子马上呵呵笑着拍了拍自己圆鼓鼓的小肚皮。

牟琴和张梅被她可爱的样子逗乐了。孩子看见大人乐，更欢快地拍肚皮。

张梅对牟琴说："嘿，知道讨好人了。"说完又叹气说："这孩子好像什么都懂，很乖，不让她哭立马就住声，很少有今天早晨这么闹的时候，不忙的时候我也是怪稀罕她的，想想一个没爹没娘的孩子，不如条狗，怪可怜的。"在张梅说话的时候，孩子静静地看着她，听到这里，突然哇地哭起来。

牟琴和张梅都愣了。她听懂这话了？两个女人一起琢磨着。

牟琴抱起孩子，孩子一下贴上来，紧紧抱住她的脖子，哭得抽抽搭搭。孩子手腕上的绳子使得牟琴无法站立，牟琴只得蹲着拍打着孩子的后背安慰她——"好孩子不哭，娘娘说的不是你，好孩子这么乖，谁都喜欢啊。"牟琴说着，心里的疼痛和酸胀沸腾起来，泪水鼻涕混成一片。张梅看着，眼眶也跟着湿了，她解了桌子腿上的绳子，让牟琴抱着孩子站起来。牟琴抱着她，满屋子溜达，一遍遍重复嘴里的话。孩子逐渐止住哭声，安静地趴在牟琴的肩膀上。

孩子在牟琴肩上睡着了。牟琴问张梅："孩子叫啥名呀？"

张梅说："多余货。"

"啥？多余货？这哪是人名呀？"

"嗨，秦城家两口子也没拿她当人，当初送来的时候黄芬芳就这么说的，把这多余货搁你这里，你帮忙给看着吧。要不是秦池早跟我哀求过，我才不会答应呢。我和你一样也问她，这孩儿叫啥名呀？黄芬芳说，多余货。我就说，只听过叫闺女赔钱货的，还是第

063

一次听说叫多余货的呢。黄芬芳耷拉着脸反问我，多余的不叫多余货叫啥？那语气好像是我给她生的，我欠她的。孩子在我手里，开始还好养一些，放哪里是哪里，大了就到处乱爬了，我也只能拴着她。我啊，平日里就叫她小苦命，秦池总嫌我嘴贱。"

"秦城家不是有闺女么，怎么还捡闺女呢？不稀罕还捡？"牟琴问。

张梅说："不知道那两口子葫芦里卖的什么药，听说还是黄芬芳提出来捡的呢。"

五

世界在秦城唯一的眼珠子里变了颜色。暗淡无华的深褐色。即使阳光明媚，也仅仅是多了一点稍亮的红棕而已。他用大号的墨镜把自己和世界隔开了，把他的人生隔成了前后两截。如同台前和幕后。如同台上和台下。如同天上和地下。如同天堂和地狱。

秦城主动要求管理后勤，局里很爽快地答应了。这样，他在四名副局长中的名次由第一变成了第四，等于主动放弃了往上晋升的机会。黄芬芳和秦城的父母兄弟都强烈反对，但秦城一意孤行。他不允许自己丑陋地出现在那些曾为他鼓掌喝彩的人面前。尤其是那些爱慕他崇拜他的女人面前。

人们觉得秦副局长变得沉默寡言不苟言笑了。起初，那些曾经的朋友带着怜悯的心情和放大的热情试图亲近他。都失败了。失败的人们心安理得。他们在心里安慰自己——是他自己躲开的。他们去亲近他，是出于对他的尊重和友谊的怀念，并没有当初结识时的决心。因为他们根本不知道如何面对他的残缺。他们知道再深的墨镜也仅是一道幕帘，里面的眼睛能看得见外面，外面也能看见里面。看别人刻意掩盖的缺陷和揭人疮疤没什么两样，而和淡漠比起来，揭人疮疤对友谊的杀伤力要大出万倍。于是，人们选择和秦城淡漠起来。秦城躲藏在墨镜后面，躲在淡漠的人际关系后面，控制着人们对他的注目和自己面部的表情。

无法控制的是他心里面一只耗子的成长，所有两只眼睛的动物的快乐都成为它的食粮，让它磨动着日夜生长的牙齿，吱吱嘎嘎让他心绪不宁，烦躁不安，总想敲碎点什么。只有夜晚，在黄芬芳面前，那声音才会停下，想敲碎什么的欲望大起来，清晰起来。他想敲碎黄芬芳的脑壳。而那恰恰是不能敲碎的。不能敲，他就放出心里的那只耗子。让它咬她。用他的假眼珠子咬，用他外翻的下眼睑咬，用他空洞的眼窝啃噬她的平静和良心。

让他愤愤不平的是她胖了。她原本干黄的面容有了光泽。那光泽是从皮的里面渗出来的，是真实的。他知道，打碎了他的风光、他的魅力、他的舞台、他的快乐之后，她的猜忌也碎了，她心宽了，她体胖了，她放光了，她快乐了！痛苦和丑陋仅仅是他自己的！

不，不应该是这样的！不能是这样的！

夜晚，没有了应酬的他，时间多得没法打发，他就摘下墨镜，让她来抠他的假眼珠子，让她把它浸泡到生理盐水里，让她拿了纸来擦拭他潮湿的外翻的眼睑。让她来！一切都让她来！让她战栗！

他喜欢她的战栗。他相信，她战栗的时候，才是记得她的罪责的时候。他还要她，上来就要，用尽力气地要，不管不顾随心所欲地要。他不允许他要她的时候她是干涩的。他用一只眼看她自己调动自己的情绪，抹润滑油，准备就绪后他才开始。他的身体和他的欲望一起喊着，整死她。

他没有整死她。他把她整得逐渐肥胖红润了。作为妇产科主任的黄芬芳在对伤残的承受方面，神经是强壮有力的，这就决定了她的战栗是短暂的，偶尔的。她很快就习惯了一只眼的丈夫，习惯了丈夫脸上的伤疤，习惯了翻起他的眼皮抠出他的眼珠。最初，他让她这么做的时候，她感觉喉头堵着一团黏稠的痰，咽吐两难。她的手指哆嗦着，不敢去碰那只死盯着她的眼珠子，害怕戳伤它。尽管她知道它是假的。她把它抠出来以后，发现他眼眶里的分泌物使得它滑溜溜的，让人捏不住又不敢握紧，只得小心翼翼地托在手心里。几次下来，她熟练了，找出了窍门，她把那个专用的塑料碗端到他的眼前，中指推起上眼皮，食指轻轻一抠，它就滚落出来，像一个人跃入泳池，一个猛子扎进碗底。

一年还没结束，黄芬芳就散发出了芬芳的气息。她已经被提名为副院长的人选。卫生局的党委书记曾当着秦城的面夸她前途不可限量。她还被选为了市里的人大代表。她面对摘掉墨镜的秦城，表情越来越坦然。她的笑声多起来，而且笑得竟然和他当年一样有底气，一样爽朗。他知道这一切是她努力工作得来的，是受之无愧的，她的成功对这个家是有好处的，最起码对于女儿是个榜样。可他的心里是矛盾的，是疼痛的。她的努力正向他显示了他的衰败，显示了一个家庭对他的不信任——这个家靠你已经不稳当了，女人得站出来了！这像沾了盐水的鞭子抽在他作为父亲作为丈夫作为男人的心上。

市人代会归来，黄芬芳升为副院长兼妇产科主任，她的应酬多了起来。秦城也厌倦了把自己的伤残呈现在她面前，他自己在每个夜晚抠出眼珠子进行浸泡清洗，然后戴着墨镜睡去。睡前，他最喜欢的就是翻翻雪贝小时候的相册。虽然那些平面的短暂的瞬间无法全面展示他往日的璀璨，但那快乐是醒目的，是被记录的。他和女儿的合影几乎都笑得变了形。

黄芬芳对秦城戴着墨镜枕边放着女儿相册入睡的事情，愧疚了一个礼拜。一个礼拜后，她习惯了。直到有一天，她深夜回家，发现秦城的墨镜掉在地上，眼泪从他健康的左眼角流淌着时，她才意识到他的内心不像白天那么淡漠。她蹲在床前，看着他梦里的泪，禁不住泪流满面。一种给他制造一点快乐的念头窜了出来——再给他一个小雪贝！秦城是喜欢孩子的。雪贝小的时候秦城很好管理，黄芬芳的要求从雪贝小嘴里出来就变成圣旨。

再弄一个孩子，这对妇产科主任来说不是很困难的事，只是需要冒险，需要等待时机。

六

第二十一天，牟琴觉得自己的忍耐到了极限。到了必须做出决定的时候了——要么永远不再看见这个拴在桌子腿上，对着她热切地么么地诉说渴望的孩子。要么带走她，把那汹涌在心底里的母爱给她。哪怕几天。

满满一大盆的肉片、牛心血管、豆腐皮被穿到了铁条上。牟琴洗了手。安静的孩子明白到了牟琴抱她的时候了，丢了手里啃腻了的塑料玩具，朝牟琴爬来，边爬边发出大声的么么。牟琴拿不定主意地看着她。孩子停止了爬行，坐起来朝牟琴伸出小手。牟琴把两只手绞在一起。

孩子看她不来抱，圆圆的瞳仁上顿时云山雾罩。片刻之后，泪珠滚出来，一对一对，悄然而下。哭声还被孩子憋在嘴里，两只脏脏的小手举得高高的。她不忍再看孩子，低头抠着指甲对张梅说："我不能再来了，蕾蕾放暑假了，强强也要放假了，我得照顾他俩……还有就是，我，我们家的复印社，不能总关门，那样以后就没活了。"

张梅没想到牟琴这么快就不干了，她把手按在那些翻着倍给她挣钱的肉串上，待了片刻说："无论如何你再帮我一阵吧，晓敏不知跟你说了没有，工钱上我不会亏着你的，因为这多余货，我又不能请别人，只能靠亲戚帮忙，无论如何你再帮我一阵。"

牟琴听张梅几乎是咬着牙毫不打哏地说这多余货，心里咯噔一下，她断定张梅平日里根本不是称呼孩子小苦命，她一定喊她，多余货。

张梅继续说："我也不知道是哪辈子欠下秦城和黄芬芳的，给我弄来这么个多余货，她要是个狗猫的话，我早杀了烤烤卖钱了，就是饿死它也遭不了报应，偏偏是个孩子，赔钱货，一个月光喝奶粉吃饼干四百块就不够，我搭上的工夫还不说了呢。"

牟琴打了个寒战。她想起另一个渴望孩子死的人。

她来帮忙的第十天早晨，在来张梅家的路边上看见了秦池他爹。他正面对着挂在柳树上的鸟笼打太极，一只眼圈四周镶了白边的鸟，漫不经心地朝着他叫。牟琴看着悠闲的人和鸟，停住自行车打招呼。

秦池爹看见三儿媳的姑妈来了，收了拳热情地说："大妹子忙啥去？这一大早的。"

牟琴低声说："我去秦池家帮忙穿串，张梅忙得顾不上那个孩子，拴在桌子腿上，手腕都磨出茧子了呢，你和老嫂子帮着给看看吧。"

秦池爹的脸突然阴云密布，说："不要提那该死的，早死早利索。"

秦池爹转身拿了鸟笼，头也不回地走了。

牟琴说："要不这样吧，我把孩子带回家给你看一阵儿，这样你雇人也不要紧了，我呢还能照顾着家里，等你忙过这一阵儿再把孩子接回来。"

张梅做梦也没有想到秦城和黄芬芳给她套上的紧箍咒还能取下来。她无法控制突然解放的欣喜，以至于她发出来的声音欢快得走了样。"真的呀？"一个呀字，上下蹦跶了好几下。她立即解了孩子手腕上的绳子，架着孩子的腋窝举到牟琴的胸脯上。

孩子膏药一样地贴上了。

牟琴说："咱俩给孩子起个名吧。"张梅说："行，你说叫啥？"牟琴想想说："叫乐乐行吧？"

"行，叫乐乐！"张梅弯腰到桌子底下够了孩子的奶瓶塞到孩子手里。牟琴说："你忙过这一阵儿就接回来，我儿子读高中呢。"

张梅拍打着牟琴的后背说："好说，好说。"

牟琴抱着乐乐，到街上雇了个三轮车，连自行车一起拉上，往家赶去。她要抢在武立国下班和武强放学之前给乐乐洗个澡，把她身上的灰和骚臭味洗干净，让她变回一个干干净净的孩子，一个讨人喜欢的孩子。

乐乐在水盆里有点胆怯地坐着，用陌生的眼神看着逐渐变深的水，和在水里面藏猫猫的小脚丫。她乖乖地让牟琴搓洗着。牟琴拍拍水，教她——"乐乐，拍拍。"她的小手学着牟琴的样子拍起来，水花溅到脸上，她吓得撇着嘴要哭。

牟琴说："乐乐，不怕，拍拍，看水珠，水珠，和乐乐玩。"

乐乐再拍起来，这次她掌握了拍的力度，找到了小伙伴。亮晶晶的水珠一群群地跳起来，再落下去，啪啪响着，和她的小手玩着。她咯咯地笑起来。着迷了。

等武立国和武强回到家里。香香的乐乐舒舒服服地睡着了。穿着武强十六年前的马蹄裤（一种比兜肚多了两个小裤腿的衣服），两条小腿脚心对脚心地半蜷着，两只小手攥成拳头在耳朵边上靠着。牟琴怕她睡在床上会掉下来，就在木地板上铺了被子和凉席。

三个人围着她坐在地上，各怀心事。

武立国沉默许久后说："就怕抱来容易抱出去难啊。"说完，把下唇伸成底座，托着一脸的严肃。

牟琴说："我和张梅说了，她忙过这一阵就来接回去，她知道咱儿子读高中，耽误不得。"

武强从父母的谈话里，找到了万一高考失败，能用来解脱自己罪责的稻草。他心里对突然闯进他生活的孩子有了接受的理由。"她怎么睡觉跟投降似的？她有多长？"他说着，张开自己能抓住篮球的手拃了一下孩子，"哎呀，她这么点点，还不到两拃。"

牟琴说："你这么大的时候不比她高多少，这裤子就是你的。"

"不会吧？"武强惊讶地看看自己的手，再低头看看自己的腿说，"不可能吧？"

武立国的下唇在儿子稚气十足的话里一下子缩了回去，他嗤地乐起来，拍拍儿子后脑勺说："你以为你生下来就一米八五啊，就是从这么点扯拉起来的。"

武强不好意思地笑了，嘴唇上黑黑的绒毛像一小丛被风吹拂的草儿颤动着。

七

经过深思熟虑之后，秦城找到了打碎黄芬芳对他日渐漠视的武器，打碎她的心宽体胖打碎她放光的快乐的武器。他要真正地背叛黄芬芳。他在黄芬芳外出应酬的孤独里，把曾经对他示好的女人一个个回想出来，筛选着。选定了两个人之后，他开始设计故事发生的脉络，猜想故事的结尾。

周末，他决定下手。

两个女人给了他一个答案。惊讶而冷淡的客套——"秦局长有什么事吗？没啥事情我挂了。"

他听出了自己在她们心目中的形象。一只渴望吃到天鹅肉的癞蛤蟆。独眼的癞蛤蟆。他的手指失控地哆嗦起来，狼狈无语地扣掉电话，把手揣进裤兜里藏起来，急忙走出卧室，仿佛那电话就是女人的脸，能看穿他——一只独眼的癞蛤蟆的阴谋。

客厅里，雪贝在和邻居家的女孩看电视。他悄悄站在女儿背后，看着女儿，突然一阵愧疚，裤兜里的指甲狠狠地抠着手心，他对自己说，为了雪贝，继续忍受黄芬芳吧。就在这时，画面上出现了一个骑马的独眼男人，满脸横肉，左眼用一块乒乓球大小的黑布捂着。黑色的乒乓球在电视画面上上下跃动。邻居女孩惊呼道："真恶心，雪贝你看，独眼龙，和你爸一样！"秦城的心和眉头在女孩的话里揪紧了，他屏住呼吸等待着雪贝的回击，等待着一个女儿对父亲的捍卫。

"大惊小怪，独眼龙当然和独眼龙一样了，你没见过假眼珠子抠出来的样子吧，那才恶心人呢。"雪贝用见多识广的口气卖弄起来。

"你爸给你看过？"女孩问。

雪贝摇摇头说："没有，听我妈说的。你想看吗？"

女孩点点头："很恶心吗？你爸总戴着墨镜看不见。"

雪贝讨好地说："超恶心，等我爸睡着的时候，我叫你来，咱们一起看行吗？"

秦城浑身哆嗦起来，他的理智告诉他，应该悄悄地离开这两个十岁的女孩，但他野兽一样的呼吸让两个女孩回过头来，用对待野兽的方式对待他——惊叫着逃进了卧室，反锁了门。

秦城的眼泪汹涌而出。他坐到两个女孩刚刚逃离的沙发上，摘下墨镜，双手捂脸，任凭喉咙里发出野兽般的嚎叫。想到一年来为了保持自己在女儿心目中的形象，他从不敢在她面前摘下眼镜，想到女儿一年来从未像原来一样和他撒娇嬉闹……他其实早就失去了她。她对他的亲热随着他的右眼死去了。他的眼泪和嚎叫浪头一样翻涌。

"至于吗？至于把孩子吓成那样吗？事实就是事实，还说不得了？一个大男人连正视现实都做不到，还算个男人吗？和孩子较什么劲！吓得孩子把电话打到手术室找我。"黄芬芳理直气壮的指责像速凝水泥一样封住了秦城所有泄漏哀伤的通道。他顿时膨胀着站立起来，那个敲碎她脑壳的欲望已经抵达他的手指。他一手揪住她的衣领，一手揪着她的头发，把她按在沙发上。

黄芬芳冷笑着说："打死我啊，你以为我愿意活着吗？要不是为了雪贝，我早就死给你看了，我一条命总抵得上你一只眼吧？"

秦城的手指在黄芬芳的冷笑里松弛下来。他想起了以前黄着脸的黄芬芳。他松开她说："那太便宜你了。"这一瞬间，他决定继续实施他的背叛。就算有一万个雪贝挡在眼前他也要背叛黄芬芳。他一定要真正地背叛冷笑他的黄芬芳。

他回到卧室收拾东西。背了包，来到客厅，站在黄芬芳面前。黄芬芳看着他，眼神是他熟悉的——淡漠而厌恶，是她看大街上试图通过纠缠而得到施舍的叫花子的眼神。她的妒忌彻底没了，他用离家出走这么强烈的锥刺都扎不出来了。

他在心里对她说："咱们走着瞧。"

秦城走出家门，决定去他早就耳闻过的靠近大海的那个城市。

据说那是一个任凭欲望恣意生长的地方。他到达的时候是夜里十一点，正是女人开始伸展诱惑羽翅的时候。他进房不到五分钟，就接到了要求上门服务的电话。电话中的声音老练机械地说："先生，我们这里的服务员都是高学历高品位，技优貌美……"听到这里，秦城拔掉了电话插头。他早已打定主意要找最低贱的人，用最低贱的方式背叛黄芬芳。

他一进曼陀罗洗头房的门，就被四五个女人围住了，她们挽着他的胳膊，让长长的指甲在他后背和腰间游弋。"哥哥，好哥哥，跟我来吧。"她们的声音很好听，如同合唱的画眉鸟。他仔细看了看她们，她们在他的墨镜下都是些深褐色的长睫毛黑眼圈的女人，都比黄芬芳漂亮娇嫩。秦城抽回胳膊，摘下眼镜，用镜腿敲他的右眼。哒哒哒。

噢！合唱的画眉被歌词噎住了喉管，她们伸长脖子看着面前这个高大的男人用眼镜腿戳自己的眼珠子，戳得嗒嗒响。很快，她们看清了他的伤疤，他外翻的丑陋的下眼睑。她们后退几步，散开了。有人开始透过玻璃看外面，进入了下一轮的期待。秦城的心里一阵北风吹。连妓女都嫌弃我啊。他把眼镜挂在衬衫的纽扣处，往门口走去，他一定要用真正的面目寻找愿意跟他走的女人。

"先生，出台费可以增加吗？"一个女人在他背后问，"如果你加钱的话，我想我愿意。"

秦城站住了。女人小声对别人说："干吗，别拽我，我都两天没开张了。"

"不愿意。"秦城知道外面还有上百家洗头房，有几百个女人等着他去光顾。他不怕挫折，背叛的过程越是曲折，程度也就越强烈。

秦城拉开了曼陀罗的门。

"等等，我，我行吗？"一个胆怯的声音喊住他。

他回过身来。一个低垂着脸的女孩站在他面前。他刚才看见她了，她的穿着和沉默让他以为她是一个卫生员。他说："我一个眼呢，你不嫌弃？"

"不嫌，我，我喜欢你一个眼，不，我……"女孩语无伦次。女人们发着吃吃的笑声。秦城在女人们的笑声里发现女孩子的耳朵红得像刚刚揪下来的红玫瑰花瓣。这个发现让他心里一动。

女孩陪伴了秦城五天。秦城圆满而彻底地完成了对黄芬芳的背叛，还有对所有曾向他传情达意的女人的背叛。他把一个男人该给女人的温存和热情全部给了这个说喜欢他一个眼的女孩，一个在她面前耳朵红如玫瑰的女孩，一个在他的床单上滴落玫瑰碎屑的女孩。

最后一天，女孩告诉他，她的家里曾有三个宠爱她的哥哥，因为她说了一句想吃鱼，三个哥哥在玻璃瓶子里装了炸药，到水库里炸鱼。结果出了意外，三个哥哥一死一伤一精神失常。她成了村人嘴里众口一词的丧门星。父亲把她打出了家门，他挥舞着铁锹哭喊："你给我滚，你这个丧门星，我好好的三个儿子因为你就剩下一个半了！"她说："如果我能挣钱治好三哥的眼，我爹的儿子就能变回两个。"她说："看见你的时候，我突然明白到曼陀罗这半个月里为啥总下不定决心跟人，我在等伤了眼睛的你，弥补我的罪孽。"

秦城把两万块私房钱提了出来，塞给女孩说："回家给你哥治眼去吧。"

八

　　乐乐很快就用自己的快乐和膏药式的拥抱，征服了牟琴一家。
她圆鼓鼓的小肚子仿佛是被笑声撑起来的，每一声笑都是只活泼的
小青蛙，在她的肚子里蹦蹦跶跶，随时准备跑出来。你手里拿个东
西对她晃一晃，她就放出来一大串笑，你喊喊她，拿手掌遮遮面孔
说一声——猫来，她就能笑得比哈欠还有传染性。你厌倦了，站起
来离开，她就默默地在地上爬，小狗一样忠诚地跟着你，直到你不
忍心了，两手卡住她腋窝的时候，她又让你觉得你是有磁性的，是
唯一的，强劲地吸引着她。挨近了，她啪地贴上来，紧紧地黏附
着，两只小手搂着你，脸蛋软软地实落落地搁在你的颈边，一副全
心全意的样子，让人热乎到心里。

　　她甚至让武蕾和武强改变了对大小便的态度。你正两手环扣在
她的屁股蛋上，她拉肚子，砰的一声响，大便礼花一样漫过你的指
缝四散而去，你看着两手的屎，心里面不但没有厌恶，还会伸着两
手让有经验的爸妈观察一下，探究一番。擦洗干净了，你还会快乐
地重复那砰的响声，换取她咯咯的笑。有时，正吃着饭，她的尿就
对着餐桌跑了出来，让你在慌乱中急中生智把手弯成她的小尿壶。
心里暗暗为自己反应之快，智慧之高，叫好。

　　晚饭后，乐乐的哈欠就会出来。她的哈欠是一个让大家保持安
静的信号。牟琴把她放进武强小时用过的推车里，摇晃着，哼唱
着。哼着，哼着，武蕾和武强的童年就出来了，和乐乐的混在一

起。三个孩子的童年，在牟琴的心里成为一个小小的幼儿园。她惊讶地发现自己竟然还记得给儿女哼唱过的儿歌、讲过的故事。仿佛它们从未被忘记过，只是用一根麻绳串起来塞进角落的洞里，找到了，往外拽，一个跟着一个，就都回来了。回来的儿歌和故事上面沾满了往日岁月的艰辛，像阳光里的灰尘，稍稍抖动就沸沸扬扬。让她自己感叹的是，它们竟然也像灰尘一样没有了分量。乐乐没来之前，那些艰辛是粘在背心上的苍耳子，动动，就刺挠着她，划痛她——因为蕾蕾在幼儿园门口抱着她的腿哭闹，耽误了她去帮工的时间，她把她的屁股打肿了，两天才消下去；因为没人帮着看孩子，她把一岁的武强锁在家里，回来的时候，武强趴在地上睡着了，一身的屎尿，洗干净了，闻着还是臭的，后来发现他的嘴里也有，她才意识到孩子已经饿得吃屎了，她抱着他哭了整整一夜。还有很多类似的疼痛，是作为一个母亲的亏欠，是持久而隐蔽的，又是张牙舞爪的。乐乐，一小把碱面，撒在她渴望弥补的心酸里。

她给乐乐的爱，是中年的母爱，没有了温饱的焦虑和年轻时的气盛心燥，如同魔幻的大口袋，乐乐一天的吃喝拉撒喜怒哀乐，杂七杂八地装进去，都能变了疼爱出来。

乐乐入睡半个小时，保持安静的信号解除，牟琴坐在厨房门口搓洗乐乐的衣服，搓着搓着，就想起乐乐逗人的小样子，不由得笑出声来。忙活着给乐乐制作识字图片或在电脑前打印资料的武立国就会问："笑啥？说说看，乐乐又捣啥蛋了？"父母的谈话声传进武强的耳朵，他的下课铃就响了，他晃动着高大的身躯从房间里出来，吃水果，听乐乐的故事。慢慢地，他发现乐乐最大的快乐是自己给她的，这让他那还没有其他机会来体验付出产生快乐的心脏，泛着小小的骄傲。乐乐最喜欢被他举高。即使在她哭闹的时候，只要他把她抱起来说——举高啦，她就会咯咯笑起来，容易得如同按一下电灯开关。快乐，高亢嘹亮地从乐乐的小嘴里跑出来，被她用藕节一样的四肢撩拨开，淹没了他。

夏去秋来。秋去冬来。张梅没有出现。秦池没有出现。秦城家两口子也没有出现。甚至晓敏也没有出现，电话也没有。这让他们为姓秦的一家对乐乐的漠不关心气愤不已。这种气愤常常出现在牟琴叙述完乐乐一天的故事之后，在感慨和忧虑中滋生出来。它是一块冰，让一家人感到心寒的时候，也在他们和乐乐日渐增加的亲密中融化着。四个月以后，在武强的一句话里融化为水，渗漏隐藏。武强说："永远不来才好呢，那样，乐乐就永远和咱们在一起。"

九

秦城离家的第三天深夜，黄芬芳担心了，但又觉得自己主动给他打电话无疑是助长他的嚣张，她把电话打给了晓敏的老公秦国，让他打电话问问秦城在哪里。秦国和晓敏没有拨通秦城的电话，就拨秦池和张梅的电话。秦池思前想后还是决定跑到父母家看看。

事情闹大了。

秦城的父母和兄弟在他出走的第三天深夜里，明白了一只眼的秦城是痛苦不堪的。他们敲开黄芬芳的门，严肃地坐到黄芬芳的沙发上。秦城的妈妈哭起来，哭得气息欲绝。她早就对这个把她最有前途的儿子毁掉的女人深恶痛绝了。以前，她到自己的面前哭诉听来的闲言碎语时，秦城妈还抱着同情安慰她宽解她。可是，她竟然因为那些传言毁了她的儿子。他们看在孙女的面子上，经过几次三番的掂量斟酌才放弃了起诉她。她应该是明白这些的，应该把他们的儿子供起来，呵护起来，用一辈子的贤惠来补偿！她不但不这样，竟然还把他赶出了家门。秦城妈哭着，骂着。其他的人陪着她抹眼泪，唉声叹气。秦城妈在天放亮的时候用恐吓结束了对黄芬芳的声讨，她把那声讨说得缓慢有力，很是有些语重心长的味道。她说："雪贝妈，秦城要是有个好歹，我没法饶过你，你要是光顾着自己外面的风光，对秦城不好，只要我有一口气，我就去找领导、找电视台、找报纸，说道说道去。"

黄芬芳说："我没不在意他，就是雪贝说话不知深浅。我知道他一直心里不高兴，我也是上心的，我知道他喜欢孩子，每天晚上都翻看雪贝小时候的照片，我甚至都想再养个孩子。"

秦城妈妈红肿的眼睛有了赞许的光。她拍拍自己的腿说："这倒是个好办法，有个孩子在他跟前闹哄着，他心里会好受些。"

秦城爸说："这行吗？你俩可都是有公职的人，生二胎会丢官罢职的。"

黄芬芳说："自己生是办不到的，我就着工作的便利捡一个还是能办到的。"她看看秦国继续说："三弟在公安局，帮着把孩子的户口安在那些孤寡残疾人身上就行，很多人家这么干。"

秦国叹口气说："到时再说吧，现在要紧的是找到二哥。"

晓敏提醒黄芬芳说："二嫂，你可得打听好了，最好是大闺女养的，要不然，养大了又被认领回去多亏啊。"

黄芬芳说："我知道。"

离家六天的秦城回来了。他带着报复之后的平静和挑衅的快乐等待着黄芬芳来质问他、审判他。黄芬芳早已从秦国那里知道他离家的原因——散散心。黄芬芳凝视着秦城没有墨镜遮挡的脸，第一次发现秦城的面孔是无法正常解读的。单看左侧，是狡黠的沾沾自喜的；而右侧，尤其是那下翻的眼睑和明晃晃的修补处使得他看起来像只孤苦无依哀鸣不止的狗。两侧组合在一起，黄芬芳迷惑了。秦城目不转睛地回看着，左眼几乎要眯起来了，他的嘴角动起来。黄芬芳看着他的嘴，突然心里一揪，她想起嘴应该是不受右眼冲击的，它的表情应该是独立完整前后统一的。它的动作是她曾熟悉的——看她强装耐心拐弯抹角打听他和谁吃饭喝茶时的动作。她隐约觉得他一定是干了缺德事，但脑子里立即冒出一个声音——他都这样了，能干啥？她决定大度地翻过他离家出走这一页。她一股脑儿地把收养孩子的想法说了出来。孩子将是他们婚姻的调和剂，是她能够想到的最好补偿。

"捡的孩子养久了和自己生的没两样。"黄芬芳说。

秦城沉默着，他左眼里的狡黠和快乐沉寂了，他突然想到自己五天里用来完成背叛的那些精液，如果用来制造一个孩子大概足够了。黄芬芳看秦城的嘴角变得平整了，继续说："现在孩子都自私，不孝的可能太大了，养两个总比养一个保险，你说呢？"

秦城叹口气说："还想指望孩子？"秦城说着，想到自己的晚年要时刻面对黄芬芳，他戴上了墨镜。

十

乐乐会走了。武强和爸妈蹲在地上，伸着手，召唤乐乐，看她的新本领。乐乐沿着三角形的轨迹摇摇晃晃。

"乐乐，乐乐来，到我这里来。"武强拍着巴掌。乐乐张着两只小手向他奔来，在他的大手抓住她的小手的时候，乐乐说出了人生的第一句话："爸爸。"

"哎呀，乐乐会说话了，怪不得人家说孩子的腿连着嘴，会走就会说。"牟琴激动起来。

武强的脸腾地红起来。他气恼地说："你不能叫我爸爸，你怎么能叫我爸爸呢？"

"爸爸！"乐乐的声音比前一句更响亮而清楚。武强的大红脸无助地朝向牟琴和武立国："哎呀，妈，爸，快告诉她别叫我爸爸。"牟琴和武立国笑起来。牟琴指着武立国说："乐乐，叫他爸爸。"武立国说："哪能叫爸爸，秦城家的孩子该叫我爷爷。乐乐，叫爷爷。"

"爷爷。"乐乐用平声发出了爷爷。

武立国说："乐乐真棒，叫武强叔叔，叔叔。"

武强脸上的颜色淡了一些，他摇晃着乐乐说："叫叔叔，叔叔。"

"爸爸、爸爸、爸爸。"乐乐一连串叫了三个，好像抗议似的。武强的脸再度涨得通红，他把乐乐往牟琴怀里一送，说："你这样，不和你玩了。"说着站起来往自己的房间走去。

武立国说:"乐乐到爷爷这里来。"牟琴松了手,乐乐朝着武强的背影走去。牟琴赶紧喊住武强:"乐乐找你去了,别让她摔着。"武强回转身,蹲下来,乐乐扑到他手上喊:"爸爸!"与前面不同的是这一句尤为含混,武强这才发现乐乐哭了。乐乐是哭着喊他爸爸的。武强妥协了。他擦着乐乐脸上的泪和她商量:"好好好,你愿意叫就叫吧,但出去不能叫,就在家里叫好吗?"

"爸爸。"乐乐喊。一个发音本该清脆响亮的哎字在高中生武强的喉咙里艰涩如泥,无法滚动。

"爸爸,爸爸。"乐乐再喊。武强努力了半天,才从鼻孔里发出一个嗯字。

一周以后,武强习惯了乐乐对他的称呼,他不仅能够脆生生地答应还能自称。每天,乐乐陪着他的大拖鞋等在门口,他一进门她就指着拖鞋说:"爸爸,鞋鞋。"他换好拖鞋,把她举起来说:"想不想让爸爸举高啊?爸爸举高啦!"和乐乐闹完,武强把自己撂在沙发上看电视,等着开饭。武立国和牟琴要是催促他去学习,他就会皱了眉头不耐烦地说:"学学学,一天到晚就这一句话,还不让人喘口气了。"

武立国每天最看不得的就是武强这副被逼迫的嘴脸。他不能生气的身子立马就气鼓鼓的。"你什么不干,光学习能累到哪里去?打球累的吧?也不看看到什么时候了,还不知道学,一寸光阴一寸金的时候,还盯着电视。"武强不耐烦地扔了遥控器,气哼哼地回到房间,乒乒乓乓地拿课本。

一天,牟琴对武立国说:"强强就听乐乐的,让乐乐管他。"两口子在武强放学前教乐乐说学习，乐乐自己改成——习习。他们努力让乐乐明白这两个字的意思是把爸爸拽到他的屋子里学习，让爸爸考上大学，就能给乐乐买好多好吃的。乐乐爽快地接受了任务，并用很大的声音说："好。"

武强回家了，举完乐乐后又把自己撂在沙发上。武立国在乐乐耳朵上轻轻地嘟囔了一声，乐乐就晃悠到武强跟前，拉起武强的手说："爸爸，习习。"

"什么？你让我干什么？"

"爸爸，习习，习习！"她的小身子往后挣，武强只得跟她站起来。她拉着他走向他的卧室，指着他的书桌说："爸爸，习习。"武强终于明白了她的意思。他拍着自己的额头说："啊，命苦啊，你也变成我的家长啦，变成我的老师啦！"乐乐咯咯笑起来，督促说："爸爸，习习。"

"好吧，好吧，我习习，我这就习习。"武强翻开课本。武立国和牟琴在客厅里相视而笑，等乐乐从武强房间里出来，他们把她抱到厨房里，结结实实地亲了七八下。

十一

时间一长，秦城就发现自己对黄芬芳的背叛效果不佳。背叛，是一种只有对方怀疑和发现才产生作用的东西。那遥远的一次性背叛，没有后续的让人警觉不安的信号产生，黄芬芳依然继续着她的光泽和肥胖。日渐消瘦和憔悴的倒是秦城自己。这段时间，他一听到"艾滋病"三个字，就会想起自己的高危行为。尽管他每次都会接着想床单上女孩子滴落的玫瑰碎屑和女孩子流泪讲述的故事，用来排除自己被感染的可能。但想完这些后，他又会想到关于女子修补处女膜的可能，想到那眼泪可能就是讲述故事的道具。三个月后，他借出差的机会到省城的大医院里做了各项检查，刚放下心不久，他的同事嫖娼时被抓了，开除党籍，全县卫生系统通报批评。那个夜晚，秦城做了一个噩梦，梦见自己被抓了，他赤裸着身子，戴着手铐，很多人涌上来看他，他羞愧地想捂住下体，那手铐却章鱼一样把它也铐上了。他大汗淋漓地醒来，心跳得床都跟着颤动。这个梦，从此成为一个不速之客，常常乔装打扮地来搅扰他。

怕鬼偏有鬼敲门。八个月以后，秦城上班的时候突然接到一个本地电话。但电话里的声音却是那个遥远的海边的声音。他慌忙关严办公室的门窗。

"你是谁？你到底是谁？你怎么会有我的手机？"他的手哆嗦起来。

女孩说自己在他房间里捡到过一张名片，保存起来了，说她怀了他的孩子，马上就要生了，她的父亲不允许她打掉孩子，要她来问问他，要不要这个孩子。秦城的身体筛起糠来。

秦城嘱咐女孩在她打电话的地方等到天黑，一定不要再打电话了，天黑后他会过去，会按汽车喇叭叫她到他的车里。秦城挂断电话，发现自己的脖子水淋淋的，他狠狠地用手绢揉搓着自己的头和脖子，在心里咒骂那个他曾厚待过的婊子，那个不知好歹的婊子，那个用孩子来要挟他的婊子，那个让他恨不得一下子掐死她的婊子。

天黑的时候，秦城的愤怒消失了。原因是他给黄芬芳打电话说晚上不回家吃饭了，有酒场。黄芬芳用非常不屑的语气说："喝酒是因为有用才喝，没用的酒喝得有劲吗？"秦城说："黄芬芳你什么意思？你的酒喝得有劲，我的酒喝得就没劲？你的酒喝得有用，我的酒喝得没用是吧？你就想说你有前途我没有是吧？我没劲，我是没劲，我本来就没劲吗？"扣了电话，他想到了黄芬芳曾经给他的承诺——再要一个孩子。他打定主意要让高贵的前途无量的黄芬芳养一个最低贱的孩子——一个妓女的孩子。

第二天晚上，黄芬芳把秦城拽到卧室关了门，神神秘秘地说："你猜，我今天碰到啥了？"

"碰到啥了？"秦城在墨镜后面看着黄芬芳大放异彩的脸。

"一个不到二十岁的女孩子去流产，马上就足月了，未婚先孕的，南方的，长得也可以，我和她谈了谈，她同意生下来。不过要价够狠的，两万呢，那些超生的最多就要千把块，你觉得怎么样？你要是同意，我到城郊租间屋子让她在那里待到生。"

"钱多点倒没啥，南方的也离得远，问题是行得通吗？计划生育这么紧。"秦城装模作样地拿捏着。

"上次不是跟你说了，找老三走走关系，把户口安到孤寡残疾人身上，我听很多人都这样。"

黄芬芳和秦城的关系因为一个藏在出租屋里的孩子密切起来。每天晚上，睡前的一段时间，黄芬芳都会和秦城谈起孩子。开始谈她怎么每天中午去给女孩做胎位矫正，谈女孩有多能吃，一次能吃掉四个馒头，谈为了确保孩子生产的时候少一些风险，她给女孩的饭开始定量了，后来就谈她在出租屋里准备了氧气袋和手术包。二十天后，她告诉他孩子出生了，她差点就不能躺在床上和他说话了。

"差点出事了，那血流得吓人，"她哽咽着说，"出事了我就无法躺在这里了。"

秦城拍拍黄芬芳的手说："自找的吧。"

黄芬芳腾地坐直身子说："你会不会说句人话，要不是为了你，我至于冒这么大的风险吗？"

秦城笑笑说："我就一句话你至于生这么大的气吗？更年期了吧，你？"

"更年期，更年期，你就不能盼我点好吗？我更了对你有好处吗？"黄芬芳倒下去，背对着秦城默默地流泪。

十二

小区北边的广场上，乐乐拉着一只黄色的塑料鸭子，鸭子的后背上有一个红色的球，鸭子身下的轱辘一滚，上面的红球就跟着动。红球一动，乐乐就乐。乐了的乐乐以为红球会追上她，她的小脚丫就着急忙慌地跑，她一跑，小嘴巴就变成一个高音小喇叭，嘎嘎咯咯地播放她的快乐。牟琴弯腰攥着她的胳膊。像以往一样，乐乐乐此不疲的时候，她就已经累得腰疼了。她拽住乐乐去看花坛边上放风筝的，那是一家子——爷爷奶奶爸爸妈妈围着一个比乐乐大一点的男孩子，爷爷和爸爸正在调试风筝，妈妈在打手机，奶奶胳膊上挂着孩子的水壶。

男孩喊："我要喝水。"奶奶赶紧扭开保温水壶递到他的嘴边。

乐乐看看牟琴说："我要喝水。"牟琴打开她用棉花缝制的保温袋，拿出里面的玻璃水杯。

男孩喝完水，抱着妈妈的腿喊："妈妈抱抱。"孩子的妈妈摸摸他的头说："等一会儿，妈妈打电话。"男孩松开妈妈，转身扯住奶奶的衣角喊："奶奶抱抱。"

乐乐看着。目不转睛。牟琴摸摸她的小朝天辫说："乐乐喜欢风筝吗，咱们回家做一个好吗？"乐乐回转身仰脸看着牟琴，突然大声喊："妈妈，妈妈抱抱！"

牟琴蹲下身抱起她，像以往一样纠正说："叫奶奶。"

乐乐抱住牟琴的脸又大声喊："妈妈，妈妈。"

男孩子扭过脸来看乐乐。乐乐看着男孩，挣扎着要从牟琴身上下来。牟琴弯腰放下她。刚放下，乐乐又喊起来："奶奶，奶奶抱抱！"牟琴再抱起她。

"乐乐都有，乐乐全都有！"乐乐朝着男孩喊。

牟琴突然明白了乐乐执拗地喊妈妈又喊奶奶的意思。她顿时鼻子酸眼眶子湿，抱着乐乐到远处的木头椅子上坐下擦泪。乐乐看见她哭了，用自己的小手帮起忙来："妈妈，妈妈不哭，乐乐听话。"

"好孩子，妈妈不哭。"

"奶奶，奶奶不哭，乐乐听话。"乐乐的手把牟琴的眼泪摊薄开。

"好孩子，奶奶不哭。"牟琴紧紧抱住让她身兼两职的孩子，抱住这个敏感得让她惊讶让她心痛的孩子。

晚上乐乐睡着以后，牟琴把白天在小广场上的事讲给武强和武立国听。武立国说："你这么一说，我想起前天带她玩，二号楼的老赵问我，这就是你替人家看的那个孩子啊，还没接走呀？还没等我说话，乐乐突然大哭起来，我以为她踩啥了，看看脚底也没啥，现在想来一定是老赵的话惹她伤心了。"牟琴擦擦眼睛说："武强，乐乐叫你什么来？"

"爸爸啊，你不是知道吗？"武强莫名其妙地看着牟琴。

"叫你爸爸，你可得有个爸爸的样子，咱们一家子一定要把孩子该有的都给全了。"武强点点头，又问："我怎么做才是爸爸的样子？"

武立国说："你看我怎么对你的，你就怎么对乐乐。"

武强说："你一天到晚净挑我毛病。"

牟琴说："光看你爸挑你毛病了，你爸把碗里的肉和蛋都夹给你的时候看见了吗？一家子人吃的穿的全靠你爸，你爸跟你叫过一声苦吗？"武强掰着自己长长的手指头斜眼看着他爸。牟琴接着说："你和你爸都一个职务，我两个，我是乐乐的妈妈也是乐乐的奶奶。咱可说好了，再难，不能难着乐乐，再苦，也不能苦着乐乐。"

"乐乐叫我爸爸，叫你妈妈，那不叫乱了吗？"武强说。

牟琴笑笑说："是有点乱，你姐在家就好分工了。"

"那也乱，叫我爸，叫我姐妈啊？她叫我女朋友妈妈才对。"

武立国瞪了眼敲着茶几问："你有女朋友？"武强赶紧摇头。"武强我可是跟你说了，现在的重中之重是学好习，那些歪门邪道的事一概不能做，你要是敢谈恋爱，看我怎么收拾你！"武立国的手指头在敲击中朝武强蹦过去。

"你就这样给我做榜样啊，乐乐一不听话我是不是就得敲打她。"武强后撤了身子说。

武立国缩回指头笑着说："嘿，乐乐倒成你的武器了。"

凌晨四点，武强在乐乐尖利的哭声里醒来。

他听见妈妈焦急地说："这是怎么了？打了退烧针也不管用啊！"

武立国问："多少度？"

"三十九度八。"

武立国说："我拿冰袋去。"

牟琴说："拿毛巾和热水来，把那瓶老白干也拿来。"

一会儿，乐乐的哭声更大了。

"不，乐乐不，妈妈抱，妈妈抱。"

"听话，好乐乐听话，妈妈给乐乐擦擦，乐乐就不烧了。"

"不，不，妈妈抱！"

"妈妈身上热，抱着乐乐，乐乐更热，妈妈把冰袋放在乐乐腋窝里好吗，这样乐乐一会儿就退烧了。"

"不，不，乐乐不。"乐乐的哭声更大了。

"来喝点水，好乐乐喝点水，发烧都要多喝水，乐乐听爷爷话。"

啪。碗掉在地上，碎了。

"妈妈抱，妈妈抱。"

"好好好，妈妈抱，妈妈抱，乐乐不哭，妈妈抱。"牟琴抱起乐乐对武立国说："把那冰块缠到我肚子和胳膊上，我这样抱着她就能给她降温了。"

武立国说："还是我来吧，你不是身上正来红，怕凉么。"

牟琴说："你那身体能经得住冰折腾？你倒了，一家子喝西北风去？明天我喝碗红糖水就行。"

"想想别的办法。"武立国说。

"还有啥办法？碰都不让碰，别烧坏了。"

武强从床上一跃而起，跑出来说："妈妈，我来吧，我不怕凉。"

"没你事，赶紧睡觉去。"牟琴和武立国异口同声。

"睡觉去，再不去，打你了！"武立国瞪起眼睛。武强退到卧室门口。

牟琴抱着乐乐，拍打着，哼唱着。乐乐的哭声低下去，武立国抓住机会跟在边上用兑了热水的料酒擦乐乐的胳膊，乐乐的哭声又高涨起来。武立国立马跟做错了事情一样求起饶来——"乐乐不哭，都怪爷爷不好，咱打爷爷好吗？乐乐勇敢，再让爷爷擦一下好吗？"

武强看着哭闹不止的乐乐和忙作一团的父母，他若有所思地说："养个小孩这么辛苦呀。"

牟琴说："乐乐比起你来算是省心的，你小时候啊，一烧就抽风，哪次都把我和你爸吓个半死。天一黑你就闹觉，哭起来跟针扎一样，就一个办法管用，让你爸抱着爬楼梯不哭，每晚都把你爸折腾得腿酸。"

小时候的事，武强原来听过很多遍。心平气和地讲述时，它们从父母的嘴里出来，变成一股力道微弱的旋风在他耳边打个旋就散开了。作为教育的资料时，它们进入他的身体，在里面变成恼怒和逆反——"又来了，又来了，整天就这一套，不容易！辛苦！吆喝得地球人都知道！我就这样，看我不好，你们怎么不生个好的？！"

此刻，它们既没飘散，也没进他心里引发愤怒，它们进入他的眼睛，弄疼他。那疼痛从眼睛又跑到他的喉咙和胸膛里。这种疼痛和他在篮球场上，和同学的对决中所体会到的疼痛不一样，它让他觉得自己是强壮高大的，让自己想抱住爸爸妈妈。他跟上三个在客厅里来回走动的小队伍，从后面抱住牟琴和乐乐。牟琴和武立国都愣住了。除了乐乐哼哼唧唧的哭泣之外，三个人都不知道该说点啥。

良久，牟琴晃晃身子说："睡觉去，明天还上学呢。"

武强松开牟琴又转身抱住武立国。武立国的头顶正抵在儿子的下巴上，他第一次感觉到儿子的高大和自己的衰老。他叹息一声："长这么大了。"武强吸吸鼻子，抱得更紧了。武立国被儿子抱得鼻子发酸，掰开儿子的手呵斥说："睡觉去，上课打盹咋办？"

武强松开武立国，把手伸向牟琴说："妈，你累了，让我抱一会儿，别说让我睡觉去，我睡醒了，再说，我还是乐乐的爸爸呢。"牟琴看看武立国，武立国说："那就让他抱一会儿，你歇歇吧。"

武强说："把冰袋给我缠上。"他抱着乐乐，对乐乐说："乐乐让爷爷擦擦，爸爸就抱你上楼梯好吗？"武立国赶紧给乐乐擦擦。乐乐又哭喊起来。武强学着妈妈的样子颠着她说："爬楼梯去喽。"牟琴看他真向门口走去，就皱了眉说："天还没亮呢，哪能出去？"武强笑笑，来到门后，把乐乐的小木头凳子用脚勾到跟前，踩上去，下来，再踩上去。乐乐在上上下下大幅度的颠簸中，哭声逐渐弱下去。

十三

黄芬芳打算让女孩在出租房里多待上一段时间，一是因为她生产时出血太多，身体虚弱，二是因为总觉得两万块钱太贵了，应该让她用母乳喂养一段时间才合算。但她发现自己在和秦城谈到这想法的时候，秦城的嘴角往上撇撇，再往下拉拉，然后再往上撇撇。这个动作让她心烦，她读不出具体的意思，但隐约觉得那是一个看热闹的人才会有的动作。

孩子出生后的第三个月，秦城终于按捺不住对一个可能是他的孩子的好奇，偷偷来到了出租屋。他想看看那个孩子——一个可能是他用伤残的身躯制造出来的孩子，一个被妓女高价出售给他的孩子，一截他花了四万块钱买来粘贴伤口的双面胶，一个同盟者，一个别人无法知晓的武器和伤疤。

女孩正在给孩子喂奶，看见秦城进来，慌忙把奶头从孩子嘴里拽出来，试图拉下翻卷上去的衣襟。奶头在她的慌乱中像多孔的水龙头喷射着。她的脸和耳朵瞬间红成一片。秦城呆呆地看着，一下想起海边的五天。他说："你不该给孩子喂奶，这样对你不好，离开的时候你会难受的。"

她低头看着孩子说："大哥你说的太对了，没生之前总盼着快生出来了事，现在一想到把她这么一丁点小人儿留下就心里怪难受的。"

"改主意也行，让你爸把钱拿回来。"

"大哥，我不是这个意思，我随时都可以走，只要黄大姐把钱给我。大哥，你看看孩子吧。"女孩把孩子平托着递给秦城。秦城想想，摘下眼镜，接过孩子。孩子软软地躺在他的指掌间，一下子就把软的感觉传导进他的心里，他觉得这一瞬间自己的心脏软得像团面。他笑笑说："我会让黄芬芳付钱的。"

房屋是两间单独成院的平房，隔壁就是房东自己的家。秦城进门的时候，房东听见动静就踩了凳子扒墙头看见了秦城，遵照黄芬芳的嘱托做了如实汇报。

秦城走后，黄芬芳和房东过去，先是装作若无其事地看孩子，然后趁黄芬芳和她说话的时候，房东把孩子抱走了。黄芬芳听见院子里的门一响，就从兜里拿出两万块钱说："孩子我已经抱走了，你的任务完成了。"她伸手来拿钱。黄芬芳把手缩了回来冷笑着说："说吧，把你和秦城的事都说出来，我说话算数，说出来你就可以拿钱走人。"

"谁是秦城？大姐，我不认识啊。"

"不认识他会来看你？我实话告诉你，我把你安排在这里，只有我自己知道，你不认识秦城你不告诉他，他怎么会来这里？！你是不是早就和他串通好了？！你说不说？不说是吧，你相信吧，我能让你的孩子生下来，也能让她死。"

女孩想了想，拿过自己的包说："好吧，我什么都告诉你，说完之后我马上就走，但在说之前，你要先把钱给我。"黄芬芳犹豫再三，把钱扔了进去。

黄芬芳在她开口之前已经设想了多种可能，也做好了听到丈夫背叛自己的思想准备。男人，没有一个好东西。她在心里咒骂着。一遍又一遍。

男人没有一个好东西，都是偷腥的猫。这是她从五岁起就熟记在心的。五岁的那个冬天啊。那个冬天，在镇上当教师的父亲不再每周回家一次。母亲开始掉泪，脾气暴躁，黄芬芳和姐姐稍稍靠近了，就会挨巴掌。她们只能远远地看着母亲。一段时间后，来家里串门的大娘婶子多了起来，她们和母亲一起喊喊喳喳说个没完。说得最多的一句话就是，男人没有一个好东西，都是偷腥的猫。等她长大了，明白了五岁的那个冬天里母亲的委屈后，她问母亲为什么不离开父亲。母亲干涩的眼珠子定定地看着她说："离开能咋样？男人没有一个好东西，你爸算是好的，心不在我这里，但钱还能拿回来。"黄芬芬和秦城结婚的时候，母亲对她说："男人是属猫的，闻着腥味就走，女人是属狗的，家再贫也死守着，你得看紧他，别再走妈的老路。"她从恋爱的时候就如同岗哨上的战士，时刻警惕，守护着属于她的那只猫。一只近乎完美的猫。一只被很多腥包围着的猫。终于，完美破碎了，在经历了最初的愧疚之后，她发现了破碎的好处，诱惑猫的腥消散了——她可以歇口气了，可以从站立了十几年的岗哨上下来休息了。她没想到他趁她大意的时候叼回来一条臭鱼给她。

"你放心吧，我影响不了你的婚姻，他是不会娶我的，你想啊，谁会要一个妓女啊？"女孩的开场白让黄芬芳瞪大眼睛的同时，鼻腔后面冒出一股旋转上升的眩晕，钻进她的脑子，如快速转动的陀螺，把里面搅得嗖嗖直响。

妓女。秦城。秦城和妓女。黄芬芳在眩晕里好不容易抓住了两个定点，如同在旋转中强制停止时会发生剧烈颤抖一样，黄芬芳抖起来。女孩警觉地站起身。黄芬芳这才意识到失态了。她颤声说："你坐下，我不会把你怎样的，你没有错，因为你本来就是干这个的。"最后的半句，突然给了黄芬芳鄙夷的力量。女孩抱着包坐下说："我和她们不一样。"

"你和谁不一样？和别的妓女？再不一样也是妓女对吧？噗——"黄芬芳用鼻腔喷出了风，如同按下灭蚊药的喷嘴，噗地一下子，就能让苍蝇蚊子蹬腿。她看见女孩在她喷出的凉风里紧了紧身子。黄芬芳挑起了眉毛。

紧了紧身子的女孩，嘴角突然翘起来。黄芬芳疏淡的眉毛跟着警觉地往中间集合。女孩笑着说："大姐，其实我是很羡慕你的，你的丈夫是我见过的最好的男人，我把和他的事说给姐妹们听，她们都说我有福气，遇着这么温柔多情的人，要不我也不会找来对吗？我和他在一起整五天，每天啊他都给我洗澡，不让我自己动一下手，洗好了，他把我抱到床上，亲啊，亲啊，从头亲到脚，亲得我受不了的时候，他就亲着我的耳朵要我，他说我的耳朵红红的，让他想到玫瑰花瓣。"

黄芬芳脑壳里的陀螺又转动起来，这次是雨中的陀螺。眩晕和汗粒瞬间把黄芬芳包裹了起来，一股恶心顶到喉咙上。她闭紧嘴巴和眼睛。听见女孩发出动静，她睁开眼，贪婪地命令道："说，把所有的都说出来，说，他都对你说了什么，他对你做了什么，说！"

"其实也没什么新鲜话，无非就是心肝宝贝的，类似的吧。"女孩看见她眼里饿狗一样的光，突然打住。

"说，从头开始说，一个字都不能漏下。"黄芬芳在十几年对背叛的侦查和警惕中早已把自己折磨成了一个瘾君子。丈夫每一个背叛的细节都是她白色的粉末，让她眩晕恶心而兴奋，明知道吸进去会毒害自己的生命，却又无法自控。

十四

乐乐的高烧起起落落，五天过去了仍不见好。医院的大夫和武蕾的遥控指导，都无法让乐乐的体温退到三十七度以下。牟琴和武立国两个筋疲力尽的人商量着，取点钱带乐乐去住院吧，万一不是感冒在家给耽误了。这天上午，两个人又抱着乐乐去县医院。大夫说，目前找不出发烧的原因，应该住院观察，但病房里已经没有床位了，回家观察，有异常情况赶紧送医院。牟琴朝武立国嘀咕："咋敢回家呀，找找黄芬芳吧，看她能不能给走走后门，住走廊也行啊。"武立国伸出下唇思考了一会儿说："行，我找找她去。"

武立国来到病房楼前，远远就看见黄芬芳和一个女人在说话，武立国走近了站住脚，等待着和她招呼的机会。黄芬芳面朝着武立国，一副素不相识的漠然。武立国干咳一下说："黄主任，我找你有点事。"女人听了对黄芬芳说："我先走了，看你的时间，我一定给你祝贺啊。"黄芬芳黄黄瘦瘦的脸上骤然现出春暖花开的景象，笑着和女人摆手再见。武立国正打算开口，只见黄芬芳的春暖花开忽地遭遇了霜降，一片萧条。武立国顺着她的目光回头看，牟琴抱着乐乐站在离他七八米的地方。

"黄主任，我家孩子病了，你能……"武立国边往回扭脖子边说话。头回到原位，话却找不到听家了。黄芬芳在他回头的时候已经大步离去。"黄主任，晓敏二嫂，你听我说。"武立国跑到黄芬芳前面，挡住她说："你不要担心，我们带孩子来医院是因为孩子病了，住院没床位了，想让你帮忙，孩子都烧了五天了。"

黄芬芳说："我能有什么办法，病房就那么大，我既造不了楼也造不了床，对吧？"

"你，你怎么能这样？"

"我说了，我没办法。"黄芬芳说完，脸上又骤然呈现出生机盎然，撇开武立国朝一辆汽车奔去。车门打开了，从里面钻出来一个油光瓦亮的脑袋。武立国仔细一看，认出那是县委书记。县委书记说："小黄啊，恭喜你，听说你是全票通过啊，在你们医院的院长竞选中这可是第一次，值得祝贺啊。"黄芬芳双手握着县委书记的手摇晃着说："没有您的支持，我哪有今天啊。"两个人的笑声掺合在一起，泛起一种旁若无人的骄傲和欢乐。

武立国走回到牟琴身边说："回家吧，人家升院长了，在这对人家影响不好。"

牟琴说："这有啥影响？"

"走了，指望不上。"武立国扯着牟琴的袖子说。

三个人回到家，武强已经吃完中午饭去上学了。在桌子上留了纸条说他给爸妈买了包子。

武立国看着字条说:"臭小子知道关心人了。"牟琴说:"乐乐的功劳。"迷迷糊糊的乐乐说:"乐乐功劳,大。"武立国和牟琴一起笑起来。武立国摸摸乐乐红彤彤的小脸蛋说:"乐乐的功劳的确大,要不是乐乐,爷爷说不定得大病一场呢。"牟琴知道武立国是在说前段时间他母亲去世的事。

事情是突然发生的,武立国没能见上母亲最后一面,更别说床前尽孝了。安葬了母亲之后的武立国生活在愧疚和怀念中。他把母亲的照片摆在桌子上,天天上香祭拜,流泪自责。牟琴和武强劝不上三句,他就发脾气。五七之后,牟琴对流泪的武立国说:"行了,都过五七了,老这样,一家子跟着你不高兴。"他嚷起来:"我想我娘碍着你啥事了?死的不是你娘你当然不难过不理解了!"

牟琴被他呛得浑身哆嗦:"你什么意思?你是说我对你娘不好吗?你没见上最后一面是我拦着你造成的吗?我娘早死了,我娘死的时候你难过了吗?你不是连出差都没耽搁么?"

"那还不是为了多挣几块钱吗?我挣钱是为我自己吗?你说这话有良心吗?"

话在两张嘴之间,你赶我推,瞬间就把两张脸鼓捣得变了形状和颜色。

乐乐恐惧的哭声让两个人暂时息了火。各自一屋,陷于僵局。

乐乐默默走到牟琴跟前,爬到她膝盖上坐着。牟琴两手环扣着她,喘自己的粗气。乐乐对她说:"妈妈不哭,奶奶不哭。"牟琴说:"妈妈不哭,奶奶不哭,乐乐摸摸看,没有眼泪吧,我可不像爷爷那么没出息。"

乐乐说:"你真勇敢。"

牟琴被乐乐的表扬逗乐了。她把乐乐放到地上说:"做饭去喽。"

乐乐在她前面跑起来,跑到武立国身边说:"乐乐要去广场,爷爷带去。"

武立国没好气地呵斥她:"找奶奶去。"

乐乐委屈地哭起来。武立国心软了,抱起乐乐说:"好了好了,都怪爷爷不好,乐乐不哭了,乐乐一哭啊,爷爷就心疼。"

乐乐贴着他的胸脯抱紧他,哭得更凶了。武立国只得抱着她,站起身来,左摇右晃,把她的委屈颠簸开。乐乐不哭了。武立国抱着她坐下,看见照片里的母亲,想到自己能把关爱给一个毫无血缘关系的孩子,却没能在母亲突发心梗的时候救助她,心里又一阵难过,再次落下泪来。乐乐用小手擦着他的泪水说:"爷爷不哭,爷爷一哭,乐乐就心疼。"

武立国没想到孩子说出这样的话,他感动地拍着她的脸蛋说:"乐乐放心,爷爷不让乐乐心疼啊。"

乐乐表情非常认真地点点头,仿佛她知道这是一个重要的承诺。乐乐试图往桌子上爬。武立国探身把她放到桌子边上问:"乐乐想要啥,爷爷给你拿。"乐乐指着他老母亲的照片。武立国说:"老奶奶的照片啊,这个不能给乐乐。"乐乐说:"爷爷哭,老奶奶心疼。"

武立国愣住了。如同在夜里突然被一束强光俘获。他久久地凝视着母亲的照片,他想起得肾炎的那段时间,母亲专门从老家赶来,变着花样给他做不放盐的饭。母亲对他说,儿女有一点不妥当，当娘的心就刀子割着一样疼。他在心里面对母亲说："一个乳臭未干的小孩都比我懂事，我不孝啊，娘，我天天朝着你淌眼泪，却没想到你最看不得我这样啊。"他抬头看着窗外的天。窗外，艳阳高照，武立国心里一个多月的阴霾四散而去。他把母亲的照片挂到墙上，朝母亲笑笑说："娘，我不会再让你心疼了。"

他领着乐乐来到厨房，帮牟琴择菜。牟琴看他烟消云散，就解释说："从大前天我就发现便池里又发红了，这段时间你太累了，心情再不好，人哪里受得了啊。"

武立国说："过去了，都过去了，乐乐把我给开导开了。"

吃了退烧药的乐乐开始出汗，牟琴给乐乐擦汗，突然在乐乐的指缝间发现了几个红色的小疹子，心里面一惊——不会是麻疹吧？牟琴急忙看乐乐的前心后背，也有零星的红点。牟琴想起武蕾小时候生麻疹时，母亲教给她的办法。她来到厨房，洗净香菜，放到锅里，加上水煮起来。有香菜的气息飘散出来时，她先盛了半碗，再把剩下的倒进乐乐洗脸的盆里。喂乐乐喝了些以后，她用毛巾沾水把乐乐的全身仔仔细细地擦了三遍。

乐乐的疹子出来了。红红的疹子遍布了乐乐身体的每一个角落。乐乐成了一个红色的疙疙瘩瘩的乐乐。但乐乐的烧开始退了，并有了些精神，要求到外面玩。牟琴和武立国怕乐乐到外面受风，又怕她过分活动落下脚后跟疼的毛病，就把乐乐圈在床上，轮流扮演大灰狼和小白兔哄她玩。

武强没有生过麻疹，不被允许靠近乐乐，他听着父母卧室里重新回归的欢乐，撕下一张演算纸写下："姐姐，小孩生麻疹，发高烧，要用香菜煮水喝，擦身子，主要部位为胸膛和后背，有助于疹子生出，办法很灵。医院里总是吃退烧药的办法不行。生麻疹的小孩，身体虚弱，不能到外面吹风，应该卧床休息，大人可以扮演大灰狼之类的逗她玩耍。如果你能在假期中把 MP3 借我，我就继续记录，帮助你成为一名经验丰富的好医生。"

十五

　　和所有的背叛一样，秦城的背叛最终也长成了一颗地雷，只是埋藏的时间太短，威力大了点，不仅把黄芬芳炸伤了，也把他的父母兄弟炸伤了。从黄芬芳手机里播放出来的小话剧，让他们内心里曾经最骄傲也最怜悯的情感，发出了破碎的声音。铁证面前，没有了任何抵赖的遮挡，一家人的脸赤裸裸地在黄芬芳面前红了白，白了红。最后，秦城的母亲，不得不乖顺地张了嘴让丈夫把速效救心丸倒进去。秦国和秦池低着头，时而抓挠头皮，时而揉搓手指，他们都不敢抬头看黄芬芳，更不知该怎样劝慰她和父母。黄芬芳看看躺在沙发上的秦城妈说："以前你总是说那些事是人家乱说的，是我乱想的，这回真了吧，都让妓女到家里生孩子了，你们好好想想吧，我也好好想想。"

　　黄芬芳把婆婆家的门关上后，才知道她其实没什么好想的。她既无法掐死那个她亲手接生的孩子，也无法抛弃她。那个妓女发给她的短信还在手机里蛆虫一样趴着——"我保存了你和秦城发给我的所有信息，如果你们敢抛弃孩子，我就告发你们。"

黄芬芳发现自己内心里有一种难以置信的平静。她从十三年前认识秦城后就一直恐惧着失去。那恐惧让她寝食难安，让她发疯。真到了失去的时候，恐惧却没有了。她对自己说："离！离了就清净了。离了，那个妓女就威胁不着我了，离了，脑子里那些让她恶心的描述就能忘了，就能摆脱面对那个孩子时的屈辱了。"

　　黄芬芳走后，秦池拉开门看了看外面，确定没人后说："事闹大了，看小黄的样子是不打算过了，不哭也不闹，好像什么都想好了。"秦城妈说："我早都知道她在等秦城出错，等一个抛弃秦城的理由，秦城傻不傻呀，偏偏就往她手心里钻，世界上有那么便宜的事吗？把我儿子毁了，毁得没人要了再一脚踢开。"

　　"糊涂！"秦城爸吼起来。"都什么时候了，还护着他？秦城这婚是不能离的，一离，这事必定会传开，他这辈子不就更完了么！小黄的前程不也就毁了么！都毁了雪贝咋办？这事就咱们几个知道，连晓敏和张梅都不能说，教训教训秦城，给小黄个面子把这事模糊过去。"

　　"那个孩子怎么办？要真是二哥的怎么办？"秦国问。

　　几个人面面相觑。良久之后，秦城爸说："哼，妓女的孩子还不就是野地里的苗？就是你二哥的种也算不得你二哥的孩子，这就跟种地是一回事，如果有人在路上掉了粒种子，长出苗来，能算他的？"

　　秦城接到了女孩的短信，知道他原计划几十年以后开演的戏提前了，瞬间头皮发麻，大汗淋漓。他命令自己赶紧想应对黄芬芳的策略。想啊想啊。他发现自己脑子里除了黄芬芳一张变形的脸之外，什么想法都进不去。想到黄芬芳的愤怒，他的心里升起了一股不合时宜的快乐。他自言自语说："早来晚来都一样，来吧，让暴风雨来得更猛烈些吧！"他确信黄芬芳已经变成一只发疯的又不得不装哑的猫，上蹿下跳却不敢对外发出任何声音。他几乎是幸灾乐祸了。他了解黄芬芳，了解初尝了站在人生舞台上表演并得到掌声的黄芬芳。她是不会轻易敲碎给自己提供了掌声的舞台。看看那掌声的强大魅力吧——黄芬芳在短短数月里就容光焕发，而他自己也在丢失它的瞬间一落千丈，暗淡无光。

有谁会冒险拆自己的台呢？秦城问着自己。黄芬芳不会。他秦城更不会。想当年，那些骚动在他身边的情愫他不是不懂，也不是不心动，他曾在夜里无数次地回味她们的眼神和气息，辗转反侧。但他明白自己最珍惜最迷恋的不是她们和她们的爱，而是她们的掌声。她们，离远了是观众、是舞台，不远不近是朋友，近至肌肤，就是炸药包。

下班之前，秦池根据父亲的授意拨通了秦城的电话，把中心思想和注意事项说了一遍，特别强调要秦城在黄芬芳面前装孙子，认错。秦城到父母家的时候，黄芬芳已经抱着膀子跷腿坐在沙发上了。一家人的脸都肃穆得跟在灵堂里一样。

秦城和黄芬芳对看着。秦城进门的时候就摘了眼镜，他的表情，让打定主意在秦家人面前搞出不怒自威的黄芬芳，怒火冲天。黄芬芳已经学会了忽略他的右眼来读解他的表情。他，背叛了妻子的他，嫖娼的他，欺骗妻子的他，不但没有愧疚，也没有懊悔，更没有歉意，而是一副看客般忍俊不禁的表情——他的嘴角上上下下，左眼角揪揪再松松，完全就是个不知廉耻的无赖。黄芬芳瞬间就变成了一只声带功能良好的疯猫，她浑身颤抖着扑过去。"你这个流氓无赖，你这个臭不要脸的下流胚！离婚，离婚！"

秦城要的效果出来了。他无声地笑了。

统一了思想的一家人打定主意要给足黄芬芳面子，他们静静地看着黄芬芳的疯狂。让他们不解的是秦城，仿佛他不是被声讨者，不是被人撕打，而是一个好脾气的陪练。

一刻钟的疯狂让黄芬芳瘫软下来。秦国和秦池赶紧把她拉到沙发上休息。黄芬芳放声哭起来。

满脸伤痕的秦城不屑地说："这么激动干吗？想离婚还不简单吗，财产一人一半，错误一人一个，我嫖娼，你违反计划生育，都是砸饭碗的事，谁也别揭谁的疮疤，你带着你捡来的孩子走，我带着雪贝过。"

"你真不要脸了，你，孩子是你和妓女搞出来的凭啥给我带？还错误一人一个，我为你着想为你冒险还成错误了？"黄芬芳止住哭声，咆哮起来。

"我倒是想要脸，我有吗？我这还是脸吗？"秦城突然暴怒了，他啪啪地拍着自己的右腮帮子，"黄芬芳，你睁开你的狗眼看看，我这还叫脸吗？你委屈是吗？换换，换换行吧？！我把你的脸弄成这样，你去嫖一次！嫖上万次行不行？你换不换？！"

黄芬芳低下头捂住脸呜咽起来。秦城爸走到秦城面前，抽他的耳光。边抽边朝儿子眨眼说："小黄别哭了，我替你教训他！你要是以后再敢做出这样的事来，我一刀剁了你！赶紧给小黄道歉！你道不道？"

秦城妈和兄弟一起给秦城挤眼。秦城说:"道,我道!"秦城爸的巴掌停下来。秦城抓起手包对捂着脸的黄芬芳说:"离不离,想好了告诉我,我一切奉陪,我反正已经是个破罐子了,我怕啥?"

秦城妈跟在儿子后面扬起巴掌挥舞着,没等落下,秦城已摔门而去。

一家人劝慰着黄芬芳,在劝慰中替秦城把破罐子的要挟解释了个透彻,也重温了黄芬芳那不可饶恕的错误。

黄芬芳软了下来。她说:"那个孩子咋办?你们说咋办?扔了吧,万一那不要脸的真告发我和秦城怎么办?养着吧,我,我养得下去吗?!"

秦池说:"先放我那里吧,过段时间再说。"

秦城爸点点头说:"也好,先放秦池家,过段时间再说,也许人家就那么一说,吓唬你们的,过段时间,扔了就是。秦池和秦国要注意保密,对晓敏和张梅也不能说多了。"

黄芬芳决定咬着牙和秦城过下去。她想起了报纸电视上,那些世界闻名的制造拉链门事件的男人,想起了那些咬着牙过下去的女人。她们不但咬着牙过下去,还满世界微笑,假装和伤害了自己的男人恩爱无比。"唉,男人真是没一个好东西。"她用彻底赞同的口吻,在心里和她们说。

十六

武强被南昌大学录取了。武立国和牟琴围着儿子,喜滋滋地端详着。武强不好意思了，他说："又不是不认识，老看我干吗啊？"武立国用手拂拂他的头发说："出乎我预料啊，没想到我儿子这么出息。"正说着，电话响了。武立国接起来，是武强的班主任。班主任说武强的进步是神速的，这进步后面必定有着思想的转变，请武强写一篇心得，供后面的学弟学妹参考。班主任还说，照武强高二上半学期的状态，考个专科就撑破天了。放下电话，武立国对武强说："这可得认真写，供后面的学生学习呢，榜样啊！"

"没啥好说的，说了他们也没法学。"

"咋没法学呢？"牟琴问。

"怎么说呢，我吧，就是看你们养乐乐很辛苦，就想到养我也那样，所以我吧，就不大烦我爸那一大套了，就这样。"

"我哪一大套？臭小子，还烦我呢，事实证明你爸的那一大套还是管用的。"武立国笑着又来呼啦武强的头。武强抱了头说："管用的是乐乐，她天天把我往桌子前边拽，拽得我都不好意思了，嘿，他们咋学，他们家又没乐乐。"

牟琴看看儿子再看看武立国，突然红了眼睛说："值了，值了。"她说着站起身往卧室走去。

武强问："我妈咋了？"武立国说："没啥，高兴。"

牟琴走进卧室，看着睡梦中的乐乐，眼泪簌簌而下。武立国跟进来说："开始我真怕她影响强强学习，没想到啊，这可能就是善有善报吧。"

牟琴把毛巾捂在脸上说："让我和乐乐单独待一会儿。武立国走了出去，轻轻掩上门。"牟琴低声哭起来："好孩子，妈妈值了啊。"

106

两年多来，牟琴没有睡过一个囫囵觉，她不敢说一句累，甚至不敢说一句对秦城家两口子的抱怨，生怕由此引起武立国把乐乐送回去的念头。一年前，乐乐生麻疹后她就病了，她身上每月一次的红，没了。她的头又晕又沉，跟放在水里浸泡了三天三夜似的。她原本白净的脸，开始大片大片地变脏，如同馒头滴上了老笼布的水。她的脸肿，脚肿，腿肿，连膝盖下面都能按出窝坑。她不敢和武立国说，也不敢问武蕾，自己到医院里看，大夫说是因为过度劳累紧张导致内分泌紊乱。她只有四十三岁，离正常的紊乱时间还有近十年。大夫说，注意休息，吃吃药还能调理好。她拿着划过价的处方，看着上面和武立国半个月的工资差不多的数字，思前想后，她把处方撕了。她安慰自己，那东西早不来早利索，哪能再花钱请回来。

武立国和牟琴决定带着乐乐送武强到南昌大学报到。到了学校，办完入学手续，要去宿舍，武强担心了："乐乐要是叫我爸爸，同学们怎么看我？学校老师怎么看我？"

武立国伸出下唇想想说："要不让你妈带着乐乐在外面等着，我帮你搬东西上去。"牟琴说："我都来了，你不让我看看儿子住在哪里？再说外面要下雨了。"

乐乐拽着武强的手说："乐乐要去，爸爸领着乐乐。"武强的手躲到身后。受了冷落的乐乐开始撇嘴。牟琴抱起乐乐对武立国说："我有一个好办法，等乐乐叫爸爸的时候，你就赶紧答应，这不就全解决了。"

武强是宿舍里路途最远的一个，室友们早都安顿好了，看见武强进来都帮着拿行李，整床铺。不一会儿工夫，武强的小天地就收拾妥当了。武强和室友们坐下来聊天。

一直默默不语的乐乐，经过了对陌生环境的熟悉之后，重新变得活泼起来，对从未见过的上铺充满了好奇。她喊道："爸爸，爸爸抱乐乐看上面。"武强的脸一下子红成了紫茄子。牟琴赶紧用胳膊肘捅武立国。武立国夸张地答应起来："哎。"

"不叫爷爷，叫爸爸。"乐乐在武立国怀里扭打着小身子。"爸爸！"乐乐的脸扭向武强。

"哎，爸爸这不是抱着么。"武立国大声说。

"爷爷别答应，乐乐叫爸爸，爸爸！"乐乐从武立国的怀里挣脱出来，跑到武强跟前抱住他的粗腿喊："爸爸，爸爸抱乐乐看上面。"

武强的室友们全都惊讶地睁大了眼睛。武强一下子变成了红色的湿漉漉的人。他恼怒而无助地喊起来："妈，你不是说没事吗？"

有人惊叫道："武强你有孩子了？你结婚了？"

"不是，不是，妈，你快把她抱开啊。"武强手足无措地对乐乐又推又搡。乐乐伤心了，奔向牟琴，大哭着："妈妈抱抱，爸爸不要乐乐。"牟琴赶紧抱着她走出去。

武立国替武强解释，几乎把乐乐到他家的过程都讲了，室友们仍然将信将疑。就在此时，武强下铺的同学突然拍了一下巴掌说："她刚才还叫阿姨妈妈是不是？她乱叫对不对？"

"对对对。"武立国赶紧点头。

武强说："乐乐也不是乱叫，她就是把所有的亲人都在我们家里叫全了。"下铺同学说："让乐乐也叫我爸爸吧，我和你一起给她当爸爸，一个武强爸爸，一个王文爸爸，文武爸爸都有了。"

武强和同学们一起笑起来，脸上的颜色逐渐消散开。

十七

慢慢的，黄芬芳习惯了手心里捏着丈夫的错儿过日子。那个错儿，让她日渐理直气壮，日渐高大。她不再努力去做一个两头都顾的人，而是一心一意扑在了医院的工作上。她由偶尔在电视上露脸到经常露，头顶的光环逐渐缤纷灿烂起来。开始的时候，秦城还经常摔摔打打，甚至不给晚回家的她留饭。慢慢的，他也习惯了。更确切地说是他习惯了忍让。毕竟还有日子要过，还有残余的半边脸面要照顾，还有女儿雪贝要怜爱。每当黄芬芳在他面前颐指气使的时候，他只能在心里用一句话喂养那只越来越消瘦的耗子——"等到退休以后，看我怎么收拾你。"

慢慢的，新的和谐诞生了。

只是两个人之间的距离再也无法近到肌肤相依。连肌肤相互侵害相互折磨的兴致也没有了。他们仅仅是一张床上两个相互守护疮疤的熟人。两个时刻准备联手应对外敌的合作者。

三年后的秋天，黄芬芳接到了县委朋友的电话——纪委有检举她违反计划生育的信，虽然没有签名，但事情说得很细，估计会下去调查。黄芬芳虽然用她当院长锻炼出来的沉稳和笑声告诉对方："干屎抹不到人身上，我欢迎组织对我进行调查。"但她的心率足足是平日里的两倍，她知道那个在武立国家里被养得白白胖胖的孩子不是干屎，而是黏稠的屎，抹在她的心上已经三年了。她给秦城打电话，让他立马回家等她。

秦城经过再三推敲，感觉检举的人不太像那个女孩，如果是她，应该是直接勒索他们，没有结果再告发。何况，凭着一个妓女脸皮的厚度也不用隐藏姓名。

黄芬芳冷笑一声说："不能完全排除，也可能用打破常规的办法，先让我们知道她会动真格的，然后出价好高一些。"秦城点头赞成。黄芬芳说："你觉得最有可能的人是谁？"秦城说："应该是你的同事，那些嫉妒你的人。"黄芬芳点点头，自语说："我很小心呀。"秦城说："没有不透风的墙。"黄芬芳说："透风？那也肯定是你们家透出去的。"秦城叹口气说："怪不得哥和嫂子。"提到哥和嫂子，黄芬芳恍然大悟，拍了下巴掌说："我知道是谁了！"秦城问："谁？"

"牟琴！我去她家送过两次生活费，发现他们对孩子好得都过火了，肯定是他们想通过这个办法，把孩子霸了去。"秦城叹口气说："不至于吧，毕竟是晓敏的亲姑，再说她女儿分配工作还等着咱帮忙呢，谁能因为一个那样的孩子给自家孩子挡道？"

黄芬芳说："人心难测，不管是哪种可能，关键是那孩子不能再在这里了。"

"你不怕扔了麻烦更大？"秦城用左眼斜瞅着黄芬芳的脸，他的右眼试图跟上左眼的步伐，无奈力不从心，只在原地小幅度地哆嗦了两下。

"扔？那可是太便宜了，我每个月四百块钱养大的，随便扔了不可惜吗？我早想通了，我不会扔她。扔了她，我这一肚子苦水将来倒给谁？我这一辈子的屈辱咋抹平？"她把头仰靠在沙发上，想起那个孩子的母亲，那个用一句话毒死了她和丈夫之间终生亲密的女人。

"先扔到我姐家吧，看个门儿也是好的，过些年退休了我就把她弄回来。那时候，雪贝成家了，就咱们仨，挺有意思的，对吧？"

秦城和他心里的耗子一起笑笑说："行，先放雪贝大姨家，远，保险。我让秦国赶紧找人把户口落下，这样即使查到了也好说些。"

黄芬芳的头在沙发靠背上磨蹭两下说："我相信你有能力把这件事办好。"

第二天，周六，雪贝根据爸妈的叮嘱到牟琴家接回了乐乐。

乐乐看见眼睛上有两块黑色玻璃，像她爸爸一样高的伯伯要给她照相，她赶紧歪歪脑袋，竖起两个胖胖的小手指头说："茄子。"秦城笑起来："你倒挺会照相啊。"

"我爸爸教我的。"乐乐自豪地说。

"你爸爸？"秦城浑身的汗毛站起来，他知道黄芬芳的眼珠子已经比刀子还快了，她一定怀疑自己偷偷接触过孩子了！

"伯伯你不认识我爸爸吗？他叫武强，在南昌大学上一年级。我妈妈叫牟琴，她在家里上班。我爷爷叫武立国，在县畜牧局上班。我奶奶叫牟琴，她也在家里上班，我叫乐乐，在地板上上班。伯伯，你叫什么名字啊？你在哪里上班呢？"

雪贝笑得把汽水喷了一地。秦城扭头看雪贝，顺势观察黄芬芳。黄芬芳在他扭头的瞬间走向卧室。秦城把脸扭回来看着乐乐说："你叫乐乐啊？你怎么会在地板上上班呢？"

"我天天在地板上盖大高楼，当然在地板上上班啊，伯伯，你怎么连这个也不懂呢？"乐乐的大眼睛，清澈见底地看着他。秦城突然觉得心脏靠近胸口的一面，有一元钱硬币那么大的地方蹿起了火苗，突突的，热起来，软起来。

秦国在门外按喇叭。雪贝在沙发上抱着肚子喊："笑死我了，爸爸，把她留下行吗？她太好玩了，留下给我玩行吗？"秦城没有搭理雪贝，他走出门，钻进秦国的车里，继续看相机里的乐乐。秦国扭头看看二哥说："放心吧，会很顺利的，吴瘫子听说送他轮椅，乐坏了，早早地就让亲戚抬着他到派出所等着按手印了。"

十八

武强在学校运动会上摔断了左腿。躺在病床上的武强思念着爸妈和乐乐，但他知道无论如何不能把消息告诉他们。爸妈要是知道了一定会来照顾他，那乐乐就有可能被送回去。他说服了室友帮助他保守秘密。王文叫来了自己的妈妈护理他。王文说："咱俩是乐乐的爸爸，我妈就是咱俩的妈。"

为了不欠下太多的医疗费，为了不给王文妈妈添太多的麻烦，为了不落下功课，手术后一周武强就出院了。他的宿舍在七楼，教室在五楼，他每天拄着双拐在宿舍楼和教学楼中爬来爬去。几天后，他的事情在学校里传开了，鲜花和小礼品堆满了床。他借同学的相机把它们拍下来。他要在某一天给他的乐乐讲讲它们的来历。他知道让他获得同学们赞誉的不是他自己，也不是爸妈，而是他的乐乐！是因为有那个弱小的比他的膝盖高一点点的乐乐在背后看着他，他才做到了坚强，做到了努力。

武强不知道就在他断腿的那段时间里，他的乐乐突然被秦城家接走了。

那天上午，太阳很好，牟琴带着乐乐在楼下玩，突然雪贝来了。雪贝说："我爸爸妈妈让我来接妹妹回家玩玩。"牟琴吃惊地问："接妹妹回家玩？真是你爸妈说的？"

雪贝点点头说："妈妈说以后每个周末都接妹妹回家玩，星期天晚上再送回来。"雪贝说完，抱起乐乐朝一辆黑色轿车走去。"走，跟姐姐坐汽车去。"

乐乐咯咯笑着朝牟琴喊："妈妈快来坐汽车。"

乐乐走了。再也没有回来。

没有了乐乐的牟琴和武立国，没有了欢乐。两个人闷闷地吃饭，闷闷地干家务，闷闷地想乐乐。日子一天天过去了，思念撕扯着俩人的心，他们又不便追着秦城和黄芬芳问啥时候送回来，毕竟孩子是人家的。虽然在两年半的时间里，只有黄芬芳来家两次，每次都是提着一箱过期的牛奶，带着一个和她的脸同色的信封，里面装着几百元钱。

牟琴想来想去，拨通了晓敏的电话。牟琴说："你二嫂把乐乐接回去好几天了，我打电话问，说他家来了个亲戚帮忙看一阵，你知道那亲戚什么时候走吗？我和你姑父都想乐乐呢。"

"乐乐？什么乐乐？"晓敏拿腔捏调地问。

"就是你二嫂家捡的那个孩子呀。"牟琴说，"上次我和你说过，

113

你不还批评我多管闲事来着。"

"我告诉你不要多管闲事，你不听，管出烦恼来了找我啊？好好吃你的饭过你的日子，别给我惹麻烦。"

"你凭什么教训我，我是你姑，我给你找麻烦了吗？我不就是问一句吗？"不等牟琴说完，晓敏已挂了电话。武立国在一边冷笑着说："就这样没家教的孩子你还护得跟宝一样。"

"我要不是怕和我哥闹生分了，我护她干吗？！奶奶个腿儿的，气死我了，奶奶个腿儿的！"

武立国冷笑着说："好了好了，骂来骂去还不是骂你自己的娘么，她也就是姓牟，她要是姓武，我早就给教育过来了。"武立国还在叨唠，牟琴啪地拍了下电话机吼起来："你有完没完，你这是劝人还是浇油点火啊？你怕我气不死是吧？人家本来就心里难受，十个人也不顶一个乐乐，乐乐就从来不让我生气。"

牟琴哭着想起上次她生气骂奶奶个腿儿的时候，乐乐拍着她的大腿高声说，奶奶的腿在这里！一句话，逗得牟琴哈哈大笑。一连好几天，想起来就笑个不停。她抚摸着乐乐拍过的地方，想起两年半前自己也是扣了电话骂晓敏奶奶个腿儿的，就是那天她看见了她的乐乐，拴在张梅家桌子腿上的乐乐。想起张梅，牟琴停住啜泣，朝外面跑去。

十九

"农村没有暖气，咱乐乐得冻成啥样呀？那家人疼咱乐乐吗？

农村点炉子，咱乐乐知道绕开炉子吗？烧红的炭铲子别碰着她啊，可千万别煤气中毒啊。"牟琴擦眼抹泪地絮叨着。

武立国对牟琴说："去给乐乐买件新羽绒服，我去一趟。"

武立国用手机拨通了秦城的电话说："你告诉我雪贝大姨家的具体地址，我想乐乐了，过来看看。"秦城一愣，武立国催促说："我这长途，你赶紧说我记下来。"秦城无法细想，只得告诉他。牟琴说："我和你一起去。"

武立国说："人多了，人家会误会抢孩子呢，还是我一个人去吧。我去蹚蹚路，你以后再去。"

武立国来到雪贝大姨家的村口问路时，就有人拔腿往村里跑。待他走进村里，再打听的时候，雪贝大姨牵着乐乐出现了。武立国知道秦城给他们打过电话了。他心疼地发现他的乐乐变了样子，原来白白净净的胖脸蛋黑了，瘦了，腮蛋子上满是细密的皱纹，左侧有两个流水的紫冻疮，两只小耳朵也有结了黑痂的冻疮。一件看不出原色的棉裤咧着裤裆，两只小手黑得如猩猩的爪子。乐乐用陌生的眼神看着他。

武立国蹲下身叫她："乐乐，乐乐，你不记得爷爷了？你不是最喜欢爷爷带你去广场玩吗？"

乐乐的大眼珠子突然活泛起来，她扑进武立国的怀里喊道："爷爷！爷爷带乐乐走，爷爷带乐乐去广场，爷爷！"乐乐两只黑黑的小手死死地扒着他的肩膀，像一个挂在悬崖上的人。他紧紧抱住她，喉咙和鼻腔都被一股骤起的酸胀疼痛着塞满了。

"爷爷，爷爷带乐乐走！"乐乐的脸蛋往他的腮帮上蹭蹭，再蹭蹭，小手上的力量加大了，声音却小了："爷爷，乐乐和爷爷说悄悄话，爷爷抱乐乐走，找妈妈找爸爸去，行不行啊？"她还记得对爷爷有要求的时候要和爷爷说悄悄话。

"行，行啊。"武立国抬起左手抚摸着乐乐黑瘦皲裂的脸蛋，他的下唇长长地伸出来，抖着。那个被努力拦截的"啊"字在抖动的缝隙里钻出来，冲破他五十岁男人的尊严和矜持，长"啊"不止。

"爷爷不哭，爷爷一哭，乐乐就心疼。"乐乐扒岩石的小手放松下来，到他的脸上来抹眼泪。两三下之后，她自己号啕起来。

雪贝大姨过来扯开武立国和乐乐说："好了，好了，孩子也看到了，赶紧走吧，来捣什么乱啊！多余回家了！不听话是吧？看我怎么揍你！"

"大姐，孩子叫乐乐，你不能那么叫她！乐乐，拿着衣服，大姐你给她穿得暖和一些，看孩子都长冻疮了。"武立国哽咽着跟上去，把羽绒服塞给乐乐。

"嘿，你这人有意思吧，我家的孩子叫什么你管得着吗？多余，把衣服还给他！什么意思，我们家待孩子不好啊？谁家孩子不长冻疮啊？"

乐乐哭着，抱着衣服躲她的手喊道："爷爷给乐乐的，爷爷给乐乐的！"

雪贝大姨不再坚持还衣服，气哼哼地夹起乐乐。乐乐的腿在她的大胯处踢蹬着，哭喊着："爷爷带乐乐走，爷爷带乐乐去找妈妈啊……"

武立国呆呆地看着他的乐乐被一条不容商量的胳膊夹走了。一条女人的胳膊，让男人追不得、抢不得的胳膊。那个她一哭他的心就会痛的孩子被夹走了。那个两次对他说，他一哭她的心就会痛的孩子被夹走了。那个小小年纪就会心疼的孩子看不见了，或许永远看不见了，一生一世都看不见了。她或许就要在那条女人的胳膊下待一辈子了。想到这些，他胸腔里那些拥挤得歪七扭八的"啊"字如火山一样爆发了。歪七扭八地从他的鼻子嘴巴和眼里窜出来，带动着他的腿脚也有了歪七扭八的样子。从他身边路过的村民，那些看惯了黄河汹涌咆哮的人们，在初降的薄暮里莫名其妙地看着他——一个黑瘦的男人哭得跟个孩子一样，他咋了？

二十

武强的腿还没有恢复好，他在车站犹豫再三，还是决定把拐杖扔掉。他不想让爸爸妈妈为他担心，更不愿意乐乐看见他拄拐杖的狼狈样子。他用奖学金给乐乐买了一个比她本人还大的玩具狗，一只咧着嘴巴伸着舌头的馋狗。武强想起乐乐吃肉的样子，用她的小手指头指着肉，嘴里发着啧啧的声响。比小狗还馋！

"乐乐，乐乐，看看我是谁呀？"武强弓着身子躲在玩具狗的后面，站在打开的房门口。

牟琴看着儿子，忍住心酸，装作训斥说："半年没见不想你妈呀？我站这里半天了，倒不招呼我。"

"妈，我不是想逗乐乐玩吗？"武强放下身上的背包，四下张望，"乐乐，快出来，看爸爸给你带什么来了？"

牟琴眼睛红红地看着儿子。武强知道母亲在看自己，不敢在她的注目下走动，就问："妈，乐乐不在家呀？我爸和我姐也不在啊？"

牟琴擦擦眼睛说："不在，出去赶集了。"

"哦，那我赶紧歇一会儿，要不一会儿那个淘气包回来又让我举高了，坐了两天一夜的车，我都累得没劲了。"武强倒在沙发上，仰脸看见牟琴脸上的眼泪，问："妈你怎么哭了？家里有什么事吗？"

牟琴坐到儿子身边说："啥事呀，想儿子呗。"武强笑起来，说："怪不得人家都说远了香近了臭，我在家的时候你和爸对我是横竖都看不顺眼，半年不见我就成香饽饽了吧？"正说着，门开了，武立国和武蕾回来了。

武强指着武蕾关门的手说："别，别关啊，乐乐还没进来就关门啊。"

武蕾嘭地关上门。武立国看看牟琴问："你没告诉他？"

牟琴朝厨房走去，武立国跟上来。牟琴说："让蕾蕾告诉他吧。"武立国回头看武强。武强伸了脖子瞪大眼喊："告诉我什么？乐乐怎么了？"

牟琴扯着武立国进到厨房里关了门说："别看了，看了心里难受，这小子门都来不及进，站在门外举着玩具喊乐乐呢。"

武强哭了。抱着乐乐的枕头哭了。武立国和牟琴已经有近十年的时间没见儿子哭了。记忆里，他哭的样子还是个男孩子擦鼻涕抹眼泪恣意放声地哭。此刻，却是一个男人的哭，极度压抑地瓮声瓮气地哭。牟琴扔了手里的菜，跟着儿子抹起眼泪来。"你去劝劝强强吧。"她说。

武立国说："压不住的哭，总要哭出来啊。"

"劝劝去，儿子从上初中还没哭过呢，我眼窝子浅，你去劝劝。"牟琴推着他的背。

"你以为我是苏小妹啊？"武立国想用笑话冲淡一下，"去年一滴相思泪，今年始到眼角边。"

牟琴哭着说："想再看上一眼啊，哪怕就看一眼啊，我是不是前辈子欠了乐乐的，又不是自己亲生的，就怎么总觉得跟掏了心肝似的。"

"我也是这感觉啊，我这辈子就放声大哭过两回，一回是我妈死，再一回就是去看乐乐。我心疼得啥也干不了，只能直着脖子嚎，什么脸面不脸面的，脑子里一点没想，就是觉得心疼啊，疼得伸着脖子哭啊。"

"你说啥？！"牟琴第一次听武立国说去看乐乐的经过。他回来后总是说："挺好，和乐乐玩了半天，乐乐高了，也胖了，黑了点，雪贝大姨妈待乐乐不比咱差，穿得很厚，吃得也好，一点也不想咱，孩子么，都是转脸就忘。"

"你为啥哭成那样？！人家待乐乐不好对吗？！"牟琴不用武立国回答她，她已经知道了她的乐乐并没有穿得很暖吃得很好。牟琴胸膛里一阵撕扯揉搓的疼。

第二天，午饭摆好了，武强还是不出来吃。他抱着乐乐的枕头偶尔抽动几下鼻子。武立国给牟琴使个眼色说："批两句，男子汉哪能这样？"

牟琴低声说："又不是犯了错，咋批？要批你批。"

武立国皱了眉头说："他不是容易跟我呛起来吗？"牟琴想了想，咂了咂嘴，大声喊："武强，你就这么点出息啊？没有乐乐你就不打算活了？一米八几的大块头，放假了就躲屋里，不害羞啊？人家的孩子都在打工挣学费，你今天下午就到外面找活去，这两年你和乐乐把家里都花空了。"

"妈，你别这么说弟弟，别让他出去打工，他的腿断了，还没好利索，他怕你和爸担心都不让告诉你们。为了不耽误你们看乐乐，他躺在病房里是同学的妈妈照顾他的，你们知道吗？为了省钱他提前出院了，他这样了还得了奖学金呢！"

"什么？腿断了？"牟琴和武立国一起往儿子的卧室跑去。牟琴抚摸着儿子的伤疤，又是欣慰又是抱怨地哭起来。"傻不傻呀？这么大的罪自己扛着啊？咋不告诉家里？就是天上下刀子爸妈也会去照顾你呀！"牟琴不敢使劲摸儿子的伤疤，就直起身抱着儿子的头使劲揉搓着流泪。

武强被妈妈揉搓得不好意思了，摸摸头发说："把我发型都弄乱了，这算啥？又不是断了就接不上了。"牟琴擦擦泪说："我买骨头去，吃啥补啥，我买猪骨头去。"

武蕾看牟琴出去，对武立国说："爸，咱们去和人家好好说说，把乐乐接回来过个年行吧？我和弟弟也能和乐乐告个别，就几天还不行吗？"

武强说："爸，求你了，答应我们吧，我保证再见乐乐一回，以后就不再见了，跟秦城二哥好好说说，就一回，你不去，我去！"

120

武立国说："这冰天雪地的，你那腿哪里也不能去！再说了，你们去不合适，这事小孩子出面不合适，你妈去会好一些。但也有可能和秦城家弄僵，这对你将来安排工作很不利。"武立国把目光停在女儿的身上。

"你们怎么会担心这个呢？爸，你就相信我吧，我自己一样能找到工作。"

武立国伸出下唇凝视女儿片刻，点点头说："好，爸相信你一定能做到。"

牟琴买了排骨回来的时候，武立国和她说了两个孩子的想法。牟琴一声不吭地听着。

武立国说："咋了？不同意？不想乐乐了？"

牟琴洗着排骨说："咋不想呢？就是现在我脑子里都是她啃排骨的小样呢，唉，可是人家既然都不让咱们看，还能让咱带回来过年？"

"妈，任何事情都需要努力，不争取咋知道行不行呢？武强手里拿着二百元钱进到厨房说，这是我和姐给你的路费。妈，我和姐各出一百，是我俩省下的奖学金。"牟琴犹豫一下，接了过来。

腊月二十六早晨五点，牟琴动身了。武立国给她画好了线路图，临出门的时候，她的儿子和女儿向她竖起了大拇指。预计到难度的武立国对她施压说："带不回乐乐，你就别回来！"

牟琴到达村口时，已是傍晚。牟琴打听着找到了雪贝大姨家。大门是两扇开的木门，门锁着，但中间的缝隙有两三指宽，趴在上面，院子里倒也看得清楚。院子很大，除了六间堂屋，还有两间西屋和一个猪圈，东面有四棵大腿粗的树，有三棵树上各拴了一头牛。牟琴趴着看了一会儿，直起身倚在门上。她在心里打着和雪贝大姨对话的草稿。天很快黑得看不清了，空气里有了饭菜的气息。牟琴犹豫着是不是再找人打听一下，担心有人故意指错了门。

突然，院子里发出了一个孩子哭咧咧的喊声："多余怕黑，怕，怕，大姨快回来，多余怕黑，多余饿了，多余饿啊——"

乐乐！是她的乐乐！牟琴使劲推着门，趴到门缝上。

"乐乐，乐乐，是你吗？你是乐乐对吗？我是奶奶，乐乐，我是妈妈呀，你还记得我吗？"

"妈妈——"一团小小的黑影从地上逐渐升高，朝着门口奔来。

"乐乐！"牟琴把手伸进门缝，等待着握住乐乐的小手。小小的黑影在奔跑中突然往后趔趄了两三步，摔倒在地上。

"乐乐，乐乐，怎么摔倒了？过来呀，到妈妈这里呀！"

"妈妈，绳子拽着乐乐，乐乐过不去。"乐乐从地上爬起来，再次朝门跑来。再次摔倒。

绳子拽着！绳子！寒冬腊月！我的乐乐被拴在露天地里！牟琴觉得自己的胸膛疼得要炸开了，手脚却一阵发麻，整个人差点跪倒。她明白了武立国的那句话——疼得你什么也干不了。

"说什么我也要把你带回去！"牟琴在心里大声对她的乐乐喊。

"干什么的？"一个女人出现在牟琴身边。牟琴赶紧直起身，女人边伸手来开锁边扭头问她："你在我家门口干啥？"

"哦，你是雪贝大姨妈吧？大姐，我是芬芳她弟妹的姑妈。牟晓敏，雪贝的三婶，她是我亲侄女。"

"哦，你怎么来了？"雪贝大姨妈话语里有了点热乎味。她把门锁打开说："进来吧，你来有什么事吗？"

"过年了，我来看看乐乐。"牟琴朝着黑暗里的乐乐走过去。

"乐乐。"女人自语了一声，然后跟着走过去解树上的绳子，边解边辩解似的说，"这村里老是丢牛，没人看着，大白天能把墙给挖上洞偷走呢。"牟琴蹲下身，向乐乐张开怀。女人突然明白了牟琴的真正身份，她拽着乐乐腰间的绳子把乐乐扯回去。乐乐一个趔趄倒在她的腿上，默默地，一声不吭。为防止牟琴再来抱，她先把乐乐抱起来。

牟琴站起身说："大姐，我就是过来看看孩子，这不是过年了么。"女人转身往堂屋走去，到了门口，拉了下门框上的电灯绳。

嘎达一声，整个院子亮了起来，牟琴看清了她的乐乐。她的乐乐已经不再是原来的乐乐了——脸蛋、耳朵和小手上都长满了冻疮，两截麦秸粘在她的头顶上，又黑又瘦，鬓角处的一缕头发被鼻涕黏在腮帮子上。趁女人忙着鼓捣门锁的时候，牟琴伸手摸摸乐乐的面颊，试图把那缕被鼻涕黏住的头发扯下来。还没等到她触到乐乐的面颊，乐乐的小手已塞到她的手里。乐乐默默地看着她。她赶紧握住。她觉得她的乐乐是明白她们的处境的。

默默地相视而无语。一个三岁多点的孩子。

牟琴的眼泪无声地流下来。女人或许是因为一只手抱着乐乐的缘故，也许是因为突然面对牟琴有了慌乱，一时竟不能顺利地把钥匙插进锁眼。牟琴和乐乐在她的忙乱中，隔着她的肩膀默默地紧紧地拉着手。

女人打开了屋门锁。牟琴赶紧松开孩子，装作咳嗽几声，把眼泪擦掉，挤掉鼻涕。女人进了门，把乐乐放到地上。乐乐朝着饭桌跑过去，扒着桌沿回头来找女人的目光，看了看又无声地退到门边，靠门站着。

女人对牟琴说："你先坐一会儿，我烧壶水去。"女人走出堂屋。乐乐静静地站着。吱呀一声，大门响了。牟琴看见乐乐的眼睛里突然放射出一种很亮的光，她以为那是乐乐见到她的惊喜，她朝乐乐伸出手去。乐乐看了她一眼，嗖地一下蹿向饭桌，那动作敏捷得如同一只饥饿的猫。乐乐蹿到桌边，踮着脚尖掀起饭筐上的盖布，回过头默默地看着牟琴。

牟琴说："乐乐是饿了对吗？有东西吃吗？"

"嗯。"乐乐点点头，把脚后跟落下去，又回过头，重新踮起脚尖，扯起盖布。牟琴看见饭筐里是几个裂了皮的馒头，就在她以为乐乐会抓起一个的时候，乐乐肿得像吹了气的小手却东扯扯西拽拽，把盖布仔细地盖好了。乐乐走回门边用女人离开时的姿势站着，眼睛里那股很亮的光黯淡了，面颊上却有了一个微笑。仿佛那个饭筐里是一窝她喜欢的小猫，她不在的时候一直惦记着它们，看到它们都在酣睡，她放心了似的。乐乐微笑着朝大门口看看，扭回头朝牟琴摆着手说："多余不吃，吃就打嘴。"

牟琴的眼里骤然迷蒙。她哽咽着说："乐乐，好孩子，过来，抱抱。"

乐乐朝她探着身子，悄声说："不能抱，大姨会打，不能让人抱。"乐乐说着，警觉地扭头看了看外面。牟琴不自觉地跟着扭头往外看。突然，她的乐乐一下子扑到她身上，亲了一下她的脸，喊了声："妈妈！"

一股强力的电流把牟琴击穿了。她整个人又疼又麻地呆在那里，等她意识到该抱住孩子的时候，乐乐已经用原来的姿势站回门边，喜滋滋地看着她。她不知道该对孩子说句什么。孩子警觉而迅速的一吻和一声"妈妈"的呼唤，让她知道孩子什么都记得，什么都懂得，也让她隐约觉得上次武立国的到来没有给孩子带来一点好处。

"乐乐。"牟琴哽咽着喊。

乐乐看看她，又看看外面，然后把小身子前探过来说："妈妈带乐乐走吧，找爸爸找爷爷去。"牟琴点点头说："妈妈来就是要带乐乐回家的，爸爸给乐乐买了一个大玩具狗，姑姑也给乐乐买了新衣服。"突然，大门发出吱呀声，乐乐立马站直了身子，朝牟琴喊："奶奶！"

牟琴看见进来的三个人并没有直接朝堂屋走来，而是站在门口嘀咕着。牟琴意识到可能根本没办法带走乐乐，趁人没进来她再把目光聚到乐乐身上，贪婪地看着她的孩子。

"妈妈——"乐乐看着她，小声喊。

"哎。"牟琴小声应着。

脚步声传来。

"奶奶——"乐乐大声喊。

"哎。"牟琴赶紧答应。乐乐看着她，脸上现出一个狡黠的笑。牟琴一下明白了今晚孩子给她的两个称呼不是随意的，那小声唤出的"妈妈"是怕人的，是秘密的。她的心脏如同被击中的玻璃杯，骤然碎裂。

雪贝的大姨妈叫来了她的丈夫和儿子。三个人的五官都像冻结了一样。牟琴看着三个冰疙瘩，在心里给自己打气——人心都是肉长的，好好和他们说，一定能感动他们。牟琴不等他们质问，就把两年半来怎么拉扯乐乐的过程说了一遍。在她的诉说中，三个人的脸都明显地化了冻，尤其是说到武强为了不影响爸妈照顾乐乐，断了腿也没让家里知道，放了假回来见不到乐乐，呜呜地哭了两天时，雪贝大姨妈和大姨夫的眼里也跟着有了热气。

"大姐，大哥，我就把乐乐带回去过个年，让我闺女儿子再和她玩两天，年初二我就送回来。这样，慢慢地，我们也就能放下了。"牟琴趁热打铁。

"这个事么，我们得打个电话问问，只要雪贝她妈同意，你就是把孩子带走不送回来，我们也没意见。"雪贝大姨夫说着站起身，朝儿子看了一眼，两个人一起走了出去。

"拜托好好和雪贝妈妈说说。"牟琴用讨好的语气朝着两个男人的背影说。

雪贝大姨妈给牟琴倒了杯热水递给她。一直怯生生地缩在角落里的乐乐在大姨妈和善的信号里得到了走向牟琴的勇气。她回到先前站立的门边，前探了身子笑着朝牟琴柔软地喊："奶奶——"

"哎——"牟琴绵软地应着。

"奶奶——"乐乐再喊。

"哎——"牟琴再应。

一喊。一应。

乐乐的脸上又开始泛出牟琴熟悉的笑，她的小身子活络起来，虽然仍不敢挨近牟琴，仍只是前探了身子，可小屁股已经敢在门上撞出咚咚的声响了。

雪贝大姨妈突然站起身朝外走去。牟琴扭头看见雪贝表哥在朝他母亲招手。三个人站在外面又开始嘀咕。牟琴刚刚松散开的心脏开始皱缩，她警觉地伸了耳朵听外面的动静。听不清外面的话语，却又听见乐乐低低的呼唤："妈妈——妈妈——"

"哦，我的好宝贝，妈妈的好宝贝！"牟琴一把抱住乐乐，紧紧地抱住她，她在乐乐的耳边说："乐乐，只要他们一答应，明天天一亮，妈妈就带你走好吗？"

"够了！别表演了！还真让你差点给蒙过去呢！赶紧走，以后别再让我看见你！"雪贝表哥进来说。

"你这孩子怎么这么说话呢？你姨跟你说啥了？我今晚说的没有一句假话，不信我给你姨打电话。"牟琴松开乐乐，往羽绒服口袋里摸武立国的手机。兜里空空的。牟琴不知道在下午从县城坐上三轮车不久，武立国的手机就被颠了出来。

"行了，行了，别装了，你不就是一个保姆么，还能有手机？一个月四百块钱雇着你，钱也不算少了，你还要咋的？就是差几个月的，我姨家也会补给你，不要再拿孩子说事了，你们三番两次的，咋了？想讹钱是吧？也不看看我是谁！赶紧走！"

"这是黄芬芳说的还是秦城说的，啊？我是保姆，我也只是乐乐的保姆！我不是黄芬芳的也不是秦城的保姆！我要是为了他们，就是给我十万我也不会给他们看孩子！你把电话给我，我给她说！"牟琴伸手来夺雪贝表哥的手机。他轻松地闪过牟琴的手，哼下鼻子说："好男不跟女斗，你再惹我，我就告你强入民宅，告你讹诈！"

牟琴说："我不和你说，你把你父母叫来。"雪贝大姨妈从黑影里冲出来说："说吧，我听着呢，上次你男人来我就有点纳闷，一个大老爷们一个帮人家看孩子的，怎么会那样？这次我终于闹清楚了，我告诉你，别看大家说起来是亲戚，可你要不仁我们也不义，你们有本事就继续告我妹子去，我们不怕，惹急了，无非就是来个活不见人死不见尸，见不着踪影，没有证据，你告也白搭。"

"你们说啥呀？我们啥时候告过呀，怎么误会成这样啊？给我电话，我和黄芬芳讲清楚。"牟琴颤抖着朝雪贝表哥伸出手去。他的手机响了。他听了听，然后递给了牟琴。他的父母睁大了眼睛。

电话是晓敏的父亲、牟琴的哥哥打来的。哥哥说："牟琴你要是眼里还有我这个当哥的，你就马上回来，你知不知道，你这样让晓敏在婆家很难做人！"

"这跟晓敏没关系，我养了两年多的孩子突然被抱走了，我们一家子接受不了，我来看看，接回去过个年，怎么就让晓敏难做人了？谁让你给我打电话的？秦城吗？黄芬芳吗？让他们站出来和我说！"

"胡闹！牟琴，我问你，在你眼里是晓敏重要还是一个野鸡的孩子重要？是我这当哥的重要还是野鸡的孩子重要？！你这样闹下去除了把亲戚关系搞僵，还有啥好处？"

"你说啥？"牟琴愤怒地质问。

"野鸡的孩子！妓女的孩子，你听不懂吗？"

"哥，我不许你这样糟蹋孩子，没爹没娘的孩子已经够可怜了，你为啥这么糟蹋她！你也是当爹的人，你怎么能这样？！"

"我一点也不糟蹋她，这是事实。秦家为什么那么厌恶她，你就不想想？就你拿着当宝，真相我也告诉你了，现在有人告发晓敏二嫂，你再闹你就成最大嫌疑了！人做事得为子女想！你把人家惹急了，武蕾和武强以后不在咱县里过日子啦？以后晓敏在婆家咋抬头？赶紧回来！"

电话断了。乐乐从门后探着头看她。牟琴看着她，脑子里回响着哥哥的话——人做事得为子女想！她想起她高高大大的朝她伸出大拇指的儿女，她的心里泛起从未有过的自信——她不为他们着想他们也能过得很好！到了她为她的第三个孩子着想的时候了！到了她为她的乐乐着想的时候了！她要带走她！永远不送回来！永远不让别人叫她多余！永远不让她听见那五个字——野鸡的孩子。她朝着乐乐奔过去，抱住她："走，跟妈妈走！"

一阵拳打脚踢之后，牟琴被拖到村口。

一阵无助的哭泣之后，牟琴站起身，擦干脸上冰凉的泪，摸索着走起来。她不知道回家的方向对不对，不知道自己要啥时候走到家。她知道晓敏和哥哥被得罪了。秦城和黄芬芳被得罪了。她一直悉心呵护的血缘枝丫断裂了。九泉之下的老娘可能会埋怨她。别人可能会误解她抢人家的孩子……

但这一切，都无法阻挡她再来。

无法阻挡。

春 茶

　　接到乔道第二天送茶叶过来的电话后，梅云连走路的脚步都放轻了，生怕引起丈夫焦稳的注意。好不容易挨到睡觉的点，她早早地上床，侧了身装睡。一整夜，连翻身都不敢有。她感觉自己周身薄脆如纸，稍微动动，心里的那个秘密就会渗透出来。

　　茶叶是半年前订的。那时，她正在外地参加一个为期半个月的研讨会。在那个漫长的会上，她认识了那个喜欢喝春茶的男人。男人在主席台上用他的博学和幽默把会议室搅得哗哗作响时，也在梅云水波不兴的内心插进了两把乱搅的桨。在众人的掌声里，男人的目光像闪电一样击向她。一次又一次。她周身麻麻的，坐在那里，警觉地听着自己的心跳，告诫自己，离是非远一点。她不知道自己在反复的告诫里早已启程，她在秋天就迫不及待地向乔道订下了春茶："乔道，拜托你务必在第一茬春茶下来时给我留两斤，一定是

130

露天的真正的春茶啊。"

第二天上午，梅云早早地等在和乔道约定的路边，不时朝他来的方向张望着。在她站得腿酸的时候，一辆出租车停下来，她正打算细看的瞬间，一个男孩子从车里出来，奔向梅云身边的女孩。两张年轻的嘴唇在她眼前啪地吸在一起。发出磁铁碰撞的声音。梅云的脸突地红起来，她满是细微皱纹的眼角颤了颤，左侧鬓角处一块小指甲大的黄褐斑如同睡醒的水母跟着蠕动。她捂住嘴唇，快速地转过身，心脏却揪紧了，缩成硬邦邦的一小坨。她突然有了一种跟男人说点啥的冲动，她掏出手机，翻找出男人的手机号码凝视着。

告诉他自己的身边有两个像磁铁一样的嘴唇？

告诉他真正的春茶马上就寄过去？

还是问问他还记得磁铁一样的唇吗？

想想。再想想。梅云决定还是延续一贯的沉默，用僵僵的手指把号码一个个消除掉，长长地叹口气。淡淡的白雾在眼前飘升起来，漫过她刷了睫毛膏的眼睛。她平日里是不化妆的，最多也就是涂一点口红。今天例外。今天她要给他寄茶叶。真正的春茶。要在别人面前写下他的名字。今天，恰巧还是那个日子的半年纪念日。

那个日子。开始的时候有点像童年。接到邀约的梅云打定主意要和男人谈谈自己的生活，谈谈丈夫和儿子，谈谈自己虽不精彩却平静踏实得令同事羡慕的夫妻感情，她坚信这样的谈话能像水一样把某些东西冲洗掉。她没想到，男人没有语言，男人只是拉起她的手，领着她走。如同约好了带她去看蜂窝的小伙伴。走得有些气喘

131

了，男人才在一棵正落叶的银杏树下停下来。男人突然转过身，用万条闪电罩住她。想远远瞅两眼的蜂窝被捅开了，嗡声密集。梅云在万千只蜂的叫声里，听见了清晰的磁铁碰撞的声音。大半分钟后，在男人水蛭一样的吮吸里，她的眼前出现了送她上车的丈夫和天天背着书包提着篮球的儿子。她把自己的嘴唇从男人的唇上拽下来，说："不该这样的，这是怎么了，不该这样的。"她的话像乍起的秋风一样跌跌撞撞。男人说："不能自控的就是内心需要的，傻丫头。"

傻丫头。三个大大的芥末球。她的鼻子眼睛和心脏突然被男人的话熏得酸胀、生疼。眼泪流出来，她捂着脸呜咽着蹲下去。男人后退一步靠在树干上看着地上的她。男人不知道她为什么会这样哭，她自己开始也不明白，等她哭明白的时候，她站起身，面对男人笑着流泪。男人就着白咧咧的月光歪头看着她。她抱住男人说："我爱你。"男人愣正愣，犹豫一下，用胳膊圈住她的脖子。她看到了男人的愣神，她说："这话是说给我自己听的。"说完，她紧紧地吸住男人。她要把一生用来亲吻的力气一次用净。

乔道终于出现在梅云的面前，手里提着四个精美的手提袋。乔道说："等急了吧？有雾，车开不快。按照你的吩咐，最好的，真正的春茶，一叶一芽。"

梅云赶紧接过来："这么沉呀？"她说着拉开肩包找钱。他按住她的手说："算了，算了，我送你。"梅云晃开他的手说："那不行，不是我喝，我是送人。"他再按她的手说："知道你是送人，不送人怎会买这么高级的，就是送人，也算我的。"乔道看梅云执拗

132

地往外掏钱包没有半点虚假，就虎了脸说："不给我面子是吧？等你事情办成了，你请我吃一顿不就行了。"

"我不是办事用，我，就是送人，这钱必须是我自己付，我不会让任何人垫的。"梅云手指捏着钱包里的钱问："多少？"乔道沉思一下说："那好吧，市价是三千六，你就给成本吧，一千八。"

"那怎么行，让你跑好几百里路送过来。"梅云等待着乔道说出一个对得起他辛苦的数字。

"就这些，本来不打算要钱的，我也不是专门送，正好过来签合同么。发票在盒子里，以为你是办事用，就准备了，这年头得让领导看见发票才行，要不他不知道你出的血是多少。"他笑起来，笑声像树上还未返青的枝条被骤然折断。

梅云把钱塞进他手里打趣说："经验很丰富呀。"

乔道说："谁像你活得那么滋润，都是人家给你们送。"

梅云说："嗨，都是半斤茶叶一箱啤酒的，要不就是一袋子大米一捆葱。我们那里就那样，外传得好像很有油水，其实了了。"

乔道说："我要是在你那里，我也不用积累经验。"

梅云笑笑说："哪都一样，只是我不求上进，就谁也不用理。"乔道点点头说："说得对，我还忙着，走了。"

梅云说："知道你忙就不客气了，等你有时间再请你吃饭。"

乔道跨进车门放下玻璃叮嘱说："春茶贵就贵在稀罕，一天一个价，要送赶紧送。"

梅云说："知道了，你给我讲过课，忘了？"

乔道嘿嘿一笑说："我哪能忘呢？"他突然提高声音说："嗨，

梅云你有情况，你和我上次见的时候不一样了，有变化，你现在又是一叶一芽了。"

"你才一叶一芽呢，你看谁都一叶一芽。"梅云两颊绯红，笑着抢白乔道。乔道和他年轻帅气的司机一起笑起来。

乔道先止住笑，端详着梅云说："挂相这词你知道吧？人心里其实是搁不住事的，事儿最终是要挂在脸上的。所以，捡着彩头还是触霉头，一眼就能看出来。"

梅云说："我看你也别当老板了，干脆摆摊算卦得了。"

乔道用手点着车窗框说："让我说准了吧，你有事！不过放心，当着焦稳的面我不会说的。"

梅云哼哼鼻子说："别拿自己当神仙，你说我脸上挂着啥？"

乔道笑笑说："不太好说，不像彩头也不像霉头，以后有机会坐下来聊的时候再说吧。不过，有变化就是好的。"

梅云把茶叶盒子摆在邮局墨绿色的柜台上。穿着墨绿色制服、脖子上系着咖啡色小丝巾的营业员，看看茶叶盒子再看看梅云说："没有大箱子了，你要么自己找箱子来要么用小箱子。"

"小箱子咋装？"

"拆了包装呀。"营业员边说边弯腰从地上拿了个跟一本打开的书差不多大的正方形纸盒，放到梅云面前。梅云看看土黄无华的纸盒，再看看精美的茶叶盒，犹豫着。

营业员催促她："要不要？"

梅云把草绿色的手提袋拽下来，里面是长方形的书型盒子，厚厚的，沉甸甸的，如同一本装了美丽童话的大书。盒面印着一个圆柱形的玻璃杯，里面是半杯水和二三十株茶叶。大部分的茶叶拥挤在杯底，叶芽相挨，像一个小小的树林。有一株高起漂浮的，左侧伸展着椭圆形的叶片，右侧则是一个看不出纹理的合卷在一起的芽，像女人湿过水没有抻平的对襟，又如一个欲说还羞的唇。

欲说还羞。梅云想起乔道的比喻——乔道说："欲说还羞，害羞的羞——"嘴角处不觉露出微笑。她知道那个欲说还羞的芽里面还包裹着一个更小的芽。那是她自己发现的。是在那个夜晚之后，在知道男人喜欢喝茶之后，她就在闲下来的时候，自己也泡上一杯，喝着，想着。喝到最后，她总是会让茶进到嘴里一颗，慢慢地嚼。然后，从杯底捞出一枚，把那个欲说还羞的唇轻轻剥开。里面藏着另一个更小的欲说还羞。两个欲说还羞包裹在一起，就有了说也说不尽的忧伤。

她拧开茶桶，把里面的茶叶袋子轻轻拽出来。清一色的银。自己的脸和营业员的脸变了形地出现在上面。梅云有点失望地咂了下嘴唇。

"怎么光光的呀？"营业员善解人意地说，"这样可就看不出茶叶好坏来了，要不你下午再来，找个大箱子寄？"

梅云想到自己提着这么显眼的四个大盒子难免会惹人注目，又想到自己也不是为了让男人知道她花了多少钱。再说男人是懂茶的。只有不懂的人才看包装。正如那个夜晚，男人对她说的："除了我，没有人会知道你富有激情，你总是穿职业装，表面看来比较古板……看女人，可不能光看包装。"梅云脸红了一下，信心十足地对营业员说："就这样寄吧。"

营业员帮她把茶叶盒打开，拽里面鼓囊囊的茶叶袋。梅云提醒说："轻一点，轻一点，弄碎了，茶泡开后，品相就不好了。"营业员笑笑，停了手，看着梅云自己摆弄。梅云比画来比画去，小纸盒里只能放下七包。她托着手里的一包说："放不下呢，没有稍微大点的？"营业员说："要有早给你了。"说着，拿过她手上的茶叶包，眨眼的工夫塞进了纸箱子。梅云想制止，话来没来得及出口，对方已把纸箱放到包装机上。瞬间，纸箱子发出被挤压的喳喳声。梅云万般无奈地吸着凉气。

营业员看了眼梅云填写的包裹单，说："保值处要填上数。"梅云说："填多少呢？"营业员说："值多少，就填多少，每一百元加收三元的保值费。"梅云犹豫起来，她不想让男人知道价钱，更不愿男人用价钱来衡量她的心意。营业员催促说："快点。"梅云在上面写下1.00。营业员的脸上立马有了愠色："一块？要是出现了丢失可就只赔一块。"

办完邮寄手续，梅云朝四下看看，没有发现垃圾桶，只得把茶叶筒放进包装盒里，把包装盒放进手提袋里提着走出来。距离单位一百米的地方有一个破垃圾箱，因为周边有好几家小饭店，垃圾箱就如同一个内脏腐烂了的怪物，日夜往外吐着腥臭。梅云远远打量着它，始终不忍心让手里的盒子和它里面腥臭的餐厨垃圾为伍。走近了，站了站，还是决定提着继续前进。

进了单位大门，四处静悄悄的，正是吃午饭的时候。梅云进了物资管理处。办公室里只有最年轻的刘倩倩在边吃饭边看韩剧，听见梅云的脚步声，问了声是梅老师吗。梅云应了声，人却迅速闪进库房里，进入平日用来盛放废品的那间。虽是废物间，因为里面除了平时拆散物品时的纸箱、塑料纸，也没有其他的，看起来倒也干净。门后是一张替换下来的老式办公桌，上面盖着用人字型的白色胶布粘连着的玻璃和草绿色毯子。梅云从包里找出面巾纸，擦干净桌面上的尘土，然后把四个盒子整齐地摆放在桌子上。她想着那八个悄悄代替她去拜会男人的使者和曾经退掉所有生活包装的自己，禁不住甜蜜而苦涩地抿起嘴角。她已经有了处置它们的方案。袋子，用来提东西。盒子用来盛零碎的小东西。

五年前，作为茶厂老板的乔道曾给梅云讲过茶。那是他初办茶厂邀请梅云前去参观的时候。他给梅云泡了杯一叶一芽的茶说："真正会喝茶的人都不喝单芽的，尤其是春茶，单芽的光照时间过短，生长期也短，茶树里面积攒了一冬的营养没能充分吸收就采摘了，茶香过淡，不耐冲泡。叶子太多太大也不好，叶子里的叶绿素和养分固化了，不容易析出，品相也不好把握。一叶一芽的最好。就如同二十岁、四十岁和三十岁的女人，二十岁除了青春还是青春，太单，太淡；四十岁味道虽足，但品相上难有几个仍旧滋润的；三十岁才是女人一叶一芽的好时候。"梅云笑着讥讽他说："对女人的经验这么丰富呀。"乔道说："我这经验是通过观察你得出来的。"梅云抓了他的茶做出要抛向他的动作。乔道赶紧求饶说："老同学手下留情，那可都是一叶一芽的上品。"梅云放了手里的茶叶叹口气说："女人再怎么扬眉吐气也逃不了在你们男人嘴里被嚼来嚼去的命运。"

乔道端了自己的玻璃杯碰了碰梅云的杯子，两只杯子里的茶叶顿时舞动起来。

梅云凝视着它们。

乔道问："哎，你看那芽像啥？像不像欲说还羞的嘴唇？羞，害羞的羞。"

梅云抬眼惊讶地看着乔道，不知道他葫芦里要倒出啥来。急慌慌地邀她来，正经话没一句，净扯些不荤不素的。

乔道再碰碰她的水杯说："别看我，看茶，看看像不像欲说还羞的唇。"

梅云依旧盯着他。她想起中学时他写给她的字条。她直直腰杆四下看看说："要是你老婆听见你这些话，不误会我才怪呢，说点正经的，是不是打算让我替你推销茶叶？"

乔道笑笑说："你紧张啥？推销么，暂时不用劳你大驾，说白了，我今天请你来，泡了上好的茶款待你，目的只有一个，就是想从你嘴里掏点灵感出来。我正在设计广告，没有合适的词儿，我想来想去，把我认识的人扒拉了一遍，从穿开裆裤认识的扒拉到现在，发现你是唯一可能帮我的人。你就别抻着了，调动你的聪明才智帮我想想，呵呵，虽然没有报酬，但可以免费喝茶，一叶一芽的上品。"

梅云凝视着乔道，看见他鬓角处白色的发根和头顶油亮的头皮，她知道自己的鬓角处和耳后也有成群的白发。好在这是一个热衷染色的年代，可以让她轻易地把衰老掩藏起来。内心感慨，不由长叹一口气，端起水杯，把大半杯茶水倾进体内。一片茶叶进到嘴里，她轻轻嚼起来，品着它的苦涩。

乔道端了她的水杯放到饮水机的水嘴下说："一看你就不懂茶，喝茶哪能这么个喝法。喝茶，其实是通俗的叫法，最恰当的叫法应该是品茶，要小口，慢饮，趁热，进嘴后要用舌头抵住下门牙，让茶水在口腔里四散蔓延。你这种喝法只能用一个字来形容——饮水的饮，读四声。"

梅云笑笑，顺着自己的思路说："你还以为我们是在读书的年头呀，转眼老得光剩下生活了。"那正当好年华的一叶一芽支离破碎地黏附在她的唇齿间。

乔道按下红色的水嘴，她杯里的一叶一芽顿时上下翻舞。那些美丽的叶片却出现了残缺，掉下的碎片像剁碎的用来包饺子的菜渣一样飘着。

乔道眯眼瞅着她蠕动的唇齿，看着那曾让他心动不已，那曾经滚落过无数连珠妙语的唇齿，心里面感慨万千。他咂咂嘴，一语双关地说："梅云，你可不能让我失望。"

梅云用拇指和食指捏着滚热的玻璃杯接过来说："谁也不敌生活的浸泡冲刷，你的免费茶我看来是喝不上了。"乔道看着她的手，他知道她已经让他失望了。那手的姿势虽还算优雅，品相却已不再葱白滋润。

梅云所在的处室一共有五个人，梅云年龄最大。处长在年龄上排第二，比梅云小半年，平日里总是梅大姐或梅老师地称呼她，其余三人也跟着这样叫。五个人虽然天天相守，倒也团结融融。梅云是单位里出了名的贤妻良母，性格温和，嘴巴也严，四个人不管谁有事——无论是相互之间的小别扭还是和长辈、配偶闹的矛盾，都愿意找她聊聊。很多时候，梅云也给不出有用的指导，但他们总能在谈话中，从她的平淡、平静和包容里找寻出点膏油，抹在自己被生活和事业挤压出的伤口上。

每年年终评先进的时候，是他们五个人之间的团结出现裂缝的时候。几次下来，除梅云之外的四个人都得出了经验，争着先发言。争着发言的人都说："我觉得先进应该是梅大姐的，梅大姐任劳任怨，早到晚归，乐于助人。"其余三个人立即随声附和。梅云总会坚决推让出去。这时，紧张和静默就弹跳出来。往往，都是处长打破沉默说："梅大姐就是你了，这样谁也没有意见。"梅云只得根据平日里获得的信息，说出最需要荣誉帮忙的那个人。因为是她让出的，而且，每个人早晚都会轮得到，所以谁也没意见。破坏团结的裂缝停止了延伸和张裂，成为一道短短的、细细的，熟鸡蛋上的裂纹。

梅云从研讨会回来后的第二个月底，又是每年一次先进评选的时候。这次梅云说出的是赵有亮的名字。梅云说："转年有亮晋升中级职称，先进加分，就给有亮吧。"有亮连说："谢谢，谢谢，我元旦请客，酒店大家选。"

五个人除了单身的刘倩倩外，都带了家属。七八个人当着焦稳的面把梅云夸得跟圣人一样。焦稳毫不客气，笑眯眯地照单全收。他说："我这辈子就干对了一件事，找了个好老婆！"

一桌人嘻嘻哈哈，像以往一样提议让梅云两口子带头喝交杯酒。

谁都知道大庭广众之下的交杯酒，还不如一曲卡拉OK上档次，唱好了，别人会给你真实的掌声，而交杯酒，交得再好，就是顶级好，那掌声也是嬉闹的，起哄的。梅云知道交杯酒的表演能够给别人带来起哄的快乐，也能化作丈夫品酒中的一碟酸酸甜甜的泡菜，所以，每次她都努力认真地去完成那个端起酒杯，臂膊相绕，和那双日夜相对的眼睛相视而笑，一饮而尽的既定动作。

"好久没看梅大姐和焦大哥交杯了，赶紧点儿啊！"赵有亮督促着。

梅云刚要响应，一个声音随着焦稳鼻孔里钻出的烟雾一起罩住她——你还有资格和爱你相信你的人喝交杯酒么？你这不是欺骗他吗？这不是欺骗他吗？

梅云警觉地瞥一眼焦稳，推脱说："交杯酒，那是年轻人的事，我们都快二十年的老夫老妻了，来这个让人笑话。"

处长笑着说："交杯酒就是你们这种恩爱的老夫老妻喝才有味道呢。"他提高声音，抬高手臂问道——

"什么味道？"

"陈年老醋的味道！"

"什么力量？"

"榜样的力量！"

随着处长的手掌在空中的舞动，大家一起敲盘子敲碗，督促他们的榜样。

焦稳站起来，端起梅云的酒杯塞到她手里说："我老婆越老越腼腆了。"梅云只得跟着站起来。刘倩倩说："梅老师快点喝呀，让我学学交杯酒咋喝。"赵有亮绕过桌子到梅云跟前说："未婚的要学习，你俩得交个深情的，来，来个绕着脖子的。"

"绕着脖子的！"四个同事一起喊。家属和孩子也随后附和。

焦稳端着酒杯，拥住梅云说："来吧，别谦虚了。"他的胳膊绕过她的脖子，把酒杯送到自己的嘴边，问赵有亮："够标准不？"

"够！"

焦稳一饮而尽。

"不能松开，得等梅大姐喝完才能松开。"大家喊着。

"焦大哥离得太远了，梅大姐酒杯够不到嘴边。"

焦稳哈哈一笑，抱紧梅云说："大家的意思我明白。"

人们笑作一团。刚刚还像烟雾一样萦绕她的声音一下子变成疯猫的爪子，在抓痛她的同时，也把那层她努力遮盖男人影像的布撕开了。那个夜晚，男人正是这样用胳膊圈着她说，不能自控的，就是内心需要的，傻丫头。梅云周身的肌肉紧绷起来。

焦稳在梅云耳边低声问："你怎么了？"

梅云把酒一下倒进喉咙。这一瞬间，她渴望着手里的不是一杯酒，而是一个海，淹死需要回答丈夫的自己，淹死无法担当忠贞的自己，淹死不能坦然和丈夫喝交杯酒的自己，淹死在别人眼里完美无缺的自己，淹死那个曾蹲在地上哭泣的自己。

剧烈的咳嗽省略了一切。遮掩了一切。梅云咳得佝偻着腰，满脸通红，泪流不止。焦稳端了茶杯说："来喝口茶压压，压压。"梅云低着头，拍着胸口，把藏在心里的愧疚从咳嗽的缝隙里释放出来。"对不起。对不起。"

看韩剧的刘倩倩眼里含着泪，点了暂停键，抽着鼻子对梅云说："韩剧真好看，里面的爱情太感人了，女主人公都好得和你一样。"

"和我一样？我有什么好的，四十多岁的黄脸婆，黄褐斑都跑出来了。"梅云在自己的椅子上坐下来捂着面颊。没有吃饭，又在阴冷的风里站了两个多小时，手脚都是凉的、木的，只有脸颊是热的。吃饭的念头却一点也没有。昨夜，一宿未眠，现在感觉脑壳里跟装满了水似的。

"哎，我妈天天催我，可是我到哪里才能找到让我和我妈都满意的人？我妈要求家庭必须好，工作必须好，可是我见过的这两方面都好的人长得都太碨碜，看一眼就反胃。"

"你不能照着韩剧里的主人公找，要在现实中用心去感受。其实，爱情是最说不清条件的，它就像两三岁的孩子，说闹就闹，闹起来以后，你就会发现自己原来定好的条条框框全都不管用了。"梅云说着，又看见自己和男人磁铁一样黏附在一起的唇，听见自己跌跌撞撞但意志坚定地奔向男人的话语——我爱你。

"梅老师，我说句话你可别不爱听呀，在我们眼里这样解释爱情的人都是上一代人，我们的爱情条件很清楚，首先要有房，一百平米以上的，其次是有车，十万元以上的。"

"哎，小丫头，等你爱过以后你就会发现爱不是这样的，它跟房子和车子没关系，甚至和长相也没有关系。"梅云的眼前浮现出男人平庸的身材和五官。"

"梅老师，谈谈你和焦大哥的恋爱经过吧，让我学习学习。"

"嗨，那有什么好说的。"

"不说不行，今天你不说我还不答应呢，说说吧，爱起来是啥感觉？"

"爱呀，应该是无法自控吧，无法自控的才可能是身心需要的。"

"你和焦大哥是什么时候感觉无法自控的呢？是一见钟情吗？"

"我们啊，别人介绍的，他天天下班骑着自行车到单位门口等我，我不好意思让人家失望，也就天天坐到后座上，没地方去，就大街小巷地转，有一天，把他的自行车后座坐断了，他低头看着车轱辘说：'你都把我的车坐坏了，轮胎也磨损两条了，总该给句准话了，嫁给我吧？'我也想不出拒绝的理由，就嫁了。"

"就这样嫁了？我不相信，我觉得你俩应该是爱得死去活来的那种，你肯定省略了重要内容，无法自控的那部分呢？"

"没有那部分，那，那，那是我后来从别人那里听来的。"

"就这么简单？不过，我还是很羡慕你，你们结婚都这么多年了，你家焦大哥还那么爱你，上次元旦聚会他让我特感动，一个大男人竟然当着众人的面说娶你是他一辈子干得最正确的事，我觉得比这里面的还浪漫呢！"刘倩倩指指电脑屏幕上被定格的韩国男人。

梅云把嘴角拉上去，试图拉出一个当之无愧的笑容呈现给刘倩倩。突然，那个夜晚最疯狂的影像出现了，并瞬间蜷缩成一颗前进的子弹，朝着在刘倩倩的羡慕和梅云的回忆里成型的恩爱图像射去。梅云整个人呆愣了。

刘倩倩问："梅老师你咋了？"

梅云说："我，我肚子不舒服，一阵绞痛，我得去卫生间。"

梅云躲进卫生间，看见里面老式的洗衣机里正泡着办公室的沙发套，梅云拧开洗涤开关，洗衣机立刻发出轰响。梅云在响声的掩饰下，突然有了哭的欲望。她任由眼泪流下来。她知道这眼泪比那句我爱你，甚至比那个夜晚还要私密。只能自己默默地流下来。默默地被自己擦干。

她知道自己在那个夜晚错误地高估了自己的承受力，低估了一段无法自控的情感的影响力，尽管它只在一个夜晚里活过。

那个夜晚，她曾以为仅仅是一个夜晚的夜晚。那个夜晚，她觉得如果不对男人说出那句我爱你，自己的一辈子就是不完整的。那一刻，她突然无法容忍自己从未主动对别人说过我爱你。

那个夜晚，她对自己说，就为自己无法自控的身心活一个晚上，就一个晚上。

那个晚上，她并没有忘记焦稳，只是一直有一个声音在对她喊："一生都给了他，就拿出一个晚上给自己有什么不可以？！"

那个夜晚，她在傻丫头的称呼里哭泣的时候，她的心里面涌动出无尽的委屈。所有的亲人朋友都认为她是温暖可靠甚至是高大坚强的，没有人知道——连她自己都不知道——她是疲劳的，脆弱的，一句爱怜的称呼竟然就能击倒她。她哭着，哭着，又看见了自己面对青春流逝的恐慌和脆弱，她意识到眼前的男人是她最后的机会，说出"我爱你"三个字的最后机会。

那个夜晚，她以为天亮之后就能删除。最多也就是几十年之后，她在摇椅上翻检一生时，在布满皱褶的唇边突现的一个微笑而已。

那个夜晚，她没有想到它会成为一个幽灵，时刻跟随着她。搅扰着她。诱惑着她。指责着她。刺痛着她。改变着她。

"梅老师，你没事吧？"刘倩倩敲着门。

"不知咋搞的，闹肚子呢。"梅云回到办公室。

"那你赶紧去医院看看吧，反正下午也没啥事。"刘倩倩把梅云的肩包拿起来挂到她胳膊上。

王副局长突然出现在物资处办公室，处长和赵有亮、刘倩倩、李娜赶紧起身迎接。王副局长说："没啥事，儿子要给女朋友寄东西，打电话让我给他找个纸箱子。"处长说："嗨，你打个电话我们就给你送过去了。"李娜已经倒好茶，处长接过来递到王副局长面前，转脸对赵有亮说："有亮，你给王局挑个纸箱子去。"王副局长朝着水杯摆摆手，又朝着赵有亮摆摆手说："不用，不用，儿子要求很严格，我自己挑，多长多宽，我有数。"王副局长张开他的虎口晃晃。处长站起身说："我带你挑去。"

两个人挑好纸箱子，转身一起看见了桌子上整整齐齐的四盒茶叶。王副局长干笑一声说："这么早就有新茶了。"处长愣一下说："我也不知啥时候送来的。"说了又觉得万分不妥，赶紧补充说："想下班的时候给你送过去。"王副局长拍拍处长的后背，语调飘飘地说："还是你这小老弟记着我。"处长突然被副局长称作小老弟，顿觉一股暖流涌起，他立马抓起两盒说："和老大哥还有啥说的。"王副局长说："太多，太多，一盒，一盒。"两个人来回推让几番，最后是处长妥协下来。王副局长端起纸箱子说："你这差事比我这副局长都好。"处长慌了，结巴着说："您说哪里话，我，我。"王副局长哈哈大笑起来。处长灵机一动说："您放心，只要是我小老弟有的，就缺不了老哥您的。"

送走王副局长，处长回到办公室，很不满地问："废品屋里桌子上的茶是谁送来的？谁收的？也不说一声。"

"不知道。"大家一起摇头。

"梅大姐知道吗？"

刘倩倩说："她不舒服，去医院了。"

赵有亮说："昨天下午咱都去开会，就梅大姐一个人值班，肯定是那时候送来的。"

和物资处有联系的单位都知道他们有五个人，逢年过节，抑或有新鲜时令的东西时，他们都会送五份过来。每人一份。不用等处长下命令，他们就照习惯在下班的时候，找报纸遮遮，或找纸箱子伪装一下，各人带走各人的。偶尔，会有人多送一两份，这样的时候，大家也是各取一份，剩下的就由处长送给那些经常和他一起喝酒的人。

李娜想想说："昨晚下班的时候我好像看见梅大姐提了个袋子。"

处长说："那就应该是梅大姐收的，哎呀，她咋也不说一声，说一声，就不会有今天这尴尬了。"

"怎么了？"大家一起问。

处长把刚才王副局长的话学了一遍，叹口气说："领导还以为咱们得了不知多少好处呢。"几个人一起附和着："对，对，领导就这意思。"

"那么多屋子，放哪间不好，她怎么非放废品屋里，给我惹事。"处长颓丧地倒在沙发上继续说，"这事搞的，弄得我搭上东西还不好做人，正好还有三份，你们每人提一份吧，赶紧拿走，别放这里招惹是非了。"

刘倩倩说："我的送你了，处长，我不喝茶。"

处长摆摆手："喝不喝的，都拿走，看见我就闹心。"

李娜拍了下巴掌说："哎呀，省我钱了，今晚张大良他爸过生日，正愁着买点啥呢。"

刘倩倩问："你打算妥协了？我要是你，就一辈子不原谅他们。"

李娜和张大良从结婚就一直小仗不断，慢慢地，张大良的爸妈也加入进来。上礼拜天，张大良的爸爸打了李娜一个大嘴巴，并扬言要去找李娜父母问问咋教育的闺女。据李娜描述，她当时气得浑身发抖，又不好还手，后来终于想出来一句话，一下就把老头儿气哆嗦了。李娜对张大良他爸说："告诉我你家祖坟在哪里，我去问问你爹娘咋教育的你！"

李娜叹口气说："梅大姐说得对，关系搞僵了难受的是我自己，毕竟有女儿，我和张大良还要过下去，退一步就退一步吧，梅大姐说退一步海阔天空。"

赵有亮趁李娜和刘倩倩说话的空当，从旁边的柜子里找了个黑色的大塑料袋子，进了库房把茶叶盒子装好，忐忑地拨通了局长的电话。让他想不到的是，局长的语气很热情，听到他报上自己的名字后，还很爽朗地笑了两声说："小赵啊，哈哈，上次我小孙子可给你添麻烦了，小家伙高兴坏了。"听见局长的笑声，赵有亮的心热乎乎地扑腾起来，嗓子眼顿时通畅了不少，他说："那点小事局长还记着？您现在有空吗？我想给您送盒春茶过去。"局长说："不客气，心意领了。"赵有亮说："我马上就到。"

赵有亮两口子都是外地人，在这个城市里举目无亲。每逢遇到事情，看看周边的人都有三朋六友地帮着，就觉得自己活得憋屈又孤单。看着和自己一起工作的人一个个被提拔起来，职称上也都已是副高、正高的，就自己竟然连中级都没晋上。老婆李小燕总埋汰他无能。其实，他心里明白问题不在这里。那些同事发表的论文，他一看就知道大多不是他们自己写出来的。就拿职称英语考试来说，每次他都差个三两分，有人竟然能考百分。他知道人家考试的时候总能找到关系往里送答案，甚至能从身份证到准考证全做一遍假，找人替考。可他在这个城市里找不到一个能帮他的人。但天无绝人之路，上个月终于出现了一个机会，而且被他牢牢地抓住了。

上个月的一天，李小燕突然给他打电话说："你们局长的孙子住院了，你要不要买点啥来看看？"李小燕是医院的儿科护士。赵有亮说："你搞准了？"李小燕说："绝对没错，刚才你们局长老婆接了电话说家里有事，和保姆一起走了，让我帮着看孩子。"

赵有亮赶紧来到医院，为避免出错，他没有买礼品，而是借着找李小燕的理由来到病房。病房里只有局长的孙子和李小燕。孩子正在床上边哭边翻滚，满脸的鼻涕眼泪。李小燕把病床两边的护栏架起来，手足无措地站在旁边。她看见赵有亮进来，长舒一口气说："这小孩太闹了，非吃糖葫芦不可，从他奶奶走一直哭到现在，不住声。"赵有亮点点头说："没错，是局长家的，可咱买点啥

149

呢？人家那么大的领导，家里能缺啥？"李小燕说："赶紧买糖葫芦去！"赵有亮说："糖葫芦？领导能看眼里？"李小燕说："先别让他哭才是啊，一会儿他奶奶回来还以为我虐待他了呢。"

赵有亮赶紧打的找到最有名的糖葫芦店。服务员问他要什么口味的，为确保有适合孩子口味的，他说："每样来一根。"赵有亮抱着整整五十根糖葫芦回到病房的时候，局长老婆正满头大汗地抱着孙子拍打着："宝贝不哭，一会儿糖葫芦就跑来喽。"

五十根糖葫芦，顿时让小孩子眉开眼笑。局长老婆也眉开眼笑："我还头一回见买这么多糖葫芦的，你这小伙子可真实诚。"

离开办公室的梅云思忖着到哪里度过这额外得来的一个下午。她听见一个声音叹息说：哎，如果他在这里，自己就又是幸福的傻丫头了。她被自己吓住了，突然就有了回家的决心。家里有需要她照顾的婆婆，有等待她去择去洗去烹炒的菜，有儿子显着白色汗圈的运动服，有等待她擦洗的桌椅门窗，有每天都要用手搓洗的焦稳的白衬衣……她必须把自己浸到干不完的琐事里和说不完的话里。

回到家，婆婆正在床上午休，打着长长短短的呼噜。大姑姐歪在沙发上睡着了。梅云拿了婆婆平日里搭腿的小毯子盖在大姑姐身上，踮着脚进了卧室。

大姑姐一年前离婚了。最近这半年已不经常回来。梅云知道这是因为自己。原来，每次大姑姐回娘家来哭诉的时候，她都能够苦口婆心地劝慰她，陪她一同流泪，声讨那个没心没肺的姐夫。有两次她还亲自出马单独找姐夫谈判，看着姐夫在她面前低垂着头，不停地用手指划拉桌子上洒落的茶水时，她感觉自己的脊梁柱是笔直

150

的，自己尽量表现温婉的话语里充满了正义和鄙夷。但从那个夜晚之后，她无法再对姐夫的错误做评判了，她只得躲避大姑姐的眼泪。慢慢地，没有了倾听的对象后，大姑姐就很少回娘家。

床头柜上是她和丈夫儿子的合影。儿子完全就是父亲的一个缩小版。他用长长的瘦瘦的胳膊搂抱着爸爸妈妈。焦稳厚厚的手掌像童话故事里的小屋顶，罩在她的左手上，她的三个白白的指头像伸头出来晒太阳的小猪。她拿起照片，用手指抚摸着焦稳和儿子的脸。想到内心里的煎熬如果被别人知道了，那花白着头发孤独地歪在沙发上的可能就是焦稳，或她自己。她的眼泪惊恐地蹿出来。

她在擦拭泪水的时候，愧疚地想到已经半年没和焦稳亲近了。

最初，回到家的梅云推脱说会议和活动太多，很疲劳。后来，她发现自己的身体有了一些变化，乳房又像当姑娘时来月经前那样胀痛起来，私密处也有些痒。她偷偷地买了早孕试纸条测了测，没有怀孕。不久后单位组织查体，妇科检查时大夫告诉她，宫颈糜烂，三度，赶紧治疗。梅云问："要注意什么？"等在一边的一个同事说："注意让老公轻着点。"屏风后的一群女人肆无忌惮地笑起来。同事说："真的，报纸上说这病首先是因为机械性撞击形成的，说通俗点就是男人太厉害，撞破了呗。"屏风后又一阵疯笑，有人伸着脖子从屏风的缝隙里看梅云。梅云觉得她们好像窥探了那个夜晚的秘密，她的脸骤然间紫起来，嘴里说不出一句调侃的话，低着头慌张地穿裤子，站起身发现秋裤穿扭了，又坐回检查床纠正，脚却把踏板上的鞋子碰地上一只。同事解着腰带笑起来："慢着点，慌啥，又不是小姑娘，还值当得害羞？"大夫督促说："下一个，

151

下一个做好准备。"梅云穿了一只鞋子蹦到一边让地方。大夫扭头对她说："治疗期间最好不要有性生活。"

治疗期间不能过性生活。这成为一个正当的理由。夜深的时候，尤其是焦稳用很重的鼻音问她，啥时候能好利索的时候，她悄悄地在黑暗里捂住自己的脸，那场用尽了力气的爱的撞击就会像一场立体电影呈现出来。一个半月后，宫颈的伤口痊愈了，恢复了它原本的光滑，那根主宰性爱的神经却依旧溃疡着。她发觉自己仍然无法面对焦稳。在她苦思冥想寻找听起来算是正当理由的时候，她的身体有了进一步变化，她的血打破了生理周期流出来。相比每次的月经来说，这次的血称得上汹涌。她害怕了，焦稳也害怕了，陪着她跑医院。在做了各项检查之后，大夫告诉她没有任何器质性的问题，可能是因为精神紧张引起的。焦稳莫名其妙地看看大夫再看看梅云。梅云不敢抬头，她知道焦稳在用眼睛询问她——"你精神紧张啥？"她盯着大夫面前的处方问："怎么治疗？"大夫说："首先要放松精神，再就是吃点宫血宁。"

她的血日夜流着，成为另一个质问她、搅扰她、压榨她、撕裂她但又诱惑她思念、回忆、煎熬的幽灵。她没有吃药，她固执地认为这是一种惩罚，她试图在失血中剔除对男人的渴望和爱，剔除对那个夜晚的记忆。焦稳看她的药总也不见少，担心地说："吃药啊，别贫血了。"她苦笑着说："顺其自然，让身体自我调节吧。"

梅云抚摸着照片上的儿子，想到那个夜晚她还把自己给儿子准备的答案敲碎了。半年前，面对刘倩倩问她该找怎样的人恋爱的时候，她总会想到自己的儿子，想到过不了几年儿子也会面对婚恋的问题，也会苦恼，也会来问她同样的问题，她的心里有一个响亮的骄傲的答案在等待着她的儿子长大——找一个妈妈这样的人！

现在，给儿子准备了许久的那个答案没了。

乔道的生意谈得很顺利，对方是一个几万人的大厂，福利茶全由他供应。当他折叠起那张淡红色的合同，打算放进公文包的时候，对方在半小时前把他的信封放进左侧西服内口袋的动作浮现出来。他模仿着那个动作把合同放进左侧的衬衣口袋，硬硬的纸角如同女人美丽的指甲漫过他的肌肤，变成一朵偷偷采来的花在里面盛开。一个扭动着他嘴唇和眼角的笑，带着鼠夹弹跳般欢快地跑了出来。对方正把鼻子凑近茶杯，享受着那袅袅而起的板栗茶香，听见他的笑声，莫名其妙地上翻了眼珠看他。乔道急忙把笑改成爽朗的告辞。紧握着对方肥嘟嘟湿乎乎的手时，他想起了梅云和她的茶叶。

她的茶叶送给了谁呢？也是这样一个贪婪肥胖的男人吗？那个人也会这样享受她的茶叶吗？他的心里突然有了失落和担忧。

乔道从车窗里看着雾蒙蒙的天和在突来的春寒里瑟缩着的行人，他决定推迟回家的时间。他在梅云家附近的咖啡店里坐下来，给司机放了一下午的假，让那个年轻的男孩开着他的奥迪去看看这个城市里咕嘟咕嘟往外冒泡的泉水。看着男孩骤然展开的快乐，他记起二十年前，自己也是这样的年纪，也是这样寒冷的天气，梅云陪着他一起瞅着那从地下奔涌而出的泉水时，自己年轻的胸膛憋涨得几乎裂开了缝。他来找她，是下定决心要把肚子里积攒了数年的爱恋像泉水一样咕嘟给她的，却被一块巨大的石头硬硬地砸下去，压住了泉眼。那块石头是焦稳的一张两寸黑白照片，是梅云用她厚

153

厚的彩云一样的笑托举着给他的。还给梅云的时候，他看见自己的指甲印仿似一把弯刀挂在照片的右上角。

二十年过去了，他养成了牵挂这个城市的习惯，关心着它的天气、温度、风力级别、污染指数和大大小小的变化。他和她偶尔见面的时候，一起谈论的也总是这个城市，大多数的时间里是他在说，她在听。仿佛她是外来的，而他是祖祖辈辈扎根在这里的。

梅云声音的变化他一下就听了出来，那以头疼当作借口的苦恼已如浸湿的棉絮堵塞着她的鼻腔。他的声音轻飘起来，突然就有了翻弄她苦恼的执着。他说："我今天事办得顺利，心情好，特地留下来请你，来不来你就看着办吧。我们五年没见了吧，你要是忍心把我一个人晾在这里你就不来。"

梅云来了。她穿了一身灰色的休闲西服，里面是浅灰的羊绒衫。她像是一团凝结在一起的雾，无助地被风刮动着，在咖啡店外，停下，用纸巾按了按眼角。她哭了。乔道瞬间有了一种难以言说的快感。这是他二十年来从她身上得到的最令他舒展的感觉。他压在桌子上的胳膊回撤到身体的两侧，整个人软塌塌地靠在沙发上，任由体内那股气流缓缓地把自己充盈起来。

梅云在他面前坐下，背后褐色的沙发一下子让灰灰的她有了衰败的味道。乔道的心揪动了一下，坐直身子说："梅云你不该穿灰色的，你这个年龄应该穿亮色的衣服。"

"乔道你就少损我两句吧，我知道自己老了，老到该用花花绿绿来遮掩了。"梅云下意识地把左手捂在鬓角的黄褐斑上。

乔道说："我点了咖啡，你要什么？"他想起高中时，当那首

154

《苦咖啡》从台湾飘来时，县电影院边上出现了咖啡屋，他鼓足勇气向梅云发出了邀请。梅云摇完头又反问他："喝咖啡？"他看见她美丽的眼珠泛出灿烂的赤金色。他说："对，喝咖啡，就像歌里边一样的苦咖啡。"那一刻，他看到她眼里的赤金色光束颤动，普照着他，像奶奶开始煮晚饭时隐在山坳里的霞光。她做了一个电影里指挥冲锋的连长的手势，他的心脏立马就成了一匹狂奔的战马，发出急促、有力、悦耳的蹄音。当他俩一前一后坐到咖啡屋那昏暗低垂如同被削掉头的倭瓜灯下面，异口同声地对服务员说不加糖的时候，他们共同认为苦咖啡是这个世界上最浪漫、最迷人的东西。

梅云说："来杯薰衣草吧，最近睡眠不好。"

服务生说："先生点的是一杯卡布奇诺，女士点的是薰衣草茶，对吗？请问，咖啡加糖吗？"

乔道看着梅云说："不加糖，苦咖啡。"

梅云皱了眉头问："怎么，你有糖尿病吗？"

乔道叹口气说："梅云你变得没有幽默感了。"他大声对服务生说："加糖，多加几块。"

梅云苦笑着说："老了，老女人在你们男人眼里就只剩下缺点了。"她的眼前出现了那棵飘散着金色扇形叶片的树，和树底下那个唤她傻丫头的男人。

老婆惯常的牢骚话从梅云嘴里说出来，让乔道禁不住一愣。他心里暗自叹道，女人啊。他往前探探身，打起精神盯着梅云。他二十年来牵挂不已的女人，他心目中完美的女人，他用来当作标尺衡量着老婆的女人，让他躺在老婆身边唉声叹气的女人。

155

梅云意识到乔道在盯着她，赶紧说："今天我大姑姐来了，可以帮我照顾老太太，晚上我和焦稳请你吃饭。"

乔道说："你不怕我把你挂相的事说出来？下次再见焦稳吧，今天咱们老同学敞开心扉聊聊，我琢磨着，我要是不把你心里的事勾出来，你能把自己折磨疯了。"

"哦！"梅云下意识地捂住嘴，眼睛恐慌地从乔道身上跳跃开，"净乱说，我能有什么事？"

乔道说："咱俩谁和谁呀，我要是连这一点都看不见，我还是我吗？焦稳没发现吗，你都这样了，他没发现？说说吧，什么事？"

"跟焦稳没关系。"梅云低下头看着玻璃桌面下自己抖动的膝盖。

乔道没想到梅云会这么激动，他抓住她的手。她往外抽。他使劲地攥。僵持了几秒，梅云的肩膀一松，眼泪啪啪地砸到乔道的手背上。乔道的眉头和心头一起扭起来："别这么苦自己，告诉我你遇到了啥事，把自己折腾成这样，我能帮你吗？"

梅云咬着嘴唇，沉默地抖落着泪珠子。

"在单位受排挤了？"

"焦稳做对不住你的事了？"

"孩子惹你生气了？"

"你父母病了？"

"婆婆让你受气了？"

"大姑姐惹你了？"

"都不是，那，那是什么？"乔道的脑子里突地冒出一个他不愿意想到的问题，他干笑着问："不会是你做了对不住焦稳的事吧？"

"我，我该怎么办啊？乔道，我没想到自己会这样，我不想伤害谁，我以为它过去就过去了。乔道，我，我真的怕伤害焦稳，我怕孩子会瞧不起我，大家会瞧不起我，我……"梅云的眼泪涌成明晃晃的两片。

乔道看着，慢慢松开手。梅云得了解放的手掌慌乱地在脸上抹起来，边擦边说："你是不是也瞧不起我了？"

乔道的右手啪地一下拍到桌面上。"你怎么能这样？梅云，你怎么能这样？！"乔道恨恨地看着她。他心里面完美的标尺断裂了，他的女神堕落了，成了一个普通的，甚至比普通还要不能忍受的、背叛丈夫背叛家庭的贱女人。

贱女人。

贱女人。

乔道的心里涌动着三个小小的浪头。服务生端来了咖啡和薰衣草茶。乔道端起咖啡一饮而尽，然后把杯子啪地放下来，没走几步的服务生回头惊讶地看着他。他说："再来一杯。"说完，他点了一支烟，走到门外抽起来。潮湿的淡白色雾气里，脏黑色的柏油路上矗立着脏黑的树干和无精打采的人。一团混合着油灰的令人厌倦的潮湿进到他的体内，乔道的眼角处一粒努力滑动的水珠被眼白上密集的血丝牵拽着。良久，他扔掉烟头，心里面有了另一种愤怒。

"梅云，是不是那个畜生欺负你了？你说，是谁，我替你灭了他！"

"不，不关别人的事，是我自愿的，我自愿的。我原以为那是能够隐藏起来的，能够删除掉的，是和别人，和我的生活都没有关系的。可是，它删不掉，它时时刻刻都在我眼前晃着，我……乔道你告诉我，我该怎么办？"

乔道看着梅云面前那个漏斗形状的杯子里漂浮的薰衣草籽，想到那美丽迷人的紫色花朵竟然结出这么丑陋的籽，一粒粒，像长了霉菌又被风干的老鼠屎。他把目光从她的杯子上移开，转到服务台的酒柜上。

"焦稳知道了？"

"不知道。"

"那男人会说出来吗？"

"不会吧。"

"会有人知道吗？"

"不会吧。"

"那还好办，你自己捂盖好了，不让别人知道就是了，以后约会的时候要小心再小心。"

"没有以后。"梅云低下头试图喝口茶，那纷纷涌向她唇边的黑灰色的种子让她放弃了喝茶的动作。乔道看着两粒风干的老鼠屎粘在她干涩的唇上，他指指自己的唇提醒她，问："为什么？"

梅云擦擦嘴唇说："因为一个梦。那个夜晚还没有完全结束的时候我就做了一个梦，梦见我偷摘了别人家门口的一个西红柿。我掰开那个西红柿，发现它并不像看起来那样好，里面没有饱满的汁，倒是皮里有一层黑色的菌，但芯还是红的。我刚咬了一口，就有两个人出现在面前，指责我偷了他家的东西。我慌乱地藏了西红柿，那两个人追着我就打，我就跑啊，躲啊，怎么也甩不掉他们。

梦醒了，我才明白，即使是为了难以自控的情感，其实也是一种盗窃！自己从别人那里得到的，不仅仅是他自己的，还是另一个女人的，或者还是另一个孩子的。我给他的，也不仅仅是我自己的，可能还是焦稳的，还有些东西是我儿子的。这样，我就害怕起来，我没打招呼就离开了。我知道我不会允许自己有以后了。"梅云叹口气继续说，"唉，说出来感觉好一些了，这半年来，憋得我都快疯了，我真怕自己在梦里说了出来，然后，然后，生活就稀里哗啦了。"

乔道说："梅云，你发生这种事情是我想象不到的，那个男人一定非常那个吧，能让你……能让你这样，我真想不出他是个怎样的人。"

梅云苦苦地笑笑。看乔道的眼神一直探究地缠绕着，她想想说："我不知道他在别人眼里是怎样的，对我来说，可能就是一团光亮的小火焰，我就是一只蛾子。我自己也说不明白，或许是因为他叫我傻丫头吧。"

"什么？因为他叫你傻丫头？"

"嗯。"

"呵呵，那你可真够傻的。"

"你可能不相信，从那次之后，我只给他发过两个短信，也都仅仅是三个字，问问他还好吗。开始我想忘，可是，越想忘掉就越忘不掉，时时刻刻在脑子里晃着。后来我就想，既然忘不掉，就养在心里吧，像养草一样。可是，还不行。那茶叶就是买给他的，我对自己说了上千遍，不要买，不要再去招惹心里面的那棵草。"梅云抬头直视着乔道说，"可是我做不到，我对他唯一的一点了解就是知道他喜欢喝绿茶。他的话总在脑子里纠缠着，他说，每天早晨泡上一杯绿茶，热热地喝进去，会感觉身体像禾苗一样伸展开。这句话牵着我，给你一遍一遍打电话。我，唉，或许我能做的就是每年给他寄一次茶叶吧。"

乔道歪着嘴角笑起来。

梅云停住话头儿问："我是不是很可笑？"

乔道摇摇头说："给他喝呀，我要是早知道，我给包上狗屎。"

李娜用鄙夷的眼神看着张大良他爸像小孩子一样戴了蛋糕店赠送的黄色纸圈，双手合十，闭目许愿，然后用一口夹杂着唾沫星的酸腐口气吹灭了七只红色的有着螺旋花纹的小蜡烛。蜡烛的火苗一灭，她的女儿乐乐和张大良的外甥就伸手来抢，乐乐只抢到三只，比表哥少一只，哇哇哭起来。张大良的姐姐从儿子手里夺了一根塞给乐乐，她自己的儿子又哭起来。大人们七嘴八舌批评着两个孩子。李娜想想，趁着乱哄哄的劲儿，自己或许能把好听的话说得顺溜一点。她从脚边提起茶叶盒子，隔着蛋糕递向张大良他爸，说："那个，我给爸买了一盒春茶，爸别的爱好我也不知道，我就知道你爱喝茶，哈哈。"李娜说着说着，看公公婆婆的脸上堆满了笑，自己先他们发出了声。

婆婆替公公接过来，说："还不快接着。"婆婆看看上面的字说："哎呀，老头子，这茶叶好着呢。其实呀，都是一家子，不用这么破费。"大姑姐伸头看着茶叶袋子，抬头对他爸说："好像真的不错。"张大良他爸扭头对儿子说："大良，把茶壶的茶叶换了。"

张大良喜滋滋地瞅眼老婆说："好！"他把嘴凑近李娜的耳朵说："你每天都能这么表现就好了。"李娜瞪瞪眼脆生生地笑着说："那得多少钱？"

张大良指着茶叶盒上面的图片大声说："哎呀，这茶好，看这图片——实物照片，现在这茶叶敢表明生产厂家电话地址的就应该算好茶了。"张大良姐姐说："喝茶，爸是内行，你就是看包装的水平。"张大良他爸的热情已被调动起来，看了一眼李娜，催促儿子，赶紧泡茶。张大良翻开茶盒，拿出里面圆柱形的茶桶，拔开盖子，伸了三个指头进去拿茶叶。他的手指没有触到料想中的茶叶袋子，不由自主地继续往下探，整只手伸进去，探到了桶底，一无所获的手指在里面转了个圈，连一片茶叶也没摸到。

"咋是空的呢？"张大良不敢相信自己的手指，抽出手来看看，再伸进去。

张大良的爸爸、妈妈、姐姐、姐夫的脸上立马升腾起同样的警惕，一起看着李娜。乐乐脸上抹了蛋糕，因为听妈妈说自己像小猫，她就喵喵地叫着，伸了手指要把妈妈抹成猫妈妈，乐得李娜正哈哈大笑。张大良扔了手里的空盒子，打开另一个。还是空的。

"李娜，茶叶盒是空的！"张大良满脸通红地朝老婆喊起来。

李娜笑着说："你就放屁吧。"说完意识到公公婆婆在，赶紧改口说，"咋可能呢？"

"咋不可能？"张大良把空空的茶叶盒子塞给她，"你在哪里买的，赶紧找他去！"

"我，我，会不会是小孩子给拿出来了？"李娜扯过女儿，厉

161

声问道，"是不是你动妈妈的茶叶了？"女儿哇的一声哭起来。

张大良他爸脸上的警惕随着小孙女的哭声转化为汹涌的愤怒，他大喝一声："够了！"还没来得及被切割分享的蛋糕随之飞出去，漫过张大良他妈的肩头，在缎面软包的墙壁上损毁了美丽的形状，然后一塌糊涂地死在地板上。乐乐和表哥立即跑过去，围着破碎的蛋糕哭起来，边哭边骂："爷爷坏，爷爷坏。"寿星在孩子的哭声里拂袖而去，恶狠狠地说："耍我！"张大良他妈拿起老伴的外套跟着站起身，看看儿媳，伸手给了儿子一个大嘴巴，质问道："有这样耍你爸的吗？！"

乔道决定见梅云还有另外一个原因——他给梅云的并不是珍贵的春茶，而是去年的秋茶。每年的秋天他都会采一批品相好的，炒好之后保存在冰箱里，应付第二年春天那些找他要茶的人。那些口口声声买茶实际上又不会付钱给他的人。秋天的茶，几元的成本，就能冒充春茶换得上千元的人情，可谓一本万利。偶尔遇到一个坚持付钱的，就平了一春的亏本。他没有想到梅云会付钱给他。他决定留下来和梅云好好叙叙旧，让他们之间的情意浓厚到不会因为春茶和秋茶的一字之差而受影响。尽管他做过实验，好的秋茶用冰箱保存到次年春，在品相色泽上几乎和春茶相差无几，仅仅是汤色稍稍偏黄，气味上不再是板栗的香，而是一种醇香。这些细微的差别，不懂茶的人是很难发现的。当他看见跟他签订了合同的那个人用一种陶醉的神情享受春茶的气息时，他心里突然有了一点忐忑——如果喝梅云茶的人也是这样品茶，如果那个人因为洞察了茶的区别而阻断了梅云和自己之间三十多年的友谊怎么办？梅云会怎样看他？

二十年来，乔道等待着梅云向他诉说对婚姻的不满，对焦稳的失望或者对生活的愤怒。等待一个让她明白对他的爱视而不见是种错误的时刻。二十年，她竟然一直都是平静的，安宁的，宽厚的，隐忍的，默默付出的，默默承受的。孩子幼时的病弱，焦稳的失业，婆婆的偏瘫。二十年，她在他的心目中日渐高大美丽。甚至五年前，他看着她把那品相极好的茶叶像嚼菜一样嚼碎，碎片黏附在涩燥的唇齿间时，看见她端杯子翘起的手指不再葱白滋润时，他都在失望之后把它们转化为一种她甘于奉献的令人崇仰的符号。让他没有想到的是，她用一个月的工资买了珍贵的"春茶"来喂养她心里的那棵草。一个积聚了所有传统美德的女人竟然是一个允许心里长草的女人！

和梅云分别后，他斟酌再三，拨通焦稳的电话。乔道说："老兄，我今天来办事，顺便和我老同学见了一面。她看起来憔悴了不少，这可就是老兄你的不是了。女人跟花草没啥区别，你得施肥浇水，滋养她。不不不，梅云没说啥，她你还不知道么，在她嘴里能听到的都是你的好，我就是多管闲事，看她精神不太好，提醒你多关心她。"焦稳哈哈笑着说："在惜香怜玉这方面，我还真得向你学习，好好好，今晚回家就关心。"

晚上，梅云和焦稳给母亲洗了脚，洗了脸，擦了身子，刷了牙，解了小便，等母亲睡下后，两个人回到卧室。焦稳关了两人的手机说："你猜乔道今天给我打电话咋说的？"

163

"他给你电话了？咋说的？"梅云紧张起来，低头揪着焦稳毛衣上的绒球。

焦稳看着她的手指说："这天说变就变，前两天暖和得都穿单衣了，这又把毛衣穿上了，穿不了两天又该热了，你又得洗一遍。"

"乔道说啥了？"

"呵呵，他呀，他说，女人跟花草一样需要施肥浇水，需要滋养，看你憔悴了让我多关心你。唉，老婆，这可不怪我啊，我的肥料都浪费了，快半年了吧？"焦稳抓起梅云的手按在自己精神抖擞的私处，咬了她的耳朵说："打支美容针吧，药水已经准备好了。"

为了阻止自己脑子里乱放电影，梅云边配合焦稳边在心里念叨：好好做，从今往后每次都好好做，好好做，每次都好好做，不能再错了，不能再错了。梅云发现男人的影像还是在这些话语的缝隙里探头探脑，她赶紧在心里高密度地呼喊焦稳的名字——焦稳……这个名字密集成点状分布在梅云的大脑沟回里，分布在每一条用来思考、用来思念、用来思想的神经枝条上。

焦稳凭借以往的经验以为完成了前戏，他激情满怀地打算让自己运载着给养的潜艇开始出发，却发现航道依然是干涩艰难的。焦稳后退了身，伏下去。她的脚丫抬起来抚摸他的面颊。

那个夜晚的动作。

那个夜晚，男人抓过她的脚丫一个个吮吸脚趾，像吮吸小小的棒棒糖，一颗又一颗，然后，把五颗一起吮进嘴里。爱怜而贪婪。那一刻，他是魔术师。那一刻，她是得到魔法的小美女。一个在糖果上面，在会弹跳的糖果上面飞升舞蹈的小仙女，她飘飞成彩色的云，成尖叫的泪，成奔涌的泉。

焦稳拨拉开她的脚。

焦稳。焦稳。

一个拨拉的动作使得焦稳和焦稳的密集排列中间突然出现了一个空白点，一粒悄悄潜入的浓缩炸药。轰地一下，那浓密得如同一箩筐小米的焦稳瞬间像扬落的米粒四散而去。梅云忽地一下坐起来，如同从梦里惊醒，喘着粗气，目光迷离不安。

焦稳被梅云毫无前兆的抽身而退弄得懊恼不已，他趴伏在床单上，平息自己的情绪。然后，他坐起身，捋顺梅云的乱发，叹息说："咱们再看看大夫吧，你哪天有时间告诉我，我陪你去。"梅云歉疚地说："对不起，我不是故意的。"焦稳笑笑说："说啥呢，我又没埋怨你。"焦稳说着，开始穿衣。梅云问："干啥去？"焦稳说："上厕所，我得自己解决一下。"梅云嗫嚅着："我，我帮你吧。"焦稳说："我还是自己来吧。"几分钟以后，焦稳一声粗短而压抑的——噢，像窗缝里的寒风一样冲进卧室。她不由得打了个哆嗦。

李娜提着给她婚姻捅了大窟窿的茶叶盒子看着张大良和女儿的背影，一时不知该如何和丈夫说明白。张大良守着姐姐姐夫的面恨恨地说:"我带孩子先回家,谁卖给你的你就找谁去,看准了,原样的,别让人家再糊弄了你,换不回来就别回家!"李娜知道,张大良挨了一个大嘴巴还坚持不肯说李娜是故意戏耍他爸的,说明这件事情在他和他家人心里已经很严重了,严重到张大良开始长脑子了,开始费心思维护他们的关系了。她站在酒店门口的冷风里,想到应该跟梅云说一声,让她帮着出个主意,但连打两遍都是关机,李娜握着手机一时六神无主。站了一会儿,她拨通了处长的电话。

"什么?你说什么?怎么会有这种事?!不开玩笑?"

"处长,你说我咋就这么倒霉,我可是听了梅大姐的话放下架子去和他们一家修补关系的,这可好,成了我糊弄人家了。你说,我那盒茶叶怎么会是空的?"

"你在哪里,我马上过去。"处长意识到了事态的严重,可能不仅李娜的茶叶盒是空的,很可能所有的茶叶盒都是空的,他送给王副局长的也是空的!

处长边开车边给赵有亮打电话,把李娜的事情讲了一遍。赵有亮当时就结巴了:"这……这怎么可能?"处长说:"你赶紧看看你的是不是空的。"赵有亮用哭腔说:"我的也送人了,这咋办?!"处长说:"李娜在朝阳湘菜馆门口,咱们见面再说吧。"

三个人在酒店门口碰了头,坐到处长的车里,处长和赵有亮扭着脖子又听了一遍李娜的叙述。赵有亮说:"给梅大姐打电话,她接的,她应该知道咋回事。"李娜说:"我已经打了,她关机。"处长想想说:"这事好像没那么简单吧。"他说:"这样吧,李娜,你赶紧给刘倩倩打电话,让她看看她的盒子是不是空的。"

"刘倩倩也关机了。"

处长问李娜："知道刘倩倩的宿舍吗？"李娜说："知道。"

李娜把刘倩倩从被窝里拽出来，说明缘由。刘倩倩听得目瞪口呆，她摆着手说："万幸，万幸，我没有送出去。"

刘倩倩下班后给妈妈打电话聊天，说自己发了一盒春茶，那盒子特精美。妈妈当时没说什么，过了一会儿打了电话回来说，让她去火车站，徐阿姨路过这个城市，很想见见她。刘倩倩知道那个徐阿姨是妈妈羡慕不已的人——有一个当大官的老公，一个非常帅气的出国留学的儿子。妈妈最常说的就是——你要是能找到像你徐阿姨那样的婆婆就好了。她明白妈妈的意思，大声和妈妈保证，一定完成任务！她妈妈说："你带着那盒茶叶就行，火车可能就在你们那里停五分钟，人家就想看看你。"当刘倩倩翻箱倒柜地把自己武装起来时，妈妈又来电话说："咨询过火车站了，火车改成动车后只停留一分钟，根本没有时间。"刘倩倩心情郁闷就早早睡下了。

刘倩倩和李娜钻到处长的车里，说："我的还在办公室呢。"处长果断地扭动了方向盘下的钥匙，朝着办公室飞奔而去。四个人前仰后合地来到办公室。刘倩倩从桌洞里拿了茶叶袋子放桌上，眼睛看着处长。处长说："打开呀。"刘倩倩说："我不敢。"

"又不是炸弹。"处长说着在沙发上坐下。他知道那就是炸弹。如果刘倩倩的盒子也是空的，那就证明他送给王副局长的就是炸弹！

赵有亮看看盒子，看看处长，他也颓然在沙发上坐下。两只手掌在膝盖上摩挲着，把里面冰凉的水蹭干净。

李娜看看同病相怜的处长，她拿过来打开。

空的！

空的！

四个人各自抱着胳膊，目瞪口呆地看着那首尾分离的两个茶叶桶在刘倩倩的办公桌上轻轻地晃动着。

晃。

晃。

晃。

"我让你晃！"赵有亮抓起茶叶盒扔地上，用脚狠狠地踩上去！茶叶盒调皮地从赵有亮脚底下窜出来，他打个趔趄，刘倩倩赶忙扶住他。李娜把滚到脚底的茶叶盒用她尖尖的枣红色的鞋尖踢向门后面的垃圾桶。处长看着滚动的茶叶盒子说："你们是怎么看这个事儿的？"

四个人纷纷谈自己的看法，综合有二：

一、送礼的人送的就是空的，梅云和他们一样，也是无辜的被戏耍者。这样的话，梅云的也肯定是空的。二、送礼的人送的不是空的，梅云自己的也不是空的，但是她把所有的盒子拿空了！

处长说："第一种可能很小。因为既然是送礼的就是有求于我们的，有求于我们的人怎敢戏耍我们？"处长咬牙切齿地说："要是让我找出是哪个狗崽子敢这样戏耍我，我不捏死他！他要是能从我这里得到一张订单，我把姓倒过来写！"这样说着，处长和赵有亮两个人心照不宣地看了一眼，都看到了局长和王副局长的愤怒。

李娜搓搓面颊说："我都起鸡皮疙瘩了，如果是第二种的话，梅大姐也太阴险了，这么多年她都表现得那么好，哎呀，我真的不敢想下去了。"

"嗯，我妈妈说这个季节的茶叶很贵的。"刘倩倩说。

"事情不会那么简单，或许是她摸清了咱们的心思。"处长叹口气。

李娜哀求说："处长，别说了，我直害冷呢。她昨天上午一个劲儿劝我不能错过张大良他爸过生日的机会，买点稀罕东西把关系缓和了。唉，这稀罕东西就出来了，你们说咋解释？她故意害我？"

"为啥？"刘倩倩问，"我不明白，她为啥害你？"

赵有亮说："为啥？嫉妒！她肯定是嫉妒！你们想想一个人怎么可能会那么好？一个家庭怎么可能会那么和谐？我现在断定都是因为嫉妒使得她在装！你们想想，她其实是在很多方面不如我们的，她的学历最低，年龄最老，在咱们这里一喊减员的时候，她的竞争力是最小的。她，她的家庭最困难吧，她家焦稳单位破产，给人家打工，看她穿的，和李娜、刘倩倩都没法比，她什么都不如我们，所以她就装好，装得比谁都好，家庭比谁都幸福，就用这一点来把我们比下去。李娜你还总是跟她哭诉家里的事，正中下怀！"

赵有亮把他福尔摩斯的手指指向李娜，想到自己正是因为无法剔除的嫉妒才把茶叶送给了局长——他嫉妒他们当地人的人情优势。除了他赵有亮，他们活得多么呼风唤雨，多么温暖融融，多么如鱼得水！处长开车违规被警察查住，就可以用指头理直气壮地指着警察说："你放不放我，你不放是吧，你会给我打电话，会给我把车送回去的！"果然，处长的车就被那个警察送回来了，那个警察和处长一起坐在沙发上抽着烟，哥们儿哥们儿地相互叫着。而他，赵有亮，同样的情境下，只能乖乖地点着头，哈着腰，不转眼珠地看着警察的手指头，哀求人家少写一点，然后不敢耽误地跑到银行交钱。他理解嫉妒的力量。

"深刻！"处长拍拍赵有亮的膝盖。

刘倩倩问："这么说真是梅老师干的？越说越像啊，中午你们都不在，她就很反常。后来她说不舒服，我就催她去医院，哎，这么想想是跟以前不大一样。"

处长说："不管是不是她故意给我们挖坑，我还是很佩服赵有亮对人性的透视。"

李娜在赵有亮的分析里看见了自己的愚蠢，想到自己这么多年无遮无拦的哭诉可能都给梅云当了口香糖，当了衬托她美好形象的垫脚石，心里窝火得很，拍拍胸口说："哎呀，我真是傻到家了，找她去！"

处长说："你不是说她关机了么？"

李娜说："我知道她家，她都让我们坐蜡了，家都回不去了，她倒好，关机睡觉？"

"好，找她，看她咋说。"刘倩倩附和着。

处长拿起车钥匙说："走，哎，你们比我都幸福，你们说要是王局打开茶叶盒子发现是空的，我这辈子估计也就到头了。一周前，处长刚从干部管理处那里得知，局里的中层干部很快要实行重新竞聘。干部管理处处长说，竞争非常激烈。"

李娜说："不要紧，我们都给你作证，证明你不是故意的。"

处长冷笑一声说："你们以为领导跟咱称呼一句哥们儿，就真跟哥们儿一样啥都能解释啊。他不会听你的，关键时候给你一双小鞋，穿上就够你难受一辈子的。"

刘倩倩问："处长你该咋办？"

处长说："能咋办？一点办法没有，我现在就寄希望于王局自己并没有喝那茶，而是把茶叶送给了别人。"处长的话戛然而止。

四个人走到车前，赵有亮说："我就不去了，刚才老婆发短信说孩子不舒服，让我早回家。"说完，不等别人赞成就自顾自地走了。李娜说："赵有亮就善于这样，分析起来一套一套的，到该出面得罪人的时候他就蔫了。"处长发动了车说："恐怕最坐蜡的不是我，也不是你李娜，是赵有亮。"

"为啥？"李娜和刘倩倩一起问。

处长说："想想今天下午赵有亮急匆匆地从库房里提了一个黑袋子出去，那是啥，他干啥去了？肯定是把茶叶送给某位领导了。"

"一直没看出来他和哪个领导好呀。"李娜说。

"嗨，水深着呢，你以为这局机关是个啥地？就是个深海。"处长说。

赵有亮绞尽脑汁想着挽救的办法。他想到了局长的生活秘书李立。他们曾经有过一次同桌喝酒的情意，感觉他是个比较好说话的人。他围着办公楼转了一圈，等处长的车离开后，他回到办公室找出局里的电话号码本。那是一本囊括了全局各个单位和部里主管单位的电话本。赵有亮曾在闲暇无事的时候无聊地翻看着它，内心里感叹着一个机构的庞大和自己的渺小——那成千上万的密密麻麻的号码里竟然没有一个是和他亲近的。他快速地找出了李立的电话，用恳求的语气问清了家庭住址。

赵有亮跑回家把情况和李小燕汇报一遍。李小燕一听脑核就炸了："你向来就毛手毛脚，你咋就不打开看看？你打开看看不就没这事了？"赵有亮摊着两只手说："现在说这话有意思吗？咋办？""咋办？要弄局长，天啊，我真不敢想下去了。"李小燕说，"赶紧想想办法啊，你挓挲着两只爪子有什么用？"赵有亮说："办法我已经想出来了，就是得你同意。"李小燕说："什么时候了还这么娘们儿，想出来就赶紧去办。"赵有亮说："我想去找局长秘书，让他帮帮忙，可这么晚了已经没地方去买礼物了，把结婚十年纪念日那天我送你的羊绒衫送给他家属吧。"李小燕说："那可不行，那是我十年辛苦得来的，再说了，也太贵了点吧，两千多呢。春节发的购物卡不还有么，送张卡不就得了。"赵有亮说："求你了，就还有一张五百元的，拿不出手。"李小燕噘着嘴找出没舍得穿的羊绒衫盒子，打开，对赵有亮说："看准了，标牌都没舍得拽下来呢。"

赵有亮提着老婆的羊绒衫敲开李立的家门，哈着腰说尽了抱歉的话进了门，对穿着花花绿绿的家居服的李立两口子恳求再恳求。李立弹着烟灰一再说："这可难办，局长的脾气你是不知道啊，这事难办啊，弄不好啊。"李立老婆心软，她说："看人家小赵眼泪都出来了，帮帮他吧，拿回来不可能的话，你就先带他到办公室看看，万一里面不是空的呢，就是空的，你先给遮遮，容他有时间买了补上。"

李立从局长办公室出来，对等在办公楼下的赵有亮说："确实是空的，我能做的就是把它放进了橱子，不引起局长的注意，他要是说想喝新茶，我看情况先帮你应付着。正巧明天局长要去北京出差，可能需要个三四天，你抓紧搞到同样的，我给你换回来。"

赵有亮舒了口气，千恩万谢地辞别李立，回到办公室捡起那个没有踩瘪的盒子，把上面的电话号码和地址抄了下来。

梅云和焦稳躺在床上，彼此听着对方清醒的呼吸，黑黑的空气里突然就有了不该清醒的隔阂和恐惧。各自的胸中都堵着一股压抑而潮湿的气体，像窗外一天未散的雾。焦稳的嗓子眼粗，虽尽量按压着，那股气还是瞅了他疏忽的瞬间冲了出来。长长的、湿漉漉的叹息，如同一条从水中捞出的霉湿的皮带，被看不见的手挥动着，颤颤悠悠就抽到了梅云的身上。她不由得紧缩了身子。焦稳感觉出她的动静，就干脆再叹口气。梅云哽咽着说："怪我是不？对不起，我，我保证以后不会让你自己那个的。"

焦稳侧了身子背对着梅云说："只要你心里没藏事，我就是从现在开始一直都自己那个，我也不怪你，这点事和两口子之间一辈子的恩爱比起来，算啥？"

梅云惊恐地说："瞎想，我能藏啥事？"

焦稳换话题说："你知道姐今天来干啥？找我商量和姐夫复婚的事，姐夫托人来试探她。"

梅云问："姐自己啥意思？"

焦稳答非所问："你要是我姐，你会咋着？"

梅云一时不知如何回答。焦稳等不来答案就说："这个年纪的女人还能咋着？复婚吧，曾经被背叛的伤害在心里去不掉，不复

173

吧，也找不到比那个人更好的了。姐说，就是能找到合心意的，带着一个男人几十年的记忆，两家儿女的是是非非，活在另一个人身边，心里也舒坦不到哪里去。"

梅云说："那就是打算复婚了？"

焦稳说："破了的镜子咋拼也不是那回事了，叫我说这俩人都弱智。"

"镜子都是两面的。"梅云不知该怎样把话题继续下去，也不知该怎样把话题打住，冒出一句词不达意的话。焦稳笑笑说："两个面，几个面也不是摔碎的理由。"

处长一行在梅云楼下，仰望着梅云的卧室窗户。"黑着灯呢，太晚了点吧？"处长说。

李娜说："对睡觉的人来说是晚了点，对我这无家可归的人来说就不晚。"她说着按动了电子门上梅云家的号码。处长说："你俩别乱说，先听我说，毕竟是老同事，万一是送礼的人搞鬼，话说重了不好。一句话，水深之处，不可轻举妄动。"李娜和刘倩倩频频点头，她们乐得当看客。

焦稳把三个人让进客厅，梅云也穿戴整齐地笑着迎上来："什么风把你们吹来了？"

三个人坐下来。梅云看李娜面颊红扑扑的，就问："喝酒了？去参加你公爹的生日宴了么？"

焦稳忙着倒茶，梅云不等李娜回答就开始削苹果。处长说："你们别忙了，我们来就问个事，本来打算打个电话，可梅大姐手机关了，就只能来了。"

梅云说："这么巧。"

焦稳笑笑说："我就今天勤快了一回，早早地给她关了，她头疼。"

梅云问："啥事呀？"

处长说："其实就是问问你废品屋里的茶叶是谁送的，这事搞大了。"

梅云皱了眉反问："废品屋里的茶叶？谁送的？我不知道啊。"

"你不知道？"李娜和刘倩倩异口同声。

"不知道啊，啥时候送的？我下午没上班。"

处长看看李娜和刘倩倩，干笑一下说："我们三个和赵有亮都不知道，以为你知道呢。你要是不知道，这事就怪了，你不知道还好，我们还怕你万一也拿了茶叶送人，送给人家才发现是空的。"

"茶叶？空的？你们是说那桌子上的空茶叶盒子？那是我买了送人的，不好寄，就拆了包装，咋？你们当茶叶送人了？"

"什么？"

"真的？"

三个同事和焦稳不转眼珠地盯着她。梅云见他们不信，额头瞬间就冒出了汗珠。她丢了手里削了一半的苹果，去翻自己的钱包。"我有发票的，我好像还没丢，真的，不骗你们，我今天早晨刚从一个专门搞茶叶的老同学那里买的。"

处长看了看发票，递给了李娜，李娜看了看递给了刘倩倩，刘倩倩看看打算递给梅云，焦稳先伸手接了过来。他看着上面的3600，嘴角哆嗦了两下，说："这么贵，你寄给谁了？"

"嗯，嗯，你不认识。"梅云搪塞着。

焦稳的脸青起来。

处长看看焦稳，再看看低头削苹果的梅云，说："今天王局长去要纸箱子，看见了茶叶，想要，我哪敢说不，就拿了一盒送他了；李娜拿了一盒送张大良他爸，当场在酒席上就出笑话了；赵有亮也送人了，这事闹的……"

梅云依旧低垂着头说："真是对不起，都怪我，我没想到这点，我就觉得那盒子或许哪天还能用来盛点东西……要不，我，我去跟王局长和张大良家解释解释吧。"

处长说："明天再说吧，你们赶紧休息。"三个人起身告辞。

李娜走到门口回头对梅云说："梅大姐你可把我害惨了，张大良一家认为我要弄他爹，都不让我回家了。"

梅云说："对不起，你，你在我家住吧。"刘倩倩说："还是去我那里挤挤吧。"

三个人下了楼，赵有亮的电话就来了。听了处长的叙述，赵有亮说："她说啥你们就信啥了？"处长说："明天上班再说吧。"

焦稳关了门，重新仔细看了看发票上面的印章，是乔道公司的。梅云已经回到卧室，潦草地脱了衣服进了被窝躲避焦稳。焦稳过来坐到床沿上，扭过身子盯着她的后脑勺问："这么贵的东西你寄给谁了？"

"不是说了吗，你不认识。"

"你有我不认识的朋友？谁？值得你送这么贵的茶叶？"

"没那么多，乔道虚开的。"

"能虚多少？我问你那人是谁？我就想知道是什么人值得你这么破费！"焦稳整个上半身起伏着，床在他的屁股底下颤动不已。

梅云扭回头看着他紫青的脸，心脏再次紧缩起来，缩成硬硬的一铊。一个铁的疙瘩。她想了想，嗫嚅着："部里主管我们的一个领导。"

焦稳的呼吸一下子缓和下来，半信半疑地重复说："部里的领导？"

"嗯，部里的领导。"

"你还认识这么高层的人，咋不早说呢，或许找找人家，我就下不了岗呢。"

"后来认识的。"梅云看着焦稳的怒气平息下来，内心开始放松的同时泛出一股黏稠的悲哀。她突然不忍再看焦稳，也不忍让焦稳再看自己了，她蒙了头说："赶紧睡吧。"焦稳的声音钻过被子进入她的耳朵："有这关系就好好处，以后说不定还有用得着人家的时候，我听说要成立路桥处，人员从我们这些下岗的人里聘，到时候你找找这人，这么大的官放个屁都管用呢。"

处长和赵有亮、李娜、刘倩倩一大早就不约而同地来到了办公室。处长说："一晚上跟吃了屎似的。"三个人附和着说："就是，我们也这么觉得。"李娜说："问题是接下来咋办？"刘倩倩对李娜说："让梅老师再找她同学弄一盒给你，你就说卖茶叶的给换了。"处长说："李娜的最好办，难办的是赵有亮和我。"赵有亮说："是是是。"三个人一起看着赵有亮，见赵有亮不接下文，又彼此看看。李娜说："有亮你不会也送给王局了吧？"赵有亮红了脸说："哪能

177

呢，不过我觉得刘倩倩说得对，让梅老师买一样的，处长你不是和王局的秘书关系不错么，让他趁领导不注意把茶叶给塞进去呀。"三个人一起点头，连夸赵有亮聪明。

四个人好不容易等来梅云。把想法告诉她。梅云说："好好好，我现在就打。"四个人一起看着梅云一遍遍拨乔道的手机。手机处于关机状态。赵有亮拿了茶叶盒说："拨这上面的。"梅云拨了几遍依旧没人接。折腾了快一个小时，乔道的手机终于通了。

李娜说："梅大姐用免提吧，我们都听听。"梅云犹豫着。处长说："对，用免提，这样大家需要说啥他都能听见。"梅云生怕乔道再扯到男人身上，她对着话筒说："乔道，我同事有事找你，我用免提和你说啊。"

乔道哈哈一笑说："不用害怕，我不会出卖你。"这话从小喇叭里散出来，四个人相互对视着。梅云的脸顿时跟烧红了一样。梅云清下嗓子说："乔道你再帮着准备三盒春茶行吗，我同事急用。"

处长说："多准备几盒吧，还有秘书那里。"

梅云说："多准备几盒行吗？"乔道说："还多几盒呢，我跟你说吧，一盒也没有，气候这么冷，最快也需要十天半个月的，到四月二十日，谷雨左右吧。"

梅云说："就要我买的那样的。"

乔道昨天和梅云聊过之后，他已断定关于茶的信息是不会再传回梅云耳朵里了，他和梅云的关系已经摆脱了茶叶的阴影，但他要是再拿相同的茶卖给她同事，就不保险了。他说："你那茶，我跟你说吧，全江北估计也就你那两斤。明前茶，啊，就是清明前的茶，那是指南方茶，咱们北方的第一茬春茶都是谷雨茶，今年前些日子气候反常，暖了十来天，我整个茶园就采了你那两斤。"

四个人的心都悬了起来。处长插话说："其他的厂家呢，梅大姐让他问问其他的厂家，如果有，用他家的包装不也一样么。"

梅云说："乔道，帮帮忙吧，真是急需，你能不能联系其他的茶园，用你家的包装，就是价钱再高点也好说。"处长和赵有亮李娜一起点头说："就是，价钱无所谓。"

乔道说："梅云，咱俩谁和谁，你张嘴的事没有我不办的，你可能不知道，这整个地区的茶园都被我兼并了，我这里没有，就代表着整个江北没有。天气要是转暖，过十天我和你联系。"

李娜说："南方的也行啊，只要是春茶不就行吗？"

乔道哈哈笑起来："一听就知道你不懂茶，南方的和北方的能是一回事么？"

挂了电话，除了刘倩倩，三个人都耷拉着一张脸，唉声叹气，这让梅云坐卧不宁。处长悄悄把赵有亮和李娜叫到库房，三个人商量一下，由处长和赵有亮开车照着茶叶盒子上的地址去一趟，费用三人平摊。乔道那句"不用害怕，我不会出卖你的"，让他们重新怀疑梅云——她可能就是和同学联手导演一个恶作剧，让他们出丑，看他们笑话！处长叮嘱两个人说："从现在开始，关于茶叶的事我们不能再让梅云知道了。"

晚上，处长和赵有亮一无所获地回到了办公室。他们问遍了整个产茶区，得到的答案和乔道在电话里说的一样。等在办公室的李娜从食堂里要了菜，三个人一起无精打采地吃着。李娜说："梅云应该不是搞恶作剧，我找人查了，她确实在邮局邮寄过茶叶。"

赵有亮问："咋查的？"

李娜说："同学在邮局，现在都联网，一查就查出来了，邮寄人，邮寄地址，这还不简单。"

赵有亮暗自感叹，自愧不如。

李娜说："你们猜猜，她寄给谁了？"

"那上哪去猜？"

"嗨，你们都认识，这样说吧，咱们都从电视上或者会议上见过这个人，照着官大的猜。"

"寄到哪里的吧？"

"当然是北京呀。"

"部里的领导？"处长的嘴巴张得大大的。

"不会吧，可能吗？从来没听她提起过啊。"赵有亮嘴上不相信，心里面却也知道李娜没有说谎。

"咋勾搭上的呢？"李娜皱缩着眉头。处长咂咂嘴说："梅云没那本事，会不会是亲戚？围着领导团团转的那些二三十岁光鲜的姑娘小媳妇多的是，那么大的领导能看上她那样的？"

李娜说："要是硬往上贴应该能贴上去吧。肯定不是亲戚，你忘了昨晚焦稳的话了？"

处长回想一下，然后朝李娜竖起大拇指，感叹说："人心似海啊！"

赵有亮说："是人不可貌相，看人家不声不响，整天给咱们讲平平淡淡才是真，一副与世无争的样子，其实人家使的是障眼法，暗暗往上溜须呢，说不定就是为下次竞聘做准备呢，要不花那个钱？"

处长看着赵有亮指来点去的手指，想起去年自己和梅云的一次谈话。那是他参加一线处室处长竞聘失败后，梅云对他的失败曾有过非常精辟的分析。她说："我认为，你失败在缺乏上层强有力的支持上，其实人只要把两头的关系搞好就行了，中间的完全可以忽略不计。底层的搞好了，测评时能得高分，顶层的能让这高分发挥作用，而你把大部分的精力用在应付无关紧要的中层上了。"处长想着，想着，脊梁柱直起来，他看到了一直隐藏在身后的威胁。

李娜鄙夷而妒忌地说："她肯定是红杏出墙了，我今天才知道什么是闷骚啊。"赵有亮督促说："别管人家墙里墙外了，快想想还有啥办法。"李娜说："还能有啥办法，又不能让人家寄回来。"

"寄回来？"赵有亮和处长的眼睛同时亮了亮。

"可能吗？"李娜看着处长和赵有亮。两个人谁也不回答她，谁也没有勇气跳出来当小人。

"真那样的话，说不定是在帮助她，她那样的能抓住当官的多久啊？弄来弄去，两头空的可能很大，这么大年纪的女人，到时候不就惨死了。再说了，焦大哥对咱都不错，咱们知道他戴了绿帽子还不帮着往下摘，没良心对吧？"李娜鼓励着两个男人。两个男人的嘴角上泛出了同样的笑。

"有道理，你认为呢？"处长看看赵有亮。

赵有亮朝着处长频频点头。他已想好了让人家寄回茶叶的办法，只是没有勇气说出来。看见处长表态，他说："要挽救梅大姐，帮助焦大哥其实很简单，电话本上就有部里主管领导家的电话，明

181

天估计领导上班的时候，咱们以焦大哥的口气给领导家打个电话，就说因为听别人说老婆和领导的闲话，一直很生气，这两天听说老婆给领导寄了茶叶，但老婆不承认，自己就怀疑这事真有点不对头，为了两个家庭的安定团结，让对方把茶叶寄回来，好让自己有证据证实自己的怀疑，并且保证一定管住老婆，以后不给领导家里添乱。我觉得这么一说，领导家属肯定会照办。"赵有亮说："不过，这种事一旦传出去，咱们三个人就……"赵有亮话里眼里都咬住了同伙。

李娜拍拍赵有亮的肩膀说："放心吧。"李娜站起身，看着梅云办公桌前的转椅，她期待着它越转越低，期待着坐在上面的人也像曾经的自己一样，哭诉着，把更大的痛苦，劈剥开，给她李娜当口香糖，映衬她李娜的幸福。

处长清清嗓子说："话就到这里，就烂在咱三个耳朵里。"

男人看着秘书放在他面前的小箱子，看着包裹单上梅云用娟秀的字体写成的他的名字，他皱了皱眉头。拆开来，是几包茶叶，并没有信之类的东西，男人的眉头展开了。

他喜欢梅云这样的女人，喜欢用她们的爱滋养自己在官场被虚假掏空的日渐衰老的身心。面对这样的女人和这样的爱，唯一的麻烦就是她们会向他诉说爱情，在他认为爱的活动已经结束的时候，女人才刚刚开始——开始诉说。这就使得每一场时间限度为一个晚上的事情，后面留满了省略号。那个夜晚，在女人哭泣着抱住他说"我爱你"的时候，他一瞬间是打算放弃的，他有点怕女人用情太深，纠缠不清就会变得麻烦。后来，完全出乎意料，女人很识趣，很省心，没有电话，仅仅是发过两次问候："你好吗？"他回了两次："还好。"不冷落，也没有热情。

他把茶叶从箱子里抽出来，拆开。秘书赶紧拿过他的杯子。男人说："不要用滚开的水，八九十度就行。"秘书点着头，却不知如何测定水的温度。男人说："暖瓶里的水应该就是这个度数。"秘书赶紧去倒水。男人坐在办公桌前看着水杯里的茶叶，慢慢伸展着肢体，慢慢地，泅绿了周围的水。慢慢地，椭圆的叶片打开了，雀舌一样的芽伸展开来。

一叶一芽。

上好的一叶一芽。

男人边回想着自己对女人说过的关于茶叶的话，边重复给秘书听。"我小的时候，村里只要有一户人家炒茶，满村都是扑鼻的板栗香，现在茶叶都搞成大棚里的了，用叶片素往茶叶上一喷，该十天长成的，四五天就成了，叶片薄，不但不禁泡，香味也不行了。"男人感叹说，"真正的茶香像毒品一样引诱人，近几年，十次品茶有八九次失望。"

秘书看着男人的水杯说："茶叶还有这么多学问呀，这茶是真的吗？"

男人自信地笑笑说："这个应该是真的，看叶片厚度、汤色，都像，端过来我闻闻。"秘书赶紧端到他面前。男人伸了鼻子，用手扇动那袅袅娜娜的热气。秘书站在一边等待着领导的鉴定结果。

男人脸上的自信淡化下去，眉头开始紧缩。他的鼻子靠近一

183

些。再靠近一些。边闻边看着女人写下的字——春茶。他想起那个夜晚的女人，女人那个夜晚的话："我能找到真正的春茶。"

男人的老婆出现了。男人慌忙抬起头，鼻子上面是密集的小水珠，看起来像是长满了水疱疹。她对秘书说："你出去一下。"秘书赶紧走出去，并忠实地站在远处盯着领导的门，防备别人打扰。

过了一刻钟的工夫，男人的老婆走出来，把手里的纸箱子塞到他怀里说："照着上面的地址寄回去，再有这个地址、这个人寄东西过来，一律先告诉我。"秘书连忙点头答应。女人愤怒的背影僵僵的，自言自语的话传过来："真是林子大了，什么鸟都有！"

看女人的背影消失了，秘书抱着箱子推开领导的门，试探地问："这茶叶？"

男人低头翻看着报纸说："假的，寄回去吧。"

李娜又找同学查询了一次梅云在包裹单上写的邮寄地址——一字无误的办公室地址。三个人商定，都尽可能地早来晚走，确保茶叶被寄回的时候有目击证人——避免梅云偷偷地销毁。

下午快下班的时候，让三个人望眼欲穿的快递专用车停在了窗外。处长给赵有亮使了个眼色，赵有亮立刻点了烟走出去。半分钟后，赵有亮叼着烟卷，捧着纸箱子带领着快递公司的人进来喊："梅大姐，梅大姐，你的包裹，北京的，茶叶。"

北京的，茶叶。五把烧红的炭铲按向梅云。她看见了赵有亮手里熟悉的小纸箱。自己盛装寄出的小纸箱。她使劲低着头在快递人员的指点下，写下自己的名字。她怀着一丝丝希望打开纸箱——或许是男人回赠她的礼品，或许是男人让她品尝的另一种茶。

八包茶叶。她亲手寄走的茶叶。

梅云看着三天前自己派出去的八个爱的使者，梦一般地回到了面前，眼里顿时涌满了泪。她在内心里质问着那个半年来让她日夜不宁的男人。为什么？这是为什么？你怎么能这样对待我？你怎么能这样？你不喜欢你可以扔掉啊，你怎么可以寄回来羞辱我！她想起那个夜晚男人的愣神，想起自己试图用长久的默默的爱换取男人一句——我爱你。为那个夜晚的自己，为那句冲口而出的话——我爱你，寻一个依托。一个交代。她无法自控地哭起来。像丢失了漂亮发卡的傻丫头。

待她意识到自己的失态，恐惧地止住悲声，四下观望的时候，办公室里就剩她一个人了。梅云咬着唇，流着泪揉捏那一袋袋珍贵的春茶，把男人的号码从手机里翻出来。

想想。再想想。她把那个时常对着它傻笑的号码从手机里删除了。她把茶叶塞回纸箱，扔进楼外的垃圾箱里。往回走了几步，突然看见赵有亮的身影从拐角处闪过，她想起自己给他、给李娜、给处长惹下的麻烦，走回去，把纸箱子捡起来。

梅云在赵有亮的桌子上扔下两包。

在李娜的桌子上扔下两包。

在处长的桌子上扔下两包。

把最后的两包扔在自己的桌子上。

茶叶从开口的袋子里一泄而出，如同一个醉酒的人无法控制的呕吐。那些被煎炒被揉搓过的叶片在昏暗的灯光里，在栗色的办公桌上像无数蜷曲着僵死的虫子。梅云抓起一把，塞进嘴里。

嚼着。哭着。

哭着。嚼着。

想起那些自我折磨的日夜里，那一杯杯的茶，那一个个被捞起、剥开、说也说不尽的欲说还休的唇。她抓起另一些叶片，放进杯子里，倒上水，看着它们伸展，再伸展。

一叶一芽。

女人和茶叶最好的时期。

她看着那个无法伸展成叶片的芽苞像树林一样拥挤着，拼命消散自身的颜色，来博取别人一声短暂的喝彩，想到那其实就是一个个生活里的女人，在人生的舞台上没有两只水袖的女人。或许水袖是有两只的，但舞动的只能是一只。另一只必须是紧握着的，是永远不能顺应生命和情感的需要抛撒舞动的。

一只水袖。

一只水袖的女人。

梅云哭着在手机里给乔道写下短信："最好的一叶一芽，如同舞动一只水袖的女人，舞动两只就会破坏规则和审美。握紧一只水袖的疼痛是高尚的，被甩开的水袖撕裂的疼痛却是令人耻笑的。"

乔道看着梅云的短信，知道梅云出了问题，因为他的茶叶，不，应该是她的茶叶。他不敢向她求证，又担心她。再三思考之后，给焦稳发了一个劝解短信："梅云一次的错误和她这么多年的好比起来是应该被原谅的，你要原谅她！相信我，那仅仅是她一时的情感冲动。"

梅云的错误！情感冲动！焦稳嚼着每一个字，回想着梅云半年来的异常。嚼着，嚼着，他全身的血液暴涨起来。他拦了出租车，直奔梅云办公室。

焦稳赶到物资管理处的大门前时，正是天幕遮蔽了最后一丝亮光的时候。焦稳看看四合的夜色，昏暗的楼道，有一种在梦里的感觉。他在心里对自己说：真在梦里该多好啊。他试探着推开梅云的办公室。这一瞬，他所有的愤怒都变成了对婚姻破碎的恐惧，他突然没有了声讨她的勇气。他低着头，听着自己鼻子里的气流如狂风一样流动。

沉浸在哭泣里的梅云清醒了，她本能地去藏那个纸箱子，藏她面前的茶叶。她笨拙的掩藏告诉他——她真的错过，真的冲动过！他的恐惧一下沉落下去，蹿上去抓住她的手腕，把赃物抢到手里。

一个方方正正的小纸箱。上面有老婆和那个放屁都管用的人的名字。他有些糊涂了——他老婆要是真的和人家情感冲动过，为什么寄给人家的东西又被寄了回来？

"你和他到底有什么事？"焦稳吼道。他盯着她的嘴，期待着她说——就是想巴结领导，人家不收。

她哆嗦着嘴唇，泪流满面。

他在心里对自己说：她真的背叛了你，你一直标榜的这辈子干得最正确的事，错了，错了！他吼起来："你说呀，你没脸说，对吗？那我找人替你说！"他愤怒地去撕纸箱子有男人地址和姓名的那一面。

"你干什么？跟人家没关系。"梅云扑上来抱住纸箱子，"是我

187

自己的错，是我自己的错！"

"护什么？护什么？！"焦稳冷笑着质问她。他的话音未落，自己就给出了答案——护自己的绿帽子！一顶由老婆踮起脚尖给自己制作的绿帽子！他把她摔到墙角。

必须毁了这个绿帽子！趁处长没看见，趁赵有亮没看见，趁李娜、刘倩倩没看见，趁其他人没看见，毁了它！他转脸看见每个桌子上都有着它亮闪闪的绿色碎片，他把它们抓起来，塞进纸箱，掏出打火机……

穿堂风

弯月的深夜，王子丹脱掉上衣，背倚着父亲的墓碑坐下来，用力抵着，直到父亲的名字以浮雕的形式出现在他白皙臃肿的背上。然后，他把胳膊别到背后，用手指描写父亲的名字，王舟。之墓，这两个字每次都会跟着父亲的名字出现在他手指最容易摸到的地方，但他极少去描写它。他只描写父亲的名字。就像小时候和父亲常做的那样——睡前，他最喜欢和父亲玩猜字游戏——在光溜溜的后背上用手指写字让对方猜。父亲写的最多的是他俩的名字。王舟。王子丹。或王舟的儿子王子丹，王子丹的父亲王舟。父亲有时写得很慢，有时写得很快。不管快慢，王子丹都能猜对，猜对字的王子丹会在父亲的笑容里骄傲地睡去。

在父亲死前的两年里他们已经不再玩这样的游戏了。埋葬了父亲的王子丹，面对一堆黄土，知道天地间再也找不见父亲了，只有墓碑上面的名字是他熟悉而亲切的，孤独而气恼的他用背撞击着那个名字仰天而哭："爸，爸，我不让你离开我！我不允许你离开我！"

背上有了一条条凸道，他惊讶地抚摸着它们，心里面突然有了一丝安慰——他的爸爸并没有完全离开他，爸爸还能在他后背上写字！

三十年了，王子丹保持着和父亲独特的亲近方式。

此时，他摸着后背上凸起的笔画，试图对父亲说点什么。他想对父亲说很多，很多。这两年来，他特别想他，想和他聊聊。

唉。悠长，灰暗，潮湿的叹息。

父亲的叹息。他扭头看着那堆长满野草的土堆，恍惚间觉得父亲就坐在自己的背后。

唉。潮湿。灰暗。悠长。

王子丹这次清楚地听到叹息是从自己的胸膛里流出来的，如同草丛里经年的积水漫过了长满霉菌和青苔的土埂。

唉。王子丹用手指摸了摸自己的胸膛和脖子，再叹一口气。的确是自己发出的。他苦苦地笑了。他放弃了对父亲说点什么的念头，走下山来。山下约一公里处就是医院的后门。

走到办公室门口，王子丹看见惨白的灯光下，妻子杨蓝的背影快速消失在走廊尽头的楼梯处。王子丹第一次发现那慌张的敏捷里，有侦察员最忌讳的臃肿和疲惫。岁月不饶人啊。王子丹看着杨

190

蓝消失的地方，想到她该有四十五岁了。自己比她小三岁，应该是四十二岁了。

四十二岁。父亲三十年前今天的年纪。王子丹的心脏突突地失控了。他进屋坐到办公桌前，一阵眩晕让他趴在桌子上。额顶那缕从左耳上方出发，担任掩护高地任务的头发疲惫地耷拉下来，像一片从黑鹅翅膀上凋零的羽毛，落在他相交叉的手指上。

夜班护士乔桥走进来，看着王子丹说："你家的侦察员刚刚来过了，她也来过了，我告诉她你不在，她进来站了一下就走了。"

"谁？"王子丹抬起头问，手指慌乱地把那片黑羽毛捋到头顶上。

"还能有谁？小王子丹呗。"乔桥的语调里含着悲天悯人的味道。她是小王子丹的好友。

"她还好吧？"王子丹问。

"你要是真关心，不会自己问？她也上大夜。"

王子丹朝乔桥摆了下手，闭眼捏着眉头。他把眉头揪得高高的，红红的。乔桥看不得他这副敢做不敢当的模样，转身出去。

二

王子丹外号叫王邪子。因为他从来不允许别人用别的名词来称呼他，比如主任、教授、老师。有不知道规矩的人，不管是同事、学生还是病人，他总是皱着眉头说："叫我王子丹。"

小王子丹是两年前的冬天调进中西医结合科的。小王子丹进科的第一天，全科人员聚集在护士站等待开早会。护士长对王子丹说："等一会儿人齐了，你讲话之前我先介绍一下新同事。"王子丹点点头，走到住院病人一览表前看起来。电话响了，一个大夫接了电话说："王子丹电话。"王子丹转身来抓话筒，却连一只女人的手一起抓住了。人们哄笑起来。王子丹抬头看见一张通红的陌生女人的脸。王子丹尴尬地撒了手，问接电话的大夫："不是找我的吗？"大夫笑着说："就说找王子丹。"王子丹再次把手伸向那个焦黄的话筒，不想再一次碰到了那只手。人们再次哄笑起来。

　　早会后，护士长跟着王子丹进了办公室，笑眯眯地说："这回可出现难题了，你自己说，我们以后怎么区分你俩？"王子丹说："找护理部调换个不重名的来。"护士长说："这不好，因为咱们科的小病人越来越多，遇到血管不好的总出现几针扎不进的情况，病人有意见，我才打报告请求调儿科护士过来的。人家可是技术过硬，听说能够摸黑扎针呢。再说了，人事处也不会因为重名这种事做变动的。"王子丹说："反正我是坐不改名站不改姓，你找她去想办法吧。"护士长说："要是人家也坐不改名站不改姓呢？"王子丹笑笑说："我又没说让人家改名。"护士长叹口气说："那就叫你大王子丹，叫她小王子丹吧。"王子丹说："王子丹就是王子丹。"

　　查完房后的王子丹一个人静静地坐在办公室里，小王子丹走进来红着脸说："主任，儿科那边我还欠别人一个班，我今天能不能再到那边上一天，把欠的班还上？"王子丹习惯性地皱了眉头说："叫我王子丹。""王子丹……"小王子丹怯怯地喊了一句，又扑哧一下乐出声来。王子丹说："你笑什么？"小王子丹说："感觉是在喊自己呢，怪怪的。"王子丹盯着她的胸牌，看见天天戴在自己胸前的名字出现在一个女人丰满的胸脯上，也感觉怪怪的。

小王子丹看着王子丹盯她胸脯的眼神，脸上一层更深的红色渗出来。经常有人盯着她的胸脯看，却从没有人像王子丹这么专注而迷茫。她搞不懂他的心思，只觉得自己的心在他的目光里开始欢快地蹦跳。

"王子丹。"她怯怯地喊。

"哦。"王子丹把目光收回来，低下头盯着自己的胸牌。一样。他指指面前的椅子示意她坐下说，"能告诉我你的名字是谁给你起的吗？"

"我父亲。"她说。

"哦，我的名字也是父亲起的。你父亲讲过给你取这名字的原因吗？"

"不记得了，他在我很小的时候就死了，不想提起他，提起来我就恨他。"

"哦？"王子丹来了兴致——人怎么会恨自己的父亲？

她把目光转向窗外说："父母是领我们来这个世界上的人，那他就应该陪我们长大对吧？可他半路上就逃了，扔下我，七岁，流浪狗一样活着，想想就恨他。"她的眼泪窜出来，突地滑落到嘴边。

他的心里一阵电闪雷鸣——同一个名字真有同一种命运吗？前生今世还会有别的因果吗？他不知道该怎样安慰和他怀着相似伤痛的她，只笨拙地说："咱俩差不多，不要太难过了，有什么事你就来找我。"

她用手指抹掉嘴角的泪，说："不好意思，谢谢您。"

他说："不客气，我们本来就是同一个人么。"他的话一出口，就把自己惊呆了，想解释一下，又觉得越描越黑，干脆闭紧嘴巴，拉下脸，木呆呆地盯着桌面，一副没说过话的表情。但那句话已经击中她。她的手脚麻酥酥的，心脏欢得要从胸膛里跳出来。她凝视着自己的胸脯，清楚地看见那个代表自己和眼前这个男人的名字在颤动。

我们本来就是同一个人。这句话如同魔咒在她的心和身体里膨胀起来。这种膨胀让她生平第一次感觉到了强壮和坚实。很多年以来，她一直觉得自己是孤独弱小的，她独自一个人面对黑夜，独自一个人面对恐慌，面对成长的迷茫和痛楚，独自一个人面对大大小小的绝望。孩童时期，她常常在黑夜里拿着针扎自己，让自己喊出尖厉的声音，驱赶恐惧。后来，她结婚了，丈夫是一个大她十岁的人，虎背熊腰，粗声粗气。开始，在他如雷的呼噜里，她踏踏实实地睡觉、生活。那时，她以为余生都会这样踏实。很快，她发觉丈夫的那种强壮仅仅是他自己的，大口吃肉，大口喝酒，大口喘气，天大的悲与痛、喜与忧都能够用一句"他妈的"来打发了事。除了晚间的呼噜能在黑色的空气里荡漾成屏障之外，他的强壮于她正如一支飞奔的箭无法穿越一团棉絮。

三

父亲死的那个早晨，王子丹知道空气不全是自然课本上说的

194

"无色无味透明的气体"，它还有另外一种形态。那一天的空气，是无数细密无序的悠然飘浮的白色颗粒，从窗子里飘进来，淡淡的白色的空气，漫过父亲的身体，变成更淡一些的白从门口飘出去。父亲悬挂在 X 光机上，白色的西装，白色的礼帽，白色的皮鞋，白色的袜子。有人拥住他说："可怜的孩子，不要站在穿堂风里。"那人用硕大的手掌捂住他的眼睛。有人哭了。他跟着抽搭了一下鼻子，这时，他闻见了一种潮湿而黏稠的香味。这股香味从此一直潜伏在他的鼻腔里。他挣脱开捂在他眼睛上的手，寻找那香味的来源。他凭着十二岁的智慧，坚信是这股特殊的香杀死了他的父亲。敌人肯定是从窗棂中用细细的竹筒吹进来，待父亲昏迷后，把他吊死的。他要把这个秘密喊出来，要让敌人听见："我知道你是怎样把我爸爸害死的！你出来，我和你拼了！我不怕你！你出来呀！"所有人都屏住呼吸看着他。

有声音说："这是他的孩子啊，带走，带走，不能让他看！"

立即有几只手来拉他，并再次捂住他的眼睛。

第二天晚上，家里来了三个男人，他们送来了父亲的尸检报告和遗物。他们默默地坐在沙发里，默默地用指头把报告单推到母亲和王子丹面前。王子丹和母亲一起低头默默地看上面的字：自杀身亡。三个男人和王子丹一起看沉默不语的母亲。母亲石雕一样呆坐着。三个男人尴尬地晃动起身体，沙发里的弹簧在他们的屁股底下发出喳喳的声响，像几把刀子同时按在磨石上。

送走客人，母亲站在沙发后面指着他们拿来的布包对王子丹说："打开看看。"母亲面朝窗子，听着王子丹摆弄东西的动静。母亲问："都是你爸的东西吗？"王子丹说："是。"母亲再问："没有别的？"王子丹说："一包大前门香烟，一张报纸。"母亲说："其他的是什么？"王子丹看着母亲的背影说："爸爸的裤头、背心、衬衣、裤子、布鞋、毛衣，就这些。"王子丹看见母亲的肩膀落下来，像放下了什么沉重的东西。王子丹把报纸叠起来，叠得和烟盒一样大小，连同烟盒握在手里。他知道这是破案的重要线索，他要自己找出杀害爸爸的凶手。母亲突然转过身来，抓起桌子上的东西进了厕所。烟雾和母亲剧烈的咳嗽声从门缝里挤出来。王子丹赶紧跑进他的房间，把手里的东西塞进自己的枕头。

母亲从厕所里出来，头发上落满了灰烬，一片片，瓜子皮一样散落着。母亲手里的筷子被烧掉了半截，母亲用半截筷子指着王子丹说："你给我记住了，不要学你爸！真是狠心，就是石头的心，生铁的心，我这么多年也该把它捂热了！捂化了！"

母亲从不肯和王子丹谈论父亲的死。母亲的冷静和绝情，让王子丹觉得母亲就是杀害父亲的凶手，最起码也是参与了的。母亲把父亲所有的东西都在那个深夜烧掉了。厕所的墙壁一夜间被熏黑，厕所门下方的小百叶窗上落满了黑色的、灰色的、白色的灰烬。王子丹惊讶地发现，一个梦的时间里自己就丢失了和父亲相关的一切东西。包括父亲的枕头，那个四个边角都有洞的枕头。他从小睡觉就喜欢捏着它的边角，捏破了一个边角，父亲就把枕头调换一下，给他一个新的边角。王子丹疯牛一样对着母亲冲过去，他把她撞到墙上，揪住她摇晃着："你把枕头还给我，你把我爸爸的东西还给我，还给我！你把我爸爸还给我！还给我！"

母亲像一棵枯死的树任凭他摇晃。从她头发上散落的灰烬在演示一场连根拔起的决绝。她的心被伤透了，被一个丢下她和孩子独自逃离的男人伤透了。那个男人临死脱下了她为他织的毛衣，为他做的衣裤。那个男人不肯带着粘有她气息的东西去死。这伤透了她的心。她知道男人死前是洗了澡的，她从他的尸体上闻见了肥皂的味道。送遗物的人说，东西是叠好的，整齐地放在他值班室的橱子里。她从这句话里明白，他的死是从容的，是深思熟虑的，是早就计划好了的！这令她不寒而栗。

母亲和王子丹一起倒在地上。他们都头晕脑胀，精疲力竭。许久，他扶起自己的母亲坐到沙发上，他决定像大人一样和母亲谈一谈父亲。

他直视着蓬头垢面、骤然枯黄的母亲问："你为什么没有眼泪？"

母亲沉默地看着他。

他说："你要不回答，我就死。"

母亲说："因为我的眼泪早就流干了。"

他说："是不是你杀死了我爸爸？"

母亲说："不是，是他自己杀死了自己，他是自愿死的。"

"你怎么知道的？"

"他早就计划好了，他买了崭新的衣服，你都看见了，白西服、白皮鞋，白礼帽，白色领结，他从里到外都是新的，都是他喜欢的颜色。他早就计划好了，早就准备好了，只是一直瞒着我，瞒着你。"

"他为什么死？你一点也不知道吗？"

"因为他不想和我们在一起，这不是明摆着吗？"母亲失态地吼起来，"不要再提他了！我现在最想做的就是忘记他！我不想看见他留下的任何东西！"

"我也是他留下的，你怎么不把我也烧掉？！"他年轻的手指关节发出清脆的声音。

母亲看着他的手指，压低声音说："儿子，我知道你心里难过，我知道你喜欢爸爸，你以为妈妈无情，甚至以为是妈妈害死了他……你现在太小，很多事情你不明白，等你长大了，或许你就会懂了。妈妈怎么会害死你爸爸呢？妈妈爱他，和爱你一样，捧在手里怕掉了，含在嘴里怕化了。等你长大了，妈妈也给你找个像妈这样的媳妇，那时你就知道你爸有多享福了，洗衣做饭，养孩子伺候老人，妈全包了。怕他不高兴，我咽泪装欢，委曲求全，我没奢望他能像别人家的男人一样操持家务，我只要他在这个家里待着，能让我看着他，能在形式上在别人的眼里维持这个家的样子就行了，可他连这一点都不愿意！"

他看着母亲，期待母亲能永远说下去，尽管他不能从母亲的诉说里明白父亲的死因，但他觉得只要母亲说着，他的父亲就在着。母亲突然停住话头，眼睛里发出了一种恍然大悟的光芒。母亲两手抓住铺在沙发上的浴巾喃喃而语："窗前有人烧了纸的，窗前有人烧了纸的。"

"你说什么？"他问。

母亲重复说："有人在你爸爸上吊的窗子底下烧了纸，我看见了，很大的一堆纸灰，肯定是那个不要脸的女人烧的，他肯定在外面乱搞了！你不要再和我提起他！永远都不要！一个字都不要！"
母亲瘫软下去。

　　他不相信母亲的话。他跑到医院，父亲吊死的那间屋子已经锁了门，窗子底下是一片盛开的月季花，纸灰已经被打扫了。几片花的叶子被烧焦了，残留的纸灰被夜间的雨浸开，隐在草叶下。王子丹蹲下身，花的香气进到他的鼻腔里。他抽了下鼻子，扒拉了几下草，捏起一点粘着纸灰的土看了看。他认识其中一个来家送遗物的叔叔，医院保卫科的科长。他找到那个叔叔说："有人在我爸爸的窗前烧了纸，你们发现没有？我刚刚去看过了，现在还能看出来的，是不是害他的人烧的？""叔叔，求求你，把那个烧纸的人找出来吧，就算不是他害的，他也可能知道些什么吧？"叔叔叹口气说："我们早就发现这事了，也在全院调查过了，没有人承认烧过纸，也没有人看见，我们根据这些线索推断你父亲应该是死在深夜，大家都熟睡的时候。不管怎么样，你父亲确实是自杀的，我们把公安局破案最厉害的人都请来了，这一点是没有疑问的。而且你爸爸为人和善正直，从不争名夺利，对待病人又好，全院上下没有不夸的，他是没有敌人的人。"

　　"没有敌人的人怎么会死？"王子丹问。

　　叔叔拍拍他的肩膀说："非要找敌人的话，可能就是你父亲自己吧。孩子，不要再想这件事了，回去和你妈妈好好过日子吧。"

　　母亲的灯熄了以后，王子丹从枕头里拿出了烟和报纸。他看了看烟盒上面的字：大前门。他把烟盒里的烟倒出来数了数，九根。其他的什么也没有。王子丹闻了闻烟。他突然明白那天早晨他被别

199

人捂住眼睛时闻见的味道，就是这烟和窗户外面的月季花掺杂在一起的味道。他展开报纸，仔细地寻找着。那是一张被很多人看过的报纸，被很多笔迹乱划过的报纸。王子丹仔细地辨认着，寻找父亲的笔迹。在报纸的下端，他发现了父亲的字：大前门大前门门门门在哪里门在哪里门。在这行字左上方的夹缝处，写了好些王子丹的名字。字很规整，很小，几乎和报纸上的字一样大。王子丹的心怦怦地跳起来，泪水夺眶而出——他知道爸爸是爱他的，到死也爱着他，到死也想着他！他在心里对父亲说：我也会到死也爱着你，到死也想着你的。

四

母亲一直没有再婚。也一直没有从父亲死时的骤然枯黄里复原。枯黄的母亲像以往一样操持着家，洗衣，做饭，打扫卫生，上班，下班，周末带王子丹到奶奶家洗衣，做饭，打扫卫生，忙到天黑以后，匆匆往公交车站跑，赶最后一班车回家。不同的是，母亲不再谈父亲。不允许王子丹谈，不允许爷爷奶奶谈，也不允许别的人谈。有一次，王子丹和母亲在集市上碰到一个熟人，那人站住和母亲聊天，两个人说笑一会儿，转脸看着王子丹说："哎呀，孩子长这么高了，越长越像他爸呢，活脱脱一个小王舟。"母亲的脸顿时晴转阴，拉起王子丹的手就走，连个再见也没说。

一年后，爷爷中风瘫痪，奶奶也得了严重的心脏病。母亲把沙发卖掉了，把客厅改成爷爷奶奶的卧室。母亲和王子丹的生活因此有了一些改变。首先是吃饭的时间推迟了，因为母亲下班以后要先给爷爷翻身，擦洗，解大小便，然后，才进行原来的程序。做好饭以后，母亲要奶奶和王子丹先吃，自己去喂爷爷。等母亲吃完饭，洗完碗，王子丹做完作业以后，母亲和王子丹一起给爷爷按摩他丧失了知觉的右半边身体。奶奶蜷缩在扶手椅里，看着他们三个。偶尔，母亲在这时会问起一两句王子丹在学校的情况，偶尔，母亲也会谈一两句自己工作上的事，偶尔的，奶奶也会说一两句陈年的旧事，早已不交往的亲戚。周末，母亲背着爷爷到医院去理疗。王子丹在一边帮扶着，母亲走不动的时候，他弯起胳膊给母亲当一会儿拐棍。母亲不让他背爷爷，说他十三岁的身子骨还弱，压坏了就永远不长了。

母亲的日子天天如此。

王子丹的日子也天天如此。上学，放学，做作业，吃饭，给爷爷按摩。大家都关了灯的时候，他从枕头或者桌洞里、纸箱里、鞋子里翻找爸爸的烟盒和报纸，确定它们还在以后，他才开始睡觉。有的时候有梦，有的梦里有父亲，梦见父亲的早晨，他总要坐在床边愣一会儿神。母亲总会高声喊他："王子丹快点，要迟到了。"

父亲刚死的那段时间，母亲有的时候叫他丹丹。他郑重其事地对母亲讲："你必须叫我王子丹。"

母亲问："这有区别吗？"

王子丹说："有。"母亲自言自语说："长大了，是该叫大名了。"

吃完饭的王子丹，背着书包骑着单车去上学。路上，看见上班的男人，他会想象着父亲也走在上班的路上。放学的时候，看见下班的男人，他会想父亲也下班了。偶尔，他会被某个酷似父亲的背影激动得手脚发抖，他会飞快地赶过去看一看。每次都大失所望。失望的时候，他会告诫自己，王子丹的父亲死了，死了的人是永远也找不到的。

有的时候，母亲会盯着王子丹看。母亲默默地看默默的王子丹。

有的时候，王子丹也会默默地看默默干活的母亲。

三年后，爷爷死了。爷爷死的时候，用还能动的左手拉住王子丹的手，老泪纵横，蠕动着歪斜的嘴唇，似有千言万语。爷爷死后三个月，奶奶也死了。爷爷死后，奶奶常常望着天空自言自语地说："老天爷，求求你，赶紧把我也收走吧，别再拖累我的闺女了。"王子丹听见这话的时候，就和奶奶一起望着天空，幻想着人都是从天空里洒下来的，像雨滴，在某一天，被太阳蒸发，收回。

父亲死后，奶奶就改了对母亲的称呼，她不再叫儿媳，而是叫闺女。

奶奶死的时候，拉着母亲的手，皱褶的嘴角努力维持一个变形的笑容。奶奶对王子丹说："王子丹啊，咱们老王家亏欠你妈的太多了，你以后要孝顺她，替你爸，替我，替你爷爷报答她啊。"王子丹说："我记住了。"奶奶对母亲说："你的苦我明白，我到阴曹地府里揍他，我揍死他，这混账东西，摊了这么好的媳妇不知道珍惜啊……"

母亲哇的一声大哭起来。

母亲的哭声让王子丹惊讶不已。他惊讶地看着母亲不停地抽搐着，奶奶那皮和骨头明显分离的手在母亲花白的头发上艰难地摸索。奶奶的手指停止了，嘴角的皱褶慢慢松散开，眼皮垂下来，皱纹里隐藏的泪水闪着微弱的光泽。

母亲停止了哭泣。她把手从奶奶手里抽出来，把奶奶搁在她头顶的手拿下来，对王子丹说："你奶奶走了。"母亲叹了口气，嘴角堆起一个变形的笑，给奶奶捋着鬓角的头发。

王子丹的心里突然体会到一种空荡荡的感觉，他甚至觉得体内什么都不存在了，只有一张皮挂在骨架上。他站起来，试探着移动脚步，轻飘飘的，像只即将飞起的风筝，发着空荡荡的嗡嗡声。他也要被收走了！他恐慌地抓住母亲的肩头，母亲回身抱住他，紧紧地抱住他说："王子丹不怕，还有妈妈，还有妈妈！"

五

王子丹乖顺地成长着。直到考大学的时候，他和母亲沉默安宁的日子才起了一点小小的波澜。母亲不希望王子丹学医。母亲说："你从小喜欢装装拆拆的，上理工大学吧，将来当个工程师。"王子丹知道母亲害怕长相性格酷似父亲的他会走父亲从医的路。王子丹妥协而坚决地说："我学中医。"王子丹说完就沉默了。他知道这是离父亲最近的途径。是他感知父亲、找寻父亲最直接的入口。

到医院报到的王子丹心里面涌腾着隐秘的快乐。他在父亲的医院里欢快地奔走着。他在心里对父亲说：我来了，爸，我来了。他围着放射科转了一圈。父亲去世的那间屋子门开着，里面堆满了扫把、拖把、掉了腿的桌子、椅子、废旧的军绿色床垫子，烂了洞的白瓷盆。王子丹站在门口看了看，窗子外面的月季花像十年前一样盛开着，花香扑鼻。一个穿护士服的老年妇女看见他，愣了一下，抬手捂住自己的嘴巴，同时把松垂的眼皮向脑门方向提起。王子丹快乐地笑了，他说："我是刚分配来的，我来报到。"他朝她晃了晃手里的纸。女人拿过纸看了看，哦了一声，拍了拍胸口，指着后面的楼说："从那楼转过去再往后走就到办公楼了。"

人事科长一眼就认出了王子丹。他热情地握着王子丹的手摇晃着说："王舟的儿子！哎呀，你长得和你爸真像，欢迎你来医院工作，你爸的工作为人那可是没得挑的。"王子丹说："我会努力向爸爸学习的。"人事科长松开手，竖起食指说："我当时到你们学校挑人的时候，一眼就看准你了，知道王舟的儿子错不了，再说了，你爸爸和我都是同时进医院的老同事了。"他晃晃指头咽口唾沫接着说："到这里上班，离家近，能照顾你母亲。"

王子丹感激地躬了个躬说："谢谢叔叔，谢谢叔叔。"

王子丹抬头看着碧蓝无云的天，他觉得自己的后背上有两个翅膀在展展欲飞。十年了，父亲只能在他的心里，只能在梦里，在努力去想却越来越模糊的记忆里。十年了，他长成了父亲的样子，在父亲工作的地方，看见的人和物是父亲曾看见的，听见的声音是父亲曾听见的，他走的路是父亲曾走过的，他穿过的门是父亲曾穿过的。

母亲对米已成粥的事情叹了口气，进入了惯有的沉默。王子丹看着母亲，第一次对母亲的沉默有了十拿九稳的感觉。他说："这个医院离家近，能照顾您，对爸爸的事情您不用担心，爸爸在医院里的为人很好，我今天见到的人还都在夸赞爸爸，也正因为人家相信爸爸的为人，人家挑学生才挑到我，要不的话，即使想来也来不了。你放心吧，十年了，什么都没有发生。"

母亲叹口气说："那就好，我就是怕你爸爸的事对你影响不好。这事就这样了，以后的事情要记得和妈商量。"王子丹说："以后的所有事情我都听妈的。"

王子丹成了中医科的一名大夫，主攻肾病。最初的兴奋和快乐过去后，他像所有的大夫一样工作着。对父亲的思念，和思念带给他的折磨，像一座山的山峰，在他登顶的时候淡化了。偶尔，他还会思考父亲的死因，用一个大夫的脑袋和知识进行思考。王子丹的生活和心灵获得了从未有过的平静和安宁。

母亲累了。坚强贤德的脊梁弯了。母亲开始张罗寻觅她的接班人。另一个她。杨蓝被找到了。王子丹被母亲和另一个酷似母亲的女人关爱起来。两个贤惠能干而沉默的女人，像四季如春的房子围困着王子丹的生活，温馨平静。紧接着女儿降生了，如同他房子的一扇栅栏门，把他更加牢固地圈在里面。王子丹早晨离开，中午回去，下午离开，傍晚回去，傍晚离开，早晨回去，他像一条不会拐弯的狗重复着两个端点之间的路程。直到两年前的冬天，另一个叫王子丹的人出现。

六

两年前的夏天是王子丹辉煌而孤独的开始。那个夏天，王子丹被部里授予科技拔尖人才。巨大的荣誉像只能量不足的热气球，带着他飞升到了人群恰好能够用嫉妒的手指和唾沫的盐粒够到的高度。尤其是那件令人向往不已的奖品——一套和院长家同样面积的住房。王子丹捧着奖杯，握着新房的钥匙回到医院的时候，锣鼓的声音里，人们突然发现他那每日风平浪静、平淡无奇的脸上其实早就酝酿着追名逐利的旋涡，他只是会装罢了。

不咸不淡的话常飘进王子丹的耳朵——

"那么拼命干吗？"

"难道你也想弄个尖拔一拔？拔了尖也不会有大房子了，天上不会总有馅饼掉下来的……"

"这年头傻干是不行的，重要的是会干，干给领导看，让领导说你行，你才行，领导振臂高呼说这人真行，群众才会跟着喊行，不行也行……"

原来虽不亲密但也无隔阂的关系如同一张风干了的树叶，稍不注意的碰触就会出现裂痕甚至破碎。

那些在媒体的诱导下涌向王子丹的病人，在走廊里排起了长队。左右隔壁，和他门上挂着同样牌子的专家门诊里，常常是只有大夫一人，那个人要么低头看报、看书、抠指甲，要么盯着门外嘈杂的队伍大声地咳嗽、哼鼻子。开始的时候，王子丹试图动员一部分病人到隔壁去，他对病人说："你与其在这里等不如到隔壁去，隔壁也是非常著名的大夫，医术也非常高明。"隔壁的人十有八九会在他的动员声里端起茶杯串门去。王子丹决定和其他大夫一起排夜班，减少病人找到他的机会，缓解他和同事的关系，也减少他难以承受的工作量，但收效甚微，大部分的病人仍固执地等待着他。

王子丹被病人信任的潮水围困在孤岛上。从小在沉默中长大，在母亲和妻子有问才有答的岁月里走来的他，不知道如何铺一条通往他人内心的路。他又恢复了十二岁的孤独和沉默。四十岁的心脏虽然没再出现十二岁的煎熬，却被从未有过的郁闷笼罩了。它虽然没有生离死别的剧烈和尖锐，却有着浸透水的破棉袄的沉重和霉湿。

　　一向沉默寡言的王子丹在母亲和杨蓝的面前更加沉默了。母亲和杨蓝开始更加细致周到地嘘寒问暖，同时，她们像孵蛋的母鸡一样挺直了脖子，提高了警惕，防止外来的侵略。母亲悄悄对杨蓝说："上心点，别大意了。"杨蓝开始在王子丹夜班时，偷偷地到医院里转转。

　　王子丹只是在刚刚获得新房的时候，带着一家人去看了一次。那次，母亲执意抱着他的奖杯去看新房。一家人挤在出租车上，母亲坐在前排对司机显摆着奖杯，讲述她的骄傲。王子丹和妻子、女儿在后座上抿嘴而笑。新房大得让母亲和杨蓝惊叹不已。杨蓝说："咱们装修一下住进来吧。"母亲说："收拾收拾你们搬进来吧。"王子丹说："要搬一起搬，我们怎么能把你独自留在老房子里。"

　　母亲把手里的奖杯放到空荡荡的客厅地板上说："唉，我这辈子是离不开老房子了，从年轻住到现在，从生儿子到生孙女，一辈子了。新房子呀，没什么记忆，属于年轻人。"

　　王子丹笑笑说："四十了，不年轻了。"

　　一家人往回走到半路上，才想起奖杯没有带回来。杨蓝建议再回去拿，王子丹说："有时间再拿吧。"

王子丹没有搬家，他仔细想了母亲的话，觉得自己也是离不开老房的。最近，他发觉自己又开始强烈地想念父亲。孤岛上的王子丹发现自己四十岁的时候竟然没有一个能够敞开心怀交谈的朋友。他坚信如果父亲在，一定能够和他坐下来，一起抽烟，一起流泪，一起沉默不语，一起彻夜不眠。或许，父亲还会和他倾诉自己的痛苦，那致命的、无法展露的、无法诉说的痛苦。或许还会教给他怎样去铺就一条通往别人内心的路，怎样去获得所有人的敬重和喜爱。

杨蓝也不坚持搬家，她想到家离医院远了，就等于手里的风筝线长了，风筝就有脱离她视线的危险。

一百五十平米的没有任何记忆的新房子里，只居住着无意中遗落下的奖杯。

七

郁闷孤独了大半年的王子丹，从小王子丹的眼泪里看见了一条狭窄的小桥，架在他们共有的少年丧父的悲痛里。他渴望着和小王子丹对夜班，渴望着在夜深人静的时候再听一听她那失去父亲的悲痛。那耗子一样啃食掉自己青少年时期所有欢乐和幸福的痛，那注定伴随他一生的缺憾，那无法说出的思念……需要它们从一张善于表达的嘴巴里说出来！需要它们在一个演员的身上展演出来！而他是唯一的观众。看她，看自己。

王子丹侧耳听着大小夜班护士的交接。小王子丹的声音响起来：

"今晚大夫那边是谁的夜班呀？"那种黏黏的、冷冷的、带点鼻音的声音像会飞的蛇，飞蹿并缠绕在王子丹的身上。王子丹抱了抱自己的胳膊，搓了搓面颊，捋了捋额前的头发，坐回椅子上等待着。

夜已经很静了。病人和陪护都进入了梦乡。偶尔，会有一两声咳嗽或者呼噜声透过门的缝隙传过来，如早年深夜的更声。小王子丹和乔桥调换了夜班。她感觉到王子丹和她一样在等待一个单独相处的机会。她渴盼着再次听到那种能够进入她体内、膨胀她、坚实她的魔咒，能够一下就抵达的力量。小王子丹攥了攥手指，下决心往大夫办公室走去。她心跳如鼓，去拉开不知如何表演却渴望登台的幕布。

她站在了他的门口，静默地。

他侧脸看着她，静默地。

她没有台词。

他虽然明白自己此刻就是她的导演，她已经如他所愿站在了舞台的边缘，却也没有台词来告诉她。

他和她谁也没有想到，静默的对望会使得深夜没来由的照面，变得暧昧而亲切。他看着苍白无语倚门而立的她，生出了一种把她拉到身边的欲念。这种欲念让他周身的血液增加了温度和流速，一种从未体验过的温热的波动，在他的皮肤下面欷歔而生。

他依然静默地看她。

她静默地看着，被看着。遥远而清晰的咳嗽声传进来，锤子一样敲碎了她的欲望和信心，她转过身，警觉地看着空荡荡的走廊。

吱——

简短、清丽而柔弱的声音从她的身上飘出来。

他激灵一下，一句台词从天而降："什么在叫？"

她打算退堂的脚步转回来，走近他，掏自己的口袋。火柴盒大小的一个紫檀木盒。他接过来，看见上面不但雕了细致的花纹，还镶嵌着一块玻璃。玻璃下面是一只褐色的类似蛐蛐的小虫子。

她说："金铃子，我父亲的盒子。"

他用指肚摸着雕花的纹，颤声说："三十年没看见了，我父亲也有，几乎一模一样。"

吱——吱——吱——

金铃子在两个人的注目下叫起来。长长，短短，弯弯，转转。如同怀抱琵琶的寂寞之人开始了陈年旧事的叙唱。

"怎么就一只？"他问。

"买总是买两只的，但过一段时间，总会死一只。"她说，"总是这样，每年都这样。"

他看着不停摩擦着翅膀的小虫说："一只太孤单了。"

她说："害怕孤单的人才会养它。"

他抬起眼睛看着她问："你父亲是个害怕孤独的人？"

她看着他的胸牌说："我，王子丹是。"

他的心脏抖了一下，如同开场的鼓点。他坐下来，靠在椅子上。她随着他坐下去，向他前倾着身子。他的手放在桌子的边沿，她的手在桌子的中央，中间是紫檀木的小盒，一只孤独叙唱的小虫。他闭上眼睛说："王子丹，说说你的父亲吧，说说他的死，说说他的痛苦，说说你的伤痛和孤独。"

她的眼泪唰地一下流到唇边，咸咸的，苦苦的。她鼻音很重地说："眼泪是又咸又苦的，父亲死的时候我就知道了，尽管那时我只有七岁。"他在心里说：是的，是又苦又咸的，我也知道。

她说："等待一个永远不回来的人，是件很可怕的事儿，比这更可怕的是孤独和思念，没有人能分担了去的孤独和思念，在心里越放越浓烈，简直会要人命。"

他看见自己十二岁瘦弱单薄的肩膀在黑夜里抖动，在伙伴间沉默孤独，在任何父子乐融融的场景里躲避，害怕任何人问他：你爸爸呢……

她看着他抖动的手指说："我从七岁就知道最好的最宝贵的东西是父母的爱，他们就像是孩子的泥土，他们不在了，孩子就等于被连根拔了，我就看不得花草树木从地里被拔出来，看见我就会掉泪，觉得那即将枯死的草就是自己……"

她说："这些，我只对你一个人说，我觉得你懂。"

他说："我懂，我们是一个人。"

她抓住他的手，把手指嵌进他的指间，泪水汹涌而下。他说："不哭，不能让别人看见我们的眼泪，自己的泪只能自己咽下。"他把唇贴在她左边的面颊上，把那些唰唰而下的泪珠拦截住。他的，和她右侧的泪珠，流进她的嘴里。又苦又咸，他和她从小就知道的味道。

天亮的时候，她看见他的头发像一片栗子树的叶子盖在眼睛上，她想替他将上去，却发现自己的手被他握着。她的眼泪欢快地流下来，她第一次发现自己在快乐里也会流泪，她用舌尖舔着唇边

211

的泪，细细地品着，又苦又咸，但又像这个污浊不堪的城市里的春雨，滋润着她，犹如泥土中的化肥颗粒，滋长着她。

八

王子丹饭后坐在老藤椅上的表情，令母亲感到恐惧。母亲常常产生错觉，以为坐在那里的不再是她的儿子，而是她的丈夫。死之前的一年或者两年，或许更多的年头里，她发现他常常这样坐着，一动不动，眼睛有时看着窗外，有时又假寐着，把家里的人和事全挡在心外。他跟前的人猜不透他的心思，但又明显地感觉到他的厌倦和逃避。

春天的傍晚，母亲下决心问清楚儿子的心思。她对王子丹说："王子丹你在想什么？"连问了三遍，王子丹才如梦方醒地看着母亲，用他一贯慢条斯理的语调告诉母亲："没想什么。"

"没想什么？"母亲说，"你一定想了，你和以前不一样了，从去年冬天开始，你就变了。"

王子丹说："我没觉得，我一直这样。"

母亲说："你是一直这样吃完饭就坐在这里，愣会儿神，然后看看电视，看看书，可是你愣神的时候和以往不一样了。"

"有什么不一样？"王子丹的眼睛继续看着窗外。

母亲说："你常常在笑。"

"我在笑？"王子丹说，"我没觉得。"

母亲说："你心里在笑，你有事瞒着我和你媳妇。"母亲哆嗦起来。王子丹知道母亲生气了。他假装毫无觉察地看着窗外。母亲说："你要是再不悬崖勒马，我就告诉杨蓝，我不允许疏忽再次发生。"

王子丹的藤椅吱扭一声叫唤。

往房间走的母亲停住脚步，回头看着他说："我不允许别人来伤害我，伤害我的儿子！"

王子丹僵在藤椅上。

爱情如同磁铁，使王子丹抖如铁屑的同时，也让他体会到了身不由己的苦恼。为了掩藏对小王子丹的眷恋和保持家庭的和谐，他每天都要表演一如既往的安静和沉默。他知道母亲和杨蓝的眼睛乃至全科同事的眼睛时刻围绕着他。他强制自己坐在藤椅上，沉思，看电视，看报，看母亲和妻子女儿晃来晃去。但小王子丹的身影投射在所有事物前面。所有的事物都如同重影的照片。

平日里，他故意地不去看她，不去护士站，不接她的话茬。只有深夜对班的时刻，他才完全放松下来。这样的时候，他觉得自己就像水，而她黏黏的、冷冷的、带点鼻音的话语，是玻璃，她围护着他，他才有了形体。他和她都是透亮的，是相互依存的。

他和她也常常静默不语，但他的心里面却荡漾着一种母亲和杨蓝从未曾给过他的轻松和愉悦。为避人耳目，他们常常是大夫值班室一个，护士站一个，甚至夜深人静的时刻，他们也这样待着，克制着内心里的亲近。

她常常对他说："你是我的亲人。"他常常说："你是我。"

母亲常常对杨蓝说："上心点儿，别像我只知闷头拉磨。"杨

213

蓝总是笑笑说:"不是有妈么,王子丹不敢的。"母亲叹口气说:"我要是死了呢?"母亲和杨蓝一同沉默起来。有时,杨蓝会加一句——"我到医院转着呢。"

杨蓝获得了准确的情报。杨蓝办公室的同事王梅的妹妹的大姑姐是儿科的护士。王梅是一个被丈夫抛弃的女人,业余时间在一个名叫"忠贞战士"的公司里干兼职侦探,义工式的,不要任何报酬。她在听说王子丹韵事的头几天里,起初还能勉强保持沉默,忍不住的时候,就旁敲侧击杨蓝一下。两个月以后,王梅实在无法忍受了。看着被蒙骗的杨蓝,她就想起当年的自己。当年的耻辱和愤怒。

杨蓝被王梅送回家的时候,母亲就完全明白了。母亲看着脸色惨白的杨蓝说:"你就放心吧,有我在,他兴不起风浪的。"枯朽的杨蓝用空洞的声音说:"人家说的有鼻子有眼,说那女人为王子丹都流过产了。"

母亲哆嗦着声音说:"不能听人家的,有我在,谁也别想来伤害这个家!"杨蓝拉住母亲的手,哭起来:"妈,你可要为我做主啊。妈,你是看见的,我没有对不住他的地方。"

母亲握着杨蓝的手若有所思地说:"男人都是没良心的,他看见的都是那些花花草草,脚底下支撑他的地,他是看不见的,这就是为什么从他得了奖以后,我老提醒你的原因,这年头,人见不得人成事,要不就嫉妒你,要不就勾引你利用你。"

人们开始关注两个王子丹的动静是在一次早会上。王子丹靠窗站着,护士长挨个脸看着,在考勤簿上画着勾。画完勾,护士长对王子丹说："可以开会了。"王子丹张嘴打算讲话的时候，有人突然打开窗子，一阵寒风从王子丹的右侧吹进来，他额前的那缕头发忽地一下被吹回原来的位置，长长的，乱乱的，从左耳上面垂下去，如同几棵残冬里的草。人们哄地一下笑起来。王子丹的脸红了，他试图把那缕头发再放回原来的地方，无奈右侧的风吹得太猛，行进到半路的头发再次飘落。人们再次哄笑。王子丹恼怒地用目光去寻找开窗子出他洋相的人。可那人一副无辜的表情，又引得人们一阵哄笑。

小王子丹红了脸大声喊道："这有什么可笑的？人家自己的头发愿意咋弄就咋弄，有什么可笑的？"

面对小王子丹的质问，人们的笑声消失了，却警觉地开始观察那个揭竿而起维护王子丹的人。

后来，迹象逐渐显露，小王子丹经常和别人换夜班。消息传开后，对面楼上的人开始在深夜观察中西医结合科的办公室、值班室。不久就有消息说，女的给男的捋那缕头发了。后来又有消息说，女的把男的那缕头发编成了小辫子，两个人对着镜子笑个不停。

九

没有饭菜的香味，没有铲子碰锅的声响，家里静悄悄的。王子丹打开门站在门廊里，不知道什么事情会使母亲和杨蓝在这个点离开家。他换好鞋子，打算到卧室里看看报纸。

杨蓝躺在床上，母亲坐在对面的椅子上。两个人惨白着脸，谁也不看他。他说："怎么了？病了？"母亲用力拍了拍大腿说："这要问你自己！是你生病了！心坏了，要拆散这个家了！"

王子丹知道自己是不可能长久拥有那种迷人的快乐的。那种能够毫无掩饰地露出光溜溜的头顶，像孩子一样把头发结成小辫子，在手腕上画上手表，在嘴唇上画上八字胡的欢闹，一种能够漫过三十年伤痛的快乐。虚幻而迷人。他和她，好像打定主意要把自己在痛苦里煎熬的心，捞出、清洗、晾晒一样，他们用孩童的心思，疗养着彼此。他和她，脸上都有了深深的皱纹，黑发里都夹杂了白色，但他们一个十一岁，一个六岁。有的时候，他们一个十二岁，一个七岁，他们一起流泪，一起分担家庭突变的恐惧，一起咀嚼丢失了父亲的痛楚和孤独的思念。下了夜班的王子丹四十岁。四十岁的他常常回味着夜班的快乐，嘴角露着蒙娜丽莎式的微笑坐在客厅里。他给她发短信说：我真怕快乐会再次丢失。她回信说：一定会长久的，因为我不会要求得更多了，我不贪心。但他还是经常感到恐慌，他觉得自己的快乐如同气球，经不住任何的针尖刺扎。

母亲厉声说："王子丹，你给我说，你是不是和你科里另一个叫王子丹的，好上了？"

王子丹的整个头皮麻起来，尤其是头顶光溜溜柔软如膝盖的那一块，他快速地挠起来。杨蓝哼了哼鼻子，开始新一轮的呜咽。母亲说："王子丹，你给你爷爷奶奶跪下！你忘记了你奶奶临死前的嘱咐了？你就是这样来报答你妈的？你爹不管不顾地撒手而去，我一个人又当爹又当妈把你养大，把你爷爷奶奶伺候死，我费尽心思给你找了个贤惠能干的媳妇，你整天衣来伸手，饭来张口，你还不满足！你还长能耐了，感恩没学会，倒学会搞婚外恋伤害亲人了！"

王子丹涨红了脸说："不是这样的，这是误会，我没那样。"

杨蓝坐起来擤把鼻涕说："无耻，还在骗我！我什么都知道！你要是嫌弃我，就离婚呀，你去和那不要脸的过过看，她是不是也和我这样宠着你！伺候你！"

王子丹说："我和她真没有什么，就是，就是那种心灵上的朋友，能彼此理解，彼此安慰的那种。"

杨蓝的脸由苍白变得紫红。她绝望地抓住了母亲的手，说："妈，你都听见了，他有什么需要安慰的？我们这么侍候他，倒惹得他要找狐狸精来安慰了，王子丹，我算什么？保姆吗？我什么都以你为主，做饭做你爱吃的，买东西买你喜欢的，家里的事我一个人担着，你忙科研，我把饭菜给你送到医院，你熬夜我陪着，那时候你不说找心灵上的安慰，现在你功成名就了就开始找了？"

母亲啪啪拍着大腿说："作孽呀，我这是哪辈子造下的孽呀……"

母亲对僵立在一边的王子丹说："你到我的房间里来，我和你说几句话。"王子丹低头走进母亲的房间，等待母亲问话。

啪——一个耳光扇过来。一个接一个。王子丹的腮帮子上指印摞指印，逐渐增高。最后，母亲气喘吁吁地说："再不收住，我就死给你看！"

王子丹打了个冷战。母亲撑大鼻孔说："怕我死就立马收住！"

"收不收？！"母亲凄厉的威严，在累积着一家三代生活记忆的屋子里，跌跌撞撞。

王子丹沉默不语。他愣愣地站着，没有小时候的乖顺，也没有小时候的恐慌。他只是低垂着眼皮。他无法回答母亲。母亲的愤怒和威严，犹如利斧在他的身体里挥舞，疼得他难以呼吸。

母亲叹口气，压低声音说："你怎么这样没良心呢？没良心这种事也遗传？"

王子丹突然意识到，母亲摔在他脸上的愤怒和仇恨不仅仅是对他的，更多的是对父亲的。此刻，他不再是她的儿子，而是那个曾经用一场计划好了的逃离和背叛令她伤心欲绝的人。他的眼前浮现出三十年前满头灰烬，骤然枯黄的母亲。

卧室里，杨蓝的嘴角和眼角一齐翘起来，她知道婆婆是在告诉她——永远和她站在一起！她知道有婆婆在胜利就在！她爬起身，擦擦眼泪，到厨房里像以往一样忙活起来，只是动静和动作都夸张了许多。她边炒着菜边回想着王梅的告诫——"咱们奔五十的女人一辈子就是这样了，要坚定立场，坚决不能撒手，撒了手就承认自己败了！凭什么我们辛辛苦苦造就出来的男人要拱手送人？让那不要脸的享受现成的？实在不行就拖，拖死他还是你的鬼呢，我们又不是鞋，容得他穿旧了就脱？"杨蓝哐哐地敲着锅沿，她用不锈钢的铁铲说："我不会撒手！不会饶了你们！绝不会！"

<h1 style="text-align:center">十</h1>

护士长看着莫名其妙地肿了半边脸的王子丹，疑虑地问："你也害牙疼？"

王子丹正愁着找借口，听护士长这么一说，就顺嘴答应。护士长说："还真是奇怪，前天我女儿告诉我现在网上有算命的，从人的名字里就能知道一个人的命运，有同样名字的人会有同样的命运。我不信这些，今天我倒是有点信了。小王子丹今天的腮帮子也肿得和你一样，说牙疼疼的，我让她休息了。"

王子丹的心一阵抖动。他捂住左半边脸叹口气。

护士长说："你干脆也休息吧，到口腔科看看去。"王子丹想想说："好吧。"

王子丹低头顺着花园的铁栅栏走着，看着那些在乍暖的春风里复苏的树木，避免与相识的人打招呼。放射科前的花园里，有个老人弯腰侍弄着那些月季花杆。王子丹心里刺啦啦地疼起来，停住脚步，看着那人用一把不锈钢的手术刀，嚓地划开塑料纸，里面露出稻草和牛皮纸，然后把它们扯下来塞进脚边的塑料袋里。他看见那些月季花杆细的也粗如拇指，不由叹口气，回想它们三十年前的模样。

老人抬起头看他。王子丹认出是一个叫不出名字但经常见的花匠。在老人盯视的目光里，他赶紧捂了脸往前走，出了医院大门，朝着家相反的方向小跑起来。

他上了一趟开到他脚边的公交车，到终点下了车，往前走，左拐一次，右拐一次，看见一扇门，他才发现自己竟然站在小王子丹家门口了。他在夜里送她回过家，却从来没有进去过。他对自己说，这种时候怎么还能到这里来？他转身想离去，却被人从后面抱住了。他低头看着腰上相扣的手指，瞳仁上立刻蒙上了一层水罩子。

隔着那层罩子，王子丹看见自己散发着白光的手把它们捂盖起来。他听见自己的声音说："赶紧松开，让别人看见了，你还活不活？"

她把他拽进门，用后背把门抵上。她把冰凉的额头贴在他的腮上。她说："她逼你忘掉我对吗？你怎么这么傻？你说忘掉不就行了？看看你都成什么样子了？"她哽咽起来，声音黏黏的。

他抚摸着她的腮帮说："你这是怎么了？也是人打的？"

"不是，牙疼，昨天从下班就疼，整整疼了一夜，心惊肉跳……我总觉得你会出事，果真就……你个傻瓜，你顺着她们的意思说，不就行了么，你这何苦呢？"

"我说不出来，心里想一想就疼得跟斧头砍一样。"他说。

"我知道，是一个人硬生生要被劈成两半的感觉。"她拉着他的手，走到卧室，站在床前，把他使劲一推。他摔倒在她的床上。他试图爬起来，他说："这会伤害你的。"她哭着说："别动，我不要求你什么，就希望你在上面躺躺，在沙发上坐坐，在这屋子里来回转转，走走……这样，以后，这个家里就有了你的影像，我就能想象你在的样子，就不会觉得孤独了。"

他抱住她，紧紧地抱住她，躺倒下去。他下决心给她留一个缠绵温暖的回忆。

进入了，他才发现自己的身体早就渴望着，即使在打算说分离的时刻。他发出了不管不顾的快乐的叹息。他第一次发现身体和身体是有语言的，是有应有答的一场亲密交谈，是一首应应答答就有了舞点的曲子。舞着的身体有依有扶，有缠有绕，有托有靠，如同水的浸润，风的吹拂，一种铺展开来，蔓延而去的轻松和快乐。

他说："真希望一辈子都这样。"她呜呜地哭出声来，她知道只有决心离开的人，才会说这种话。

她看看对面墙上的表，她高大魁梧的丈夫就要回来了。她给他扣好扣子说："你就是我寄存在别处的另一半自己，知道在有疼有热的人手里，我心里是高兴的，其他的就没必要在乎，人家要你说啥就说啥，我知道你的心是向着我的，你的身体是向着我的……"

他抬起头看见墙壁上一本杂志那么大的相框里，她的丈夫搂着她的肩膀正笑逐颜开地看着他，赶紧挪开目光说："他对你怎么样？"她叹口气说："还行吧。"他听出她是不满的，又不忍心问，又不敢说出承诺，只得闷闷地说："她们对我一直都好，你就放心吧。"她忍了鼻子里的酸楚说："我知道。"

他走到小区门口的时候看见一张酷似相框里的男人的脸，他的面颊烧了一下，赶紧招手打了辆出租。他如释重负地瘫软在出租车里，走到医院门口的时候，他觉得自己能够回家平息风暴了。昨天，他觉得自己如果说出和她分离的话语是疼痛难忍的，是背叛的，是卑鄙龌龊的，现在则觉得它仅仅是一层隔雨的绸布，遮护着他和她走过眼前这片黑云笼罩的日子。

母亲和杨蓝正一个翻电话本，一个拨电话。看见他进来，一齐问："没上班，一整天去哪里了？"语气是一样的冰冷和怀疑。

"出去走了走。"他说着在她们对面坐下来。他和她们隔着那张大理石的茶几。三十年前，对面的人用指头把父亲的死亡鉴定书在这张茶几上推过来。母亲曾决心卖掉它，无奈人家出的价都太低，才得以保留。爷爷奶奶在的时候，茶几放到阳台上，上面摆了破烂杂物，直到爷爷奶奶去世，客厅重新恢复以后，茶几才回到屋子里，和崭新的沙发组合在一起。

母亲说："谈得怎么样？"

"你，你们跟踪我？"王子丹额头上的筋鼓起来。

"还要跟踪吗？我坐在家里都知道你会干什么！"

杨蓝说："就是跟踪了你又能把我咋了？那么不要脸的事情都干了，还有脸指责别人？"

母亲和杨蓝一齐站起身到厨房里去。他看着她们的背影，一遍遍回味小王子丹的话——"人家让你说啥就说啥，你就是我寄存在别人那里的另一半自己。"

杨蓝的铲子哐哐地在锅沿上敲着，母亲放碗的声音也像是在摔，每一个声音都会让王子丹不由自主地哆嗦一下，他觉得自己就是那锅，那碗。三个人闷闷地吃完饭，看母亲和杨蓝没有再审问的意思，王子丹躺倒在沙发上，拿起了报纸，耳朵却在听着母亲和妻子的动静。他听见两个女人走到了门口又没有开门的声音，不由抬起头问："你俩干什么呢？"

母亲说："干什么？还能干什么？保护你！"

杨蓝的手里拿着他的钱包和身份证，朝他晃晃，然后把手里的东西递给母亲。母亲说："反正平时也用不着你买东西，放在你手里就是祸害。"王子丹把脑袋摔在沙发上，他突然想起，除了几次吃饭以外，他还没有为小王子丹花过钱，他想以后真该给她买点喜欢的东西，她看着那东西心里会温暖一些吧。母亲进了一趟她的卧室，把东西锁在柜子里又走出来说："王子丹，我知道你得的这种

222

病不是一时半会儿能治好的，所以，你也不用挖空心思找了话来糊弄我和你媳妇，我知道这种病就该来狠的。"

"斩草除根。"杨蓝的牙齿发出吱吱的声音，像是费力地想咬断绳子的老鼠。

王子丹坐起身说："你们还干了什么？"

杨蓝说："我们干的都不丢人也不怕人，就是和你领导打了招呼，把那不要脸的调出去。"

"什么？你们疯了！这不是明摆着在毁我？"王子丹的脸惨白如纸，嘴唇哆哆嗦嗦。

十一

吴奎推开门就闻见一股怪怪的味道，他深深地吸了下鼻子说："什么味儿？"小王子丹慌张起来，她说："哪，哪有什么味儿？"她的慌张让他觉得不对劲。他盯着她，发现她的眼睛是红的。他突然想起那可能是精液或84消毒液的味道。他转身跑进厕所，厕所的废纸篓里是新换的塑料袋子。他像头发怒的狮子，揪住她，往床上一抛，褪下她的裤子，确认了自己的猜测。

吴奎把手里的皮带抽断的时候，想：这么打，就是大老爷们也该说句软话了，人都半死了还是不肯说，看来还真有种！她越是坚持，越是有种，他就越恼火，越狠！他累了，坐到她跟前，把半截皮带摔到地上，抱着头发出了嗡嗡的声音。

小王子丹用飘忽的声音说："如果你在乎就离，不在乎就过下去。”

　　他捡起半截皮带再次抽下去："你说他是谁？你说你是被强奸的，你现在就和我到派出所去告他！"小王子丹血肉模糊的身体无言地抽搐着。吴奎看着，突然明白了，其实不管她去检举与否，他都已经恨透她了，他往死里打她的时候就没打算再要她，再疼爱她。他扔掉皮带说："除了绿帽子，我吴奎屎盆子都能顶着！"他再次蹲到她跟前，抱着头发出嗡嗡的声音。

　　王梅把女儿淘汰下来的小灵通放到杨蓝办公桌上说："我闺女不要了的，你先用着。"杨蓝说："我用不着，天天班上家里的，两头都有电话哪用得着这个？"

　　王梅瞪起眼，一副恨铁不成钢的表情说："都什么时候了，还这么不开窍！你以后还能这么家里班上地过吗？你要随时接听信息。"她看杨蓝一副不知所以的表情，低声说："我会帮助你的，有情况我就及时通知你，你不带个手机，咋行？"

　　杨蓝盯着那个像压扁的鸭蛋一样的手机说："你说我该怎么办？"

　　王梅关上办公室的门，握紧拳头朝杨蓝挥了挥说："这是一场艰苦持久的战争，你要有恒心和耐心，好在我们是正义的一方，这种事从包公刀铡陈世美开始，就注定我们会胜利的！"

　　杨蓝转脸看着窗外远处正在建设的高楼，红了眼睛说："我觉得自己就像那一心一意建楼的人，总觉得那楼就是自己的成果，可是突然坍塌了，把自己砸得遍体鳞伤……"王梅从包里找出纸巾塞给杨蓝，和她一起看着冲天的高楼。王梅说："我懂你的感受，毕竟我是过来人。"

杨蓝把视线从远处收回来说："我找过他院长书记了！"

王梅说："你怎么也不和我商量一下就干呀？正确的方法是先抓住他的把柄，让他在铁的事实面前主动求和，立下字据和悔过书，让他自己了断，然后我们继续查，发现藕断丝连后，再出面把他的悔过书、保证书给女方看，同时对她晓之以理动之以情，要是还不断，女人找上门来，只要男人不当面承认她，就要坚决拥护男人，只怪不要脸的狐狸精勾引他……这样，既离间了他俩的感情，又让男人觉得我们大度宽容，觉得回头是岸！要是还不行，才说明男人是死了心的，才能公开了闹。"

杨蓝的眼泪慢慢地在她黑而肿胀的下眼皮上散开，细小的皱纹把漫过堤坝的水分流开。她说："你不知道他怎么说的，他说和她是心灵上相互安慰的！他俩一个科，不找领导调开怎么行？"

王梅叹口气说："嗨，我的话也不是绝对的，说不定让领导一吓就吓住了。"

杨蓝说："真这样就好了，他们院长书记都说如果真有这种事会批评规劝的，但是没办法干涉个人私生活，一听就是在敷衍我。"

王梅说："别难过了，不是还有我么？还有我们讨伐二奶公司的全体员工么，等你这事结束了，我领你报个名，加入我们'忠贞战士'吧！"

就在王梅和杨蓝交流心得的时候，王子丹接到了乔桥的电话。乔桥说："王子丹你要还是个男人你就立马赶到小王子丹家。"

小王子丹对乔桥说："你给他打电话干吗？又不关他的事。"乔桥说:"看把你伟大的,因为他,你半条命都没了,还说不关他事?你真觉得他和你一样?我怎么看他连个屎壳郎都不如,屎壳郎垫床腿还能硬撑呢,他呢?他老婆把你们告到医院,领导找他谈话,他怎么连个屁都不敢放?一个劲给领导赔礼道歉说,因为家属误会了,以后一定注意保持同事间的距离。哼,保持距离!我就是要让他来,我看他这距离往哪里保持?"乔桥把更尖酸刻薄的话留在肚子里,等待着数落王子丹。

"都三天了,他问过你死活吗?"乔桥把烤灯调节好,把手放到小王子丹两个乳房之间仅剩的一点好皮上感觉了一下温度,继续说:"你怎么这么鬼迷心窍?我要是早知道,说什么也会阻止你。"

小王子丹苦笑一下说:"来不及告诉你,我来报到的那天就开始了,中了邪一样,就觉得把自己煮煮给他吃了,只要他高兴都觉得心甘情愿呢。"乔桥点点她的鼻子说:"还把自己当唐僧了?"

王子丹随着乔桥的手指看见了躺在烤灯下的小王子丹。乔桥转身想研究他的表情,却看见王子丹脸色惨白地倒在地上。学中医的王子丹还是第一次看见如此血淋淋的景象,那个三天前曾经和他有呼有应、有唱有和的身体现在布满伤痕,血淋淋,白唰唰,渗着黏稠的液体,尤其是两个乳房,在烤灯橘红的灯光下已如破碎的柿子。王子丹第一次有了万箭穿心的痛,这种痛比父亲的死更加锐利。他捂住眼睛,瘫软下去。

乔桥把他扶起来,让他坐到床前的椅子上。小王子丹扭脸朝里一直不看他。他看了一眼乔桥,知道她什么都知道,犹豫着握住小王子丹的手。他感觉到小王子丹的手在抖,自己的手也在抖。他抬眼看见乔桥直勾勾地看着他。他张张嘴巴，又闭上，把小王子丹的手捂在自己的眼睛上，让她知道他和她一起流泪。

乔桥看着木讷无语的王子丹说："你就不问问她为啥被打成这样？我来替她说吧，那天你前脚走，吴奎后脚就进来了，他闻见生人味了，把她打成这样为的是让她去告你！快打死了，这个傻瓜都不肯说，他就摔了电话，拿了家里的存款走了，一分钱也没留下。他把她反锁在家里，是打算让她慢慢死的，我看她没到医院上班，电话也打不通，来找她，邻居告诉我说听见打架打得很惨，我这才找人撬门进来。不想都这样了，快死了，还咬牙不肯去医院，怕连累你，我就简单地给她处理了伤口，挂了两瓶抗生素……"乔桥停下来，换了挖苦的口气说，"你不是著名专家么，拿出你的看家本领来，给她开个药方，治治，别让她为你搭上小命！"

王子丹把颤抖的手指按在小王子丹的手腕处，脑子里一片空白。许久，他听见自己苍白无力的声音说："我不会不管的。"然后，他听见小王子丹冷冷的黏黏的啜泣和乔桥敲碎玻璃一样清脆刺耳的冷笑声。

乔桥说："她现在神思恍惚可能记不住，我可是替她记住了，你要是哪天负了她，会遭报应的！"

十二

小王子丹康复上班的时候，吴奎表姐到家里通知她到区民政局办离婚手续。表姐说："他说他本打算自己来，可怕再想起那事上

227

火，压不住火又要动手。"表姐的脸上讪讪的，眼神锥子一样盯着她说："吴奎身高马大，壮得跟牛一样，按理说缺不着你啊……"小王子丹躲开表姐的目光说："告诉他我会按时到的。"

小王子丹和吴奎默默地走着。她知道他是在送她。走到公交车站，她低着头看着他的皮鞋说："回吧。"

他看着别处说："我手重，我知道你是念情分的人，我哥们儿说你要告我的话能判个四五年不止呢。"

小王子丹红了眼睛说："说那些干啥，回吧。"

吴奎说："那王八羔子要是对不住你，你就来告诉我，以后就拿我当娘家哥。"

小王子丹抬起头看着吴奎郑重地点了点头，她知道他是真心的。她说："回吧。"

吴奎看着她簌簌而落的泪珠子，觉得自己的眼珠子痒起来，赶紧转身走向斜对面的车站。十年了，他们都是从这里一起转车去吴奎的父母家，十年后，第一次没有同路。

小王子丹看着吴奎的背影在想，人们说的各奔东西就是这样了。她想起比吴奎矮一头的王子丹，想起他软弱无力的承诺——"我不会不管的。"她苦苦地笑着，发现自己有一种抱住他痛哭一场的强烈欲望。

王梅在吴奎和小王子丹的背后，侧耳倾听着，直到两个人在公交车站分手后，她才招手拦了出租车赶回单位，进门看见有别人在，使了眼色让杨蓝跟她到厕所去。王梅趴在杨蓝耳朵上，抑扬顿挫地描述着她的所见所闻："女的离婚了！千真万确！"

杨蓝第二次被雷电击中。她意识到，她和母亲以为已经接近尾声的战争才刚刚开始！一场真正的战争，残酷的战争！下决心摧毁她的家、她的幸福、女儿的幸福、母亲的幸福的战争！她仿佛看见炸弹落在她的家里，她每天精心擦拭的家具、耐心服侍的丈夫、孩子和老人顿时灰飞烟灭。

"你怎么了？可不能这样，你要打起精神！死守到底！"王梅摇晃着头晕目眩的杨蓝。

杨蓝摆摆手说："没事，就是有点头晕，没事。"

王梅说："这种女人最歹毒了，也最难对付，她先把自己扮演成为了男人敢于牺牲一切的角色，这是最毒辣的一招啊，男人一般都会投降的。"

杨蓝推开王梅的手，往家走去。她知道真正能够帮助她的只有王子丹的母亲。她明白自己的虚弱和幻灭只能在母亲面前表现出来，只有母亲真正怜悯她，理解她。

母亲听完杨蓝的哭诉，拿了热水瓶走到脸盆前，把杨蓝的毛巾放进脸盆，倒上热水。母亲拧干毛巾递给杨蓝说："不是还有我吗！"

十三

小王子丹站在椅子上，把墙上她和吴奎的照片取下来。乔桥抬头看着说："吴奎虽不咋地，王子丹更不咋地，你怎么总是拣烂柿子挑？"

小王子丹把照片递给乔桥说："不许你这么说他。"她自己从椅子上下来，把相框塞到床底下。

乔桥翻看着紫红的离婚证说："真换成红色的了，报纸上曾经报道过，说绿色的容易让人心情不好，改成和结婚证颜色差不多的，会让人心里好受一些。"

小王子丹说："换成什么颜色，心里都不会好受的。"她躺到床上，看着墙壁上挂相框的地方，那里的墙壁比别的地方白很多。她心里想，平日里没觉得墙有什么变化，其实已经变得很旧了。

乔桥放下离婚证说："我不能看这个，我害怕，生怕哪天真就在看自己的。"

小王子丹说："你不会离婚的。"乔桥说："你怎么知道？你又不是我和我老公肚子里的蛔虫。"

小王子丹说："看你和你老公一天到晚说不完的样子就知道了。"

乔桥说："嗨，他那都是废话，没一句中用的。"小王子丹想起自己和王子丹在一起也是废话连篇，而且都是些疯疯癫癫的废话。她笑笑说："乔桥你说这年头里什么是爱情？就是两个人喜欢一起说话，一个愿意说，一个愿意听，说着说着，听着听着，就不觉得孤独，日子就过得容易。"

乔桥看着小王子丹眼角的泪水说："到这地步了，你自己怎么打算的？他怎么打算的？有没有向你保证过离婚？"

小王子丹歪了歪头，用枕巾擦掉眼泪说："我们本没奢望能在一起，真的，我不是不想，是不敢想。他媳妇对他很好，何况他是个孝子，他从一开始就说过我们之间不会有结果。"

乔桥说："哎呀，你这傻瓜，没有下家，那你离的哪门子婚？"

"我没想到会闹成这样，我原来以为……"

"你原来以为自己是神仙，不食人间烟火，能把持住自己，能搞成柏拉图式的爱情。"乔桥把小王子丹的台灯旋钮拧来拧去，橘红色的光线时明时暗，在小王子丹的脸上起伏不定。乔桥啪地一下把台灯拧灭了，两个人才发现天已经很黑了。小王子丹说："乔桥呀，今晚在这里陪我吧，你知道我不敢一个人睡觉。"乔桥叹口气说："陪你三晚五晚都没问题，之后呢？你想过没有，谁来陪你？"

"别说了，乔桥。"小王子丹的声音喑哑起来。乔桥说："不是我故意打击你，我怎么都觉得王子丹不是那号敢做敢当的人，如果他仅仅是和你玩玩，而你把自己的婚姻都赔进去了，你值吗？"

"他不是那样的人，我知道他是真的。"

"哼，这年头在这方面没大有真的，尤其是男人。"

"他是真的，我们在一起，他流过好几次眼泪。"

"眼泪能说明什么？哼，鳄鱼也是流眼泪的。"

"乔桥，别这么说他。"

"你是不允许自己怀疑你的爱情，对吧？如果，他也和你一样真，那他就会为了你离婚！你去问问他敢不敢？舍得不舍得？什么离不掉呀，什么有阻力呀，什么孝子呀，一切都是托词，这年头没有办不成的事情。到法院起诉，头两次会进行调解，到第三次全部判离！就你一个傻瓜，找说说话的爱情，还把自己的命差点搭进去。"

"你说我该怎么办？"小王子丹哽嗯道。

"去争取呀，为了你伟大的爱情要大胆，勇往直前！"乔桥拧

231

亮台灯，两个人相视而笑。

在新的一轮指指点点和人们躲躲闪闪的目光中，王子丹感觉到有新的事情发生了。他到护士站，看见乔桥一个人在配液室里，他走进去，手足无措地站着。乔桥知道他的意图，装着不懂，客气地问："主任有事情呀？"王子丹吭吭哧哧地说不出口，只得说了他最经常说最容易说的一句话："叫我王子丹。"

"哼，这种事上倒执着得很。"

王子丹的脸紫红了，转身往外走。

"王子丹离婚了！她快撑不住了！"

王子丹的心脏陡然一阵哆嗦。

十四

王子丹觉得没有小王子丹陪伴的日子，自己如同沙滩上的一条鱼。他时常感觉自己的心脏停跳了，无法呼吸的恐慌笼罩着他。他把右手的三个手指搭在左手的手腕上，摸着自己的脉搏，但他懒得去想它们给他的信息，他只是断定一下心脏是否还动着，自己是否还活着。他越来越喜欢白班，那些排着队，或者因为某个人加塞而吵起来的病人，会让他的大脑变得集中，心脏跳得均匀有力。离开病人，他的脑子里就会同时出现十二岁的自己，出现母亲——年轻的和年老的母亲，出现杨蓝，女儿王彤，小王子丹，还有父亲，他们一起出现，争争吵吵，让他疲惫不堪。他知道母亲和杨蓝从没有放松过警惕，尽管她们闭口不谈，但她们的眼珠子保持着雷达的灵敏。他如同劣质的塑料，而她们，母亲、妻子、女儿和小王子丹都是火焰，两堆火焰。一靠近她们，自己就会蜷缩、无力、疼痛。

梦里，他是一条鱼，小王子丹是另一条鱼，甩甩尾巴动动翅膀就会相依相随的鱼。

王子丹觉得该去看看为自己离婚的人了。他打开办公室的衣橱和抽屉，希望能够翻找出遗漏的钱。抽屉深处是一个牛皮纸的信封，他拿出来，里面是父亲的烟盒和报纸。他把报纸展开，在上面找到自己的名字，他的眼前出现了哭喊着要为爸爸报仇的男孩。

"爸爸——爸爸——"

王子丹抬头看见女儿王彤。那个他几乎没怎么抱过，没怎么关注过，就长得和他一样高的女孩，站在他面前，额头上的两粒粉刺像阳光里的麦粒一样饱满成熟。

王子丹说："你怎么来了？"

王彤说："你不上班还闷在办公室里干吗？妈妈让我来的。"

"你妈妈说什么了吗？"

"没说，就说你不上班还闷在办公室里，怕你心情不好，让我多陪陪爸爸。我还要做作业呢，爸爸你没事吧？没事我去同学家做作业了。"

王子丹看着女儿的背影突然下定决心——为了给女儿一个完整的家，他必须去和小王子丹见一面了，去向她道歉，请求她原谅。他朝着女儿的背影喊："王彤。"王彤回过头来，书包上的三只小布熊脖子上的铃铛相互碰撞，发出悦耳的声音。

"怎么了？你快和我妈一样了。"王彤不耐烦地说。

王子丹招招手把女儿叫到跟前，问："你身上有钱吗？"

王彤嘟了嘴说："我就知道舅妈会告诉你们的，她还说是偷偷给我的零花钱呢，多亏我没花。"她把书包靠在栏杆上，拿出铅笔盒，翻开里面的课程表，抽出一张一百元的钞票。王子丹接过来说："爸爸借你的，过年的时候加倍还你，爸爸保证。"

王彤笑了："爸爸说话算数？"

王子丹说："算数，但不要告诉你妈妈，告诉了，就不算数了。"

王子丹揣着女儿的钱来到小王子丹家附近的商店，转来转去拿不定主意该买点什么。走到首饰柜台前，服务员热情地问他需要点什么。他犹豫了一下说："女人用的，一百钱就能买到的。"服务员说："那就买银饰品吧，金的都贵，银戒指吧，这一款很受欢迎的。"

一朵小巧精致的花。

"月季花？"

"玫瑰花，要不怎么能受欢迎呢，就我们家有这款造型。"

"哦，看着像月季花。"

"那可不一样，玫瑰花代表爱情，要是月季花就没人买了，月季花算什么呀？"服务员不屑地说。

王子丹把戒指揣进兜里。他知道，或许等到他说明见面的原因后她会拒绝收下，但这并不重要，重要的是他一直想为她做一点能让她喜欢的事，这可能是最后的机会，即使她扔掉了，他也做过了。

王子丹站在小王子丹的门口，把打算说的话在心里重复了几遍，开始敲门。他告诉自己，要理智，要把话说清楚。门打开了，俩人一个门里一个门外站着，王子丹才发觉自己在她面前天生就是条鱼——他用鱼的姿势靠近她，用鱼缺氧的嘴唇吮吸她。吮吸氧气。

他把戒指戴在她的手指上说："很便宜，但我知道你会喜欢。"

她的泪掉下来，落在白色的花瓣上，她说："怎么会不喜欢呢？做梦都想呢。"

他说："我没想到会这样，你知道的，王彤她还小，我，你知道我，对吧？"

她拿枕巾擦了擦戒指上的泪说："别说了，我知道，我能等，等她大了，能理解了。"

王子丹抱住她说："我不是个拿得起放得下的男人，你骂我吧。"他的泪顺着她的后背流下去。她说："不哭，这有什么哭的？"

他哭着说："我怕对不住你。"他的头离开她的肩膀，捧在自己的手里。额前的头发落下来，颤抖着，无力而柔弱。她突然明白这是一个永远有牵绊的男人，孩子大了，母亲年迈得不忍心伤害了，等母亲去世了，老婆该老得不忍心离弃了……她绝望地放声哭起来。

他和她一起哭。谁也不忍心说破今生今世无缘的残酷。

十五

杨蓝从得知小王子丹离婚的那天起，一直开着王梅送她的小灵通，不时地拿出来看看，生怕漏掉了电话和信息。她总感觉炸弹随时会掉下来。尽管她相信母亲会尽力帮她挽救家庭，但如果王子丹真到了三番五次去法院闹离婚的地步，母亲也是没办法的。何况人家是母子，打断骨头连着筋，而自己将是一件替换下来的衣服，她想到了王彤，她也是和王子丹砸断骨头连着筋的血脉关系。她决心把女儿拉进来帮助这个家，她要让女儿担负起监督爸爸的责任。

王彤嚼着口香糖进门的时候，杨蓝的小灵通响了，发着单调的嘟嘟声。王彤看着妈妈手忙脚乱地在包里翻找电话，她说："妈妈，人家现在都兴彩铃了，你还这么老土。"

杨蓝摸到电话放到耳边，胸脯剧烈地起伏着，频频点头。

王彤看着她问："这是怎么了？谁的电话？"

杨蓝关掉电话厉声问："你爸爸呢？我不是让你跟着他么！"

"最近家里这是怎么了？个个都阴着脸，到底有什么事瞒着我？"王彤喊起来。

母亲从自己的卧室里走出来不耐烦地问杨蓝："这是怎么了？至于要把孩子扯进来吗？"

杨蓝哭着说："不把她扯进来，以后就怕她和她爸扯不上关系了呢。妈，王子丹跑到那狐狸精家定情去了，还买了戒指呢。妈，你可要给我做主呀！"

"他哪来的钱？"母亲说。

"什么？"王彤尖叫起来，"我爸爸不会的，他不会这么不要脸的，他怎么能干这种事？！"

母亲拍拍沙发靠背说："都是我前世里造下的孽呀，杨蓝啊，我们老王家对不住你呀，我去把他捉回来，我要是不给他改了这毛病，我就不是他娘！"母亲踉踉跄跄往外走。杨蓝跟上去搀扶。母亲问："知道在哪里吗？"杨蓝说："知道，同事在那里等着呢。"两个人上了出租车走了几分钟，才发现王彤也跟在身边。杨蓝呵斥道："你不在家里看家，你来干什么？司机停车，让她下去！"

王彤哭着说："我不下去，他是拿了我的钱买的戒指！他骗我！我要当面问问他为什么骗我！"

王梅看了看母亲和王彤说："老太太和孩子也来了？"她边说边拉住杨蓝的胳膊说："你怎么才来呀？我都快急死了，人进去快一个小时了，恐怕好事已经办完了，想在床上捉拿证据已经不大容易了。"

母亲跺着脚说："丢人啊，丢人啊。"

杨蓝问："下一步该怎么办呀？"

王梅说："骂女的，点着名骂得四邻都听见，如果她不是破罐子破摔的主，以后就会收敛得多，邻居们无形中都成为咱们的监督员了。"

杨蓝点点头，四个人走到小王子丹的门口。王梅和母亲、女儿看着她。杨蓝张张嘴，却骂不出口。她看看王梅，王梅说："叫着名字骂。"杨蓝咽口唾沫，喊道："王子丹你这个不要脸的你给我滚出来！"

杨蓝第一次扯起嗓门骂人，话一出口，立刻体会到了一股泄洪的轻松。近一年来的委屈和耻辱汹涌而出："你这不要脸的，怎么就把那么老实本分的人勾得没了魂啊，七十多的老娘不要了，近二十年的夫妻不认了，孩子都不要了……王子丹呀，你怎么能这么糊涂呀，你怎么这么没良心呀，你让我们怎么活呀？我们的脸往哪里搁呀？孩子的脸往哪里搁呀？王子丹呀，回家吧，我求求你了，不为我，就算为了老人和孩子，求求你回家吧……"

闻声来看热闹的人被杨蓝搞糊涂了，他们相互问着："怎么一会儿骂一会儿求的？神经错乱了吧？"

王梅看见杨蓝哭得上气不接下气，讨伐的气势化为乌有，她架住杨蓝的胳膊小声提醒她："不能哭的，眼泪是最没用的，打起精神，把狐狸精的劣行都说出来。"杨蓝已经哭得乱了方寸，无法控制情绪。母亲和王彤相互搀扶着，垂着头，看着自己的脚尖。人们已经围满了楼道，伸长了脖子。

王梅看着那些期待的饱含同情的眼睛，她清清嗓子说："老少爷们婶子大娘嫂子妹妹们，你们既然站到这里，我相信你们都是热心人，都是善良的人。古人说得好，老怕丧子幼怕丧母中年怕丧妻，叫我说，都不是最可怕的，因为那是天灾人祸，是上头的天安排了这样的命运，我们虽然心痛可也能认了，能忍了，谁叫咱就这命呢！最可怕就是眼前这种景象，本来好端端一个家，就因为不要脸的女人眼馋人家男人有出息，有地位，就硬硬地扑上来，黏住了，硬硬生生地就要把个好端端的家撕零散了，把含辛茹苦养大儿子的老母亲的脸丢尽，把贤惠老实的妻子的心撕碎，把未成年孩子的幸福快乐撕碎……这样不要脸的女人很多！太多了！这门里就有一个！我说的没有半点虚假，如果这当妻子的不贤惠不孝顺，这当婆婆的能跟着来吗？"王梅的手指指向了母亲。

"噢——"人群一阵骚动，争着挤着看王子丹的母亲。"真的吗？真的是婆婆？还以为是娘家妈呢，真是少见，看来媳妇真是

238

够孝顺的。"

杨蓝已经哭得肝肠寸断。

母亲哆嗦着身子，听着人们的议论和杨蓝的哭声。

"这种时候，就得老太太发话，把门踹开，揍！"人群中有人喊道。

"是呀，老太太得说话，大娘你就说句话吧，怎么办，我们帮你办了！这年头成这样，都叫这种人给败坏的，笑什么？我说的不对吗？已经败坏到了年轻人都不觉得这是丢人现眼的事了。"

母亲抬起头，人群顿时鸦雀无声。母亲看看弯曲着后背的杨蓝，如同看见了三十年前的自己，只是她能够在众人面前把心里的委屈哭出来，而自己，只能硬硬地咽下去，把所有的屈辱窝在心口，三十年。母亲的眼里有了泪水。她说："媳妇是好媳妇，打着灯笼也难找，就是儿子糊涂，干下这丢人现眼的事，怪不得人家女的，都怪我教子无方。这门也不用踹，我那儿子虽不懂事，可还是个要脸面的人，大家散了吧，让我把儿子领回家去，好好地教育他！"

"是呀，是呀，老太太说得对，当这么多人的面哪好意思出来？"

"嗨，干都干得出来，还怕啥？"人们又七嘴八舌地说起来，脚底板却是不动的，谁也不想错过最精彩的戏。

十六

杨蓝的声音传进来的刹那，两个王子丹都慌张不堪，他们顾不得多想，乱抓了衣服往身上套。穿好衣服，两个人才不由自主地把目光聚集到对方脸上。两颗心在对视里不约而同地颤抖起来。虽然两个人的表情都是用慌张和惊吓做的底色，但上面浮动着的却是完全不同的内容。王子丹看见了一种冲锋陷阵的坚决和兴奋，红色的，等待起航的帆。而小王子丹看见的是成堆的飘浮的黑灰色的愧疚、自责和无地自容，是黏稠的繁衍的即将覆盖掉记忆和生命本色的泡沫。王子丹在小王子丹红色的帆里看见了自己没有退避出口的死胡同。小王子丹却看见了男人的彷徨、恐惧、懦弱，看见了男人打算逃离甚至期待毁灭的愿望。那愿望是孤独的，灰暗的，不捎带任何人的。小王子丹的心痛起来，她的心责备着他——你堂堂一个大男人，怎么能这样？挑破了又能怎样？你失去了她们不是还有我么？你不是一直渴望和我在一起吗？

她定定地看他，突然意识到此刻的他就是她和门外女人绳上的一颗珠宝，谁的力量大，谁就能把他拉过来。门，如果错过了打开的时间，就会永远失去关关合合的意义和乐趣。小王子丹伸出手使劲攥了攥王子丹的手指，她发现他的手是湿的。

她转身去开门。

他紧紧拉住她，慌乱地摆手。手指惨白而颤抖。

她执拗地挣脱。他只得停止摆手，抱住她。她趴在他的肩膀上，眼角斜视着他肉嘟嘟的耳垂，他最喜欢被她摆弄的就是他的耳朵——他喜欢她捏他的耳垂，用小指甲掏他的耳朵眼，每次，耳朵都会变成两个人之间最尾端、最亲密、最温馨的链接。

她问："你怕了？"他叹口气说："我让你们丢脸了。"她说："为你，我丢得起，只要你是真心的。"她又挣脱了去开门，她害怕杨蓝突然撤退，使她丧失在光天化日下为自己的爱情呐喊、拔河的机会。

王子丹死死抱住她，低声哀求道："别，别，别。"王子丹的声音越来越低，越来越无助，恐慌，挣扎。那是她曾经最熟悉的声音，自己的声音，难以醒来的噩梦里的哀求！小王子丹的眼泪唰地流了下来。她紧紧地抱住他，说："好了，好了，不开了，不开了。"

门外逐渐安静了下来。

夜深了。

王子丹擦干自己和小王子丹的眼泪。他知道，有了今天，可能再也没有了以后。他不知道杨蓝和母亲会怎样惩处他，也不知道小王子丹会怎样要求他，他只知道这个夜晚不能在小王子丹的家里度过，不能在天亮的时候让人看见他从这个门里出去。他趴在门上听了听外面，抱住她说："对不起。"

她说："只要你好，我无所谓。"

两个人谁也不问，谁也不说以后。以后，是一颗毒药，硬去说它，它就会杀死美好的、美妙的、希望的、承诺的。

他说："我该走了，趁现在没有人。"

她说："钥匙会一直放在门口的踏垫底下。"

他轻轻地扭开门锁，走廊里漆黑一片，他侧身出来，她从门缝里伸出手，抓住他。两只手无言地纠缠着。两个人的眼里都有了泪，他把嘴唇贴到她依依不舍的手上。她感觉到了他的泪，疼痛着松开手。他轻轻地关上她的门，轻着手脚往下走。走到楼洞口，发觉有软软的东西绊着他的腿，他伸手摸去。三个头。母亲的，妻子的，女儿的，他的腿一软，蹲在地上，泣不成声。

十七

母亲从床底下拿出一个红棕色的瓶子，黑色的瓶盖下是白色皱褶的塑料纸，如同一个舞者抖起的衣裙。母亲抚摸着，三十年前的夜晚，她曾不止一次地抚摸着它，然后走到儿子的房间抚摸儿子熟睡的面颊，再回来把它藏起来。

杨蓝的声音像冬天房檐下的冰凌碴子。她把电话往王子丹面前一撂说："你现在就给那婊子打电话，说你以后再也不会和她来往了，让她死了那条勾搭你的心！打！现在就打！要不我就死给你看！"

王子丹抱着自己的头，在杨蓝每句话的末尾处哆嗦着。他已经感觉不到寒冷，只有疼痛，杨蓝的话像刀子一样削着他的皮肉筋骨。他不敢抬头，他怕看见王彤的脸，怕看见杨蓝的脸，母亲的脸。

杨蓝哭起来，号啕大哭。王彤陪伴着母亲嘤嘤而泣。

杨蓝哭累了，停下来说："王子丹呀王子丹，我求你了，你打呀，你总该给我一个过下去的理由吧！我对你付出了全部的心血，就为了拢住你那颗心，你就是要我死，也该给我一个死的理由吧！你说，我天天洗衣做饭，里里外外，伺候老伺候小……"

王子丹打断她的话说："其实你比我过得幸福。"

"什么？我伺候你，你反倒痛苦了？这是人说的话吗？！你这个畜生……"杨蓝扑上去，用她贤惠的手指撕扯着那个曾经令她骄傲的脑袋。

王彤流着泪背起书包,悄悄地拧开门锁,悄悄地关上了门。

母亲在儿子最后的一句话里打了个哆嗦,她拧开了瓶盖子。

医院发动所有 B 型血的人到急救室献血。王子丹跪在地上,耷拉着脑袋,谁也无法让他起来。为他的母亲,为献血的人,为自己。献血的人排着队从王子丹的面前走过,隔着玻璃看着母亲切开的气管,看着母亲在死神手里挣扎。

乔桥拉住小王子丹说:"你疯了啊?你要献血去?你疯了啊?"

小王子丹跌坐在椅子上,直直地盯着乔桥,哭起来:"你去把他拉起来呀,乔桥,求求你了,把他拉起来呀,他都跪了一天一夜了。"乔桥说:"你还是休假吧,躲一躲,万一杨蓝家的人看见你就麻烦了。"乔桥拉起她,拽出门来。乔桥把小王子丹送回家,又跑了一趟超市,把小王子丹的冰箱填得满满的。

小王子丹窝在沙发里,面向医院的方向,默默地流泪。

乔桥说:"再怎么心疼他你现在也不能出现,就躲在家里,除了我谁来也不要开门,看看电视,看看书,别去想些乱七八糟的事情。"

小王子丹说:"我心疼我的爱情呀,乔桥,它再也没法活下去了,我俩今生今世是不可能了。"

母亲活了过来,输进她身体里的血是她自己的三倍。出院的时候,院长握着母亲的手说:"老人家你一定不能辜负大家的期望,五十个人为你献了血。"母亲羞愧地点头应承着。院长一离开,母亲就叹气说:"为什么救我呀?为我糟蹋五十个人的身子不值得,

243

唉——"母亲说完就闭上眼睛。再也不肯睁开。

出院后的母亲有了另一只眼睛，在她衰老的脖子下面重新被缝合的气管和皮肤凹陷成一只永远责备的眼睛，盯着王子丹。

十八

王子丹夹起一筷子青椒肉丝打算给母亲放到碗里，母亲用眼角的余光看了看王子丹的筷子，快速地把饭碗挪开。王子丹讪讪地把筷子收回来，把菜放到自己的碗里。

杨蓝夹起菜放到母亲碗里。母亲问："彤彤还没有消息？"

杨蓝说："该问的全问过了，该找的地方也全都找了，不过不用担心，昨天还给我打了个电话，死活不肯说在哪里，只说挺好的，就是不愿意回家来。"

母亲咆哮起来："她为什么不愿回家来？王子丹你还不明白吗？她是不愿意看见有你这样的爸爸！你去给我找她，找不到就不要回家！去给她道歉，求得她原谅，带她回来，没有彤彤我这条老命活着也没意思！"

王子丹说："我这就去。"

杨蓝狐疑地看着王子丹。母亲说："杨蓝你把钱包给他让他去找彤彤。"杨蓝把王子丹的钱包和身份证递给他。母亲在王子丹关门的时候对杨蓝说："你就放心吧，他只要不是头畜生就不会再回到那女人身边了。"

王子丹到邮局查了王彤手机的通讯记录，发现王彤并没有离开当地。王子丹在王彤的学校门口、饭店、电影院、超市、公园里转着。

日复一日。

半个月后的午夜，王彤给他发来短信说："不要找我，我这辈子宁愿从来没有过爸爸。"

王子丹看着手机，心碎如粉。如果说母亲和杨蓝的责骂，是利器，尖锐地砍杀他，让他破碎，大块地破碎。那女儿的责骂，就如粉碎机，在抵达他眼睛的时候，将他打碎成粉，让他碎得无法拼凑，无法还原。让他羞愧到宁愿从未生过，从未活过。如果他不是彤彤的父亲，他的彤彤就没有来自父亲的痛苦和屈辱。王子丹蹲在电影院门口，一动不动地待了两小时，那将他打碎成粉的痛才隐藏起来。

已是午夜，他走到路边的地摊上，要了啤酒和盐水花生。从不喝酒的王子丹很快就感觉自己的心脏疯狂得无法控制，脑袋也无法控制，四肢也无法控制。这种无法控制里面却有一种他从未体验过的摇摆，把所有的烦恼都摆得远远的。他握着一个酒瓶子把自己支撑在低矮的小桌子上，额前的头发飘落下来，伴随着他的酒嗝颤颤悠悠。他觉得自己就是套着救生圈的游泳者，漂浮在海面上，晃动不止。

吴奎隔了一个小方桌闷闷地喝着酒，他早就看见了王子丹，只是听说抢走他老婆的人是个不嗜烟酒的科技拔尖人才，一时不敢肯定。直到所有的酒客散去，他走到王子丹桌子旁问："这不是大名鼎鼎的王大主任吗？"

王子丹抬起头，捋了捋头发，斜眼看着吴奎说："叫我王子丹，你找我看病吗？"

吴奎一把揪起王子丹的衣领，把他提起来，一拳揍出两米远说："我没有病，我是给你治病的，治治你不知廉耻的病，勾引良家妇女的病，治你孬种、敢做不敢当的病！"吴奎一拳一拳地捅出去，王子丹一个跟头接一个跟头地摔出去……

地摊老板吩咐老婆慌张地收了桌椅——多一事不如少一事，赶紧走！

王子丹在吴奎的拳头里突然有了一种死的欲望，死了，女儿就能回家了，母亲就能抬起眼皮说话了，杨蓝和小王子丹都会解脱了……他果敢地一次次爬起来，迎接要他死的拳头！解脱他的拳头！解脱所有人的拳头！

最后一个跟头摔出去，王子丹躺在地上不动了。吴奎踢踢他说："要不是因为你，我吴奎能到今天吗？我他妈的现在就会坐在自己家里，老婆炒了菜，我喝着酒，看着球赛呢……"吴奎哽咽着喊："死去吧，敢做不敢当的家伙，死去吧，还不如个娘们呢！装死！"

十九

王子丹睁开眼睛的时候，看见了曾经在他科室里实习过的学生苟晓燕。他之所以记住她的名字是因为她是唯一一个发不准王子丹音的人。她总是称呼他——王几单。他厌恶这种称呼，厌恶被别人叫成陌生人的感觉。

她摇晃着他，喊着"王几单，王几单"。

　　王子丹环视了四周，问："我这是在哪里？"他记得苟晓燕是广东人，怎么会在他的身边？但他发现自己对新的名字没有以往的反感了。

　　"王——几——单——"王子丹自己叫着自己。

　　苟晓燕咯咯笑起来说："王老师不生气了？其实，人的名字怎么叫都无所谓啦，我同学都叫我狗狗啦，没什么要紧的，王几单还是王几弹都一样啦……"

　　王子丹苦苦地抿下嘴说："你哪里懂得名字的重要，名字是我怀念的一个符号啊，是一个和亲人连在一起的符号，说了你也不懂。"

　　苟晓燕告诉王子丹，他现在正躺在她的药店里，是昨晚她关店门的时候发现他的。当时就打了120，但120来了之后，他突然爬起来，说什么也不上救护车，大夫看他没什么大事，就走了。她把他扶进自己的店里，照顾了他一天一夜。

　　王子丹站起身来，发觉周身酸痛，头晕目眩，勉强拖着身子走到水管前，看见墙上的镜子里，自己的眼睛四周都是青紫的。苟晓燕赶紧把他扶回床上说："王几单你就放心吧，你要不方便回去，就在我这里休养几天吧。"王子丹说："不行，你一个女孩子家，而且，而且，我最近遇到了一些麻烦……"

　　苟晓燕阴了脸说："虽然只是实习的老师，可也是师生啊，怎么这么见外呀？再坚持走，就是瞧不起我了！"王子丹躺回到床上，说："好吧，就在你这里再住一晚吧，那你去哪里住？"苟晓燕说："不要管我啦，王几单自己出个方子我给你抓药。"王子丹叹

247

口气说："没有内伤，不用了。"王子丹不明白吴奎每一拳都把他打出两三米远，却没有一拳是致命的，王子丹回想起自己迎向拳头的果敢，脸上泛起红晕。他突然有了一种躲起来的欲望。

王子丹昏昏沉沉地睡去。半夜醒来，发现说自己到朋友家去住的苟晓燕蜷缩在床前的纸箱子上。王子丹叫醒她，问她怎么回事。她说，其实她根本没有朋友家可去。王子丹愧疚地说："连累了你，也不知道该怎样报答。"苟晓燕轻轻一笑，她早就想好了要王子丹报答的方法。她早就从同学的嘴里知道了王子丹的困境。她说："王几单你又要上班又要找王彤找不过来的啦，我平时没什么事我帮你找啦。"

二十

天，冷起来。母亲和杨蓝抹着眼泪思念着在外流浪的王彤。王子丹坚持着在下班后在大街上寻找。王彤给杨蓝的电话越来越少，除了要钱之外，几乎没有电话了。杨蓝开始的时候还觉得没什么大不了的，以为小孩子很快就会忘记不愉快，回家来，即使耽误了课，复读一年就可以了。她已经托人和学校里打了招呼。慢慢地，她的心疼起来，尤其是想到王彤在外面会遇到坏人……杨蓝就会泪流满面，心里面就会涌出对王子丹的厌恶和仇恨，这种厌恶和仇恨随着王彤离家时间的增多越来越浓烈，浓硫酸一样煎熬着她的心，她的爱情，她的尊严。只有在她注意到他的疲惫和颓废时，心里才会泛起微小的快乐。她要永远抓着他，让他在痛苦里重新认识以前的幸福和被他否定了的爱情。

　　小王子丹的平静让所有关注她的人感到莫名其妙，连乔桥都禁不住用揣测的目光看她。只有她自己知道内心的疼痛和煎熬。她从小就学会了只在黑暗中战栗、哭泣。天亮了，擦干眼泪，化好妆，若无其事地回到人群中。她在人群里，在人们传达的信息中捕捉着她的爱。只要能够看见他的背影，或者听到他一星半点的消息，看到坐诊专家栏里他的名字，她都会觉得幸福。没有人知道她的渴望，人们在她面前回避着，尽量避免谈到他。好几次，有病人向她打听王子丹，她把他们引到他的科室门口，再悄悄离去。还有一次病人误把她当作了他，等听了她的解释以后，病人指着她的胸牌说："一样的名字，还以为是一个人呢。"她笑了，眼里却满了泪水。唯一的一次，在全院大会上，她看见他回头和别人讲话，眼睛却在寻找着，直到和她的目光对接在一起。他的目光潮水一样冲击着她包围着她。她知道她和他，仍旧是一个人，默默承受的人。从那天开始，她告诉自己必须学会默默地不发出任何声音和动静地对待自己的爱情。或许，她能够等到让爱情发出动静的那一天。或许。

　　苟晓燕经常到王子丹的科室来串门了，偶尔会说一点道听途说的关于王彤的事情。开始的时候，王子丹对她说："有事打电话吧，你总来这不太好。"苟晓燕笑笑说："有什么不好的？我没看见哦！"苟晓燕像个天真无邪的孩子嘻嘻哈哈不拘小节，王子丹觉得自己再强调下去就是心藏龌龊了。他想反正医院本就是公共场所，苟晓燕又有同学在医院里，就是来也不会有人乱想。直到有一天，乔桥盯着苟晓燕的脸喘粗气的时候，王子丹才意识到在别人眼里已经有了看法。王子丹对苟晓燕说："你不要来看我了，我有时间去看你。"

"真的？"苟晓燕伸出小指要求王子丹和她拉钩。王子丹拍拍她的头顶说："小孩子的把戏。"王子丹拍着苟晓燕的头顶想到了王彤，他叹口气，暗暗祈愿女儿遇到的都是心地纯洁善良的人。

苟晓燕的药店一直冷冷清清，她让另外三个女孩子照看着店，自己就带着王彤的照片上街帮王子丹寻找。终于有人说见过王彤到小超市买过吃的。苟晓燕留了自己的电话，许诺再有消息一定会表示感谢的。然后匆匆赶回店里，给王子丹打电话。

王子丹应约来到苟晓燕的药店时，已经有七八个人在等他。苟晓燕一看见他就迎上去说："都是我这里的老客户了，长年生病，家底子都花光了，去不起医院，很不容易的。听说你会过来，都特意等在这里的。"

王子丹皱了眉头想说医院不允许私自出诊，但看到苟晓燕和病人脸上期待的神情，把话咽下去，给每个人把了脉，开了方子。有几味药没有，苟晓燕一再嘱咐大家耐心等待，自己拿了自行车钥匙就往外面跑。王子丹看着她上坡时伏身用力的背影，进门时的不愉快消散了，叹口气说："也真是不容易啊。"

苟晓燕加紧搜索着关于王彤的消息。每次，苟晓燕都会兴高采烈地对王子丹说："有消息了，你下班后过来，我把人约到这里。"每次王子丹赶过去的时候，除了见过王彤的人，还会有几个病人在等他。

苟晓燕的药店逐渐有了人气，有了利润，店里的气氛越来越愉快，俏皮的话语越来越多，这种快乐感染着王子丹，诱惑着王子丹。店里另外三个女孩子都是卫校刚刚毕业的学生，一样的活泼，快乐。她们总是在看见王子丹的第一眼争先恐后地喊："王叔叔好！王老师好！"每一个女孩子都对给她们挣来工资的人敬爱有加。她们和他一起谈论王彤，她们轮流休班，寻找王彤。只有苟晓燕一个人称呼他的名字，一个陌生的名字——王几单。这三个称呼都令王子丹感到轻松。

二十一

杨蓝找到了王彤。一家私人诊所给她打了电话。她赶到的时候，看见王彤惨白着脸坐在一张破烂烂的排椅上。杨蓝一下扑过去抱住她，痛哭起来。杨蓝说："都是妈妈不好，跟妈妈回家吧，妈妈保证以后再也不吵架了！你自己在外面多受苦呀，赶紧回家吧，妈妈已经和你学校打好招呼了，咱们蹲一级啊，彤彤。"

彤彤冷冷地推开她的胳膊说："有钱吗？"杨蓝说："有有有。"

王彤拿过妈妈的钱包，把里面的钱一下全拿了出来，抽了三张递给诊所的老板说："怎么样，不会欠你钱的，我可以走了吧？"

杨蓝打算搀扶着她，她甩开杨蓝的手走到门口。一辆踏板摩托开过来，王彤跳了上去。杨蓝跟着跑起来："彤彤跟妈妈回家吧，奶奶也想你了，妈妈求求你跟妈妈回家吧！"

王彤揽着摩托车手的腰喊了一句："我还回得去吗？！"话音

未落，人已无了踪影。

杨蓝折身回到诊所，询问王彤得了什么病。

诊所老板闪烁其词。"你还是回去问她吧，不让说的。"看看杨蓝焦灼的表情又说，"不用担心，现在小年轻的都这样，你放心，手术做得很干净。"

顿时，杨蓝感到万箭穿心，身体疼痛得失去了控制，一屁股坐到地上，抚摸着女儿坐过的椅子，失声痛哭。

王梅不屑地眯了眼睛说："杨蓝，别心里难受了，有人会帮你出气的。"

杨蓝叹口气说："别说了，王姐，我什么也不想听了，只想清清静静地过日子。"

王梅说："这事你可得听，王子丹又有了新的相好了，这下那狐狸精可够难受的了！"

杨蓝瞪大了眼睛反驳说："王子丹不是那样的人。"

王梅说："不相信吧？这男人就跟猫一个习性，一旦知道了偷腥的乐趣，他会越来越上瘾的。狐狸精被看死了，他不敢轻易够了，就开始另找了。这次这个更年轻，你要是不相信，你就自己去看，开药店的，五孔立交桥下面。这次可不是我发现的，我最近有新的任务，这是医院的人传给我的，我跟过去看过，真的，两个人一起逛街，很亲热，王子丹在她店里给人看病呢。咱们给狐狸精透个信，让狐狸精治他，让俩狐狸精相互掐。"

杨蓝和小王子丹前后脚地在苟晓燕的药店外驻足凝望。王子丹在药店里和女孩子们有说有笑，苟晓燕不时地在比比画画，偶尔拍拍王子丹的肩膀，低头耳语，其他的女孩子也会偶尔走过来，说一句什么，然后大家一起笑着……他的笑容刀一样把杨蓝最后的希望和小王子丹沉默的坚守割碎了，如叶飘零。

夜深的时候，在苟晓燕药店里打发完病号，吃过宵夜的王子丹在往回走的路上接到了两个短信。杨蓝的。小王子丹的。两个短信前后脚地在他的手机里出现，一样地令他疯狂，无措。

杨蓝的短信：我看见了彤彤，她在无影路的诊所里做了人工流产，但她不肯回家，又跑掉了，她只有十六岁呀，都是你作下的孽！！！老天会惩罚你的！！！

王子丹的头一懵，摔了个趔趄，他边跑边寻找出租车，他要以最快的速度赶到无影路找到那家诊所！！！跑了二三百米，人已经气短，停下来，靠在路边的树上，才想到即使飞到那里，他的彤彤也不会在那里。他沮丧地耷拉下脑袋，额前的发跌落下来，在风里无精打采地飘着。

手机再次响起，显示的是汉语拼音 wo。王子丹的手抖起来，他慌乱地按下按键，心里祈祷着——"好好的，好好的，你一定要好好的！"

"是爱的，无论多苦我都能够承受，今生来世都无悔！可是，你怎么能够让我恶心？！让我无法跟自己的爱交代！让我死不瞑目！"

王子丹浑身战栗，他喃喃自语："这是怎么了？这是怎么了？"他改变方向朝小王子丹家跑去，好不容易有了出租，他拦住坐上去，喘了半天才说出地址。他一再催促司机："快一点，好吗？我要去救人！"他不知道小王子丹为什么给他发了这样的短信，但感觉到一直默默承受的她被某种误解煎熬着，撕扯着……他看见小王子丹已经把敌敌畏的瓶子对准了嘴巴，眼睛哀怨地盯着他；影子一闪，小王子丹躺在急救室里，切开了气管……他手脚发麻，汗流浃背。他喊起来："不能啊，听话，放下瓶子，会要了你的命的，不能这样啊，求求你了……"

司机莫名其妙地看看他，把车停住说："到了。"

王子丹怔怔地应了一声说："哦。"推开车门走下来。出租车噌地一下蹿出老远。王子丹眨眨眼睛，看了看，并没有到小王子丹家，倒是离医院很近了。他想先到医院里找找也好。王子丹急匆匆地走着，嘴里嘟囔着："王子丹你在哪里？"

长廊里有嘤嘤的哭泣声，王子丹停下脚步，循着哭声找过去，果然是小王子丹。

两个人内心里渴盼已久恐惧已久的会面，因为苟晓燕提前出现了，没有爱恋的甜蜜，也没有默默支撑的感恩。一个满怀恐慌，一个满怀厌恶。两个人相距一米站立着。

王子丹往前走了一步，小王子丹往后退一步。王子丹说："终于找到你了，吓死我了，我真怕你……"

小王子丹哼了哼鼻子说："别演了，我都知道了。"

王子丹说："你不要听人家乱讲，你应该懂我的。"

小王子丹说："我回了，值着班呢。"

王子丹伸手抓住她的胳膊，把她拽进怀里，他听见自己的身体发出了痛苦而渴望的叹息，然后像一个撒气的轮胎一样软下去，他的身体在渴望她的拥抱和爱抚，渴望她像兜住他童年的痛苦、孤独一样兜住他此时的心力交瘁。

她试图推开他，他摔倒在地。

她犹豫了一下，转身离去。

他趴在冰凉的地上。

有苍老的叹息声。王子丹循声看去，东北方向的花园里，昏黄的灯光下，有人在舞着手臂。仔细看，王子丹认出那是老花匠在给月季花"穿棉衣"。冬天已经到了。

二十二

王子丹发现自己从在出租车上眼前闪现小王子丹喝药的景象开始，常常会出现幻觉。有的时候是父亲，沉默地坐在面前，抽着烟，烟雾袅袅娜娜，散发着一种特殊的香味，一种月季花和烟叶混合的香味；有时是父亲和自己玩写字游戏，小小的瘦弱的孩子在和父亲的嬉闹里嘎嘎地笑着，笑声如铃；有时是十二岁的自己，在白色的空气里看着白色的父亲；有时是骤然枯黄、头上落满灰烬的母亲；有时是默默流泪的小王子丹；有时是一边做饭一边诉说的杨蓝；有时是王彤，背着带三只小熊的书包，叮叮当当地走进诊所，躺倒在妇科诊断床上，发出刺耳的尖叫；有时是陌生人，和他争论着关于家庭、爱情、孝道、名字的看法……他知道自己的大脑出现了问题，他偷偷服着药，试图借助药物的帮助在大脑里筑起坚实的屏障，把幻觉阻挡在外。可是，当他把药含在嘴里的时候，却发现心底里有一种被幻觉永远包裹的渴望。

一天夜班，王子丹顺着连接各座楼的长廊徘徊着，走到放射楼的花园边，他突然看见穿着白色西服打着白色领结的父亲站在花园里。父亲是那么的英俊，潇洒，他微笑着看着比自己憔悴的儿子，笑着叹了口气说："王子丹，要打起精神。"王子丹点点头。父亲转身离去。王子丹看着父亲的背影，想到自己如果穿了白色的西服，肯定会和父亲一样的英俊潇洒，一样的精神。

每个夜幕降临，穿了白色西装的王子丹在医院徘徊。他坚信父亲和小王子丹看见他的时候，都会露出笑容；王彤背着书包跑进医院的时候，也会露出笑容。

母亲和杨蓝忧虑地看着在夜晚穿白色西装的王子丹。母亲看着吃完晚饭后，在昏暗的灯光里仔细扶正领结抻平衣角的儿子，她枯萎的心脏慌乱地跳着，她已经没有了力气看护儿子，只能用眼色示意杨蓝跟上去。杨蓝远远地跟着，看到熟人就赶紧躲到一边，低下头。她的心怦怦地狂跳着，面颊在风里湿了再湿，她的心疼痛着，为从未看到他为她打扮得英俊潇洒。

新的猜测和议论在窗子背后水波荡漾，穿白色西装的王子丹，在水中流浪的船一般漂荡。

二十三

王子丹站在放射科的花园边，看着老花匠捆好最后的一个枝条，收拾了地上的稻草和塑料纸站起身来。老人转脸看见王子丹，哆嗦了一下身体，松了手里的东西，朝王子丹奔过来。栅栏把他绊倒。王子丹蹲下身扶他，听见老人嘴里哼唱着歌。王子丹听出那是一首父亲经常哼唱的俄罗斯民歌《三套车》。

王子丹问："要紧吗？"老人盯着王子丹笑笑，摆摆手，蹒跚着离去。

第二天上午，急诊室的大夫打电话找王子丹，说无论如何要王子丹过去一趟。王子丹来到急诊科。老花匠躺在急救床上。床旁边坐着和老花匠年龄相仿的一男一女。大夫说："你看看，是你家亲戚吗？"

老花匠的脸是秋天落叶的颜色，只有从左侧鼻孔里流出的血是绚丽的。王子丹浑身犹如凉水浇过，他不由自主地伸手抓住老花匠的胳膊。两位老人站起身，男人狐疑地把手伸给王子丹说："这是哑巴写的纸条。"

"哑巴？"王子丹伸手接过纸条。纸条已经被攥成团。王子丹慢慢地展开，看见上面是歪歪扭扭的几个字：请找附院的王子丹把我葬。葬到哪里没有写完。王子丹看着纸条沉思良久也不能明白眼前这个陌生的老花匠留下纸条给他的原因。

大夫问："王主任，是你的亲属吗？"

王子丹说："是咱们医院的老花匠。"

两个老人异口同声地说："不是，他不是医院的，他就是喜欢花草，常过来摆弄罢了。"女的说："哑巴和我们就跟一家人一样，他租我家的房子都快二十年了，别看是个哑巴，可是很有学问，看的书都是带洋文的……人很好，做事情也是又干净又利索。今天早晨叫他吃饭，发现他趴在床沿上，鼻子里流着血，手里拿着这

257

张纸条。"

王子丹说："你们不知道他家里人在哪吗？"男人说："原来问过，说是东北的，祖辈上是咱这里的，退休以后就过来了，好像没结过婚，没家属。你知道，和哑巴交流很费劲，我俩都不太识字，那次问他，还是他刚来租房的时候，我儿子帮着写写画画才问出来的，快二十年了，没看见哑巴和任何人来往过。"

王子丹把纸条揣进兜里，对两位老人说："咱先把他送到太平间吧。"两个老人红着眼圈点头同意。

从太平间出来，王子丹对两个老人说："大婶大叔，我跟你们到他屋里去一趟，看看能不能找到他亲人的地址什么的。"两个老人频频点头。老人的家和医院仅隔着两条马路。王子丹边走边暗自嘀咕：自己和他仅仅算认识，老花匠为什么会把后事托付给自己？老花匠既然是哑巴怎么会哼唱歌曲？难道是自己的幻觉？

大叔打开家门，里面是很小的院子，院子的南边紧挨着大门口有一间四平米左右的小屋子。王子丹瞥了一眼，发现里面有一张单人床，和一张老式抽屉桌，一把椅子，一个马扎。大叔领王子丹走进小屋子说："这就是哑巴兄弟的屋，来的时候就提一个包，那包在他的床底下。这些年，跟我们一起吃，一起住，他自己也没置办家具，这东西都是我们的，这床底下还有两个纸箱子是他的。"

王子丹环顾四周，墙上连张画都没有，光秃秃的。地上，在门后边，有一双拖鞋，桌子上放着一个搪瓷缸，上面的瓷已斑驳不堪。王子丹拿起来看了看，一面印着楷体的"先进工作者"五个字；字的下面是两串麦穗，另一面是宋体的"大海航行靠舵手，万物生长靠太阳"。王子丹放下杯子，撩起床单，从床底下把老人的手提箱和两个纸箱子拖出来，一一打开，里面除了十几本书和衣服外没有任何有线索的东西。王子丹把书一本本翻开，希望能找到一封信或者写在书上的名字、单位之类的东西，但什么也没发现，而书全部是俄文的，王子丹一句话也看不懂。

两个老人看着一无所获的王子丹问："写着啥啊？"

王子丹摇摇头，他隐约觉得这是一个决心彻底忘记过去或者彻底掩盖什么的老人。枕头。王子丹眼睛一亮。他拿起枕头，枕头底下什么也没有。他拿着枕头掂了掂，重量上没有异常，又用手捏了一遍，捏到最后的边角时，他的嘴角上浮现出一丝笑容。他把手伸进枕头套里，拿出了一个白色的手绢。他和两个老人对望一眼，把手绢打开。

一张黑白照片。

一个二十岁左右的男子，带着含蓄的笑容，坐在花园里。

王子丹怔怔地看着照片，感觉照片上的人似曾相识。

大婶说："这照片上的人看着和你挺像的。"

电流顺着老人的话进入王子丹的大脑，从他的脑子开始麻木他的全身。王子丹一屁股坐在床沿上。两个老人试探地问："照片上的人你认识？"王子丹集聚所有的力气组合出一句话："我想自己在这里坐一会儿，好吗？"两个老人一起点头，走出去，并把门轻轻地带上。

王子丹看着父亲的照片，那是他不曾见过的父亲，是比他记忆中的父亲更加年轻的男人。一个任何资料、信息都没有的人怎么会保存着父亲的照片？王子丹把照片翻过来，一行漂亮的小楷：送给子丹留念。

送给我？王子丹的脑子里一阵电闪雷鸣。片刻后，他明白过来，那不是送给他的，子丹是老花匠的名字。他的脑子里又一阵电闪雷鸣：这世上除了他和小王子丹子以外，还有另外一个子丹！父亲为什么给自己取一个别人已有的名字？是为了纪念友谊？为了抵达自己困难重重的爱？是为了情不自禁时的一声呼唤找寻掩盖、寄托？王子丹混浊的泪水，虫子一样爬向他的嘴唇。一缕失望和释然，从心底里飘出来。

二十四

又是一个漫长的夜晚。母亲坐在卧室的藤椅里，腿上搭着王子丹小时候的包被。母亲抚摸着小包被，思绪和棉絮纠结在一起。回忆，早已是母亲最大的乐趣，母亲用它打发一个又一个漫长的夜晚。

杨蓝的夜晚也是漫长的，而且苦涩难耐，是锥心锥肺一样疼痛的，思念的，担忧的。王子丹又一整天没有消息，他去了哪里？女儿在哪里？这世上她最爱的两个人，伤她最重的两个人在哪里？杨蓝听着呼啸的北风，把手里的报纸翻来翻去。每个等待王子丹回家的时刻，她都这样翻着报纸。报纸是她眼睛落脚的地方，是她的等待、猜忌、愤怒和爱落脚的地方。几乎所有看见王子丹的时间里，她都这样翻着报纸，听着王子丹的动静，用眼角扫描着他的举止。

今天的夜晚尤其漫长难熬，下午医院领导的话在杨蓝的脑子里一直徘徊不去："我们担心王子丹的精神状态出现了问题，我们也曾经找他谈过，虽没有很明显的异常状态，但毕竟有一些令我们担忧的事情，像他每天晚上穿着白色的西服，戴着礼帽在医院里走来走去，就不太正常，希望你们家属能够重视，多关心他，多了解他的心理活动，最好能带他看看心理医生……院里决定让他休息一段时间。"

"要变天了，是不是要下雪了？杨蓝，王子丹还没回来吗？"母亲摸摸脖子上那块凹陷的眼珠子大小的伤疤，它成为母亲身体上一个感知天气变化的仪器。

杨蓝放下报纸，披上外套，朝着母亲的卧室说："我出去找找他。"

母亲："这就对了，我家杨蓝是好孩子。杨蓝啊，别和王子丹置气，你就把他当孩子看，小孩子都不体谅大人的心思啊。"

杨蓝走出去，母亲重新陷入回忆，进入那些平淡温馨的日子。

杨蓝远远看见一团白影移动过来，站住脚，等确认了是王子丹以后，她转身往回走。

母亲听见开门的动静，喊："王子丹回来了吗？"杨蓝说："是我，妈，别担心了，快睡吧，他马上就上来了。"母亲说："我再待会儿，你问他吃了没有？"

王子丹一身寒气地进了门，杨蓝看着白色的他，感觉他就像坨冰一样。或许是因为杨蓝今夜的眼睛没有盯在报纸上的缘故，令王子丹一时手脚无措。他对杨蓝点点头说："您好，您好。"说完，转身走进母亲的卧室。

杨蓝看着用"您好"问候老婆的王子丹走到母亲跟前，蹲下身，握起母亲的手。她的眼泪一下子涌出来——真像个孩子。母亲睁开眼睛，看着蹲在面前的儿子说："这手跟冰似的。"杨蓝不由自主地走过来，坐到母亲的床沿上，看着今天下午被医院领导称作精神异常的丈夫。

王子丹的眼里闪烁着一种莫名的快乐。他对母亲说："妈妈你放心吧，爸爸没有别的女人，没有女人曾伤害你，妈妈。"母亲打了个激灵，擦擦眼睛看着王子丹。

杨蓝用怜悯的目光看着王子丹——他真的是病了，胡言乱语了，这种过去了几十年的话题，让他眼睛放光。王子丹继续说："我也是今天才知道，那堆纸灰是爸爸的一个好朋友烧的，他在外地，来这里出差，知道爸爸上夜班，想去看他，恰巧看见爸爸上吊死了，他怕连累到自己，就没敢见咱们，是他给爸爸烧了纸，送爸爸上了路。这个叔叔今天死了，我把他送到了火葬场。我跟您说的这些，是从他的日记上看到的。妈妈，别再难过了，没有女人伤害过你。"

母亲面对重新用三十年前的称呼叫她的儿子，感觉一下子又回到了从前，回到了那个白色的早晨。她的丈夫身着白色的西装悬挂在半空中，他用肥皂洗了澡，他预谋已久，他穿着崭新的衣服。有人说他死前一定服了泻药，泻干净了体内的污物，因为在他死后衣服上没有半点污渍。他死之后，他的儿子一下子丢失了孩子的快乐，丢失了一个孩子对母亲的依恋，也丢失了对母亲的称呼——妈妈。

母亲的眉眼间突然盈满了一种轻松活泼，母亲用几乎是欢快的声调说："这么说是真的啦？你爸爸没有别的女人？"母亲试图站起身，却只是发出了一阵哆嗦。疲倦笼罩过来，母亲说："我累了，儿子。"

王子丹扶母亲到床上，给母亲掀开被子。母亲解着衣扣说："女人最怕的就是男人用其他的女人来伤害她，你以后也别再让杨蓝伤心了，在这个世上，除了妈妈就是杨蓝最疼你了。我今天和杨蓝说了，让她把你当孩子看……"母亲絮叨着躺下去。

王子丹给母亲熄了灯，走出来，到客厅里坐下。杨蓝坐到他的对面继续研究着他的表情。王子丹眼睛里的光熄灭了，他疲劳地垂下头。额前的发荒草一样飘零下来。杨蓝的鼻子酸起来，她哽咽着说："你原来一头乌黑的头发，密得都插不进梳子去。"王子丹捋了一下头发，把头靠到沙发靠背上。

"王子丹——"母亲又喊他。他和杨蓝都站起身走进母亲的卧室。母亲说："儿子你到妈妈跟前来，妈妈还有话问你。"王子丹走到床前弯下腰，客厅里橘红色的灯光从窗帘的缝隙里透进来，正落在母亲的面颊上，使得母亲的面颊浮现着类似少女的红晕。王子丹突然想到，年轻时的母亲应该是很美丽的。

母亲低声说："那叔叔的日记里没有说你爸爸为什么死吗？"

王子丹说："没说，别想那么多了，快睡吧。"走到门口，王子丹又折回来问母亲："爸爸在东北有朋友吗？"

母亲想了想说："好像有，我记得我和他结婚的那年，他就去过东北，说是一个好朋友病重，回来的时候还带回来一株月季花，说是开大花的，品种很少见。咱家里没院子，你爸就栽到放射科窗子底下了，那花还真大，一朵朵的跟小碗似的。"

王子丹说："明白了。"母亲问："你明白什么了？"王子丹说："没什么，快睡吧。"

两个人重新回到客厅翻看报纸，等母亲的呼噜声传来，杨蓝说："那些话是你编的吧？"

王子丹抖抖报纸说："也是，也不是。"

杨蓝说："你今天去了哪里？怎么到现在才回家？"王子丹说："没去哪里。"

杨蓝说："医院领导今天找我了，说让你休息一段时间，科室的工作先让别人替你干着。"

王子丹说："哦，知道了。"杨蓝说："那以后就别到医院里去了，在家安心养病吧。"杨蓝用眼角盯着王子丹手里的报纸，看王子丹对安心养病的反应。

王子丹手里的报纸哆嗦了一下，杨蓝屏住呼吸，听王子丹的动静。王子丹重重地叹口气，重复说："安心养病。"

夜深了，杨蓝像以往一样，悄悄地把王子丹的衣服拿到沙发上翻看他的口袋，他的钱包。王子丹像往常一样静静地躺着，眯眼看着杨蓝蹑手蹑脚的背影。

一张白色的纸。

一张尸体火化证明书。

姓名：王子丹。

一块从天而降的冰戳进她的心里。她的丈夫真的疯了！他竟然伪造了自己的尸体火化证明书揣在兜里！杨蓝把靠垫堵在嘴上，绝望得哭起来。

二十五

王子丹穿好白西装，戴好领结。杨蓝和母亲不约而同地看了看窗外的太阳。杨蓝干咳一声说："要出去呀？不是说好在家休息吗？"母亲说："你打扮得跟要去演出似的，干啥去？"

王子丹说："今天是那个叔叔的葬礼。"母亲若有所思地答道："唉，又是一个上阎王那里报到的，我也快了。"杨蓝说："妈，说什么呢。"母亲说："让他去吧，去吧，他爸的好朋友呢。"

王子丹来到办公室，从抽屉里找出父亲的烟和报纸揣进兜里。几个当班的同事看见他穿着演出服一样的盛装，吓得谁也不敢和他说话。王子丹走到放射楼前的花园，看见那些被老花匠包裹起来的枝条后面久经风霜的墙基，依然保持着黑白照片上的样子。他迟疑了一下，到卫生员那里借了把铁锹，又到放射科登记室找了个装CT的塑料袋子，挖了最粗壮的一棵，折了上面的枝条，连泥带土放进去提着。

王子丹出了医院，来到房东家。两位老人昨天陪着王子丹火化了尸体，并坚持带回了骨灰，他们说自己不迷信，要再陪哑巴兄弟一晚上。两个老人看见王子丹进来一起站起身迎接。王子丹看见骨灰盒在抽屉桌上，前面摆了白米饭，四碟菜，还有一个小酒杯，三炷香，父亲的照片倚在骨灰盒上。

大婶说："都是哑巴爱吃的。"王子丹连声道谢。大叔说："嗨，谢什么，咱们都算是哑巴的亲人。"

王子丹把骨灰盒、书和枕头放进箱子里。最后，拿起父亲的照片犹豫着。大婶说："放上吧，哑巴那么个珍藏法，肯定是最亲的人，放上吧。两个人在阴间见了面，就是隔了几十年的日子，有照片也能认出来。"

王子丹点点头说："对。"他把口袋里的烟和报纸拿出来，连同照片压到骨灰盒的下面。

大叔看着塑料袋子里的花说："你想得真周到，哑巴兄弟喜欢花，就是不知道冬天里能不能栽活。"

把老花匠葬在哪里？王子丹思考了一天一夜，他甚至希望能够在梦里得到父亲或者老花匠的指导。因为一夜未眠，也就没有梦。王子丹清楚自己的想法，也明白老花匠的愿望，可觉得那样做是愧对母亲的。直到他听了大婶的话——那么个珍藏法，肯定是最亲的人。他终于下定决心。

他挖开父亲的坟墓，把老花匠的骨灰盒连同他的书、照片、烟盒、报纸放进去，把月季花栽上。他对父亲说："爸爸，你放心吧，我不会告诉母亲的。"王子丹看见了父亲左嘴角向上翘起的笑容，这样的笑他见过——七岁的时候，他打碎了母亲陪嫁的细瓷碗，害怕母亲责骂，爸爸把碎片揣在兜里，拉着他走了一大截路扔进了护城河后，父亲就这样笑着看他。

回到家，家里已经聚满了哭泣的人。母亲走了，在午饭后。母亲说："累了，想睡一觉。"她用睡眠的姿势结束了辛劳的一生。

二十六

没有了母亲的王子丹，开始默默流泪。一周后，他的泪停止了，脸上露出了诡秘的笑容。没有人知道那是因为他的世界一下子丰富起来，他坐在藤椅上，曾经的世界就来到他的跟前，他的父亲，母亲，另外两个子丹，还有他的女儿，他的爷爷奶奶，他的童年、青年，他的爱情……他们集聚在一个空间里，在他的面前铺陈开，而他如同一只蝴蝶，在里面自由飞舞。他迷恋这个奇妙的空间，迷宫一样，层层叠叠，相互交错。他坐在藤椅上夜复一夜，日复一日地微笑。

杨蓝把各种药片按照大夫的吩咐拿出来，放到王子丹的手心里，再把王子丹的手心拿到他的唇边，然后抬高一下，最后看着他把半杯水喝完。半个月以后，王子丹脸上诡秘的笑容消失了，他看见了为他端着水杯的杨蓝。他伸手摸了摸杨蓝的头发说："杨蓝，你的头发什么时候都白了？"

杨蓝叹口气说："我以为你永远都是睁着眼却看不见我。"杨蓝的眼泪滴落下来。

"对不起。"王子丹目光干涩呆滞地漫过杨蓝的头顶看出去。杨蓝擦擦泪说："别说了，就当一场梦吧。"

梦。醒了的梦并不是能够消失的云烟，而是一场厮杀后的现场。死伤的都是他最亲近和最爱的人。伤残严重。破败不堪。王子

267

丹在藤椅上，再次任凭眼泪流下来。悔恨自责地流着。无力挣扎地流着。无能为力地流着。无法收拾残局地流着。

一天，在杨蓝低头给他擦拭眼泪的时候，他轻轻地伸开手掌，像接杨蓝手指间的药片一样接住了杨蓝滑落的额发。灰白的头发如同旧瓷上面的裂纹，令他不忍力握。他托着，小心翼翼。

杨蓝莫名其妙地站直身子，研究地看着丈夫痴痴的样子。她嘟囔说："哎，治了好几个月了，还这个样子，啥时候是个头儿呀？"

"啥时候是个头儿呀？"王子丹接住妻子的这句话，攥在手心里。它们瞬间变成了蛇，进入指甲挖出的洞里，顺着他臂膀的血脉一路上行，到达他的内心，团成一团，硬邦邦的，一个句号。

"头儿在我这里。"

他为自己突然的发现惊呆了，僵直着身子站起来，走到沙发前坐下，看着茶几上面大理石的纹理。他看见了三十年前在上面移动的死亡鉴定书，看见了母亲陡然放松下来的肩膀。他决心给杨蓝一个放松肩膀的头儿，一个结束屈辱的头儿。给小王子丹一个重新寻觅爱和温暖的头儿。给女儿彤彤一个结束怨恨的头儿。给他伤残的爱和亲人一个解脱的头儿。

杨蓝出去买菜了。他找出新房的钥匙，打开关闭了很久的手机给女儿发了条请求原谅的短信，然后他穿上白西装，戴好领结和礼帽，来到医院门口给小王子丹打电话。他想跟她说，对不起。

小王子丹听见他说在医院门口就扣了电话，他真正想说的还没有说出来。就在他犹豫着是不是再打一次的时候，乔桥气喘吁吁地跑来了。她把戒指递给他说："她让我给你的。"

王子丹低头看着手心里的戒指，额前的发飘零而下。乔桥说："以后不要再找她了，你忍心让她一辈子不消停吗？她毕竟还年轻。"

王子丹把戒指套在自己的小手指上，放到唇边，用舌头舔了舔上面的花朵。乔桥冷笑着看他。他说："你告诉她吧，她的眼泪我吃了，让她别再难过了。"说完，他转身离去。传达室的人凑过来对乔桥说："神经得不轻了。"乔桥说："那也怨不得别人。"

二十七

新房，和当初一样新，和当初一样空。

奖杯在客厅的地板上，落满了灰尘，像一个羞涩而疲劳的客人。王子丹蹲下身，掏出手绢，把奖杯擦干净，抱着它，在房间里转着，看着他曾经的辉煌和骄傲。他的目光落在北阳台的门框上，那里没有玻璃。他心里面有了方案。他把奖杯放下，打开阳台的门。他看见对面阳台上，阳光里一个年轻的男人在弹吉他。他解下腰带，搭到门框上，仔细地把不锈钢的环扣扣好，把头伸了进去。

在他最后的目光里，对面的男孩突然站起又坐下去，接着唱他自己的苦恼——"谁将你的长发盘起，谁为你做了嫁衣，谁看了我写给你的信，谁把它丢在风里……"

穿堂风吹着他的身体。白色的身体。吹拂着重新回到左边，飘落在肩的，那缕黑发。

白　猫

我想和你说的是我和两只猫的故事，但因为我已经很久没有坐下来和人聊天了，也很想和你说说别的。从哪里开始呢，从元旦的那本台历开始吧。

元旦那天，我专门到超市买了一本印刷精美的台历，它的纸张硬朗得如同崭新的人民币，用手指轻轻翻触，就能发出悦耳的声响。我把它摆在书桌上。我希望今年的每个日子都能不同于以往。今年不同于以往，今年我就要满五十岁了。今年，我儿子就要满十八岁了。今年，他高考。他的母亲在十年前就答应我，儿子高考结束后可以到我这里来。

这个晚上，我在书桌前坐到半夜。半夜的时候，我伸出手指打算撕掉台历最上面的一张。我捏着它，突然想到它和以往所有的日子一样，打算弄出点动静的手指顿时了无生趣，转而把台历的封皮

270

合上。合上之后，又翻开，找到儿子高考的日子、他的母亲答应来我家的日子、儿子的生日、我的生日，一一折了角，之后，再合上。

接下来的日子和原来一样，我没有扯掉任何一张日历。我每天依旧是凌晨两点上床睡觉，上午十点醒来，洗刷后仰躺在沙发上抽支烟醒醒神，然后找点东西勉强填一下肚子，挨到下午一点出门，去单位旁边的小饭店里吃饭。

选择到单位旁边饭店的原因有两个：一是我离婚后几乎所有的午餐都是在那里吃的，已经习惯了；二是可以顺便到办公室看看有没有我的信件，有没有需要处理的事情和需要参加的会议。这样，在我生活里不得不进行的两个事情就都得到了解决。其实，在所有认识我的人眼里，我生活里最亟待解决的事情是性。领导、同事和朋友都不止一次地和我绕着弯子促膝谈心，他们非常热情地把离异和丧偶的女人领到我跟前。当然这都是前几年的事情了。最近这几年，尤其是我搬离了单位宿舍独自住到别处后，这种事情几乎没有了。没有的原因大致也有两个：一部分人认为我那方面经过十年的压抑已经废了，甚至变态了，他们没有必要再贡献爱心了；另一部分人认为我是故意处于单身状态，借此不受法律约束地玩弄女性。没有人相信我只是在等爱情。

我的一个作家朋友前年春天曾用他浓重的川音反问我："这个年龄的爱情能算个啥玩意儿啊？"我思考之后说："应该是个能经得住考验的东西。"他哈哈笑着说："这年头有经得起考验的东西吗？你好好考验，我等着瞧呢。"他说这话的时候，我还真动了考

271

验女人的念头，当时有三个说喜欢我的女人。这次谈话后不久，因为我在一次研讨会上对他的作品说了些批评的话，他和我二十年的友谊中断了，他把自己变成了我隐私趣闻的泄洪闸。

传说得最精彩的是我刚离婚的时候，他请我桑拿的故事。故事说我从女人身上离开后，急匆匆找到他，哭丧着脸说："真不合算，被人揩油了，还要花钱。"他问我："用套了吗？"我说用了。他说："把套带回去不就合算了吗？"

给我传这些话的人在电话里笑得差点憋死，配合着让人快乐致死的笑声的是啪啪的动静，一种用力拍大腿或肚皮的声音。我浑身发抖地拿着话筒，努力和他一起笑，妄想着把它笑成别人的笑话。

儿子高考的那天，我曾打开台历，试图在上面写上点什么。想想，作秀的痕迹太明显，就放弃了。我没有记日记的习惯。我认为日记是个很暧昧的词，如果说是记给自己看的，那根本就不用记，记给别人看吧，就难免有做作的嫌疑。

儿子原定来我这里的那天，我也差点在台历上写下点什么。那天，我心情很激动，那应该是种叫激动的情绪，坐卧不宁，书看不进去电视也看不进去，午饭也没敢出去吃，一直守着电话，把家里的地擦了好几遍。不出去吃饭，倒不会饿着，冰箱里吃的东西满得关不紧门。

儿子，没来。一直到冰箱空了也没来。打电话去问，他母亲说他和同学旅游去了。我翻开台历，把那页的折角抚开。他母亲说："我保证他一回来就让他过去，但我有一个要求，请你把家里不该让孩子看见的东西收拾起来，儿子正处在青春期，不能有任何不良的诱导和刺激。"突然间，我眼里有了泪，我觉得很委屈。我知道她一直在捕捉我和女人的风影。片刻后，我轻轻地把话筒放下，什么也没说。没必要说，对吧？那早已不是个你可以辩白可以诉说的人了。

儿子在一个台历没有折角的日子来了。很高大，比我高出一头。带了个很大的行李箱。里面除了笔记本电脑就是他的衣服。从短袖到秋装各有好几套。我儿子嘟囔着，非要带这么多，好像要住一辈子似的。我听了心里一热，赶紧去给他母亲回了个电话，离婚后第一次对她说了声谢谢。

我原来跟儿子特别亲，因为从他两岁开始到八岁被他母亲接走的六年里，我俩可谓相依为命。我原以为父子间的感情是任何东西都改变不了的。接下来，我就发现我错了。我已是儿子的陌生人。儿子在机场见了我连激动的情绪也没有。我孤独地激动着，心酸着。我紧紧抱住他，他推推我，没推开。

从机场回到家，他主动说的第一句话是："能上网吗？"我赶紧把网线插到他的手提电脑上。他坐到我的书桌前，姿势很像我。我坐在能看见他的客厅沙发上，看他的背影。三天，他不肯挪窝。我捡起荒废了十年的厨艺做记忆里他爱吃的菜，端到他面前。

"爱吃吗？爸爸记得你小时候最爱吃了。"

"我喜欢披萨。"他手指敲击着键盘说。

第四天的傍晚，下雨了。雨不是很急，雨点却很大，嗒嗒地响。儿子对着窗子看了一会儿说："我想出去走走。"我赶紧附和说："好，散散步好。"我拿起雨伞。儿子皱眉看着雨伞说："打伞，

273

那就不如晴天的时候去走了。"我赶紧放下伞说:"还和小时候一样啊,一下雨就……"我话还没说一半,他就拉开门走了出去。我紧跟出来。我知道儿子不喜欢我总是小时候小时候地说话。可是不说小时候又该说啥呢?

我和儿子默默地并肩走在雨里。顺着小区的道路左拐右转地走。我用眼角看着雨点先是把儿子的头发敲打得一跳一颤的,不一会儿,头发湿透了,贴在头皮上,像个油黑的头盔,大大的雨点在上面弹跳起来,四散开去。像他小的时候撩拨起的水珠。小时候,带他去游泳,他喜欢在水里闹,带领一群孩子把水搅和得跟下雨一样,水珠起起落落,惹大人白眼。

小的时候,儿子你小的时候啊……我在心里说着,眼泪突然就冒了出来。意识到雨能混淆泪水,我任凭眼泪流淌。

"很浪漫,对吧?"儿子做了个扩胸的姿势,他的胸大肌和小豆粒一样的乳头清晰可见。

我点点头,用手掌摸摸脸上的水,试图做出惬意的表情来,心里惦记着是否可以顺着浪漫这个话题往下聊聊。可不争气的一股痒痒却在我鼻孔里鼓捣出喷嚏来,很不雅的一大串。儿子有些不悦地说:"回去啦。"

我说:"没事的,再走走吧,其实我也很喜欢在雨中散步,只是我这年龄再独自一人在雨里走,怕让人家误会。"儿子不再搭理我,扭转身在我前面走起来,脚步比来的时候明显地快了,胳膊一甩一甩的,还是八岁时的架势,肩胛骨在T恤底下如同两把船桨滑动着。我享受地盯着被十年的分离放大了近一倍的儿子——臭小子，再长也没脱了小时候的影子。

儿子突然站住，回头看看我，又蹲下身。我紧跑两步赶过去。低矮的冬青丛里一只受伤的白猫趴伏着。左侧眉骨上面一条两三厘米的口子在流血。雨水把猫的毛发湿透了，使得那猫看起来就如同一个脏了的肥肉磴子。丑得很。一看就知道是令人讨厌的流浪猫。

"咱们把它带回去吧，它受伤了。"儿子征求我的意见。

"是流浪猫，要是……"我打算把关于狂犬病的知识说出来。

"爸，它都伤成这样啦！"

"好好好，好好好，带回去，带回去。"相隔十年的一声爸，让我语无伦次。

我把儿子推到一边，抱起那团携带着狂犬病毒的肥肉。它睁开眼，看了我一眼，血往它的眼里流，它眨眨眼又闭上，很虚弱地喵了一声。"看来不会伤人。"我说。儿子说："钥匙。"我给了他钥匙，他说："我先开门去，它血流得这么厉害，千万别失血性休克了。"

"还懂得不少呢。"我笑起来，笑儿子说得一本正经的专业用语。

儿子用鼻子哼哼两下，说："你忘了我妈是医学博士。"

回到家，医学博士的儿子把白猫放到我的书桌上，在我的小药箱里用很内行的眼神挑拣出两样能用的药，眼药水和跌打损伤喷雾剂。他用棉签蘸着眼药水清洗猫的伤口，然后用手遮着猫的眼睛，用理发师喷啫喱水的姿势往上面喷治疗跌打损伤的气雾。他饶有趣味地当着猫的大夫。我在边上盯着猫的爪子，时刻准备制止它对儿子的进攻。

"看我像不像个大夫？"儿子说着，试图把创可贴贴到猫的伤口上。

"像，很像。"我赶紧接话。

"我很佩服我妈妈，她很了不起，带着我硬是攻下了博士学位，我小时候最愿意跟她上夜班，看她给人包扎伤口，嚓嚓几下就弄好了。"儿子抬眼看我，我从他的眼神里感觉到，十年，把我在他心目中的形象缩小了。我想告诉他，爸在去年已经晋升为副教授了。想到一个媳妇熬成婆式得来的副教授，在医学博士的嘴里肯定是令人不齿的，我把到嘴的话压住，在心里反驳儿子——你妈的博士学位不是她带着你攻下来的，她的硕士和博士学位都是我带着你的时候攻下来的，她一走就是六年。

"那就好好向妈妈学习。"我把目光从儿子的脸上移开，心里面五味杂陈。我知道她阻隔我和儿子接触是想独霸孩子的爱。我原以为凭借我和儿子六年的相依为命做底子，她是行不通的。我的研究生说得对，我这种处处不设防的人，必定会处处受伤。

创可贴无法粘到湿漉漉的猫脸上，儿子拿了剪刀，试图修剪猫额头上的毛。想想说："会很难看的对吧？"又问我有没有吹风机。

吹风机是女人的用品，我早遵照他母亲的命令藏了起来。想到如果让儿子从猫大夫的角色里出来，好不容易出现的交流就会中断，我到卧室的橱子里把吹风机拿了出来。吹风机是鲜艳的玫瑰红色，儿子拿在手里看了看，从出风口上扯下一根长发扔到地上。他变成了猫的理发师，细心地吹着猫的毛发，用手指逆向拢起猫的背毛，晃动着玫瑰红的吹风机。

白猫不知道是因为真的失血性昏迷了，还是在享受人对它的呵护，很乖顺地任凭他摆布着。白猫的身体逐渐扩大着，直至最后看起来像头小北极熊。儿子如愿把创可贴挂在了猫的眉骨上方。我讨好地拿了沙发垫子放到客厅的地板上说："让它睡吧，不要紧的，猫有九命，睡一觉它肯定能好。"

猫在我的坐垫上仰躺着睡着了，那样子非常像婴儿。我一下子想起儿子不满一岁的时候，那时候他胖得和白猫差不多，睡觉的时候把两只小胖手攥得紧紧的放在耳朵边上。那时，他的母亲还很爱我，甚至有点崇拜我，每当我痴痴地看儿子睡觉的时候，她还会凑过来亲亲我，对她和儿子给我造成的辛苦做一下慰劳。

儿子早又进入了他的网络，用非常像我的背影对着热切期盼着和他聊天的父亲。我走过去收拢吹风机，捡起地上的那根长发。我没有把它立即扔到垃圾桶里，而是在手指间缠绕了一下，我希望我的儿子能够再次注意到它，和我谈谈它。哪怕它可能会进一步消减我在他心里低矮的形象。

儿子的眼睛是我的翻版，小眼睛，单眼皮。他竟然眯眼盯着电脑屏幕，做出专注的样子。这一刻，我恨不得时光倒流回十年前，让我能够重新选择他站上学术之巅的母亲那在峰顶俯视的眼神，那时常提醒你和她是有差距的、她完全有权力指挥你的鼻息。选择和我的儿子在一起，和他一起成长。我提着那个小巧的玫瑰红吹风机，捏着那根长发默默地退出来。

我回到卧室揉捏着那根头发，给它的主人 A 打了个电话。我说："我儿子来了。"A 说："是吗？"我说："我和儿子捡了一只受伤的猫，猫被雨淋得跟落汤鸡似的，我儿子用吹风机给它吹干了。"A说："哦，是吗？"

"吹风机上面有一根你的头发。"我的语调很缓慢，我想让女人听出点什么来，想让女人说点什么塞进空落落的心里。

"哦，是吗？真对不起，我以后一定注意，我知道你爱干净。"

"等儿子走了，我再联系你。"我失望地挂断电话，把头发放进垃圾桶。

我前面说过我曾有三个说喜欢我的女人，和那个作家朋友聊天的时候曾动了要考验她们的念头。后来，我真的考验了她们一把。我根据我对她们喜欢的程度将她们依次定为A、B、C，现在的A其实是原来的C。考验她们的方法很简单，我的颈椎病犯了，只能趴在床头上，头稍稍改变一下姿势就会天旋地转，手脚发麻。

我给医学博士打电话说："我颈椎病犯了，起不了床。"医学博士说："是吗？到医院看看吧。"我渴望着她能让儿子给我来个电话。我趴在床上，头耷拉着看着地上的座机，等待着。三天，一个电话也没有。

我突然对没人在意自己的状态感到难以忍受。我给A、B、C打电话，告诉她们我病了，在床上不能动。那样的心境下，我不怕她们都来，不怕她们知道了彼此的存在，全都离开我或合伙撕碎我。我热切地盼望着她们都来。只有我最不喜欢的C来了。从此我在心里把她改定为A。把另外两个删除了。

以后我会不会有B、C、D、E？我不知道，或许她们出现了，就会有吧。其实不止我一个人这样对待感情，很多人的爱情都像选择题，有时觉得哪个都像，仔细推敲又觉得哪一个也不像。其实对 A，我内心里一直有点愧疚，我知道自己不喜欢她，只是把她当作了人情冷暖里的一根稻草而已。但，一棵稻草的温暖也比没有强吧。

我讨厌猫，从小时候就讨厌。小的时候，因为知道猫是奸臣的化身，不忠诚，好吃懒做，献媚取宠。后来，就更讨厌了，因为它像贪图享受用情不专的女人。但此刻，猫成为我接近儿子的工具。我假装喜欢它。雨早已停了，儿子按动鼠标敲击键盘的声音格外响亮。我侧耳听着，希望能听到儿子翻动台历的声音，虽然那上面没记录什么，虽然我曾经折起的角已抚开，但折痕在，我多么希望我的儿子在用沉默填塞父子间隔阂的时刻能够摇身变成福尔摩斯。

没有纸张的声响。

怕半夜白猫醒来乱拉乱尿，我强打精神装着看书。儿子熬不过我，关电脑睡了。凌晨两点半的时候，白猫醒了过来，抖了抖毛发，朝着我喵了一声，我正琢磨着怎么控制它的时候，它走到了房门前停住并回过头朝我又喵一声。我把房门打开，它慢步走了出去。

上午，儿子醒来知道我半夜把白猫放走了，瞪着眼质问我："你怎么能这样？它还病着呢。"

我用尽心机找出一句话，说："我觉得所有的爱和友谊都应该建立在相互尊重的基础上，相互尊重的基础就是不把自己的意志强加给别人，不能总想着去控制对方。对猫也是一样，它想离开就应该让它离开。"

儿子眨了两下眼皮又坐到电脑前。我建议说："去买猫粮吧，或许还能见到它，带它回来做客，不能不给客人准备吃的，对吧？"儿子很爽快地站了起来。

有了猫粮，儿子又有了散步的动力。我和他在小区里转悠着，借着昏暗的路灯，我们在树丛、荒草堆、垃圾桶、汽车底下，寻找着。找了一圈，发现它仍蜷缩在昨天发现它的地方打着盹。额头上的创可贴已经没有了，伤口上是泥土和血混成的厚痂。听见动静，它一下睁圆了眼，看见我们，眼睛眯了两下，喵了一声。

"它认识我们了！"儿子语调里有毫不掩饰的快乐。我晃晃手里的塑料袋子说："咪咪，跟我们回家了。"白猫从冬青丛里钻出来跟在我后面走。

"爸，它能听懂你的话呢！"儿子八岁前的语调像强电流击中了我。我的脚步不由得停顿了一下。我不敢回头看他，生怕一眼又把他看回了十八岁。儿子在我脚步短暂的停顿里一步跨过了十年，甩动着长长的胳膊表情冷漠地越过我，给白猫当向导。

我在儿子的注目下，很慷慨地拿了两个饭碗给猫当餐具。儿子把猫粮倒在碗里，又用另一个碗盛了半碗水，他对猫柔声说："慢慢吃，慢慢吃啊。"

不一会儿，猫吃完了饭。儿子把它又抱到我的书桌上，继续扮演大夫。我抓着猫的爪子按着猫的背，充当助手。儿子把头天晚上的程序重复了一遍。

待创可贴再次在白猫的额头上挂好之后，我把它抱到门口，但它并没有离开的意思，而是抖了抖毛走向地上那个它昨晚睡过的坐垫。它趴在上面，用漫不经心的眼神瞅着我和儿子。窗外传来雨的声音。儿子看着猫说："它的伤还没好，不能让它到外面淋雨。"我说："行，留下它可以，但不能让它在客厅里，会到处拉尿的。"

我起身到储物间找了个纸箱子，把四面的箱板往里塞住，拿到厕所。儿子很配合地把猫抱过来放进纸箱。儿子刚要转身，猫就已站起来，两只前爪扒着箱沿，一副打算跳出来的样子。儿子蹲下身，把它按进去。猫乖顺地趴着，待儿子一起身，它又站起来。三番五次。儿子烦了，他对猫呵斥："是我让你留下的，你要给我面子。"

猫不给他面子，只要他打算转身离开，它就打算离开纸箱子。我对儿子说："你别管它，看它到底想干啥。"猫从纸箱子里跳出来，跨过厕所的门走到厨房，站住朝我们喵一声。我把纸箱子拿到它跟前，它跳进去，趴下了。

儿子和我目瞪口呆。它知道厨房和厕所的区别？

我上午醒来的时候，儿子已经坐在书桌前了。我问："猫呢？"儿子朝厨房跑去。我跟过去，看厨房被糟蹋成什么样子。儿子拉开磨砂玻璃门，白猫已等在门前，它坐在那里，仰望着我们，两只前爪耷拉在胸前，一副焦急无奈的模样。

厨房里干净整洁依旧。我有点不敢相信自己的眼睛。

猫走到房门口，回过头对跟踪它的我们叫了一声。我对儿子说："它想走了。"儿子打开房门，白猫蹿了出去。我在厕所的下水道口看见了猫屎和尿，第一次，我内心里对猫有了点喜欢的感觉。这时，电话响了。我儿子的母亲不和我说话，只和她的儿子说："回程的机票已经订好了，一会儿就会送来，下午四点的飞机。"

儿子哼唱着歌开始收拾行李。我被他的快乐和他母亲的无情伤得瘫坐在沙发上。三天前，她给我电话说要儿子今天回去，我说不行，再等两天，两天后是我的生日，我想让儿子陪我过个生日。

送儿子去机场，在空旷的候机大厅里，我再次抱住我的儿子。这次他没有推我，呆呆的，像根电线杆一样任凭我抱。我紧紧抱着他。不敢放手。我知道我的儿子早已不属于我。属于我的可能只有这一抱了。十年，在我和他之间演化成一条难以逾越的沟壑。

"明哥，是你吗？这是你家儿子吗？长这么大了！"

我抬起头看见了作家朋友的妻子，张玲。十年前，我和作家朋友聊天的时候，我的儿子大都由她招呼着，我记得那时候的她像个活泼的幼儿园阿姨。我赶紧点头招呼。她很亲切地和儿子叙起旧来，两个人一问一答地聊着。想到有外人在，能够将我和儿子的分别约束到正常的程序上来，我对她热络起来。

儿子要登机了，我和张玲一起朝他挥手，他在安检口回过头来看了我一眼，没等我看清他的眼神就转回去了。

"十年，这孩子和我生分了。"我不由地感叹。

"明哥，你和我也生分了。明哥，我和他离了，好几次想给你打电话说说，又怕打搅你，我知道他这两年到处说你的坏话，但我知道你不是那样的人。"张玲的眼睛亮得让人心慌，像夜里飞奔而来的车灯。我赶紧躲闪，和她道别。她说："等等，这是我的电话。"

我握着她的名片，在心里说，大半个中国已经知道我是个荒淫而吝啬的下作男人了，我要是再勾搭上他的前妻那还了得？

没有了儿子的家，有一种从未有过的空，我在这种让人难以忍受的空里挨了两天。两天后，我五十岁的生日到了。我没能像以往一样在上午十点醒来，我一直没有睡熟，半梦半醒地熬到早上七点就彻底清醒了。我躺在床上，听着邻居们上班上学地忙碌着，大人催着孩子，女人叨唠着男人。

五十知天命。我对自己说。知天命的意思大概就是说能够看见生命的底了，知道自己走向坟墓的时候是热热闹闹还是孤苦无依。我一定是孤苦的，像我犯了颈椎病时一样，动不了，眼睁睁着自己衰亡下去。

拿起电话，我想邀请 A 来一起吃饭。想想即使她来了，心里面还是一样的空落，又放下了。我把手机拿在手里，把座机的每个分机查看了一遍。我期待着儿子的电话。

等到晚饭的时候，一个电话都没有。

这个日子，一个我恐慌了大半年也没能躲过去的日子，一个渴望着和十年里不一样的日子还是一样地来了，一样地过了。唯一不一样的是，台历的这一页上折了个角。我翻开台历，一页一页地翻找这个让人一眼望穿生命之底的日子。

一串黑字让我颤抖起来。臭小子，还是有心的。我的眼前一片迷蒙。擦干了，看清了，我对自己笑了。笑自己读的姿势，像个刚刚识字的小学生，用手指指着，一个一个地认它们。

"我知道你讨厌猫，你再装我也知道，但还是拜托你照顾它，最起码也把猫粮给它吃完。"

台历上醒目的数字告诉我是儿子走的那天写下的。我急忙往后翻，后面所有的都是空白了。看看那生分而郑重的拜托两字，我合

283

上台历，打算出去看看那只猫。

喵——

我以为听觉出了问题，仔细听，又一声喵。

白猫在门外。

"进来，进来，咪咪快进来！"我的语气欢快得像迎接一个十年未见的老朋友。我五十岁生日里唯一的拜访者。

我把猫粮倒进碗里，倒得比以往都多。"赶紧吃吧。"我说着，在沙发上坐下来。白猫看看碗，它回头朝我喵一声。

"吃吧，慢慢吃。"我指指碗，把身体往下缩了缩，眯眼半躺在沙发上，想起儿子从小就喜欢猫，他四岁半的时候就曾抱了一只猫回家。那时我和他住在一间不足二十平米的筒子楼里。我要给他扔了，他把我抓猫脖子的手咬紫了，那天，我狠狠打了他。养他就忙得我焦头烂额，哪能再养只猫？

脚背毛茸茸地热起来，我睁眼看见白猫偎在上面，歪头看我，瞪着灰色的大眼珠子。那神情就像个自以为能帮你的孩子在对你说——不是还有我吗？我心里一热，把它抱起来放到膝盖上，拍拍它说："好了，去吃饭吧。"它喵一声，再把头放到自己的前爪上，继续歪头看我。

我突然觉得，它在告诉我——我是来看你的，不是来吃东西的。猫在我的膝盖上待了足足有十分钟。直到我把它放到它的碗前。脑子里冒出一个记录白猫来家的念头，我跑到书桌前，快速地翻动台历，生怕稍一迟疑，这个念头就被自己否了。新人民币一样的纸张，在我急促的翻动中，发出似流水又似风吹干树叶的声音。

接下来的一段时间，我大都在下午五六点钟——我看书累了的时候，出去找它，每次我只要远远地喊一声——咪咪回家了，它就会乖顺地跟在我身后，到楼道的电子门前坐下看我开门。进入楼道，我俩的位置开始倒过来，它在前，我在后。等我到家门口，总看见它坐着等我，很兴奋地朝我喵一声。进了家，吃完东西，和我嬉闹一会儿，它就会到纸箱子里睡觉（我生日的那天，就已经把纸箱子放到客厅和阳台的连接处了），大都是睡到晚上十一二点离开。

有时它也会睡到第二天早晨，但在我醒来之前，它都是安静的，只是静静地在客厅里等着我醒来。如同一个了解并尊重我所有习性的朋友一样，让我感觉舒心而放松。有时，它又像贪玩而乖顺的孩子，尤其是每次叫它回家的情形，总让我想起儿子小的时候。每个傍晚儿子都撅着小嘴跟在我身后，依依不舍地回望着他的伙伴，但一到楼梯口，他就会快乐起来，总以为我在家里给他准备了好吃的，他跑到我前面，撅着屁股爬楼梯。我看着他的小屁股，判断是否要给他洗裤子。

我已经习惯了在台历上记录白猫，习惯了每天半夜用翻动台历的方式结束我的一天。开始另一天。即使白猫没有来，我也要写下：今天白猫未来或者今天未见到白猫。每个夜晚的十二点，最孤寂的时刻，我的笔尖在新人民币一样的纸张上，在醒目的日期之下，滑动着，慢慢地填满空白，然后，翻过它。

在小区里寻它唤它的时候，我总难以按捺和别人谈论它的欲望。一天，我走出楼道口，正巧看见白猫在远处花坛上一闪而过的身影，我张口就对擦肩的一楼老太太说："大姨你不知道那白猫多通人性，我的话它都听得懂。昨晚我吃饭的时候，它两只爪子搭在沙发上，喵的一声，我一看就知道它想上沙发，征求我意见呢。我说，不行，不能到沙发上去。嘿，它真就乖乖地把前爪落到地上，走到一边趴下了，满脸不高兴。"

老太太先是四下里看了看，又呆呆地看我。她被我的热情吓着了。我也被自己吓着了。同是一个楼栋的邻居，两年来我从未和任何人打过招呼。为了避免和人打招呼，我的作息时间都和他们错开了。我不想和别人熟悉起来，不想让自己生活在熟悉的人群里，这就是我搬离单位宿舍的目的。可现在，我热切地和熟悉白猫的人聊天，热切地搜集着关于白猫的信息，不几日，我在小区里就有了好几个熟人，我也成了他们的熟人。这些熟人大都在厨房的窗外或者花坛边放自己家的碗，他们会把吃剩的饭菜倒在里面。

熟人告诉我，白猫是一只特别勇猛善斗的猫，它在这个小区里已经三年多了，是这个小区里的猫王。这里的流浪猫大约有六七只，都在它的管辖和保护之下。那些猫都是母猫，是它的妃子。它基本上都是昼伏夜出，在它的领地上巡逻，如果发现有入侵者，肯定会一战到底。白猫在所有的妃子里最喜欢的是一只黑猫，让黑猫给它下崽儿。别的母猫都挨不上边，也就是偶尔宠幸一下，解决一下问题。熟人笑着告诉我，如同戏说某位古代帝王。

关于白猫在我家的表现，一位熟人解释说，白猫原是只家猫，小区门口粮店店主的，肯定受过训练，听说因为它把屎尿拉到粮食里被打出来了。粮店拆迁的时候，店主曾把它带走了，但没隔两天，它又回来了。

一个兽医告诉我，一只猫的寿命大概在十五岁左右，一只猫鼎盛时期的智商相当于一个四五岁的孩子。

"四五岁的孩子。"我嘟囔着，努力回想儿子四五岁时的认知能力。儿子四五岁的时候，已经是一个小大人了，已经能够和我聊天、开玩笑甚至懂得保护我安慰我了。记得一次因为在单位里受了领导的误解，心里很是郁闷，回家吃饭的时候情绪低落，儿子问我为什么不高兴，我应付说："有人欺负爸爸。"儿子顿时瞪圆了眼睛，握紧小拳头说："爸爸，你告诉我谁欺负你，我用我的少林拳对付他！"

这个夜晚，我在台历上写下了兽医的论断，在心里对儿子说了好几声对不起，为我在他四岁半时残酷而暴力地剥夺了他和一只猫的友谊。我在心里对儿子说了好几声谢谢，为了白猫给我的友谊，为我在五十岁时体会到的人和动物之间的情意。

这期间，A 结束了和我的关系。她来过两次，第一次还好，像以前一样，我在她进门的一瞬间就掉进了做饭、吃饭、洗碗、打扫卫生、洗澡、睡觉的生活程序里。A 是一个不动声色就能把人拖进生活的女人。第二次，她看见了刚刚睡醒抖擞毛发的白猫，尖叫着躲到我身后，让我赶紧把它赶出去。我把她连同她手里的蔬菜提包之类的，一起护送到卧室里。她说她看不得带毛的东西。她用命令的口吻说："你绝对不能再让猫进门了。"我说："先聊会儿天，等一会儿白猫吃完走了，我请你出去吃。"找不出话题，我就催促 A 洗澡，我想把和她在一起的生活程序颠倒一下。

A 洗了澡出来，用吹风机吹她齐腰的长发。我最愿意看她这时的背影，看那些仿佛丝毫未经生活侵染、时间消磨的黑发在玫瑰红的风口下舞动。A知道我在看她，她拿吹风机的小手指翘得如同兰花瓣，她还极力吸着肚子。

她倒了下手，突然啪地一下把吹风机扔在桌子上。做完这个动作，她没有动，依然背对我站着。手上的兰花在桌沿上凋谢了。

我压抑着鼻腔里的气流，等待着她回转身来给我一个摔打的解释。她怒气冲冲地返回卫生间，弄出哗哗的动静。我拿起吹风机，看见它的出风口和电线上都沾有白色的猫发。我把它们一一摘下，捏在指间。

A出来了，低着眼睛松垂着小腹沉默地穿衣。A出门后，发短信说，想来想去，还是另一个人更适合她，更在意她。

我读着A的短信，看着打盹的白猫笑了，两年来对A的愧疚扯平了。我原来也是她的A、B、C之一，也是她的一道选择题。白猫帮助我们做出了决定。

在家里坐累的时候，我就出去找白猫，不是唤它回家，而是看它怎样当王。熟人们说得没错，的确有一群流浪猫跟在它身后，这种成群结队大都出现在人们的饭后，那些固定的碗里有了食物的时候。猫群在它身后，它们从不会先跑到碗边，而是待它先吃或闻过之后，回头喵它们的时候，它们才走过去。

5号楼的东边是小区的围墙，不知是好心人故意为它们搭建的还是原本有别的用处，那里有个简易的棚子，据我观察，这是白猫的皇宫所在。饱餐后，初秋的阳光下，它躺在那里晒太阳，一只黑得发亮的猫，常偎依在它身后打盹，或舔理毛发。其他猫离它俩远远的，或蹲或躺，互不相偎。

看见白猫的确骁勇善战，是在 A 和我断绝关系后的第五天傍晚。我去叫它，看见它正在和一只黑白相间的猫对峙，之前的战斗肯定非常惨烈，因为白猫的额头上又出现了一个口子，里面的肉清晰可见，那只花猫的耳朵耷拉了一只。两只猫都弓着身子，抖擞着背毛，嘴里发着呜呜的声音，大有死拼到底的架势。

我静静地站着，不敢弄出任何动静，生怕惹白猫分心。

两三分钟后，我听出花猫嘴里的吠声更粗气势更足一些，我攥紧手里的钥匙串，准备关键时刻帮白猫一下。突然，白猫一个箭步蹿向对方，喉咙里发出哇的声音。花猫掉头逃去，跳过黄杨丛，跃上小区的围墙。白猫追上去，四脚抓着围墙上的铁栅栏发出长长的鸣音。

我喊："咪咪，跟我走了。"白猫从栅栏上跳下来，跟在我身后，依然是两米左右的距离。回到家，我学着儿子的样子给它处理了伤口。这个夜晚，白猫没有像以往一样睡到半夜或次日早晨，而是稍事休息之后就走了，我想它肯定惦记着它的同伴和王国的安危。

这之后的一周，白猫都是上午来，傍晚走。来的时候一副疲惫不堪的样子，不吃不喝就到它的床上呼呼大睡。它对它的床很满意，那是我不久前到宠物市场上花四十元钱买来的一个筐笕，里面用绒布上了里子，很是美观而舒适。

星期天，我又听见了白猫的动静，赶紧开门，让我惊讶的是这次来的不只是它自己，还有黑猫。

我笑着说："嘿，还带了夫人啊。"黑猫喵了一声掉头下了楼梯。我问白猫："为什么不让黑猫进来啊？"

白猫喵了一声，自顾自地进了筐箩里躺下了。看它疲劳的样子，我决定给它按摩按摩，我的手指到哪里，它就把哪里放松开，挠到它的腿根，它就抬了腿配合着。不一会儿，我的手指就脏了。

洗手的时候，手机响了，是张玲。张玲说："明哥，我在你家楼下，你不会把我拒之门外吧？"我说："哪能呢，我热烈欢迎。"我说着走到窗户边往下看，并没有张玲的身影。张玲在电话里咯咯乐起来，她说："明哥你到窗户边看我了。"我说："是呀，你在哪呢，我没看见呀。"张玲笑得更响了。我突然意识到她在捉弄我，或者她在试探我。这时候，我原本应该找理由拒绝的，可一瞬间我觉得她的笑声就跟我儿子小时候在泳池里撩起的水珠一样，啪啪地打在我身上，让我立马就有了撩起水珠回应她的冲动。我笑了。很响地笑了。

张玲来了。电话外的张玲没有了电话里的狡黠和快乐。我们之间的桥梁原本是她的前夫，现在桥梁断了，两个彼此经受了断桥之痛的人沉默着，都在努力找寻和桥没有关联的谈话，但所有的记忆所有打算说出的话都避不掉他的影子。两个沉默的人有些尴尬地面对着，正不知如何是好的时候，我想起了白猫，它和她还有她的前夫都没有关系。

"来，看看我的白猫。"我把张玲领到白猫的床前。张玲伸手去抚它，我说："会弄你一手脏的。"张玲说："洗洗手不就得了。"她挠白猫的肚皮。睡梦里的白猫挺了挺肚皮。张玲笑起来。

"我儿子也喜欢这只猫。"我这样开头和张玲说起了儿子。说着，说着，我把自己说哭了。这是我成人后第一次在外人面前哭，竟然觉得胸腔内有一种泄洪的酣畅。我止住的时候，张玲说起了我儿子。

张玲说我儿子和我说的方式完全不同。我是评论式的，张玲是小说式的。我惊讶于张玲的记忆。张玲笑笑说："不蒙你了，我不是记日记么，和你在机场重逢后的这段时间里，我一直在读那些年的日记。那些年，你家儿子可是叫我妈来着，还记得吧？"

"干妈。"我纠正说。

"那是当你的面，背地里小家伙就是叫我妈妈，他不叫我就不给他好吃的。"张玲笑着擦擦眼角说，"我这心里真是拿他当儿子的。"我知道，因为宫外孕丧失了做母亲机会的张玲对我儿子是特别亲的。

"你能把有关我儿子的那部分日记给我看看吗？"我突然渴望着把八岁以前的儿子，小说式地再现出来。张玲说："日记不能给你看，这样吧，我回去把关于他的摘抄出来，整成一本送你。"

张玲要走的时候，我发觉自己内心里有种拥抱她的冲动。或许是害怕她一走，就会把我一个人留在儿子的八岁之外，留在独身男人五十岁阴雨不绝的夜晚里。我抱住了她。我抱住她的时候，她哭了。我也哭了。这个夜晚，我留下了她。

次日上午，她的手机响了，是她妈妈在找她，命令她赶紧回家，质问她为什么夜不归宿。她柔声对着话筒说："不生气啊，都是我不好，我再也不惹妈妈生气了，都怪我忘记告诉你了，到朋友家聊天太晚了就没回去。哎呀，妈妈，放心吧，是个女朋友，哪能

291

欺负到我呀。"她挂了电话叹口气说:"没离婚的时候,和他吵啊打啊,我妈倒不担心,现在离了,没人折磨我了,她却又把我当几岁的孩子牵挂了,专门从老家赶来照顾我。"

她提到离婚,我心里激灵一下,突然就有了懊悔。我催促性地帮她把包挂到胳膊上。张玲转身抱住我。我一动不动地任凭她抱着。我知道只要稍一回应,就会将昨天的夜晚无限延长。后果是我将重新成为别人的谈资,一个窥视了朋友妻子二十多年的伪君子。

张玲松开我走出去,门关上的时候,我看见她的嘴唇紧闭着。我知道自己将她渴望一生的情分压缩成了一个夜晚,伤害到她了。其实,这种压缩让我自己也感到了疼痛。因为我发觉自己在她身边的时候有种完整感。是那种有人和你有着共同回忆的完整感。温暖而着迷。

几分钟后,我收到她的短信:儿子的日记我会尽快整理好的。我回了一句:谢谢,到时请寄给我吧。

我最讨厌的深秋来了。这个城市的多数时间里气候还算说得过去,唯有深秋,让人难以忍受。雨多,阴冷,天和地都萧条不堪,所碰触到的东西都是潮湿冰凉的,人特别容易陷入一种抑郁的情绪里。为了驱赶这种情绪,我每天午饭后都到酒吧里待到傍晚回家。

傍晚,是所有人回家的点,是我的白猫回家的点。

经历了花猫事件后,它回家的时间几乎是固定的了,而且它已经很少半夜离开,我感觉它的王国正处在前所未有的安定期,它不再带伤,不再疲惫。怕它在家里厌倦,我专门从网上搜了如何让猫玩得高兴的方法。就在我以为我和它会在每个夜晚的游戏里驱赶掉秋天的阴冷时，出现了新的情况。

那天傍晚的雨特别大，我回家的时候，看见白猫正在雨里，面对着一楼老太太家的窗子。我边跑边用遥控器锁上车，跑到电子门前喊它："咪咪，回家了。"白猫看看我，喵一声。

我打开门，再喊："咪咪，回家了。"出乎意料的是，它一动未动，只是喵一声，算作回应我。

"咪咪，回家啊！"或许是怕我强制它，白猫跳到了老太太的窗户上，专注地看里面。

窗户里面是黑的，那是老太太家的厨房。看了一会儿，它喵呜喵呜地叫起来。白猫虽然长得胖大，但在我面前的声音一直都是温言细语的。此刻，它的声音里却有种尖利的疼痛，利得让听的人都觉得疼。

我敲开老太太的门，问她是否知道白猫为什么总是看她的窗户。老太太冷笑一下说："一只野猫竟然来勾搭我家的小黄，它不是能听懂你的话吗，你告诉它，只要有我在它就别想得逞！"

原来是这样，白猫恋爱了！我心里暗自发笑。我想起有两次看见白猫和一只瘦弱的黄色小猫在楼前阳光下的水泥台上亲昵戏耍。

回到家，我洗了个热水澡，想看会儿书，拿起书本却发觉自己的耳朵一直在听着外面的动静。我披了外套下楼，打开楼道的电子门，看见白猫依然傻乎乎地矗立在雨里，我朝它喊起来："咪咪，你傻啊！快回家了！"

白猫把头转向我，它已经又恢复到我和儿子初次见它的样子了。落汤鸡一样的肥肉磙子。

喵。一种无奈到心酸的腔调。

"咪咪，你这个傻猫，走，跟我回家了，再不听话，我关门了！"喊它一次，它朝我喵一声。三四次后，它不再回应我，不管我说什么都是一副充耳不闻的样子，眼睛只盯向那扇窗子。

我用一条腿挡着电子门，斜飞的雨很快就把我在门外的半边身子打湿了。我只得回家。心绪不安地到了半夜十二点，我从窗子里朝外看，见白猫依然守在雨里。它面对那扇窗子蹲坐着，一动不动。连尖利的叫声也很少发出了。我喊："咪咪，咪咪。"咪咪已经成了石膏雕塑。我再次下楼，希望咪咪能像上次一样等在电子门前。

前不久的一天午后，我也是从窗子里看见它在楼前走动，我喊了一声咪咪，它喵了一声。当时，我突然想知道它对我在五楼上的呼唤会做出什么样的反应，伸脖子看，见它向楼道方向走，当时想——莫非它会等我开门？为了验证自己的猜想，我下楼来，打开电子门，它竟然真的在门外坐着等我。我一开门，它高兴地喵一声，窜到楼梯上，在我前面上楼去。像我儿子小时候。

我打开电子门，看着雨里的白猫，我像恨铁不成钢的父亲一样呵斥它："咪咪，这样淋雨会死的，你知不知道？不想回家你就到窗台下面汽车底下，总比这样好啊！咪咪，听见了吗？"它如同一个执拗的孩子，对我的苦口婆心不闻不问。

雨，下了一夜。第二天早晨，在邻居们固定的喧闹声消失后，我下楼来。白猫还在。还在专注地盯着那扇窗子。它淋了一整夜的雨。深秋。我的心里突然像扎进了针。我想应该把它带回家，用吹

294

风机把它吹干。我向它靠过去。白猫已经明白了我的意图，它爬到老太太的窗台上，朝着我叫了一声。抗议。

我上楼把猫粮倒进它的碗里，拿下来，放到它的面前，然后去参加一个必须参加的会议。傍晚，回家。进小区门口的时候，保安把我叫住了，塞给我一个孝顺指，就是竹子做的像只小手那样的，用来挠痒痒的东西。孝顺指细长的把上缠了一个纸条。张玲送来的，说给白猫挠痒痒用。保安说："那个女士说让你收到了给她电话。"

白猫还在。猫粮也在。一点未少。我用孝顺指挠了挠它的背。它的毛发上出现了几道纹路，它的毛发还没有干透。它没有像以往一样在我的抚摸里躺下去抬起前爪来和我嬉闹，它像看陌生人一样看了我一眼，走到那扇窗子底下。

我打开门唤它："咪咪，回家了。"它又走回原来的位置，看都不看我一眼。我站在老太太的门前许久，想劝说老太太放她的小黄出来。想想那天老太太的话，最终，我还是悄悄地回了家。

第三天，又零星地下了几次小雨。白猫在原地坚守着。

第四天，白猫依旧在。这天虽没下雨，但阴了一整天，小北风刮个不停，气温骤降了七八度，已经有冬天的感觉了。一整天，我哪里也没去，从窗子里偷偷地看过几次白猫。我害怕白猫会在这场爱情里死去。这让我想起那个感动了全世界的罗密欧。

第四天晚上十一点，我期待已久的声音出现了。白猫回来了。看见它的一瞬间，我流泪了。你或许不能理解我的这种感受，这样说吧，就像是你的亲人你的朋友甚至你的孩子，它迷失在一种极度

295

消耗它的情感里，你想唤醒它却无能为力。突然间，它回来了，但是它已经瘦脱了形，虚弱得连走路都吃力了。它神情黯然地走到它的床那里，爬进去，趴下了。

我唤它："咪咪，吃点东西好吗？"白猫缓缓地睁了下眼皮又闭上了。我的心里突然窜起一股怒火，对那个把猫分出等级贵贱的老太太，对那个让白猫心伤而自己不肯反抗努力的小黄猫。

我跑下楼，在老太太门前站着，几次想敲门，想想又都放弃了，只是把猫的饭碗拿回家，洗刷干净，倒上猫粮。

白猫不吃不喝地闭眼趴着。我说："咪咪，你吃点东西好吧，你已经四天四夜未吃东西了。"

白猫一动不动。我想起五年前母亲临终的时刻。那也是个深夜，我孤独地守在她的病床前，眼睁睁地看着她一点一点地衰亡，远离。我被无能为力的悲哀控制了，看着自己的双手痛哭不已。年富力强的它们竟然成了一种摆设，丝毫没有用处。幼年的时候，弱小的它们都能牢牢地拽住妈妈的衣角呀。

我抚摸着白猫，生怕在抬手的刹那间丢失了它的呼吸。这一刻，我重新记起了守在亲人病床前的强烈感觉——渴望着那呼吸是有形的，是能够用手牵拽住的。渴望人和死神之间是有绳索的，是能够由亲人组成队伍力拔的。但是，生命在危机的时刻总是孤独的。孤独地抗争。

我清楚自己帮不了白猫。我拿了浴巾折了折盖在它身上。来到书房，半夜十二点，我的笔尖在台历的空白处站立着，却不敢滑动。我不敢记录白猫的状况。所有的词语都可能成为一种预言。

不能让儿子看见白猫生病死亡之类的词，那小子会伤心的。这个念头出现的瞬间，我的笔像一个受了惊吓的人跌倒了。我的手抖了。为突然窥视到的意念。我在为儿子写白猫的日记。我在写日记。写一直瞧不上眼的日记。

儿子啊，儿子啊，儿子啊。

我捡起笔，依然不知如何下笔，只得在台历上折了角，合上。重新回到客厅，观察白猫。

六个小时后，白猫的身子动了，它的眼睛睁开了一点点。我抚摸它，从头往下的顺序，幻想着自己能把黏附在它身上的有害于它健康的东西捋掉。白猫的眼睛在我的抚摸下又睁大一点，半睁的样子。我赶紧捏了猫粮往它嘴里塞。白猫不张嘴，只微弱地喵了一声，闭上眼睛。我用手指戳戳它最敏感的胡须也没能惹它再睁眼。

"咪咪，你想放弃自己的生命对吗？你想过没有，这样的你就是个懦夫，被一场爱情就能击倒的懦夫，真正的男人不应该是这样的，你知道吗？无论遇到什么样的痛苦和灾难只要自己不放弃生命，一切就都有冬去春来的可能。你放弃了生命，就放弃了所有再争取的机会。你死了，小黄猫就永远没有了，只要你坚挺下去，小黄猫就在。咪咪，想想另外那些不允许你自己放弃生命的理由吧，那些需要你保护的伙伴，你的黑猫，你的地盘，你死了，就会有别的猫来欺负它们，争夺它们的粮食。还有我，我这么喜欢你，把你当朋友当孩子对待着，咪咪，你想过这些没有？你要是想好了，就起来吃东西。"说完这些，我僵着后背走向书房。

我不知道白猫能否听懂这些话，但我清楚地知道有几句话是我十八岁时父亲说给我的。我的背影也是父亲背影的翻版。我十八岁时父亲的背影。僵僵的，板板的。那时，我躺在床上，为一个我给她起外号"小乖"的女孩抱定了必死的决心。我打定主意用自己的死在她心里留下深刻的印痕。用自己的死来换她的爱。

　　儿子也十八岁了。他也会失恋。那傻小子会像他爸一样做傻事吗？我的心突突地跳起来，又疼又乱，像跳跃在针尖上。我打开台历，就着折角一下翻到当日，在空白处把刚刚对白猫说过的话写下来。

　　半个小时后，我回到客厅，碗里的猫粮和水竟然都不见了。

　　竟然都不见了！它听懂了我的话！我的话它听进去了！我的鼻子酸胀起来。这时我意识到，此刻之前自己僵的不仅仅是后背，而是全身，因为突然间全身都松散下来，软软的，特别想踏踏实实地坐到地上。我拽过一个靠垫坐到白猫跟前，看着它。看着它一点点地回笼自己的气息，看着它一点点地积聚自己的力量。我看看自己的手，突然对它们满意起来，突然觉得掌心里有根绳，牵拉着我的白猫。看不见但握得住的绳。它曾被我的父亲握在手里。

　　我放心地睡去。等我下午醒来，白猫还在睡，我到厨房为自己炒了两个菜。

　　夜里九点，白猫醒了过来，真正地醒了，它抖了抖毛发，从它的床上跳了出来，用以往的腔调和我打招呼。这个夜晚，白猫没有要出门的意思，它又吃了一顿饭，偎在我脚边，我拿孝顺指给它挠痒痒。突然就有了向认识白猫的人诉说的冲动。

儿子？他并没有告诉我他的电话，我只知道他的校名。

院里的熟人？一楼的老太太？深更半夜的，不可能。

看着手里的孝顺指，我想起了张玲。我拨通了张玲的电话，张玲说："明哥，日记我快誊写好了。"我说："张玲，你还记得我的白猫吧？你给它买的孝顺指，我正用着呢，为了表示感谢，我告诉你关于它的爱情故事。"

张玲听完我的讲述，咯咯笑起来。我的心别扭起来。因为她的笑声和上次捉弄我说她就在我家楼下时一个腔调。也因为我讲的时候，哽咽了好几次，我觉得她应该会被感动。她咯咯笑了一会儿，突然停住了。一点声音也没有。我以为电话出故障了，连喂了三声。她粗着嗓子说："明哥，你不觉得可笑吗？一只猫都能这样执着，这样敢爱敢恨，人却不如它呢。"

人怎能和猫比。我想绕开张玲的问答。张玲又咯咯笑起来，声音更尖利了。我轻轻放下了话筒。从在机场看见她，我就已经感觉出她和 A 的不同之处。A 是一个让人不由自主就浸泡在生活里的女人，这种女人会让人生活得很舒服，很放松，但缺少情趣。张玲恰好相反，她是那种情感丰沛的女人，会让情生发出趣味，却也会发酵出让人紧张不安、不由自主地膨胀情绪的危险。如果她仅仅是这样一个女人，而不是我前好友的前妻，我想我是会和她就这个话题谈下去的。和她谈很多话题。我迷恋着和她一起回忆往事时体会到的生命完整感。

白猫又成为原来的白猫。几乎都是傍晚回来，和我共进晚餐，共度初冬阴冷孤寂的夜晚，并且比原来单纯的嬉闹多了一个节目—— 一次我坐在电暖气前看书，白猫来到我面前喵了一声，我问它："要走吗？"它转身往回走，但并没有走向门口，而是走到它的床前站住，朝我喵。我说："你想干什么？"白猫看看我，又朝电暖气走去。我明白了它的意思，把笸箩拿到电暖气跟前，它躺了进去，非常满足地打着滚儿。从此，只要电暖气开着，它都会和我重复这个游戏。它甚至变得比原来更活泼了。我不知道它是否还会想念一楼老太太家的小黄猫，不知道它每天路过小黄猫的门口是否心里面也会五味杂陈。

我一直不知道它不和我一起回家的时候都是怎样进的电子门，或者它有着另外的通道？但我知道，因为它，我有了一个不同于以往十年的冬天。不同于以往十年的冬的夜晚。

腊月来了。

腊八这天阳光很好，下午四点，我在小区里散步时看见白猫躺在花园的一丛枯草上起劲地舔理毛发。我说："咪咪，你跟我回家吗？"白猫眯着眼朝我喵了一声，并没有像以往一样跟我走。我回头看看它，心想它可能有别的事要办。走到楼道口，我闻见了老太太家的八宝粥味。突然间，我有了熬腊八粥的热情。回到家，翻找出 A 在我家橱子里留下的各种盛茶叶和点心的铁桶子，里面装满了各种颜色的豆子。

腊八粥做好后，我盛了一些放在白猫的碗里凉着。儿子小的时候，每年这一天我都会熬腊八粥。那时，没有这么多种豆子果仁，为了凑够八种，我也会放一些菜叶进去。吃的时候，和儿子用筷子指着、拨拉着，一一数来。数到八，儿子就会很满足地喝起来。那样子，让人觉得八是一种味道特别香的豆子，甚或是一块他最喜欢吃的肉。

傍晚，白猫没回来。我闻闻它碗里的腊八粥，再闻闻猫粮，觉得味道比猫粮好得多，我想它一定喜欢吃的。我下楼去找它，在小区里转了两圈也没有找到。我回家自己喝了粥。等它到十二点，再下去找。我以为它一定在某个角落里战斗着。

没有。

第二天，白猫依旧没回来。我的心里充满了恐惧，但还是满怀希望地找它。没找见。

第三天，第四天……都没有它。

我把偶然用手机拍下的一张白猫的照片洗了出来，拿着它四处寻问。周围的各个住宅小区、建筑工地、动物收留站、餐馆都找了。一个餐馆的老板对我说，十有八九是被当作兔子肉吃掉了，现在时兴吃兔肉火锅。

一连两周，都没有找到它，甚至没有它的半点音讯。除了一个人告诉我说，他曾在半个多月前在四里坛那里见过它。四里坛是离我家两公里的地方，从时间上来推算，应该是腊八前的事情了。

白猫丢了，永远没它了。腊月二十三，过小年的这天晚上，在寥落的鞭炮声里，我在台历上写下了这几个字。腊月二十三，公历已是新年的一月二十九日。我还用着去年的那本台历。说不上是因对白猫日记的留恋还是不敢再面对一本崭新的台历、不敢再去期待那每个折角的日子。总之，我在新的元旦来临前，并没有更换新的台历。

白猫走了。去了一个我再也无法和它嬉闹和它相依为伴的世界。

寻找白猫的那段时间，5号楼和我谈论过白猫以及白猫妃子的熟人对我说，找不着就算了，又不是个孩子，不值当费那么大的力气。其实，没有人知道我的内心里真的重新体验了一遍和孩子分别的疼痛。记得十年前，办理离婚的那段时间，也是半个多月我整夜不眠，想到和儿子从此要千里相隔，真觉得心肺肝肠都被撕扯了。那时我才真正明白了从母亲那里听来的话——孩子是父母的心头肉。十年后，已陌生了的心头肉把白猫塞进了我孤独寂寞的心上，不曾想，我在五个月以后需要再给自己的心脏做一次手术。割掉一小块。曾经让我安慰、让我温暖、让我牵挂、让我充实的一小块。

我知道白猫一定是遭遇了不测。已经被当作兔子肉吃进了食客的肚子，已经被消化，被排泄。很长一段时间，我不能看肉，什么肉都不能看，一看我就会想起白猫，就会想到它被人捉住、被残杀、被剥皮、被剁碎、被吃掉的情形。

不用说，你也能猜到春节我是怎么过的了。挨。一分一秒地挨。一天天挨。

在普天同庆一片喜气洋洋的日子里，在全国人民都互致问候相互嘘寒问暖的日子里，我缩在客厅的沙发上。我关掉了手机，拔掉了座机的电话线。从和那个作家朋友扯断了友谊的那刻起，我就不再奢望友谊了。我知道我的儿子不会给我电话。我的前妻也不会给我电话。张玲会吗？拔掉电话的那一刻我的脑海里这样闪了一下。

正月初六，城市新闻频道播了一段关于车轧死狗的新闻。狗的主人是个白发老太太，车主是个二三十岁的少妇。镜头基本上都是对准了少妇，很时髦很美丽的一张脸，也很激动很愤怒。少妇说："一开始我还觉得很内疚，毕竟是我压死了她的狗，大过年的，我也不想和谁过不去，我好言好语地请求她原谅，我答应赔她钱，一千两千我都不在乎。你们也都看见了那就是一条普普通通的笨狗子，集市上买一条不超过几十块钱，可是她不和你讲道理，她拦住我不让我走，让我还她狗，让狗死而复生！大家评评这个理，有这样讲理的吗？！有吗？！"

人们七嘴八舌地附和着。镜头的深处，白发老太坐在车前的地上，歪头抱着血淋淋的死狗，脸紧贴在死狗的脸上，没有人拉她，也没有人蹲下身劝劝她。镜头切回到主持人，老太太、死狗和少妇以及围观的群众迅速被定格，闪缩到主持人的左耳朵边上。主持人说："大过年的，你看这事闹的，本来和和气气就能解决的事情，非要闹得不可收拾。俗话说得饶人处且饶人，人要是得理不饶人，大家也就没有和谐可讲了。"主持人话音刚落，镜头变成了一群穿着花花绿绿的老太太在扭秧歌。

我拿遥控器关电视，发现手在抖。我知道它们被一个很强烈的念头激动着——去把老太太扶起来，帮她把狗安葬了，在她耳边告诉她，我理解她不依不饶的心情，我知道在她怀里死去的不只是一条出身低贱的狗，而是她的一个亲人，一个伴儿，一个孩子。咱们把它安葬了吧，给它一个小小的安息之处，想它就到那里看看它。

我想和她说说我的白猫。说说丢失它的失落和疼痛。我抓起车钥匙往楼下跑，生怕自己稍一迟疑，就会把自己妥协成了少妇周围的观众。我开着车循着主持人说的地点找去。到了那里，只看到了一摊被车辙碾压了的血迹。我这才意识到新闻并不是现场直播的。我回到车上，点了支烟，坐了很久。

挨过了春节，真就有了春的气息。风已经开始变得柔和起来。领导分派给我一个进修的任务，时间为两个月。走之前，我把白猫的床收起来，塞进了杂物间的最上层。我想再也不会用到它了。我不会再养猫了。再也不会了。

进修生活没有我想象的那么难熬。五十多个各怀故事的人突然脱离了原来生活的土壤，脱离了原来故事的行进脉络，集中拐到一个相同空间里，这就使得这个空间无法不妙趣横生。这个空间的美妙之处就在于，它曾经是每个人都能在个体的记忆里搜寻到的类似场景。促使人们努力把它变得妙趣横生的，是那曾经的类似场景都曾有的些许缺憾。在这个空间传承下来的氛围里，人们从相聚的那一刻起，就成了一堆水里的豆子，生着虽注定不会植入土壤但能够弥补缺憾的根须和叶芽。爱情和友谊豆芽一样快速生长着。

我，一粒五十岁的风干了太久的豆子，虽然没被泡开，却也柔软了不少。我变得多愁善感，变得爱回忆。在课堂上，我总是陷入沉思。回想小学的课堂。初中的。高中的。大学的。一直想到儿子的。儿子肯定想不到他五十岁的父亲，此刻和他一样坐在课堂里，甚至于两个课堂竟然在一个城市里。

如果白猫还在该多好啊，我在内心里叹息着。如果它在，我会带着它来上课。带着它，就有了邀请儿子见面的理由和借口。让他看看他的拜托得到了怎样的重视。

两个月很快过去了。我始终没鼓起去看望儿子的勇气。我不知道和一个不需要我的、已经把我当陌生人的儿子谈些什么。谈白猫吗？他会相信吗？我拿什么让他明白我对他的拜托是在意的？白猫的死本身就是一个否定。他一定会把我的出现当作一种打扰。我这样想着，离开了儿子生活了十年的城市，离开了我生活了两个月的城市，按期返回。

回到家，在楼道的电子门前，我就发现自己将跌进比以往更孤独的孤独里，更寂寞的寂寞里。五十多人两个月的集体生活增大了一人独处的情感落差。在按动费力想起的电子门密码的时候，我听见了猫柔软的叫声，扭头看见一楼的老太太正抱着她的小黄猫走过来，我匆匆开门上楼去。

进了家门，刚放下行李，就听见门外有猫的叫声。我心一颤。仔细再听，并不是白猫的声音。我思忖或许是一楼老太太抱着猫上来催交水费了。我趴在猫眼上往外看，什么也没看见。又听见猫的叫声。我只得把门打开。

黑猫！

白猫的黑猫！

我的白猫的黑猫来了！

"咪咪，咪咪，快进来，咪咪！"我称呼它，用我给白猫的名字。

黑猫朝我喵了一声，优雅地走了进来。它走到客厅中央坐下，朝着我再喵一声。

"咪咪，咪咪，你怎么会来呢？"我不假思索地弯腰，从沙发底下抽出给白猫用过的坐垫放到它面前。黑猫闻了闻，坐了上去。

"咪咪，咪咪，你知道咪咪去哪了，对吧？你是来找它的吗？我不在家的这段时间你是不是来过好几次了？咪咪，咪咪它到底发生了什么事情？"

黑猫在我一连串的疑问里喵了一声，伸开前爪趴伏下去。它哀伤地看着我，金黄色的圆眼睛一动不动。我被它眼里的哀伤感染了，已经淡忘了的疼痛又笼罩了过来，我靠在沙发上，闭目伤感。黑猫瘦了，瘦得厉害，称得上娇小玲珑了。看来猫也和人一样，也会被配偶离散的疼痛折磨着。它竟然会来我这里，它竟然知道来我这里！我在内心里感叹不已。

脚背上一阵柔软的毛茸茸的暖热。多么熟悉的感觉。白猫常给我的。我睁开眼，看见黑猫像白猫一样偎着我的脚。像白猫一样，在我仰靠在沙发上情绪低落的时候，靠过来。一瞬间，我明白了黑猫来家的缘由。是白猫让她来的！是白猫让她来的！让她代替他继续我和他之间的情意！他肯定把一切都告诉给了她。他让她知道，他有一个善待他的孤独一人的朋友，需要他的友谊和陪伴！要她在他不在的时候把对我的爱接过来，传下去！

它们竟然懂得把爱传承下去。

我抱起黑猫，任凭自己涕泪交加。

白猫啊，你还对黑猫说了什么？你一直信守着每天都来陪伴我，是想让我明白陪伴的重要吗？你让黑猫来继续你对我的爱，是想告诉我什么吗？张玲说得对，人不如猫啊。我不如你，对爱情不

306

如你勇敢，不如你彻底，也不如你决绝；对亲情更不如你，我竟然从未想到应该教会儿子去传承爱，我竟然从未想过应该为儿子当一个把爱坚持下去的榜样……

我抱着黑猫按下了张玲的电话。我想请她吃顿饭，想问问她关于儿子小时候的日记誊写好了吗。想带上日记和台历去看看儿子。或许，或许还可以约上她和黑猫，一起去。

北京来人了

　　李传正一大早就用看破铜烂铁的眼神看着在床上缩成一团的儿子李正确。看着，看着，他的眼神却逐渐柔软起来，尤其是当李正确的母亲姚素菊洗完脸，端着半盆泛着肥皂沫的水从他眼前挤过去，走向公共水房的时候，他柔软的眼神随着她的后背走到门口，收回来，重新落到李正确的床上，声音也跟着软化了："正确，起床了，你妈给你打洗脸水去了，赶紧起了。"他用拐杖轻轻蹭着右手虎口处发痒的疤痕，看看他唯一的儿子，再看看窗外阴霾的天。

　　"嗯。"李正确用鼻子应了一声。李正确的鼻子随他母亲，细细的，长长的，白白的，瘦瘦的，平日里发出的声音本就单薄羞怯，此时，因为睡梦中体内的气息散淡不经，一声"嗯"就格外的懒散

308

无力，传到李传正耳朵里就成了一根细细的银针，扎得他蹭痒痒的手停下来，手背上那英雄的有着藤蔓和花朵样子的疤痕立刻有了风中的姿态。但，一瞬间，风就止了，那藤蔓和花朵缠绕着的棕色枝干攀住了拐杖。咚！李正确的钢丝行军床和拐杖一起发出了男性的狂野的愤怒声响。

"干什么？大清早的。"李正确睁开细长的单眼皮，皱着他稀疏的无精打采的眉毛不耐烦地看着父亲。他的不耐烦也是细长的，无精打采的，蛛丝一样就把父亲恨铁不成钢的愤怒给缠绕住，捆绑了。李传正涌到眼珠子上的力量，没有儿子力量的回顶，闪跌下来，软塌塌地落到唇上："干什么？你也不看看都几点了？我和你妈都洗刷完了，你还赖在床上。"

李正确坐起身，翻开枕头，拿起被压得板板正正的白衬领围到脖子上扣好，然后往身上套藏蓝色圆领毛衣。毛衣是姐姐李达莱上个月为他织的，反针做底，正针织结出麦穗，每个麦穗长约十公分，自下而上共有七八行。姐姐送毛衣给他那天，捏着毛衣的两个肩说："看这麦穗织得怎么样，我同事都说好呢，八垄，一垄二十个，一百六十个麦穗，织得我手酸。"李正确心里暖暖的，他嘿嘿着说："八垄，说的跟蹲在麦子地里似的。"姐姐催促他穿上试试。他抬抬下巴说："留着我生日那天穿。"

李达莱知道这句话就是弟弟对毛衣的充分肯定——她的弟弟和别人不同——别人一年里最在意的日子是过年，李正确最在意的是生日。他从十七岁时就开始把生日过得在意而隆重。当然，那份在意和隆重都是他个人的——他会在头一天先理好发，再进澡堂彻彻底底地洗个澡，从澡堂子里回到家抱着脚丫子把指甲铰得紧挨着肉，然后换上最好的衣服，等待生日的到来。

二

李正确第一次给自己搞隆重生日仪式的时候，他正读高二，一家人用吃惊的眼神看着他翻箱倒柜地折腾完毕后，姚素菊说："这是发哪门子神经？离过年还好几天呢。"李正确说："过年有什么了不起的，过生日才是最重要的，因为这一天这个世界上才有了这个人。"

生日？姚素菊在心里算着日子——前天赶集买辞灶果，明天应该是小年了。姚的思绪一下子到了十七年前的腊月——她挺着大肚子，牵着女儿达莱的手在铁路家属院门口等老家的表哥。表哥嘴里呼着白气，胳肢窝里夹了个包袱，一看见她们就掏口袋，摸出七八颗花生给达莱说："表舅给你带辞灶果了。"达莱两只小手弯成小瓢接着，踮了脚尖举高了给她看。她看见女儿馋馋的眼神，赶紧剥开一粒塞进女儿嘴里。一股会飞的香气从女儿的嘴里窜出来，漫过一九六二年干冷饥饿的空气钻进她的鼻子里，她的肚子顿时疼起来，疼得她接不了表哥递过来的蓝底白花缀着黑补丁的包袱——里面是她娘用自己的两个褂子大襟给外孙缝的棉袄。她对表哥说："这是个馋孩子，闻着香味就要出来了。"

姚素菊酸楚地把思绪扯回到眼前，看着十七岁的儿子说："今天真是正确的生日啊，我煮长寿面去。"她在李正确的床上放上面板，和了一团面，揉着。李传正催促儿子说："等你妈擀出面条来，

310

人该饿瘪了，先喝碗粥垫垫。"李正确摇摇头，直直地站在床头看着母亲把面团一下下擀成薄薄的盖顶大的圆，然后，把圆叠成半圆，把半圆再折叠三次，用刀切成筷子粗的条，像成排的粉笔画出的111111111，母亲切完，用手抓起那些1轻轻一抖索，1们就成了相互盘绕纠结的一堆……

李正确面对着他热气腾腾的生日面，下筷子前深吸了口气，他用筷子挑起面条，把它们扯成长长的笔直的1，然后把吸进肚子里的冷气慢慢地放出来，把1们送进去。

十七岁的装了一肚子1的李正确，在一九七九年腊月的早晨，坐在饭桌前挺直了身子，他想到自己应该活成个1，不弯不折，不歪不斜，独一无二，正正确确的。虽然常有人拿他的名字开玩笑，他自己却喜欢它，看重它——因为他母亲曾不止一次地和他讲起过这个名字的来源。

每次，母亲跟李正确说的都是同一版本的话："我生你姐的时候，你爹的脸阴了整整三天，三天后他给我下命令——下一个，无论如何也要给我生个带把儿的！我李传正不能没儿子！等生了你，你爹乐得拿拐杖直捣地，一个劲地夸我——姚素菊你终于干了一件正确的事！这儿就叫正确！你生下来十天才睁眼，那十天里你爹天天趴床边上喊你——正确，睁开眼看看爹！我就坚持叫你狗狗，人家说名字越贱越好养活，你那拧爹最终还是给你起成了大名。"

十七岁之后的李正确，并不知道如何让自己活成个独一无二的1，他只得坚守着生日前对自己隆重而苛刻的清洗和修剪。坚守着吃1的仪式。大学落榜的李正确被分到了光华百货楼布匹组当售货员，每天拿着根一米长的姜黄色的木尺，测量五颜六色的布。他在尺子上找准顾客需求的尺寸后，对准尺子上那道短短的 1，用剪刀在布上剪下另一个小小的 1，然后双手扯住裂口使劲一撕，或清脆或暗哑的分裂声就出来了。遇到厚实的或斜纹布时，就只得把布折出 1 来，用剪刀慢慢地顺着 1 剪出两个 1 来。清闲的时候，李正确就会想到自己的工作总是跟 1 打交道，而自己从十七岁立下的目标却越来越不可能了。他看着成群的或成个的顾客，知道自己和他们几乎没有任何区别了，他用那把姜黄色的上面密布了一百个 1 的尺子，拍打着柜台上看起来像肥胖的 1 的布卷，心里泛出淡淡的失落。

一个个生日过过来。一场场苛刻的清洗和修剪被千篇一律地完成。一碗碗相互纠结的面被扯拽成长长的 1 吞进体内。每年的生日，李正确都觉得自己像一块被剪了小口的布，有说不清的两股力量扯着他发出撕裂的声音——撕裂霉湿的旧布的声音。李正确的精气神被这块每年撕扯一次的霉湿的旧布遮盖了起来，一直到一九八八年，李正确二十六岁。

一九八八年，奇怪而奇妙的一年——原本冷清的百货楼内突然人群攒动。原本只是见面点头的街坊邻居，都会热情地拉扯住李正确，和他东扯葫芦西扯瓢后，拜托他帮忙买折叠椅、电视机、冰箱、大米、酱油、醋、雪花呢……为了报答他，他们频繁地给他介绍对象。李正确没有看上的。他觉得她们都缺点啥。

八月八号的这一天，李正确面前的柜台空了，身后的货架子空了，那些像肥胖的 1 的布卷在李正确熟练的撕扯中变成方的长的，然后被折叠被带走了。带走的方式多种多样，最普遍的一种就是被妇女的胳肢窝夹走了。李正确看着空空如也的柜台，恍如梦中。他手里那把姜黄色的木尺无所事事，他把它撂在柜台上，它发出清脆悦耳的声响。这声音是从未听过的。李正确抓起它再撂下去，力气大了些，尺子掉到了柜台外面的地上，他打开两片柜台之间的木板，推开下面的小门出来捡尺子。

福尔摩斯！李正确在一本厚厚的书封皮上看见了他，他的头发是卷的，鼻头尖尖的，嘴唇薄薄的，眼神利利的。他的腮帮子上有半个无法辨出男女的鞋印，V字花型，很像是解放鞋的。

李正确把书和尺子捡起来，擦了擦福尔摩斯腮帮子上的鞋印，回到柜台里读起来。只一刻钟的功夫，李正确的心里就起了贪念——说什么也不能失去这本书！世间竟有这样的书！世间竟有这样的人！李正确觉得心里有几个活泼的泡泡在上蹿下跳，窜的啥跳的啥他一时搞不明白，但他怕丢了它的人回来寻它——卖了八年布没贪过一厘米的李正确，把书藏到了纸箱子底下。

一直到下班，都没有人来找书。李正确把书带回家，在父亲如雷的呼噜里读了一个通宵。天亮的时候，他完全被福尔摩斯折服了。李正确心里的霉湿和失落以及空缺全部消失了——他知道了，终于知道了自己从十七岁就立志活成个1的才能和办法，就是要像福尔摩斯一样。只有像他一样。只有他才是值得景仰、值得钦佩、值得模仿的。其实，后半夜的时候，李正确就不再是单纯的读者了，他更像是福尔摩斯笨拙好学的学生，他在读到福尔摩斯智慧破谜前就合上书，看着封面上的福尔摩斯，在心里向他说出自己的猜测，然后再打开书看下去。

他第一次，也是唯一一次比父亲早起了，他洗漱完毕，端端正正地坐到自己床对面的椅子上，回想头天下午的景象——他觉得在他有生之年，能够见到的四个扭着麻花排列在一起的8，是为了显示这个日子的神奇，那抢购的人群其实就是为了给他的福尔摩斯打扫出场地，以备他神秘地降临。他的老师！他的朋友！他的快乐！他的即将帮助他体现智慧的神！

很快，李正确就把《福尔摩斯探案全集》熟记在心，但依然百读不厌。他不但四处寻找关于福尔摩斯的书籍和录像带，还订了一本名叫《啄木鸟》的杂志，那上面常常刊登一些侦探小说。李正确用福尔摩斯的眼神看着他生活了近三十年的城市，看着那些他闭着眼都能走的大街小巷，那些在他身后出现，只听咳嗽声或笑声，就能确定身份的街坊邻居。李正确期待着能有考验他智慧的事情发生。遗憾的是，在他们家属院里能够发生的事都是小偷小盗小奸小坏——张三家晒在窗台上的运动鞋丢了，李四家在垃圾楼旁边圈出的那块小菜园里的茄子被人摘走了，王麻子家的两只鸡莫名其妙地死了，澡堂子的玻璃被打碎了……

这些都不值得尤其是不适合李正确出面，姚素菊严厉禁止李正确对事件进行猜测："都是邻里邻居，不许你充能！"李正确就乖顺地点头应着，但所有的答案他都了然于胸。他在日记里仔细记录着事件和自己的推测。一九八八年十二月五日，张三家的运动鞋案——公厕左边楼三楼走廊公用水管对面那家的老阿姨嫌疑大，半个月以前她的孙子哭闹着跟他要白色旅游鞋，老阿姨搞不清什么是旅游鞋，正巧张三家儿子骑车经过，她孙子手指着张三儿子的脚说："就是那样的。"老阿姨的眼一直跟着张三儿子的背影……

一九八九年六月四号，李四家丢失茄子一案——一个经常穿越小区的男人，看工作服应该是车辆段的，此人五十露头，面呈酱色，双眼皮，眼角下拉，下唇略厚，走路有点前探腰，常背着一个深蓝色布袋子，走路喜欢东张西望，捡拾废铁之类，至少三次我遇见他站在李四家小菜园边，其中一次伸手进栅栏缝里撸掉一个刚刚红了尖的西红柿，看见我他赶紧低头走过，故意抬起手抚弄头发，恰恰向我展示了他作案的证据——食指上有明显的西红柿叶子的绿色痕迹……

到一九九二年，李正确三十岁生日前夕，李正确遇到的能够挑战他智慧的事只有三件。一件发生在一九九一年初，也是唯一给李正确带来快感和成就感的一件——他们单位里新购进的八台平面直角21寸遥控彩电被盗案。李正确几乎没费什么气力就发现了警察也没发现的线索。虽然，他把功劳让给了保卫科长，但侦破的快乐和荣誉一直圈养在他的心里。

另外的两件，一件是铁路家属院临街的那栋楼里有租住的女人被人砍死了，李正确曾试图去参与侦探，无奈被警察严厉地呵斥了，他只得打消了念头。另一件是李正确的伤心事——去年秋，保卫科长把他老婆表姨家的闺女介绍给了李正确，两个人倒也对眼，李正确认认真真地谈起恋爱来。一年后，李正确动了结婚的念头，但也就在这时，他观察到女孩子看他的眼神里有了一丝躲闪和慌乱，尽管那仅仅是偶尔出现的。他和福尔摩斯一样都坚信任何情况

315

的偶然背后都埋伏着至关重要的必然。李正确只用了两次跟踪就弄清了原因——他的恋爱里有另外一个男人存在。

李正确再三思考后决定放手，他直截了当地对女孩子说："我知道你另有人了，也知道你爱他，只是你自己觉得已经和我好了就不能接受他了，你的理智和感情撕扯着你，快两个月了。"女孩子又惊又呆，又痴又傻地哭着、求着，发誓再也不见那个人了。李正确说："你爱他，我都看见了，你自己看不见吗？"

李正确在女孩的道歉声里扬手做了个再见的动作，用福尔摩斯的姿势跳过地上的一个水坑，走了。走了两站路后，他发现自己的脸上湿漉漉的，浅咖啡色的外套胸前有好几个深棕色的点。他拿手绢擦擦脸和衣服，心里纷纷扬扬的都是女友在那男人面前的神情——瞬间的惊喜之后是躲闪和克制。李正确看见了那惊喜是爆发式的，从她的眼睛里放射到整张脸，而之后的躲闪克制则是牵拽式的，好似她体内有个小钩子不允许她那样欢喜快乐，一下一下地拽她，拽得她的眉毛一下一下动个不停。李正确知道自己就是她心里的那把小钩子。

李正确流着泪走回家，倒在床上蒙头装睡。李传正看不得他低头耷拉角的样子，用拐杖砰砰地捣地。姚素菊扯着丈夫即将爆发的愤怒。晚上，李正确在翻身的时候把枕边的福尔摩斯全集碰掉了，他听着书掉落的声音，突然有了自救的安慰——"毕竟，毕竟你是用自己的智慧破解了一份爱情的背叛，阻止了一个悲剧婚姻的形成。"

三

李正确在父母的注视下，慢慢地穿好衣服，到脸盆架前站住，从墙上长约三十厘米的镜子里看新毛衣的效果。镜子旁边挂着日历。日历是李正确单位里发的，纸张很软，三百六十五个日子被一个四五厘米长的铜钉死死地把着。大多数人家都采取每过一天撕掉一张的办法，到年底的时候，只剩一坨相互挤压的纸屑。李正确不喜欢那种日子被一天天撕掉的感觉，他在日历上方的墙上又钉了个铁钉子，用一截绿色的尼龙绳拴了个军绿色的铁夹子，每过一天就用铁夹子夹住一页拽起来。这样，一年结束了，把铁夹子一松，三百六十五个日子就又翻翻翘翘地聚合在一起。上过扫盲班的姚素菊拿了旧的日历当家庭账本，写写画画，新的一年就附着了上来。其实，最近这两年李正确的单位还发电影女明星的挂历，但是，李传正怕李正确天天看那些俊美的姑娘把眼眶子看高了，影响找对象的标准，就都自作主张地送人了。

镜子里雪白的衬领在李正确苍白的脸和藏蓝色毛衣之间起到了双重作用，既打破了藏蓝的沉闷又调和了他过白的肤色在深色服饰下的衬比，李正确满意地拂了拂额前的头发，然后把日历掀上去夹住。出现在一家三口眼睛里的数字是大红色的，李正确的心情被跳跃的红感染得活泼了些，他吹起了口哨——只要你过得比我好，过得比我好，什么事都难不倒，一直到老……

李传正嘟囔说："星期天啊。"姚素菊看眼日历上的阴历日期说："我给正确煮生日面去。"

李正确家是这层楼上唯一一家有固定厨房的。因为楼是那种只有一面房子的筒子楼，楼梯和厕所在楼的两端遥对着脸儿。李正确家紧挨着楼梯，这样，最里面的一间房和楼梯的墙壁间就有了个将近两平米的空间，李达莱结婚的那年，她丈夫张建立就让全楼的人见识了建筑工人的智慧——用木板和三合板加上几根铁条就造出了一间厨房——有门有窗。其他人家都是锅灶摆在走廊上，不但平日里锅里炒的啥剩的啥一楼的人都知道，遇到下雨下雪的时候还要往屋子里搬。

姚素菊很快用葱花炸锅，煮了一锅面条。等李正确把床铺和自己收拾利索，李传正已经坐在兼职餐桌的边上催促了。照例，李正确坐在自己的床头上，姚素菊坐在对面，李传正面北坐着。李正确把面条挑起来，扯直了用嘴吹着热气，白色的热气漫过父亲的白发，上升到墙壁上的玻璃相框上，在上面凝结成水雾，李传正在北京天安门前自豪的笑容模糊了起来。李正确吃完面条说："我去一趟温慧明家。"

温慧明是李正确最知心的朋友，外号秀才，原是铁路建筑段的一个木工，因为文章写得好被调到宣传科了，他答应借自己进口的相机给李正确。他也是李正确此次计划的赞同者。在李正确刚萌生出去北京的念头时，他就加以肯定和鼓励。

温慧明把相机递给李正确说："你早该去北京了，我保管你到了北京一定会有心灵上的震撼，就只跟你说这么一点吧——升国旗经常从电视里看吧，不陌生吧，但是就这最熟悉的画面都让你激动不已，你想啊，那音乐从四面八方涌过来，把你包住，你就站在那音乐的海洋里，看着国旗班的战士们威武整齐地从天安门里出来，这么嚓嚓嚓地迈着正步来到你面前，把那红旗，伴随着太阳伴随着国歌徐徐升起，那份庄严感、自豪感、责任感和使命感就会从你的心里一股脑儿地跑出来，你会不由自主地仰望着她，放声歌唱——起来，不愿做奴隶的人们，把我们的血肉筑成我们新的长城！"

李正确不转眼珠地看着温慧明，心里随他一起哼唱。温慧明突然停下来说："不多说了，你自己去感受吧。"他嘱咐李正确："不要担心胶卷，我给你放了三个在侧面的兜里，多拍些照片回来给老爷子看看，难得去一次，回来我包着冲洗。"李正确笑着拍拍温慧明的肩膀。温慧明是知道他的心的，也知道他父亲的心。秀才么，秀才不出门便知天下事。

温慧明从口袋里掏出火车票和剩余的零钱交给李正确说："出了北京站往左一拐就是卖票的地方，先把回来的票买了，年关了，票紧张得很。你到那里是早晨五点一刻，估计你买完票顶多五点四十左右，然后你坐地铁到天安门看升旗，时间很从容，冬天的升旗时间都在六点二十左右，其他的你就看时间安排吧。"温慧明又找了纸笔详细地画了北京站的地图，讲解了通过地铁去天安门的路线和从天安门去圆明园、颐和园、长城的公交车次。

李正确怕父母反对他去北京，就在温慧明家磨蹭到下午才回家。李正确把早已准备好的包从床底下拿出来，把相机挂在胸前对父母说："爸，妈，我去趟北京。"姚素菊一听就急了："这孩子，怎么大腊月的往外跑？不行，不行，都年根底了。"

李正确说："我就去一天，明天夜里我就回来了，我都三十岁了还没去过北京，像话吗？"李正确说完，提起包就要走。姚素菊一把扯住他，向李传正求援："他爸，你说话呀！"

李传正的眼从听见儿子说要去北京的一瞬间就盯在了相框里的天安门上——那时，他正是儿子现在的年纪，他的胸前佩戴着大红花，他的身上、手上、脖子上以及左脸颊上布满了美国鬼子留下的疤痕——一种永远摘不掉的英雄之花。他短缺了一截的右腿支撑在国旗下的台阶上，他的头顶处是伟大领袖毛主席慈祥的脸，他在心里对毛主席、对国旗、对全国人民说："我是您的儿子！我一辈子都热爱您！"

李传正用拐杖把自己撑起来，他走到李正确跟前。姚素菊松了手说："我的话你不听，你爸的话总该听吧。"李传正低头看着他一直引以为憾的儿子说："该去！早该去！男人哪能不去北京啊？去吧，去！"

最后一个"去"字，李传正说得激动了，他那攀爬着英雄花朵的手指不由地做了一个勇往直前的动作。姚素菊妥协了，附和着说："去吧，去吧，去散散心也好。"

李正确知道母亲的意思，但他不愿意别人把他的北京之行看成是狭隘的失恋散心，就对父亲说："我去了，我，去替你看看北京，也替我自己看看北京，这男人的事，我妈不懂。"

李传正呵呵一笑说："你妈就知道烧火做饭。"姚素菊不服气地说："瞧不起我这烧火做饭的呀，就是毛主席他也得一天三顿饭，一顿不吃他也饿得慌。"

李正确笑着从母亲的肩头望向相框，他要仔细看清父亲当年站立的位置，他要在同样的位置照一张照片回来给父亲看。镜框里的北京天安门是被李达莱五年前拿到照相馆里翻拍放大了的，人工上了色。李传正的脸颊和毛主席的脸颊上都泛着淡淡的胭脂红。李传正觉得这点不属于男人的红使得他和毛主席，和北京天安门都有些陌生了，倒是胸前被还原了颜色的大红花真就有了当年的风采。

李正确很早就想替父亲拍一张彩色的天安门，只是他内心里固执地认为，去北京是要有资格的。他从去年破获了彩电被盗一案之后，才觉得自己有了一丝丝站在北京天安门前的资格了。少年的时候，在父亲对那张照片的一次次讲述中，他给自己设立的资格是——成为父亲一样的战斗英雄！高中的时候，他调整了这个资格的标准。

四

两个多月以来，李正确一直被三十而立这句古话锯着，磨着。这一天，虽然不能过得问心无愧，但也要把它过得有意义。一个星期前，在和温慧明聊天的时候，他找到了度过三十岁生日的最佳方案——去北京。

三十岁的李正确向北京出发了，他知道身后的栏杆上他风烛残年的父母正看着他的背影，他挺了挺瘦小的脊梁。等李正确的背影看不见了，姚素菊和李传正回到屋里，她继续唠叨："这大过年的，大冷的天，去什么北京啊，让人担心。"

李传正坐到扶手椅上，把拐杖拿到胸前撑着身子说："你就是管他太多了，这男孩子是不能娇生惯养的，男人是要打天下的，是要经历风雨的，哪能养得跟个大闺女似的。"

姚素菊凭借三十年的经验知道，话再说下去，两口子非吵起来不可，她改变话题问："想吃点啥？"李传正说："炒个小炒，我和你喝两盅。"姚素菊说："大夫不是不让你喝酒么。"李传正说："就两盅。"

姚素菊炒了一盘芹菜炒肉，一盘葱炒鸡蛋，另把用滚水焯过的准备过年拌凉菜的胡萝卜丝，用蒜泥拌了一盘端上来。李传正已经在两个白瓷的酒盅里倒满了老白干，等姚素菊坐下，他说："来，咱俩喝一盅。"

姚素菊说："我不喝，你又不是不知道我不会喝。"李传正端了自己的酒盅碰碰姚素菊的说："不会喝也喝一盅。"

姚素菊端起来抿了一下说："这不过年不过节的喝的哪门子酒啊。"李传正一仰脖子喝干了，笑而不语。

姚素菊突然发现，原来在墙上的相框倚墙立在桌子上。她仰头看着墙上的钉子说："松了？怎么掉下来了？"她伸手去拿，想挂回原处。李传正把她的手挡回去说："我拿下来擦擦灰。"他给自己满上酒，看着镜框里的照片，红了眼睛说："三十七年了啊，那时候哪想到今天啊。"

姚素菊看眼丈夫，不咸不淡地说："今天不挺好的么。"

李传正隔着玻璃抚摸着照片说："今天好啊，今天好啊。"他突然觉得自己独享今天的小炒和老白干是愧对那些牺牲的战友的，他端起酒，轻轻地洒在地上。

姚素菊看着水泥地上弯弯曲曲的酒渍说："等正确回来就赶紧让他回老家给他干爸上坟吧，别总是等到年根儿，不好坐车。"

李传正有些不满地说："都二十年的老习惯了，干嘛半道上改呢。"

姚素菊说："你的规矩就是多，你也不翻翻自己的心看看，那些规矩里到底有没有一条是疼儿子的？再怎么着他也是你儿子，是你的种你的骨血。"姚素菊的抗议是有根有据的，从李正确四五岁起，李传正就时常指责姚素菊："看看你给我生的这儿！"

李正确身上没有一点李传正的影子，他像是母亲的翻版，白皙、瘦弱、敏感、羞涩，在外面受了欺负从不知道还手，只会跑回家抱着妈妈的大腿嘤嘤而泣。随着李正确的成长，李传正对儿子的不满越来越大——浑身的骨头没一块像男子汉大丈夫的，大小伙子竟然连个呼噜都不会打，睡起觉来，蜷成一团跟只猫似的。他的不满大多只忍心撒向老婆，他把那句"你看看你给我生的这儿"挂在嘴上。只有他自己知道，正因为这份不满让他格外心疼儿子。只有他自己知道，他的心疼都是用不满的方式表达出来的。

李正确的干爸是李正确出生前十年牺牲在朝鲜战场的李柱子，和李传正同村同姓，一起参军一起打小日本一起去朝鲜打美国鬼子，两个人抗日的时候就说好了——不管谁活下去，生的儿子都是两个人共同的儿子。李传正眼看着他被美国鬼子炸成了碎片，有一片肉带着火焰落在他右手的虎口处，让他痛痒至今。战争胜利后，李传正把李柱子的遗物带回家乡，埋到了他们当年相约参加队伍的岭上。

"我就这么一个儿，咋着翻我这心里都是疼他的。"李传正给自己斟满酒说。

姚素菊浅浅一笑说："虎毒不食子么，我知道你疼他，可你得疼对地方呀，今年就让正确提前回去给干爸上坟吧，去年儿子回来的时候等了五个小时才坐上车。"

李传正说："你又不是不知道，老家当儿子的都是年三十给爹上坟，男子汉冻冻能咋着？"

姚素菊说："犟驴。"

李传正瞪她一眼说："你娘们儿家懂啥？"

姚素菊说："天天嫌我给你生的儿子不好，你自己倒不说说我儿子的好呢，现在这年头连亲爹老子的坟都不上的不多的是么，就咱们正确一回不落地去给干爸上坟呢，就那么一堆黄土，你说叫干爸，儿子就叫干爸，你说每年过年要回去给你干爸上坟添土，儿子就年年不落地去，冷冷寒寒的……我啊，我要是死了我就不让儿子给我上坟，我宁愿在阴间吃不上喝不上我也不会折腾儿子。"

李传正长叹一声说："我也没咋嫌儿子呀，就觉得他应该，啊，那个，更爷们儿一点，其他的我说啥了吗？儿子是好儿子这我知道，不言不语的但心里有数，还是知道做人要有做人的样子，当儿子要有当儿子的规矩的，知道我又病又残地出不了门，知道我这心里惦念啥呢……唉，你说，这个点火车该到哪里了？"

姚素菊说："我咋知道啊，我又没去过北京，赶紧把你那酒盅

324

子给我。"李传正不理睬她，任凭她收走了酒瓶和盅子，他拿袖子再擦擦镜框上的玻璃，沉浸到自己的回忆里。姚素菊盛了粥放到他面前，从他手里把相框抽出来说："别看了，儿子明天就给你带回新的来了。我今天下午买豆腐的时候碰见大老王了，他让我给你带话。"

李传正问："他说啥了？"姚素菊说："还是那些话，说现在这政策越来越不公平了，说你打淮海的时候俘虏的那个国民党军官都是离休待遇，就你们这一帮子老革命还是按退休的待遇，说正月一上班就组织人员上访去，让你务必参加一下，露露脸就行。"

李传正用他蜷缩的手指端起碗喝了口大米粥说："哎，中国这么大，这么多人，北京哪能事事都一碗水端平呀，再说了，人家是俘虏不错，可人家有文化，解放后给国家做的贡献比我大。我就一废人，这手握个拐棍还凑合，握笔就不行了，看了几十年的仓库，哪能跟人家当了几十年工程师的比，咱不能给国家添乱。"

姚素菊不甘心地说："那手握不了笔不也是为国家才残废的么，这退休和离休的待遇差老鼻子钱呢。"

李传正砰地放下碗说："我不去也不许你去，更不许你出去乱说，一点为党为国家考虑的觉悟也没有。要是比的话，咋不和那些死在战场上的人比啊！今天能坐在这里吃着小炒喝着大米稀饭是多少人用命换来的啊？！他们得到了什么？！他们多少人连个名都没留下来，我李传正活下来了，我已经比他们幸运多了，逢年过节组织上来看咱，都敲锣打鼓地慰问咱，还不够吗？还想咋着啊？"

姚素菊看李传正真动了怒就软软地说："我没想咋着呀，不就是闲聊天么，我哪能不知足呢，我又不是没过过从前的日子，我听你的，不给国家和党添麻烦。"

五

李正确一踏上火车，他的大脑立马就兴奋了起来。车厢里人满为患，拥挤不堪，男女老少，神态各异。他想起电影《东方快车谋杀案》，也想起他的导师福尔摩斯的话——"我的头脑讨厌停滞状态，给我问题，给我最深的密码，最复杂的分析，我才最在状态。"

他找到座位，把包放到行李架上，隔着防寒服拽了拽里面相机的带子，确定它坚固无疑后才坐下身，观察起乘客来，根据他们的言行、穿着和行李分析着他们的身份、出行的动机和相互间的关系，并试图从他们的面孔上透视到他们的历史。他知道这是非常有难度的，不是一两年的功夫就能练成的，但他坚信——世上无难事只要肯登攀！他相信福尔摩斯能达到的他一定也能够达到。

夜深了，乘客们不管坐着的还是挤在过道里的都有了倦意，很多人发出了鼾声。李正确知道此刻正是作案的好时机，隐藏在他恹恹神情下的大脑格外警醒起来。车停了，有七八个人肩背手提地下车了，李正确用手指擦擦窗玻璃上的哈气，看着外面的站台。车开了，他把注意力集中到过道口，读解新上车的人——这是一个与众不同的老者。李正确快速地在大脑里收集此人身上散射出的信息，分析他与众不同的具体来源。

过道里已经相对宽松了一点，老者没费多大的劲就挤到了李正确的斜对面，他看了眼拥挤的行李架，把手里的包放到地上，用脚从坐着的乘客腿底下塞到座位下，他把手里的票放到那位乘客眼前说："对不起您了，这是我的座位。"那个屁股还没有坐热的三十多岁的男子乖顺地站起身，回到过道中他原来的位置上。

李正确看着老者，知道了他是一个自信的人（一般人看到座位上有人都会先去看自己的车票），一个很有涵养的人，是一个做事认真的人——从他冻得通红的鼻子可以看出他已早早地等在站台上。

老者坐下去，用手按了一下棉服的口袋，他的身子一直，脸色一怔，眼珠快速地左右转动了两下。李正确恹恹无神的心和脑子，同时兴奋起来——问题来了！

他站起身，一步跨过邻座的腿，站到老者的面前低声问："你确定它在兜里面的时间是什么时候？"

老者把眼神定在他的脸上说："刚刚，上车的时候钱包还在。"

李正确再问："确定？"老者说："百分百。"

李正确听后，把目光迅速地朝车厢门口扫描过去。他嘱咐老者说："你就站在这里不要让任何人过去。"老者点点头，站到过道上，伸开胳膊抓着两边的座位靠背。李正确向老者进来的方向走去，四五米之外就是列车服务员的小屋子，他走进去低语了几句。

李正确走回老者身边等着。老者低声问："你是便衣？"

李正确笑着摇摇头。

一会儿，广播响了起来——10 到 15 号车厢的服务员请注意，请把守好各自的车厢门口，禁止旅客穿越车厢，也请这几节车厢的旅客同志们配合一下，待在自己的位置上不要来回走动。

车厢里一下子热闹起来，疲劳困顿的人们顿时来了精神，相互打听，听到有人被偷了，都摸摸自己的口袋，有的把行李架上的包裹拽了下来抱在怀里。

李正确站在老者身后看着他们，片刻后，他对老者说："咱们可以往下一节车厢了。"到了 11 号车厢，李正确让第一排的乘客让了个座位，他在老者耳朵边上说："你一定听我的。"老者点点头。李正确拽着老者站到座位上大声说："同志们，同志们，麻烦大家配合一下都朝过脸来，这位老人家和贼是打过照面的，他记住了贼的样子，大家都朝这看，让他辨认一下。"

人们纷纷朝他们看过来。李正确大声对老者说："仔细看，每一张脸都看仔细，有吗？没有我们去下一节车厢。"人们纷纷侧了身子给他俩让道。

两名乘警从后面朝他们赶来："你们俩是谁被偷了？"老者说："我。"乘警说："来，说一下具体情况。"李正确拽着老者的衣服对乘警说："等一会儿再做笔录，让我们看完下几个车厢。"乘警看他语气带着不由分说的劲头，只得让他俩继续。

来到 12 号车厢，李正确刚刚站上座位，就看见厕所门口一双慌张的眼睛，朝他匆匆一瞥就躲到了水池的隔板后面。李正确快速朝水池走去，边走边说："这里没有，我们去 13 号。"走到水池处，有三个人挤在那里，李正确揪住浓眉大眼的那个，说："我就不信你能逃了我的法眼。"

两个乘警上来帮忙，把他的胳膊别成烧鸡式。李正确拍了拍他的口袋，从裤兜里掏出一个钱包给老者看。老者惊喜地说："就是，就是。"

其中一个乘警把钱包抓到手里打开，问老者里面有多少钱，都有什么证件。——核对后，乘警把钱包还给老者。两边车厢里的人早已挤了过来，有人拍起了巴掌，清脆的掌声仿如千头鞭炮的第一鸣，声声相接，相传。

李正确的眼圈热起来，在他三十年的生命里第一次有了掌声！这和圈养在自己心里的掌声多么不同——它是这么响亮这么动听！他在掌声中朝自己的座位走去，如同英雄凯旋。他觉得自己周身的肌肉都舒展开，它们使得他的身体宽大直溜了很多，他觉得自己原本干瘪的胸膛上鼓起了健美的肌肉。

回到车厢，李正确的屁股刚挨到座位就被突然闪现的念头惊出一身冷汗来——万一推算不灵，抓不住小偷怎么办？！那丑可就出大发了！他怎么跟老者交代？怎么跟警察解释？怎么样才能走回这个座位？怎么样才能在人们的眼皮底下熬过剩下的时间？当他站在父亲曾骄傲站立的地方时，他该怎么样面对毛主席？他万分侥幸地揣起手来，扭头看向车窗，在心里默默感念他的福尔摩斯，感念那个没跑出他的推算、没让他失败的笨贼，和这辆喘着粗气的绿皮火车，共同给予了他至高的荣光和快乐，给了他看望北京、看望天安门、看望毛主席的礼物！转念，他又想起了父亲——爸知道我今天这事会咋着？肯定比去年那彩电那事更让他惊讶！今天这可是真抓实干啊！去年那事，从来不夸我的爸就一连说了多少个"看不出你这臭小子还真行啊！还真行啊！"一遍又一遍，直到妈开玩笑说："你爸要再说下去，该给你改名叫李真行了。"

329

老者笑眯眯地和李正确对面的人换了座位，拍拍李正确的胳膊，朝他竖起大拇指："小伙子你破案是这个。"

李正确赶紧浅浅一笑。老者说："你在哪里工作啊？留个姓名吧。"李正确迟疑着说："这不是我的习惯。"

老者愣一下，然后点点头说："我知道你们便衣都有很多规矩，这也是必要的自我保护，但你怎么分析的可以讲给我听听吧。"周围的乘客也怂恿说："说说吧，让我们也长长见识。"

李正确笑着说："其实也没什么，就是要仔细观察。你上车前我从车窗里看见你是最后一个，你之后就没有人上下车了，你说你进车厢时钱包还在，而且你走过来之前是没人往9号方向去的，所以我断定小偷作案的位置是从这个座位到车厢门口，作案后的行迹是往11号车厢那边去了。根据时间和车厢的拥挤程度我断定他最远走四五节车厢，再就是利用心理战，说你记住了小偷的样子，小偷看见咱们肯定眼神要慌，要躲闪，剩下的就很简单了。"

周围的人鼓起掌来。李正确站起身，很男人很江湖地朝大家抱了抱拳。待他坐下，老者问："去北京公干？"李正确摇摇头。老者笑笑说："不方便说？我的意思是你到北京如果不影响工作的话，我做东，表示一下感谢。"李正确说："不客气，我时间很紧张。"李正确看看老者和周围仰慕的眼神，突然就有了说一说父亲的冲动，他清下嗓子对老者说："其实我是替我父亲去看看北京的，我父亲一九四三年十六岁就参加革命了，他先是参加了抗日战争，后来又参加了解放战争和抗美援朝，身上到现在还有三块弹片没取出来，在朝鲜战场上他大半个身子被烧伤，断了一条腿。他这辈子就在一九五五年冬天他们部队开庆功大会时组织去过一次北京，在天安门照了张照片，一直珍藏着，他对北京对天安门感情很深……他身体不好，我就替他来看看，当然，我自己也想来，以前没来过，三十了，觉得怎么着也该来一趟了。"

老者点点头说："好小伙啊，你的意思我很明白，你来看北京的心态很纯净，我觉得应该这么说，你是带着朝圣的心态来的，对不对？"

朝圣。李正确思考着这两个字，对老者郑重地点点头。

老者说："我和你父亲年龄相当，你父亲对北京的情感我是理解的。北京啊，她是我们的信仰之都，就是从来没有到过北京的人他也会挂念着北京，挂念着天安门，挂念着那些领导我们翻身做主人的领袖们。"

"嗯，您说得很对，我父亲说他当年站在天安门前眼泪一个劲地流，他照相的时候专门让摄影师把毛主席的像也拍进来，他在心里对毛主席说：主席，你的儿子牺牲了，但我活着回来了，我向您保证，从今往后，我就是您的儿子，永远听您的话，永远跟您走！"

李正确嘴还没闭上，就传来了咪咪的笑声。

老者和李正确一起扭头找发笑的人，那人赶紧坐回座位，低了头。

老者说："我没有参加过战争，我一直都生活在学校里，可我和你父亲他们的情感都是一样的，76年主席去世，我们那感觉真就是失去了父亲啊……孩子，好好替你父亲看看北京，回去好好给他讲讲北京的变化，他身体允许的话再带他来一趟。"

李正确说:"是,是。"这时,广播里传来甜美的声音——旅客同志们,虽然现在是凌晨,虽然我们的广播可能会打扰您的休息,但为了表达我们对 10 号车厢一位见义勇为的旅客的敬意和感谢,现在播放《便衣警察》的主题歌,希望大家能够谅解,也请旅客同志们看管好自己的行李物品,不给犯罪分子可乘之机。

歌声响起。"几度风雨几度春秋,风霜雪雨搏激流,历尽苦难痴心不改,少年壮志不言愁,为了母亲的微笑,为了大地的丰收……"有稀稀拉拉的掌声传来,李正确朝人们笑笑,借机中断了和老者的谈话,闭上眼睛假装休息。他觉得不再跟任何人交谈是今夜最完美的结尾——他怕在交谈中暴露了自己售货员的身份——他希望自己留给人们的是一个便衣的形象,他看见两个二十岁左右的小伙子看他的眼神里充满了对警察的敬仰。他自己也是敬仰他们的,《便衣警察》这部电视剧他在家里看了一遍,去录像厅看了两遍。

车到站的时候,李正确生怕老者再邀请他,故意挤到前面先下了车,在站台的柱子后站了几分钟,把自己混进从其他车厢出来的人流中,慢慢悠悠地走,等到了出站口,他已经是最末尾了。

六

李正确走出出站口,站定了,双手抓着黑色人造革的提包,看着父亲的北京!看着自己的北京!尽管北京凌晨的空气看起来是淡黑色的,有着他从未体验过的清冷和锐利,尽管夜色中的北京和他小时候获得的北京形象(北京光灿灿的一片,太阳从天安门上升起来，散发着万道光芒）完全不同，他还是不由得闭上眼睛深吸口气，在心里高喊——北京，我来了！北京，我来了！北京，我李正确终于见到您了！

李正确在心里和北京打了招呼，看看左边排队买票的队伍，他决定先熟悉一下广场的环境——这也是福尔摩斯教给他的常识。广场上除了黑乎乎的人影外并没有什么招引眼目的东西，李正确把目光看向远处，有几间房子在斜对面并有昏黄微弱的光散出来，他快步走过去。近了，才知道那就是赫赫有名的地铁，李正确顺着那因为通往地下而显得格外神秘的台阶跑下去，买了地铁票，伸头看看正停靠的地铁重回地上。熟悉完环境，他按照温慧明的建议去排队买票。

刚挨近人群，一个头戴黑色线帽围着黑色脖套双手揣在袖子里的高个男人在他身边一蹭，说了句什么。李正确没有听清，想回问的时候却不见了人，就在他左右张望的时候，男人幽灵一样又出现在他的左侧，还是一句含糊的话，李正确这次好像听到了票字。因为男人说得匆忙神秘，李正确就被他的这股劲儿感染了，不由地也用了同样的语气反问："啥？啥票？"

男人像特务接头时试探暗号一样，发现对方不是要找的人就闪身而过。

李正确张望起来，他惊讶地发现淡黑色的空气里有很多雷同的人——衣服都是黑的，都戴着帽子围着脖套，白气从遮掩着他们鼻子的脖套里跑出来，使得那仅露的眼睛有了面纱一样的遮挡。李正确走到一个稍微短一点的队伍后排上，眼睛依旧找寻着那个人。他还是第一次遭遇这样的情况——这让他既紧张又兴奋。当他转过身到背后找寻那个神秘身影时，他看见了四个从身架上看应该是中青年的男人，李正确本能地感觉到这四个人是对着他来的！他迅速低下眼睛侧转了身子，警惕着背后的动静。

最危险最神秘的密码出现了！

一定要冷静！好在这是在大庭广众之下，只要不激怒他们应该一时半会儿不会出现危险。李正确告诫着自己。约莫过了七八分钟的样子，感觉空气里的黑色淡了些，李正确装作不经意地扭头朝后看去，这一次他看清了距离他最近的那个人的眼神——电视里黑帮的眼神，凶恶、挑衅而嬉亵。

李正确想到最大的可能就是火车上的贼是有同伙的，先出来找到了自己的组织——来报复他了！刚才那个含含糊糊在身边说话的人是近距离确认他面貌的！李正确的后面已经有两个人排着队，根据他们散淡默然的眼神，他知道这两个人不是他们的同伙。紧挨着他的人块头比他大一些，李正确缩了身子跟他说："同志，我去趟厕所，一会儿我再回来，要是别人说我插队你帮忙说句话。"那人说："好说。"

李正确瞅见他右侧有四个提着行李的人朝地铁口走去，等他们走到跟前，他闪身加入，脚步抬抬落落都是按照身边人的频率——这样，他们就成了他的一个移动掩体。

到了地铁口，李正确迅速地跑下去，正巧赶上即将开动的列车。李正确趴在玻璃门上看见有两个穿黑衣的人朝他跑来，看见列车启动，其中一个懊恼地跺了下脚，朝后面摆手。李正确猜测后面肯定还有两个。

地铁像一个神秘的伙伴，载着李正确在黑暗里嗖嗖穿越。李正确顾不得体会钻天入地的新奇，警觉地观察着车厢里的人，待地铁门一开，他像受惊的兔子一样飞跑到地面，刻意到马路对面的公交站登上开来的第一辆车，坐了一站后又下来接着登上后面的公交——这次，他仔细观察了车厢里的人后，确保自己已经成功地摆脱了跟踪。他下了公交车找到地铁口，坐上回北京站的地铁——他觉得即使福尔摩斯在旁边看着他，也会对他反跟踪的能力感到满意了。

出了北京站地铁口，李正确看见空气已经是灰色的了，他看看手表——差五分六点，他赶紧跑到他先前排的队那里，那个答应帮他说话的男人却不见了，李正确只得回到队尾重新排队。这时，先前那个神秘人又出现了，他依然是蹭着李正确的左胳膊走过，依然用含混的神秘语气说了一句什么。李正确警觉起来，四处一看，不禁倒吸一口冷气——他以为早已甩掉的那四个人还在他背后，只是这次他们的位置稍稍远了些——有一个叼了烟卷，有一个把脚踩在花坛上，另两个抱胳膊站着。

李正确对自己的判断产生了怀疑——或许他们不是对着自己来的？但有一点他是非常肯定的，他们的身份确定无疑是黑社会。李正确想：如果我往别的地方走，他们不跟踪的话那就不是针对我的。他装作若无其事的样子朝着地铁方向走去，他看见那里出现了一个报摊，卖报的人正忙着把报纸杂志往地上摆。

他走过去，悄声问卖报人："北京的治安怎么样？"

卖报人说："这怎么说呢，哪里都有好人哪里也都有坏人，对吧？"

李正确说："我从一出站就发现有四个人盯着我，那样子很像黑社会的。"

卖报人抬头看着他说："黑社会的？"李正确看他的神色里也有了恐慌。李正确点点头说："就在西南方向，两个叉腿站着，一个稍息着，一个脚踩着花坛，你看见了没？"

卖报人匆匆一瞥说："正朝这看呢。"李正确说："平时这周围有巡逻的警察吗？"卖报人说："那怎么也得等八点吧？或许他们是盯上你手里的包了。"

"我手里的包？"李正确看着自己的包，不知道它怎么会惹上黑社会。卖报人提醒他说："说不定他们以为你带着什么值钱的东西呢。"李正确轻轻舒口气说："你说的有道理。"他告别卖报人朝回走去——他要向他们展示他的包里除了一件棉坎肩和洗刷用具之外，没有任何可令他们盯梢的东西。他有些懊恼地想到自己思考问题有些一根筋了，被火车上的盗窃案牵了鼻子，怎么就没想到其他的可能呢？卖报人说得对，问题可能就在这个包上，也许他们的仇家或来和他们秘密交易的人就提着我这样的包！

李正确回到先前排的队尾，把包放到地上拉开拉链，装着翻找东西，然后站起身来往旁边走了几步，踮起脚假装看卖票的窗口。他用此招告诉他们——他没有什么值得他们盯梢的东西。踮了一会儿脚，他想到或许他们还会怀疑他鼓鼓囊囊的身体——他拉开防寒服的拉链，装作看风景一样原地转了一圈。清冷的空气穿过李达莱织的麦穗钻进他的身体，一个喷嚏猝不及防地窜了出来，他慌忙用手去遮挡。一手心的唾沫和清鼻涕水。他蹲下身用那只干净的手从包里翻找卫生纸，从眼角观察那几双脚的动静。

一双脚动了！

其他的脚也动了！

它们朝他的方向来了！

地铁！

李正确的两条腿还未能完成一个起跑动作，就被一股来自后面的力量推倒在地，他还没来得及擦的口鼻重重地摔到地上，紧接着后背上落满了手脚。有人别着他的胳膊有人揪着他的头发把他拽了起来。他想观察一下周围有无能帮他逃脱的人或物，可是他的脸被揪得只能看见天。

天已经亮了。

有人扯下他的防寒服捂到他的脸上，防寒服腈纶的里料像只冷漠光滑的手一拂而过。猛地，他的脸朝向了地，有人扯起他的毛衣罩到他脸上，他瘦弱的身子只剩一层秋衣了，寒冷立马就把他穿了个透。裤腰松了，慌得他赶紧并腿。裤子并没有掉下去，它只滑落到大胯就停了，他母亲在他黑毛裤腰上穿的红白相间的松紧带很乡土地露了出来。他的手被他的腰带死死地勒住了。

有人拖着他走，他才意识到应该争辩应该呼救："放开我，你们抓错人了，我不是你们要找的人！救救我啊……"有人狠狠地踹了一下他的尾巴骨，一股钻心的疼痛让他的喉咙里的气流溃散了。他从这一脚上明白了他们对他的仇恨——他们大有置他于死地的恶念。他警告自己——冷静！冷静！注意观察！注意分析！

李达莱织的麦穗，行行斜向的麦粒和麦秆的连接处都有个因减针而出现的洞眼，李正确透过它们看见地上还有没化的残雪，看见他的鼻血滴到雪上，看见他左侧那双脚穿着系带皮鞋，右侧的是松紧口带舌头的皮鞋，他根据他俩踩出的鞋印深浅知道左侧的比右侧的重很多；他还看见有很多只鞋子或匆忙或停留或退让，李正确知道那都不是他们的同伙，他再次喊起来："我是被冤枉的，你们抓错人了，哪个好心人赶紧帮我报警啊，帮帮我啊！"

"让你乱喊！"李正确的屁股发出了胆怯的声响，李正确双腿一软跪了下去，两边立马有两股力量扯起他拖拉着，他塞在毛裤松紧带底下的秋衣被扯了出来，露出了苍白扁瘪的肚皮。李正确觉得这样的自己很像条死狗，就努力想让自己的双脚重新踩住地面——他的脚一蹬地，就有脚踹他屁股一下。几次后，李正确只得放弃了。

李正确死狗一样被人拖了长长的一截路，这当中他感觉是朝右拐了一个弯的，然后他被架进一辆车里。没听见任何的话语，车就启动了。李正确由此知道他们是训练有素且准备充分的。他的头被按到腿上，他这才发现温慧明的照相机没了，鞋子也没了，脚面上有蓝色菱形图案的白袜子已经又湿又黑了，脚指头针扎一样，双腿抖个不停。

他告诫自己必须忽略肉体产生的不适感，要调动起自己所有的毅力和辨别事物的能力。他相信只要自己能活着回去，就一定能凭借自己的智慧找到他们！端掉他们的老窝！为民除害！为北京的平安贡献自己的力量！

七

李正确在左摇右晃左转右拐的车里，牢记着自己的感觉，同时默数着数。数到313的时候车停了下来，有人把李正确按着头拽下车。一个粗哑的声音说："这小子一看就是欠收拾的主儿，还想玩伎俩，到那儿，先教训一下。"有人解了他的手，架着他走到一间屋子前。他从毛衣麦穗上的洞眼里看见了门槛，他看见地上的一切都很清楚了——他知道天已经大亮，他的心里生出了一点希望——天大亮，就离警察上班的时间不远了，那卖报的人会不会好心地报告警察呢？

腿刚一跨过门槛，他的身体就被巨大的力量踹向前，一瞬间，他觉得这股力量把他身体里的东西撞零散了，它们要穿透他的前胸飞射出去了。就在它们钻痛他的瞬间，前面一股力量拦截上来，它们又往后飞去。如此几个来回后，它们带着李正确的躯壳倒在地上。立马，他的躯体是好几双皮鞋嬉戏的球了。

李正确对此并不陌生，他从港台片里看过很多次，他也知道这样的情况下最要紧的就是保护头——头要是坏了，他就没有了找他们报仇雪恨的智慧了！

李正确被拖到了一间有桌有椅的屋子里，毛衣已经从他的头上滑下去，胸膛里的剧烈疼痛和恐惧让他无法睁开眼睛，他蜷缩在地上，不敢出声，生怕再招来殴打。

"叫什么名？"

"李正确。"

"什么？说清楚点！"

"李正确。"

"嗨，还理正确呢，你正确，难道我们错误了？你这样的我们见多了，尾巴一翘就知道你拉啥屎！"系带的皮鞋踢过来。

"说，到底叫啥？"

李正确想起父亲的北京，想起自己差一点就朝圣到的北京，用电视里好汉的语气说："你们就是打死我我也叫李正确！"

"哪几个字？"

"姓李的李，正确的正确。"

"哈哈，叫正确为啥干错误的事？老实交代偷了多少？"

偷？李正确想，果真就是火车上的盗窃案引发的。他说："我没偷，我真没偷。"

"还不老实！"又一脚踢上来。"没偷？你以为你说没偷你就没偷了，我们都看见了，还敢抵赖！让你逞能！让你逞能！"

李正确彻底明白了——火车上的贼不但是有同伙的，还是有门派的，是一个有组织的盗窃黑帮。他眯缝着眼看看门外，地上已经有了耀眼的光斑，他想他们不可能在光天化日下杀害他，杀人的事大多都在晚上，无论如何要给自己争取这一白天。

"说，你到底偷了多少？"在黑皮鞋抬起的瞬间，李正确恐慌地闭了眼睛缩了身子："我说，我说。"

李正确想到自己只有五十元钱，为了避免他们以为他说谎，就回答说："五十。"话音刚落，就有一双手掀开他的毛衣，发现里面没有口袋，快速地下移到裤子口袋里，摸出钱来。正好五十。

李正确听见有人松了口气。李正确也跟着松了口气，一直惊惧不堪的身体刚有些松展时，黑皮鞋又踢过来，李正确重新绷紧自己。让他意外的是，黑皮鞋踢的力度大大降低了："说，还偷了什么？"

"还，还偷了照相机。"

"还偷了什么？"

"没了。"

"没了？说，还干过什么坏事？"

李正确想他们就是想让自己主动服软，他说："我真不是故意找你们茬的，我以后再也不敢在你们面前逞能了。"

"说具体点。"

"我保证，保证不抓小偷了，我全当看不见，我保证。"

"什么乱七八糟的，他妈的，还敢耍老子！"一只皮鞋踩到他的脸上，和话语里的恼恨不同的是，这只脚没有力量，它轻轻地踩着他干瘪的腮帮子："信不信，我踩死你跟踩死只蚂蚁一样，信——不——信？想玩啊，老子能玩死你，信不信？"话语和皮鞋一样轻浮了。一样戏谑了。李正确脖子后面一直绷紧的那股力气顿时四散而逃。

"求求你们饶了我吧，我再也不敢了。求求你们饶了我吧，我再也不敢了，再也不敢了，再也不敢了。"

"哈哈，这还差不多，再想想还干过什么？"

李正确努力地想起来——五年前，他和同事宋伟姬、洪波还有他高中同学张刚一起传看过《少女的心》，前年夏天张刚带他去他

341

的一个朋友家学习过贴面舞，面颊和身体磨蹭了没几下，他下边就硬了，吓得他挣脱了舞伴就跑了。"我发誓我就跳了那一回。"

从包里翻出一个工作证。有人说："还真叫李正确，咋起这么怪的名。"

皮鞋离开了他的腮帮子。房间里安静下来。李正确闭眼听着动静。有粗粗的呼吸声。他仔细辨认着，有自己的，还有就是那个穿系带皮鞋的，一个胖子，能把残雪踩出深坑的胖猪！

"先关起来。"

李正确被拖回先前挨揍的那间屋子。有人把他的手别到身后依旧用他的腰带捆上。李正确哀告说："轻点，轻点，我都这样了，你们就是不捆，我也逃不了。"

"哪来这么多废话，找揍呀？我告诉你，老老实实给我待着，你要是敢瞎折腾就有你好看的。"

等他们出去，李正确才聚拢精神睁开眼。这是一间空空荡荡的大屋子，窗子上都挂着厚厚的窗帘，从缝隙中透进来的光线看，没有阳光温暖的颜色，只是阴冷的一道亮，李正确断定它不是间向阳的房子。不管怎样，李正确已经成功地为自己获得了一些时间，他在心里祈祷——那个卖报人或者那众多的曾看见他被抓的人群里能有人和他一样，善于观察善于分析，能看穿他们假装便衣的把戏，能够追寻着血迹把警察带过来解救他。

李正确蜷缩在水泥地上，身体里尖锐的疼痛和彻骨的寒冷把每一分钟都扯成了煎熬。他恶心无力，牙齿发着嘚嘚的声响。他知道这样下去，不用他们动刀动枪他就会被冻死，他咬牙往墙根那个模糊的可能是暖气的地方挪动。苍天助我！李正确依在温热的暖气片上，心里又多了一丝希望。

等待着。等待着。

李正确的希望一丝一丝地小下去。

窗缝里的亮光消失了。

天黑了。李正确爆发出无法控制的绝望的号哭。

哭累了，他听到窗子外面有人说话。

"什么时候行动？"

"后半夜吧。"

他们要害死我！要害死我！我不能就这么死！不能！绝对不能！李正确决定救自己！他想到应该先把手弄开，想起自己的腰带是最流行的带卡扣的皮带，只要摸到卡扣就能松开。他祷告着："伟大的福尔摩斯，无所不能的福尔摩斯啊，请你帮帮我，一定帮帮我！"

皮带松开了，手自由了，李正确用双手支撑着爬到门口——那门结实得晃不出任何声音。

爬到窗户前，忍着疼痛站起来，摸到的是一根根晃不出任何声音的拇指粗的铁棍。李正确知道自己在劫难逃了。没有了逃离的希望，反倒冷静下来。他想到唯一能做到的就是给警察给亲人留下他冤死的信号。这信号要躲过他们的眼睛，要隐秘，要持久，就是他的肉身腐烂了烧化了也消失不了！他把腰带的卡扣掰下来塞进嘴里，试探了几次都无法咽下，只惹得一阵阵干呕。他习惯性地往兜里掏手绢，他的手指摸到了硬币。

两枚硬币！

李正确干呕着把它们咽了下去。

应该尽量多留一些线索！他想到了早晨滴到地上的鼻血。他拽下自己的白衬领，狠劲揉搓了几下鼻子，一会儿就有血虫子爬到了唇上。李正确展开衬领，手蘸着鲜血在背面写下：我冤枉！写完，他把衬领再套回到毛衣里面。

做完这些，李正确决定利用剩下的时间回想自己的一生。从父亲给母亲下命令"下次无论如何也要给我生个带把儿的，我李传正不能没有儿子"，从父亲趴在床头一遍遍喊他"正确，睁眼看看爹"，他开始想。他第一次明白人真正的想，是把经了的事重新经一遍，鲜鲜活活的就在眼前——五岁的他，被小朋友故意撞倒，一圈人围着他喊："疤瘌脸他儿！鸡爪手他儿！瘸子他儿！独腿他儿！鬼他儿！"

他哭着跑回家，还没等说出原因，父亲的拐杖就响起来。

他哭着躲在妈妈的屁股后，从妈妈的腿缝里，第一次仔细认真而恐慌地看父亲的疤瘌脸、鸡爪手和独腿。

父亲先是朝他喊："是我李传正的儿就不许掉半个眼泪渣子！"他的眼泪不是半个半个的，是河水一样的，他悄悄地把它们蹭在妈妈的裤子上，却怎么也蹭不干净。父亲的话重复了三遍后，他的眼泪还是跟小河里的水一样，父亲抬起拐杖一下把他从母亲的身后戳到地上："起来！是我李传正的儿子就不许趴在地上！"

他从地上爬起来的时候，意识到眼泪止住了，连半个眼泪渣子都没有了，他终于敢让父亲看他的眼了。就在他想告诉父亲，他没流眼泪，半个眼泪渣子也没流的时候，他看见父亲朝母亲举起了拐杖："看看你给我生的这儿！看看他这点出息！"

直到母亲哭着给他换裤子的时候，他才知道他的眼泪并没有真的不流了——眼泪也害怕爸爸，它们不敢从眼里流出来，它们从他的小鸡鸡里悄悄地流到裤子上了……

从这天起，他再也不敢也不愿靠近他疤瘌脸的、鸡爪子手的、独腿的、动不动就把地捣得咚咚响的鬼父亲。直到他上小学三年级——那天，他是多么自豪！多么骄傲！多么光荣！那天，学校请来讲革命故事的战斗英雄竟然是他的父亲！他和同学们在父亲的讲述里都流泪了，他的眼泪流得又跟小河的水一样了，还有他的鼻涕也流得跟河水一样了，可是他第一次没有低头掩饰它们，他坐得笔直坚挺，把脸仰得高高的。

那天，放学的时候，他在同学们羡慕的眼光里，胆怯而自豪地抓起了父亲鸡爪子一样的手，挽扶着他回家。那天，父亲第一次给他讲了天安门那张照片的故事。那天，母亲在做饭的时候，边烧火边给他讲了他出生的故事。那天，他下决心向父亲学习！他告诉自己要做个让父亲喜欢满意的儿子……

但是，他总做不到，就像他总管不住他的鼻涕和眼泪一样。就连最简单的也不行——他努力吃饭，渴盼着自己能长得和父亲一样高大，但他总是一吃多了就肚子疼、就发烧。他也想像其他同学一样下河洗澡，在大雨里跑……父亲喜欢那样的，可他实在是害怕水蛭，一看见它们叮在人身上他就眼前发黑胸口里翻腾；他一在雨里跑就会打喷嚏咳嗽得肺炎……这样的时候，父亲就埋怨母亲——看看你给我生的这儿!

后来,父亲的埋怨少了很多。因为长大的他明白了自己的无能,认可了自己的无能,应该是父亲也明白了认可了。他只做他能做到的——给干爸当儿子。他知道自己有个未曾见面的干爸,知道爸和干爸曾经的约定时,他才明白了父亲当年给母亲下的命令,才明白了父亲为什么说他不能没有儿子!他认认真真地给干爸当着儿子,每年除夕回老家给干爸添土上坟,给干爸讲干爸看不见的享受不到的生活,有时他也讲爸、讲妈、讲达莱、讲他自己。他给干爸讲自己的时候,光讲好的能让干爸高兴的——他不想让两个爸都因他而失望。

去年除夕,他给干爸讲的就是他在单位里侦破彩电被盗的事。他把自己怎么通过观察,在单位门口一块缺了水泥的地上,发现了两道短短的平行的车辙和几个小小的窝坑;怎么综合平日里和门卫大爷聊天获得的信息,推断出作案的时间和工具;怎么在等候公安问询的人群里发现了电气组的老康面色憔悴还紧张——吸烟姿势都变了,原来是两个指头夹着,那天是捏着;怎样故意在老康面前说八台彩电排好了,一辆三轮车就能拉走,试探老康的反应——他捏烟的手指头都抖了;怎样乔装改扮跟踪老康,发现他让一个吹着迎风招展式刘海的女人到状元街藏三轮车;怎么装作问路看清了那三轮车胎的花纹;怎样恍悟那女人的高跟鞋锥子把儿一样的尖跟就是地上那些个窝坑的来源;怎么样把这些信息报告给保卫科长,保卫科长提着什么牌子的酒当天深夜去家里求他……都一一讲给干爸。

"干爸,奖金三百块呢,这酒就是用奖金买的,不过这露脸的机会我让给了保卫科长，达莱不赞成我这么干，她说我是怕保卫科长，其实我就是想人家那么大的男人都跟你张嘴了，哪好意思拒绝呢，再说了我师傅福尔摩斯就说过——我办案不求名声，工作本身，发挥我特殊能力的快乐才是最高奖励！达莱女人家理解不了。干爸，我爸为这事夸了我，一连说了半晚上——看不出来这臭小子还真行呢！说得都快絮叨了。"

"干爸，我本打算过几天给你讲北京的，我知道干爸你也没到过北京。干爸你知道吗，我不但是为我自己来的北京，我还是为我爸来的，为你来的！我借了相机，打算拍彩色的照片给我爸和你看……"

李正确朝干爸哭诉着……突然他听见了父亲用拐杖敲击出的话——只有他们父子俩才能明白的密电码："李正确，别哭了！我知道我李传正的儿子是永远不会为非作歹的！爸相信你！到了阴间找到你干爸，好好伺候他！"李正确一字一点头地把父亲的叮咛牢记在心……

八

门，被打开了。

李正确恍惚中觉得有人架着他的腋窝，有声音在喊他："李正确你醒醒，李正确你醒醒！"

李正确睁开眼睛看见了保卫科长和经理，他知道自己的灵魂已经找见了亲人。他哭着申辩说："我是冤死的！我是冤死的！求你们给我伸张正义啊！我肚子里有两枚硬币就是我冤死的证据……"

"李正确你醒醒啊，你没死，你还活着，你活着！他烧得太厉害了，去，看看能不能搞两片阿司匹林来。"经理的声音。

保卫科长说："我兜里就有，我也正感冒呢。"

经理说："找点水给他喂下去。"经理搂起他，让他靠在自己的肩膀上。李正确的防寒服和包他已经找了回来，他把防寒服给他穿上，又把包塞到他的屁股底下隔寒。李正确死死地看着经理说："我如果没死的话，怎么可能逃脱黑社会的看管，跑回来？"

"李正确啊，你真是糊涂了，你没回去，是我和保卫科长来了。定定神，一会儿我们就带你回家啊。"经理的眼圈红了。

李正确欣喜地啜嚅着："我没死？！我没死？！我真的没死吗？！"

"没死，绝对没死！你在我手下干了十几年，你见我撒过谎扯过皮吗？"

"我没死！"李正确喜极而泣。经理用手不停地划拉着他的后背，试图帮助他哭得顺畅一些。

保卫科长端了半杯温水回来了，他把两片阿司匹林塞进李正确的嘴里。李正确看看保卫科长，他突然想到，一定是保卫科长破获了他李正确失踪一案，保卫科长一定是偷偷地向福尔摩斯学习了！李正确咽下药片，朝保卫科长笑笑："你能破得了北京黑社会这样的大案子，你比我厉害，我李正确服！"

保卫科长莫名其妙地看看经理。经理说："哎呀，可怜啊，糊涂了。"

李正确不服气地说："说啥呀，你们是糊弄不了我的，如果案子没破的话，你们怎么能进入黑社会的老窝里来救我？你们看看他们戒备森严的样子。"李正确说着指了指窗户上的钢筋。

保卫科长指指自己的脑袋对经理说："他不会是这里被打坏了吧？"

经理说："你俩都别乱说了，千万别再惹出乱子来，万一不让咱走就麻烦了。"经理说完，把李正确的身子扶到保卫科长的肩膀上，他倒换了一下蹲在地上的两条腿，让自己和李正确脸对脸，压低声音郑重地告诉他："李正确你从现在开始，一定要听我的话，能做到吧？"

李正确点点头。

经理说："不要再说话，尤其是黑社会之类的话，千万不要说了！"

李正确警觉地看看门口低声问："黑社会还没全被消灭吗？"

经理皱着眉头说："你看看，又乱说，你不是答应我不乱说的吗？"

李正确不好意思地垂下眼皮。

经理说："根本就没有什么黑社会，这里是北京的派出所。"看见李正确张大了嘴，他用中指敲敲李正确的膝盖说："派出所，警察，懂吧？根本没什么黑社会，你一口一个黑社会，万一被人家警察听到了，人家会怎么想？我可告诉你，你可是我亲自签字画押做了担保的，我向他们保证你是个好同志，以后绝对不会做出危害他人危害社会的事来，才被允许接你回去的，你一定要配合，咱们才能顺利地回家。"

"派出所？！警察？！"李正确稀疏的眉毛和细长的眼睛被疑虑扭结得歪七扭八。

"不！不！不！你骗我！不会是警察干的！警察怎么可能和黑社会一样？！你想骗我，但你骗不了我！你知道我李正确最擅长的是什么吧？就是破案啊！咱们单位电视机被盗一案就是我李正确侦破的！你不信啊，你不信你问他！"李正确手指着保卫科长，眼睛观察着经理，"你们想骗我，你们和黑社会有关系？你们是为他们遮掩罪行的，对吧？！"

"李正确！"保卫科长怒吼一声，"李正确，你别把经理的好心当驴肝肺！经理说的句句是真，不管你信不信，这都是事实！根本没有什么黑社会，那都是你自己胡思乱想出来的，咱们一会儿出门的时候你就能看见门口的牌子，你就能看见他们的警服警徽了。"

"警察啊——警察啊——警察啊——我不相信，我不相信，你们是骗我的，你们是骗我的，警察怎么会无缘无故地把我揍个半死？警察抓人都是用手铐的……"李正确像个孩子一样号啕大哭，试图为他辩解。

经理和保卫科长架着他往外走，才发现李正确光着脚："李正确，你的鞋呢？"经理和保卫科长四下里看了看，没看见他的鞋子。保卫科长说："我去问问。"经理说："你块头大，你背着他，我去问，看他这样子也走不成个儿。"保卫科长蹲下身，经理把号啕大哭的李正确扶到他背上。三个人一起来到办公室。

经理问："警察同志，他的鞋在这里吗？"

警察同志看看保卫科长背上闭目抽泣的李正确，又四下瞅了瞅，然后从墙角落里提了一双塑料拖鞋扔到保卫科长面前说："五块钱。"经理掏出自己的钱包，付了钱，提了拖鞋往外走。

　　三个人走出派出所的大门，经理拍拍李正确，命令他："不许哭了！李正确你睁开眼看看派出所的牌子！"

　　"不！不！不！我不看，我不看！"李正确死闭着眼。

　　保卫科长对经理说："别勉强他了，不想看就算了吧。"

　　经理斩钉截铁地说："不行！必须让他看，不能让他老在自己的幻想里，老在里面不就成神经病了么！"

　　保卫科长赞同经理的意见，他把李正确放到地上，劝慰说："兄弟，你要理解经理的良苦用心啊，你是我眼里的福尔摩斯，你应该能想到这个问题啊——如果你不自己亲眼看看，你肯定就不会相信，你回去就还是按照自己幻想的说……兄弟啊，那样的话是没有人相信的，你想想别人会怎么看你啊？你好歹睁开眼看看，或许，或许是我和经理看错了呢。"

　　李正确睁开了眼。

　　派出所。二十多个搭建在一起的墨黑的拇指粗的笔画，像被踢飞了的刀枪棍棒一样戳到李正确的眼珠子上。李正确一个趔趄，他在心里建筑了许多年的高楼大厦轰然倒塌。他再次闭上了眼。这次，他安静了。

　　经理把手里的拖鞋撂到地上，保卫科长扶着木头人一样的李正确，把拖鞋套到他的脚上，扶他进了经理的轿车。保卫科长说："李正确，经理可是一接到电话就来接你了，我们跑了将近十一个小时才赶过来，我在百货公司干了快二十年了，还是第一次见有人能让经理用小轿车接呢。"

经理在副驾驶上坐稳后说："李正确啊，我们在电话里也不好多问人家，又不知道你的具体情况，怕直接跟你父母说惊吓着老人，所以来的时候也没和他们打招呼。刚才我给单位里打了个电话，让他们去你家说了，好让老人有个思想准备。"听不见李正确的回应，经理对司机说："走了，看这天会有大雪，别给窝在北京了。"

走了半天，李正确听见司机说，出北京了。李正确睁开了眼，看见雪成团地飘落着，大如纸钱，李正确的眼泪又跑出来——老天是看见过他的冤屈的，是看见他死过的……李正确抽动鼻子的声音打断了经理和保卫科长的闲聊。保卫科长说："兄弟啊，别哭了，男子汉大丈夫别搞得跟个娘们似的。"

经理叹口气说："让他哭吧。李正确我跟你说，在车上哭够了回到家就算了，别让你爹娘那么大年纪了再伤心。"

"嗯。"李正确单薄瘦弱的鼻子发出了粗混的响声。

九

李传正自从儿子去了北京，他衰老了的心脏又年轻起来，仿佛真就回到了三十七年前。这两天，他总是把自己支撑在拐杖上，哼着那些曾经让他热血沸腾的歌——背起那个行装，扛起那个枪，雄壮的那个队伍浩浩荡荡，同志们呀你要问我们哪里去呀，我们要到祖国最需要的地方……

百货公司办公室的小郑来的时候，他正腿上盖着破旧的军大衣哼唱着："有一个道理不用讲，战士就该上战场，是虎就该山中走，是龙就该闹海洋！"

小郑趴在他家门玻璃上喊："李大爷，我是百货公司的小郑。"

李传正止了歌唱说："来来来，坐坐坐，你找正确啊，他去北京了，你去过北京吗？哎呀，年轻人啊哪能不去北京啊，我跟你说啊，这去了北京的人和不去北京的人会不一样的，去了，你就一辈子把她放这里记挂着。"李传正用他伤残的手指拍着胸口。

姚素菊听见动静从里屋走了出来，一看见小郑脸上的表情就警觉地问："是正确让你来的吗？他怎么了？他说昨晚回来，我等了他一夜呢。"

小郑说："大娘你别着急，没什么事可能就是摔了一跤，今晚就能回来了，让先跟你们说一声。"

李传正听了，握紧了他的拐杖，又心疼又生气地敲着地说："这个不争气的东西，平日里就坐没坐相站没站相，到北京了他还不站稳当点儿。"

小郑说："大爷你别生气，也别着急，我们经理和保卫科长从昨天晚上就开车去接他了。"

"什么？！"李传正和姚素菊都知道事情严重了。李传正用拐杖把自己撑起来："我到走廊上等他去。"

小郑说："大爷，下着雪呢，你这身体。"

姚素菊说："小郑啊，麻烦你到建筑公司家属院给门卫留个话，让我家李达莱回来。"小郑领命而去。姚素菊拿了凳子和大衣来到走廊上。

两个老人默默无语地等待着。纷纷扬扬的雪片被风吹过栏杆，落在他们的头上，身上。

每一个过往的人在楼下就看到了他们的异常，从他们身后走过的时候就没了往日的欢快，都悄着手脚试探地问："怎么大冷的天坐外面啊？"

姚素菊"嗯嗯"两声，算作回答，眼睛却依然盯着路口。

李达莱骑着自行车出现了。隔远了看见爹娘披雪坐着就失声哭了，匆匆地跑上楼来："这是咋了？正确到底咋了？爸妈你们去屋里呀，我在这里看着。"

姚素菊说："听达莱的，屋里吧，你要是病倒了，不是给我们娘俩添乱吗？"李传正站起身来让姚素菊扶回屋里。

李达莱一看见保卫科长背着李正确，她就呜咽了，在她的记忆里，除了小的时候弟弟肚子疼让妈这样背着他，她还从没见他这样过："正确你咋了？正确你这是咋了？"

李正确面色苍白，昏昏沉沉地说："姐，我疼。"

李传正和姚素菊已从屋子里出来了，好几个邻居也跑了出来。人们把李正确放到他的床上。保卫科长和经理劝退了邻居们："没事，没事，就是不太舒服，让他睡一觉，让他睡一觉就好了。"

李正确真就睡起觉来。只是他的觉睡得再也不像只安静的猫了。他的觉再也不能睡得让李传正恨铁不成钢了。他的鼻息也不再散淡不经。他不再是他们安静乖顺的儿子和弟弟，他像只独自陷入狼群的羊一样，绝望着，挣扎着，哀号着。

354

"我是冤枉的！我是冤枉的！别打我了，别打我了，救救我啊，救救我啊！谁能救救我啊——"

姚素菊和李达莱用热毛巾擦着他梦魇里的汗珠，肝肠寸断。姚素菊流着泪说："达莱，别出声啊，别让你弟弟听了更害怕呀。"娘俩哆嗦着嘴唇不敢发出悲声，生怕加剧了他梦里的恐惧和绝望。

李传正不忍看妻儿，他只得坐到他平日里吃饭的凳子上，看着墙上相框里的北京，一遍遍在心里问：北京啊北京，你到底把我的儿子咋了？！

十

李正确睡了两夜一天。这当中除了被李达莱喊起来喂过几次小米汤和退烧药外，他都在狼群里。即使被扶起身，嘴里咽着水或米汤，眼睛和神情依然是梦里的。李达莱害怕了，想把弟弟送医院，又怕神经不好的名声传了出去影响弟弟以后找对象。和爹娘商量后，李达莱把一个在医院工作的朋友请到家里。

朋友断定李正确只是受了过度惊吓，内脏器官没有明显的损伤症状——应该不会有生命危险，继续观察，等他醒来，最好到医院全面检查。

李正确终于清醒过来了。他四下看看，看见爹娘和姐姐守在跟前，又把眼睛闭上。李传正问他发生了什么事情。他扭头不语。姚素菊问，他也扭头不语。李达莱问，他还是扭头不语。

李传正急了，用他盛开着英雄之花的手抓着拐杖捣起来。

砰！砰！砰！

李正确在父亲的愤怒里投降了，他想想说："叫姐夫来，我告诉姐夫。"

李达莱把张建立叫了来，把父母扶到了邻居邹婶家，自己悄悄回来贴着门缝听弟弟对张建立的诉说。

听到后来，李达莱跑进去抱着弟弟放声大哭："正确啊，怎么会这样呀？咱们谁也没得罪啊，咱们什么法也没犯呀，怎么能这样折磨咱呀？"张建立扯扯妻子的胳膊小声责备说："达莱，说这些不是让正确更难过么，这样的时候，我们就应该往好处劝往好处想呀。"

李达莱松开弟弟，走到一边擦泪。张建立劝李正确说："事情到了这一步，我们虽然冤屈，但好在不是落到真的黑社会手里，要是落到那帮人手里，别说回家来，就是尸首也没处找啊。"李达莱跟着点头。

李正确看着他俩，沉默许久说："你们不懂我心里的感受，其实我倒是希望真的是落在黑社会手里。"

李正确的经历让姚素菊昏厥了。让李传正惊呆了，心碎了，愤怒了。他用浊泪纵横的老眼瞅着相框里的北京，用他伤残的手指抓着拐杖一次次一遍遍捣着地板："怎么会这样？怎么会这样？你怎么能这样对待我的孩子啊？你怎么能这样对待我的孩子啊？！"

一家人哭了半天，张建立看李正确不时地避开父母的眼睛龇牙咧嘴，就和李达莱商量带着李正确去医院检查身体。检查报告显示：左侧第四第五肋骨骨折，右侧第五肋骨骨折，左手腕骨裂，右脚踝韧带撕裂，身体多处软组织受伤。庆幸的是所有的骨折都是闭合性的，没有造成骨茬刺穿内脏的悲剧。检查结果让一家子再次抱头痛哭。

李正确抓着自己的病例突然暴躁起来，他呵斥为他痛哭流涕的亲人："别烦我！别叫我！别叫我！"

三整天过去了，谁也不能把李正确从暴躁的绝食情绪里拽出来。姚素菊端着给儿子熬的鸡汤哀求着："正确啊，听妈的话吃一点吧，哪怕喝一口汤呢，正确啊，你不想看爹妈为你急死你就吃一点吧，我的儿啊，人一辈子哪能不遇事啊，再委屈也应该活下去呀……"

李正确哭了："妈，求求你给我改个名吧，我听不得那两个字，我一听见就又听见人家讽刺我打我……"

"我的孩呀，我的孩呀，都怪妈没想到啊，咱改名，咱马上就改啊，咱还叫小名好吧，咱还叫狗狗，我的狗狗啊，听妈话，喝口汤吧，好狗狗听妈的话啊……"姚素菊的老泪滴落到碗里，惊得黄澄澄的老母鸡汤油花震荡。狗狗看着母亲的脸，张开了嘴。

在门外隔着玻璃密切注视着儿子的李传正，看见他的儿子张开了嘴，浑身一松差点摔倒，多亏李达莱扶住他。他抹把脸对女儿说："听见你妈的话了吗，记住了叫他狗狗！告诉建立一声，别忘了。"

为了让儿子静心养病，李传正把里屋的床让了出来，他自己睡到了李正确的行军床上。姚素菊又像三十年前一样把儿子养在了身边，日夜地守护着，轻轻地擦着他虚弱的汗珠，软软地喊着他的乳名，帮他擦脸翻身。

十一

正月初一上午，温慧明来拜年了。李达莱在门口把温慧明拽住，扯着他到楼下把李正确的北京之行和现状说了一遍。温慧明说："出了这么大的事呀？怪不得没去还我相机呢。你们都顺着他不再提和北京相关的字眼，虽然能让他情绪安静一些，可是他心里的冤屈伸张不了，他这辈子是活不畅快的。"

"那你说该怎么办啊？我们一家想破脑子也想不出别的办法了。"

"告他们去呀！"

"什么？！告警察？告北京的警察？！这怎么可能啊？这能行吗？这怎么告呀？！"李达莱惊讶地反问着，不等温慧明回答她，就拉着他往楼上跑。进了屋，就喊："狗狗，狗狗，温慧明说能告他们！"

李传正和姚素菊都被李达莱的话惊呆了，他们短短的惊讶之后，立马热切地盯住了温慧明："真的能告他们吗？！"

温慧明点点头，往里屋走了几步，看着在床上苍白着脸已经改名叫狗狗的好友。他的眼让温慧明心里一抽——那双眼睛比原来开阔了一些，低洼了一些，但几乎没有任何信息从里面出来，只有一种接近死亡的安静。温慧明拿张凳子坐到床前，对他说："你要相信我，我是搞宣传的，国家的政策我都知道，前不久国家刚刚开了整顿警风的会，在这关头上肯定一告一个赢！你要是想洗刷自己的冤屈，就拿出精神来，把事情的原本告诉我，我帮你写材料。"

温慧明说到这里，李正确的头突地扭向里，哽咽着说："能管用吗？"

温慧明说："就看你做不做了。"李正确用手掌擦擦眼泪回头看着最知心的朋友，他伸出了瘦弱的手指握住温慧明的手。温慧明鼓励他："现在就干！"

姚素菊和李达莱不忍再听一遍狗狗的冤屈，娘俩从窗子外面把挂在墙上的鱼和肉拿进厨房，去给温慧明做几个上好的菜。李传正隔着窗台看着妻女忙碌，偶尔也有一两声儿子悲愤的哭声传进耳朵里。这样的时候，他就对妻女说："能申冤好啊！就是啊，北京哪能放任那帮坏人危害老百姓呀，你们说呢？"

姚素菊想得比他周详，她说："不能申冤的话，那狗狗就是有污点的人，以后咋找对象？"

李达莱感叹说："咱们一大家子不如人家温慧明一个人呢，这人有知识就是不一样……"

晚上十点，温慧明根据李正确的陈述把申辩材料的草稿打好了。他临走的时候对李正确说："你想想有没有需要补充的，明天我再过来，咱们多抄几份，国务院、司法部、公安部、人大、中纪委……"温慧明掰着指头数，"都是管事的地方！"

第二天，温慧明一大早就来了，而且带来了有整顿警风报道的报纸给李正确看。他看见李正确的眼睛里已有了风吹的波纹。李正确说："给我笔，我自己抄。"李达莱说："我们都放假呢，你伤还没好。"

一家人都劝他，李正确乖顺地答应了，只是要求把身子垫高，看着他们写。

写到天黑，终于抄完了七份。

李正确说："我自己装信封贴邮票。"

姚素菊把熬好的糨糊端到床上，四个人看着李正确——封了信封、贴了邮票。最后，他郑重地把信双手交给温慧明说："拜托了！"

温慧明说："放心吧，一定会有回应的，我估计北京会来人！"

"北京来人？可能吗？"李传正问。

温慧明说："平日里不好说，但现在是风头儿，应该能引起高度重视的，不但会来人，还应该有赔偿的。"

李传正说："只要能申冤就行了，咱们也不能过分为难组织，赔偿就算了。"

李达莱不耐烦地叫声爸："你这时候还老革命个啥呀？"

姚素菊叹口气说："真给赔偿就要着，狗狗受了多大的罪啊。"

日子一天天过去。

李传正和姚素菊每日都尽量装作无意地在栏杆前，等着，盼着。温慧明偶尔会过来问问有没有回音，每次他都带一些相关的剪报过来给他们看，滋养李正确和家人申冤的梦想。

冬去了。春来了。李正确的申冤信如石沉大海。李传正和姚素菊看着已经养好了伤的狗狗天天足不出户，面壁发呆，连侦探小说都不看了，就着急起来，让李达莱去叫了温慧明来劝劝。

久无消息，温慧明也没了当初的信心。他对李正确说："你该去上班了，你已经用行动为自己申冤了，这是最重要的。如果，北京能来人处理，那肯定会引起很大的反响，会使一大批人觉醒。如果来不了人也算正常，国家的制度也和马路一样需要修修补补，对吧？"

李正确说："慧明，你是知道我脾性的，我必须等到一个说法，要不我宁愿死也不会厚着脸皮出去招摇的。但如果我申了冤，你就真名实姓地写写我，我不怕丢人，我愿意当块小补丁。要是申不了冤，我这辈子就是连个名字都顶不起来的窝囊废，我活着能有什么意思？！"

温慧明看劝不动李正确，只得回去偷偷地继续抄写，继续邮寄。

春去了。夏露头了。终于，北京来人了！

十二

"北京来人了！"李正确的经理在楼下朝李正确家喊。

一句话，让坐在走廊马扎上的姚素菊忘记了正择着的韭菜，她浑身哆嗦着站起来，摇晃进屋子里："天哪！北京来人了！"

"什么？！北京来人了！"李传正眼盯着老婆，伸出花叶繁茂的手摸到拐杖，整个人和拐杖瞬间都在风里了。姚素菊扶住他，扭头又朝里间喊儿子："狗狗，狗狗，北京来人了！快！快起来！"

李正确正在午睡，听见北京来人了，他于恍惚中恐惧地抱住了头，等母亲第二声喊的时候他才清醒过来。他腾地坐直了身子，心里顿时万马奔腾，手脚却僵了。他僵僵地坐在床上，只有眼泪是活泼热烈的。李正确双手捂住了脸，转眼间整个人就成了一个呜呜咽咽的旋涡。

李传正飘摇着看了看姚素菊又看了看自己，确定衣冠整齐后对她说："快，扶我出去迎接。"

李传正刚刚走到门口，就和北京的来人照面了。

北京来了两个人。一高一矮。高的胖，矮的瘦。高的梳着大背头，脸上是密集的胡茬和粉刺坑。两个人的脸上都有着与众不同的威严。李传正抓着拐杖不由地挺直了身子，高个其实也不是太高，光滑乌黑的顶发才到他的眉心。

李正确的经理介绍说："这就是李正确的父亲，这是他母亲。"

高个儿朝李传正伸出手来，李传正伸手迎握。高个儿触到他手指的瞬间愣了一下，四个手指在李传正的掌心里匆匆一碰就撤退了。李传正也愣了一下，他这一生握过无数双男人的手，有解放前的也有解放后的，有生死相别的也有礼节性的，他们或真挚或应付都没让他生气，眼前的这次握手让他生气了，那四个在他掌心里匆匆一碰的手指告诉他——你李传正的手让人恶心让人避之不及。李传正用他的拐杖代替他残缺的右腿朝走廊迈出了一大步："屋里阴冷，还是到走廊上坐吧。"

姚素菊觉得丈夫的决定英明极了，她赶紧松开扶着他的手张罗着搬凳子拿马扎，她心里嘀咕，就该在走廊上啊！让大家都知道狗狗是被冤枉的，在屋子里只能自家人知道啊！

高个儿对李正确的经理说："我们这种调查是要保密的，最好是在屋子里，不能有外人参加。"

李传正听见了，他拧了脖子说："我们这被调查的都不希望保密，你们还保哪门子密？该说的还是光天化日下说好。"他说着在一张凳子上坐下。北京来的人只得跟着他坐在走廊里。

李传正大声吆喝姚素菊端茶。早有听见动静的邻居们围拢了过来。

李正确的经理朝高个儿笑笑说："我在路上就告诉您了，这是老革命。"

高个儿看看李传正空着的半截裤管，再抬头看看他的脸，散了脸上的威严说："哎呀，你们这些老革命是我们国家的国宝啊，江山是你们打下来的，没有你们就没有咱们社会主义的今天。哎呀，老同志啊，老革命老英雄的觉悟就是高啊，刚才在来的路上我还和你们这位经理说，革命的传统不能丢啊，你们这些老革命老英雄真是应该发挥余热，多给现在的年轻人讲讲过去——他们没吃过一点苦，根本就不懂得珍惜，哎呀——"第三个哎呀刚说出嘴，李传正就很不好意思地摆手打断了他的话："其实也没啥，摊上了那个年代没办法，是个爷们他就会扛起枪抢起刀，哪能让敌人跑到咱家里还把屎拉到咱头上？！"

"哎呀，老人家，别看你话说得朴素，你才是真正的觉悟高，有很多人可不这么想啊……"高个儿又一个哎呀出来，李传正脸上露出了羞涩幸福的笑容——他还是第一次听到这样的表扬——北京来人的表扬！他的心里因为那个半途而废的握手生发的气愤消失了。

高个儿看气氛缓和了，就言归正传："李正确的信，北京有关部门都收到了，领导非常重视，特别派我们两位同志下来，专程来调查一下。麻烦你老人家把李正确喊来，我们有几个问题要问他。"

"什么？！领导非常重视？！北京的领导非常重视呀！"李传正第一句是重复高个儿的话，第二句就是高声宣扬了。李正确的经理说："大爷，你还不知道北京这领导的级别吧，来的路上我问了一下，级别都快顶得上你们局长了。"

李传正惭愧地睁大了眼："为了我家这么点儿事，劳驾这么高级别的领导了呀？！"

"哎呀，快顶上局长的级别啊？"邻居们听了，纷纷发出了感叹声。有人私语着："咱们局长是什么级别呀？"

高个儿嘿嘿一笑，摆下手说："这算啥，这算啥。"

李传正伸出了他蜷缩的手指，抓住了几分钟前令他愤怒的四根手指，紧紧地攥着："北京的领导同志啊，不好意思，让您为俺们家这点事，辛苦啦！"

高个儿缩回手，再摆摆说："不客气，老同志，我刚刚不是说了么，你是我们国家的功臣啊，老革命，老英雄，是我们国宝级的人物，你的事就是我们的事，我们来是应该的。别说是你老英雄的事，就是普通老百姓的事那也是我们的事，我们的职责就是为老百姓办事么。"

矮个儿手里拿着纸笔说："我们处长很重视这事，凌晨三点钟就从北京出发了。"

李正确的经理说："就是，就是，到我们那里坐都没坐，水都没喝一口就赶过来了。"

李传正听了，看了看高个儿干涩的嘴唇，惭愧地吩咐姚素菊："续水，续水！"

"李正确！李正确你在屋里磨叽个啥？赶紧出来！北京的大领导来看你了！"李传正朝屋子里喊。

所有的人都随着他把目光转向屋门口。

十三

李正确呜咽出的旋涡是离心式的，只三两分钟的工夫就把他四个多月来的冤屈、压抑、恐慌、消极、抑郁都抽离了，等他听见父亲用废弃了四个多月的称呼喊他时，他应命而起的身子有了飞升的轻飘，他麻木了四个多月的大脑重新灵活，重新福尔摩斯——要把当日的衣服穿上——上面的血迹，白色衬领后的血书都是彰显他冤屈的符号，他相信走廊上那办案经验资深的处长不用任何言语的提示就能获悉他当日的冤情。

李正确站在了门口，双眼热烈地凝视着北京来的领导，强烈地控制着心底里跪倒的欲念。这一刻，他明白了所有的古戏里，跪拦官员轿子喊冤的动作不是做作而出的，极度冤屈里，人只有让自己低矮下去才能够表达强烈的愿望。藏蓝色的繁茂着一百六十棵麦穗的毛衣和白色的衬领一如他三十岁生日的那天，被郑重地穿在了身上。他的邻居，几个细心的已发现他的毛衣和衬领是脏的——毛衣胸前有片片板结，衬领上有黑红的斑点。

"从没见过李家小子这么埋汰过呀。"她们小声嘀咕。她们不知道他此时的感觉——他就是穿着状纸的窦娥。

姚素菊看见儿子的一瞬间又呜咽起来。李传正恨铁不成钢地用拐杖戳了戳了她的腿。

高个儿从头到脚打量了李正确两眼说："你就是李正确吧？是这样的，关于你上访的信件我们收到了，也很重视。今天我们到你家里来家访，一是核实情况，二是看望你。如果情况属实，我们会对当事人进行严厉的处罚。"

李正确知道此情此景需要清晰严谨的陈述。在四个多月的煎熬等待中，他已经把不堪回首的屈辱和痛楚收集起来放进了心底一个洞里，并且加了塞子。此时，他毫不犹豫地拔出了那个塞子。顿时，他的屈辱痛楚喷涌而出，冲得他站立不稳："我，我就是李正确，我保证如实回答你们的问题！"

"李！正！确！"李传正的呵斥。

李正确蔓延的痛楚和屈辱在父亲严厉的声音里一下子冷凝冻结了。和三十年间所有的一字一顿的严厉一样，李传正用他赋予儿子的名字，把儿子大大小小的冤屈和眼泪堵塞回他的体内。李正确也像三十年间的每一次一样，用恐慌的、疑问的、不甘的、反抗的，最终是顺从的眼神看向父亲。

李传正看着儿子哆嗦的嘴唇和泪眼，用他藤蔓花朵相互缠绕的手指，抓住拐杖威严无比地敲响了地面："李正确！我不允许你不懂事！我告诉你，今天这事就到这里，多余的话不要说了，咱们不是有句古话吗——礼到人不怪！北京这么大的领导，为了你都辛辛苦苦地跑来了，这还不够吗？！非得让北京的同志受到处罚吗？非得弄得个鱼死网破吗？你以为是和外国鬼子干仗啊？都是自己人，哪有筷子碰不着牙的？！"

李传正说到这里，把目光从儿子脸上转到了高个儿脸上，他欣慰地看到——北京领导的脸上露出了赞许的笑容！

"他爸！"姚素菊不满地喊起来，"咋能就这样，正确盼了小半年了，盼的个啥呀？！"

咚！咚！咚！李传正威严地用拐杖捣着地："什么时候轮了你娘们家了？！这个家我当不了了，是吗？！"

"爸啊——"李正确像孩子一样哭了。和小时候躲在母亲大腿后面眼瞅着父亲的哭不一样的是，这次没有慌张和胆怯，只有至亲的人在祸福生死的关头无法相互搭救的绝望——带着一生一世的爱恨情仇。

"回屋去！"

"爸！"

"回屋去！是我李传正的儿子你就给我回屋去！不怕邻里邻居笑话还不怕北京领导笑话吗？！三十的大男人了，还跟小孩似的！"

"爸啊——"李正确在父亲的命令里，用这个亲切温暖严厉了他三十年的字，炸碎了自己。他听见随着这个字的喷涌，胸膛里又有了前后两股强力夹击下的破碎声。他转过身，用他的状纸兜着他破碎绝望的身心回到他等待了四个多月的屋子里。

李传正瞥了眼儿子的背影，朝高个儿说："你们当领导的能来，还有什么是说不过去的呢？咱这事，到这就打住了，千万不要处罚北京的同志，一家人，一家人么，自己的同志，就是犯了错误，提个醒，改了就是，对吧？"

高个儿赞许地朝李传正笑笑，并附带了两个意义准确的点头，感叹地说："还是老革命觉悟高啊，我们一定把您的意思传达到，不过啊，我们还是要例行公事，有几个问题还是要问问，回去好交差。"

矮个儿把目光从李传正的身上收回来，做好了记录的准备。

李传正说："行行行。"

高个儿说："你儿子叫李正确对吧？"

"对对对。"

"他回来对您说他在北京因为涉嫌偷盗被抓去了派出所，对吧？在那里受到刑讯逼供了吗？"高个儿看着李传正提醒他，"就是挨打，没挨打吧？"

"没没没！我已经说了，你们来了什么事就都过去了，千万不要因为这事处罚北京的同志，俺儿没挨打，没挨打，绝对没有！没没没！"李传正说着，眼珠子朝高个儿心有灵犀地转了转，最后在邻居们的脸上停留住，"咱们哪能不懂事呀？"

矮个儿飞快地在纸上写下——受访者：李正确的父亲李传正。

问：你儿子李正确在北京由于涉嫌盗窃被带到派出所后，是否受到值班警察的刑讯逼供？

答：没有，绝对没有。

高个儿说："我们在李正确的单位里了解到，他平时很爱幻想，是这样吗？"

"是是是，打小就那样，爱瞎琢磨，天天看那些破案的书，都快看痴了。"李传正呵呵一笑，满是疼爱地说，"不过，有时候听他分析起事来倒也是头头是道。"他看眼儿子的经理，想起早已喝下肚的保卫科长送来的酒，赶紧止住炫耀儿子侦破彩电被盗案的打算。

矮个儿犹像着不知怎么写合适，高个儿瞅了他一眼，皱皱眉头说："妄想症。"

矮个儿写道：李正确的同事反映他平日里有妄想症，是这样吗？

答：是是是，天天瞎琢磨，都痴了。

……

高个儿舒出一口气，伸出手紧紧地攥住李传正蜷曲的手指摇晃着说："谢谢老同志老革命的配合，谢谢！谢谢！真是太感谢了！"

李传正费力地握牢高个肥厚的手掌说："应该的，应该的，都是自家人哪能这么客气！"

矮个儿拿出红色的印台说，"老人家你得在这里按个手印。"矮个儿在他刚才写写画画的纸上给李传正指出了按手印的位置。李传正说："好好好。"李传正英雄的蜷曲的食指无法伸直配合他做按压的动作。高个儿赶忙把自己的食指在印台上按满印泥再抹到李传正的食指肚上，并殷勤地拿了记录纸折叠了一下放到李传正的食指肚下。李传正不好意思地笑笑，然后使了使劲。按完，他看眼自己在北京领导的文件上按下的手印说："好像不太清楚，行吗？"

高个儿把记录纸收起来说："很好，很好。"

十四

　　用状纸包裹着破碎身心的李正确回到了里屋，站在绿色木头窗前，透过母亲擦得一尘不染的玻璃看着背对他的矮个儿写下了关于他的一行行字，看着父亲拄着拐杖在高个儿的殷勤里受宠若惊的笑容和他弯曲的手指按下的血红的手印……突然，那些字和父亲的拐杖钻过玻璃飞进来，追打他，叮咬他！那个曾嘲讽他名字的声音蛇一样缠上来："叫正确怎么总干错误的事呀？谁说我们打过你，哈哈，都是你自己幻想出来的……"

　　那些追打他叮咬他的，锥子一样戳破了他的身体，啄木鸟的嘴一样啄破了他缠裹身心的状纸——他体内的零件碎瓷一样哗啦碎在地上。他恐惧地哭起来，趴下去，试图捡起它们。父亲的拐杖落下来："是我李传正的儿就不许哭！不许掉半个眼泪渣子！不许趴着！给我站起来！"他爬起身来，眼里的泪却像五岁一样流成了河。必须藏起来，不能让爸看见！藏起来！

　　他往门后躲，却看见干爸站在那里失望地瞪他！就在他难为情不知如何跟干爸解释的瞬间，他身边来了一节火车车厢，他爬上去，却发现正是自己去北京的那节，那个丢钱的老者领着一群人正对他指指点点："听说他偷了钱呢，是个假警察呢，把咱们都骗了啊……"那群人的手指头在他打算解释的时候快速地指点起来，像当初为他鼓掌一样整齐有序，众蛇吐信子一样吱吱有声……

　　他捂住耳朵躲避他们。他的手摸到了脖子后的衣领，他想起那里面有他血写的——我冤枉！他手忙脚乱地把衣领翻开，啜泣着：
"我是冤枉的！我是冤枉的！我要让大家都看看我是冤枉的！"他
大踏步地跑起来，一条宽敞的大路出现在眼前，他毫不犹豫地冲上
去，奔跑，展示……

李正确白色的衬领用很酷的姿势站立着，上面是他曾用血写下
的打算留给警察和亲人破获黑社会的信号——我冤枉！三只刚刚成
年的绿头苍蝇欣喜地飞离了那堆早已干硬了的粪便，落在他红白相
间的脑浆上，热烈喧哗。

前面走廊上，李传正执意要亲自送北京领导下楼引发的喧闹遮
掩了楼后的一切。由于高个儿的诚恳劝阻，李传正妥协了："送到
楼梯口！"

到了楼梯口，李传正又食言了，他执意下了一层楼梯，惹得高
个儿和矮个儿一起来扶他："使不得，使不得，老同志老革命老英
雄千万使不得，就送到这里。"李传正觉得失礼，就嘱咐姚素菊说：
"你送，你代我送下楼！"

姚素菊送下来，估摸着李传正听不见她的话时，鼓起勇气问高
个儿："北京的领导啊，我问问你，这样的话，俺家正确算不算有
污点了？影不影响他的前程呀？"

"哦？"高个儿看看姚素菊说，"应该不会的，这你们尽管放
心，这事我做主了，不让他们放进他档案里就是了。"高个儿说着
拍拍李正确经理的肩膀说："有经理作证。"经理赶紧安慰姚素菊
说："大娘，你放心，有我在你放心。"姚素菊感激地说："那就好，
那就好，我就怕影响他找对象呢。"

挥别了楼上的李传正和楼底下的姚素菊，握别了百货公司的经理，高个儿和矮个儿钻进了他们的车里，高个儿如释重负地点上香烟，猛猛地吸了一口，长长地叹出烟雾。矮个儿边发动车边问："咱们是先找地方休息还是……"

　　高个儿说："直接回去，上边儿还等着回话呢。"

　　车开了，矮个儿从反光镜里看见楼上的李传正还在摆手，就笑着说："那老革命还在朝咱们摆手呢。"

　　高个儿说："是吗？"他摇下玻璃，把手伸出去摇摆着回应，他饶有趣味地从反光镜里看那个挂着拐杖扶栏而立，越来越模糊渺小的老革命，摆动着他伤残的手指……

图书在版编目（CIP）数据

穿堂风 / 东紫著． —济南：济南出版社，2019.7
（2024.3 重印）
（文学新势力 / 张清华，邱华栋主编）
ISBN 978-7-5488-3962-0

Ⅰ．①穿… Ⅱ．①东… Ⅲ．①短篇小说－小说集－中
国－当代 Ⅳ．① I247.7

中国版本图书馆 CIP 数据核字（2019）第 156878 号

出 版 人	谢金岭
责任编辑	宋　涛　张慧敏　姜天一
封面设计	璞　间

出版发行	济南出版社
地　　址	山东省济南市二环南路 1 号
邮　　编	250002
印　　刷	山东百润本色印刷有限公司
版　　次	2019 年 7 月第 1 版
印　　次	2024 年 3 月第 3 次印刷
成品尺寸	145 mm × 210 mm　32 开
印　　张	12
字　　数	231 千
定　　价	69.80 元

（济南版图书，如有印装错误，请与出版社联系调换。联系电话：0531-86131736）